Minagawa Hiroko
COLLECTION

皆川博子コレクション
7
秘め絵燈籠

日下三蔵 編

出版芸術社

皆川博子コレクション

Minagawa Hiroko COLLECTION

7

秘め絵燈籠

目次

PART 1

PART 2

PART 3

装画　木原未沙紀
装幀　柳川貴代

秘め絵燈籠

PART 1

秘め絵燈籠

1

千本格子のあいだから斜めに長くのびた夕陽が、薄闇に溶けはじめた。

ふと気づく。帳場に腰を据えたかよの目の前に、喜和《きわ》が仄白《ほのじろ》く坐っている。

「宵宮じゃきに」

かよは話しかけてみる。

「お宮さんは賑《にぎお》うとるがよ。絵馬提灯も灯ィとぼしたがかよ」

泊まり客たちも祭りにくり出し、飯盛り旅籠《はたご》『小松屋』は、ひっそりしている。抱えの妓《おんな》たちのなかには、客に誘われて祭りに出かけたものもいる。

「一年経つと、一つ年とるねや。わたい、四十を越したが」

かよは、手の甲に目を落とす。

「見てみ。こんぎゃに青筋のたっちょる。そんじゃち、わたいが勝ったぜよ。喜和ちゃんにも、金《きん》蔵《ぞう》さんにも」

そう言いながら、かよは、胸のなかの珠のような空虚を、くっきりと意識する。

「金蔵さんは、近頃《ちかだい》、豪気なもんぜよ。弟子の二百人もおってからに。祭りの絵馬提灯も屛風絵《びょうぶ》も、金蔵さんやらお弟子衆やらが描きんさったもんやして」

かよは、心のなかで指をくる。二十……何年前になるだろう。三十年近くなるか。

「喜和ちゃん、わたいの猫を殺したったのう」

古い話だけれど、喜和の仄白い顔を見ると、つい昨日のことのように情景が浮かぶ。喜和もその話をくりかえしたくて、あらわれるのか……。

　そのころは、『小松屋』は飯盛り女をおかぬ平《ひら》旅籠《はたご》だった。もちろん、主《あるじ》はかよではなく、かよの父であった。かよはそのころ、十三……十四……忘れてしまった。喜和は二つほど年長だ。


　白衣の囚人が、雨のなかを行く。

かよの目には、そう見えた。

　千本格子の窓の外に、豪雨はしぶきをあげ、水《みず》烟《けむり》のむこうの松並木は薄墨色にゆらめく。格子のすきまから暗い帳場に吹きこむ雨にかすかに上げ汐のにおいが混《まじ》る。

　膝《ひざ》の上の痩せた仔猫を撫でながら、格子の痕《あと》が額につくほど顔を押しつけているかよに、

「何を見ちゅうねや」

喜和が、お手玉の手をとめて、声をかけた。寺の娘の喜和は、ふだんでも友禅の振袖を着ている。小豆《あずき》を詰めたお手玉を、喜和の白い手が放り上げるとき、流水に菊を散らした真紅の袂《たもと》が鮮やかにひるがえる。町方のものや百姓は絹物は御法度という藩の定めは、寺方には通用しないのだろうか。筒袖の縞木綿《しまもめん》のかよは、袂がひるがえるたびに、美《あっぱ》いのうと見惚《みと》れ、少し気圧《けお》される。この土地の者には珍しく喜和は色が白い。ふくよかな大柄で、弓なりの眉や切れの長い目は仏像のそれと似ている。一見柔和だが妙に底深い怕《こわ》さを持つところも、仏像のようだと、かよは感じる。

　仔猫は雨のなかで鳴いていたのをかよが拾いあげてきたもので、濡れた毛がよじれて軀《からだ》に貼りつき、地肌がみえている。

　かよちゃんは、いっつも、何やらかにやら触《いら》っちょるねや。喜和は、かよの手もとを見て、そう言った。大人びた苦笑を、喜和はそのとき浮かべ

ていた。

「人が通ったやろ。うしろ手に縄かけられて」

かよは言い、目のすみに人の動く気配を感じて土間の方をふりむいた。

竈《かまど》の前にしゃがみこんでいる男衆《おとこし》の金蔵と目が合った。

立てば六尺近い大男である。かよが拾った仔猫のように、一月《ひとつき》ほど前、雨にずぶ濡れになってころがりこみ、そのまま居ついた男だ。父とどのようなやりとりがあって、男衆として小松屋で働くようになったのか、かよは知らない。無口で愛想が悪く、かよは、少し怕い。金蔵が乱暴するところを見たことはないが、怒らせたらどんなにか凄まじい形相になるだろう。あの巨軀でつかみかかられたら……。

無骨な軀つきに似ず金蔵は手先は器用で、かよの髪をたばこ盆に結いあげてくれる。髪の根を元結で縛る力加減が、強くてしかもひきつれず、かよは一度で気にいった。しかし、自分から甘えて頼むのは何かはばかられ、金蔵に目で招かれると、いそいそと彼の前にうしろ向きに坐り、もどかしく鹿子《かのこ》絞りの手絡《てがら》をとる。

金蔵は、かよをみつめ、それから視線を戸外にむけた。

戸口は半ば開けてある。荷を持った旅人が気軽に入ってこれるためだ。烈《はげ》しい吹き降りに、土間は水浸しになっている。

かよは、格子越しに目をこらす。道の行手は、ただ、横なぐりの雨が降りしきるばかりだ。いっときの通り雨だろう。空の一画はすでに明るみを帯びた。雨が止めば、夏の強い夕陽が格子のあいだから畳を灼《や》くのにちがいない。

「……馬《んま》やったろうか。白い……」

自信なく、つぶやく。

水烟が走っただけなのだ。それを、人だの馬だのと見まちがえたのは、あていはよほど人恋しいのだな、と、かよは思った。男衆の金蔵も、遊び仲間の喜和も傍にいるのに、何か淋《さび》しいのは、泊まり客がまだ来ないためだろう。

かよは、帳場にいるのが好きだ。『小松屋』は、小体《こてい》な旅人宿であった。下女や男衆もいることはいるが、客が着けば、かよの父、母、家族ぐるみで接待する。かよも、客が足を濯《すす》いだ水を捨てるのに手を貸したりする。いそがしく立ち働いていると、心のまんなかにある小さい珠のような空虚をふっと忘れる。

帳場につづく広間の囲爐裏《いろり》のまわりには、冬ばかりでなく、火をおとした夏も、夕餉《ゆうげ》どきになると客人たちが集まる。かよは帳場格子のかげに坐って、にぎやかな談笑に耳をかたむける。客に手招きされると、人見知りする猫のように、相手の気性を、まず、見きわめようとする。小さいころは、平気で客の膝にものったのだが、七つ八つのころ、裾《すそ》の下から手をいれられ、気色の悪いいたずらをされかけ、それ以来用心するようになった。

喜和はいっこうに人怖じしない。といっても、相手の選り好みがはげしく、気にいらぬとなったら、呼びかけられても返事もしない。かよの方が気弱にはらはらするほどだ。

今日は、喜和はきげんが悪い。敏感に、かよは感じていた。上きげんなときは、才気走った冗談をだれかれなく投げつけ、かよなどは冗談の意味が通じるまでに一拍おくれ、そのあいだに、喜和の気分はもう変わっている。苛だたしさが軀のなかで火になっているときの喜和は、手がつけられない。

「かよちゃんの番やきに」

喜和はお手玉をかよの膝に放った。仔猫の顔にあたり、猫はうろたえて土間にとび下りた。

早う、と、喜和はうながす。あまり気がのらないのを見すかされまいと、かよはいそいでお手玉をかき集める。
　七つ小女郎が八つ子をはらみ
　生むにゃ生まれず、おろすにはおりず
　向こう通るはお医者じゃないか
　医者は医者じゃが薬箱持たぬ
　くすりは何じゃとお医者に問えば
　山じゃ山吹、川原じゃよもぎ
　それを煎《せん》じて三服召され
　喜和がつまらなそうに横をむき、声をあわせないので、かよの声も、次第にはりを失う。
　もしやその子が男の子なら
　寺へのぼらせ学問させて
　寺が不調法でばくちをこいて……
　仔猫が這《は》いのぼってきて、甘えた声をたてながら、かよの膝に軀をすり寄せた。お手玉が乱れて落ちた。
　喜和の手が、仔猫の首すじをつかんだ。あたりを見まわし、立ち上がると、仔猫をぶらさげたまま土間に下り、下駄をつっかけた。
　土間の隅につかねてあった細引きをとり、仔猫の胴に手早く結びつけた。後肢の付根がくびれるほどにきつく締めあげる。かよが止める暇もない、すばやい動作であった。
　細引きのはしを握ったまま、仔猫を外に放り投げた。細引きをたぐり寄せる。宙吊りになった仔猫は雨水を全身からしたたらせ、もがく。二度、三度、喜和はくりかえした。
　かよは気を呑まれ、声が出ない。それほど、喜和の表情は気迫があった。
　雨音に、人声や足音が混った。我れにかえり、喜和の腕にすがりついて止めようとしたとき、放り投げたはずみに細引きの輪がはずれ、仔猫は地面に叩《たた》きつけられた。
　立ちすくんだかよを押しのけるようにして、どやどやと客の一団が入ってきた。十数人の人々は、雫《しずく》をまき散らしながらずぶ濡れの蓑《みの》や笠《かさ》をぬぐ。奥から母や下女たちが走り出て土間にしゃがみこみ、草鞋《わらじ》をぬぐのに手を貸す。水をはった濯《すす》ぎ盥《だらい》をはこぶ。かよ、かよ、と母が呼びたて、あれこれと用を言いつける。入口の前にとめられた大八車から、いくつもの葛籠《つづら》がかつぎこまれ、土間に積みあげられた。大男の金蔵が荷をかつぎ入れるさまは、男衆のあいだで、ひときわ目についた。金蔵は、うっそりと、気のない様子で働いていた。

上がり框《かまち》に腰をおろしてかがみこんだ客の一人が、草鞋の紐《ひも》がとけずに手古ずっているのに、かよは気づいた。濡れた結び目が、かたく締まっているのだろう。かよは走り寄って前にしゃがんだ。三十前後の痩せぎすな男であった。

目があったとき、かよは、ぞくっと身ぶるいした。草鞋の結び目にのばしたかよの指は、男の指と触れあった。冷たいとも熱いともつかぬ奇妙な感覚が、指先から軀の芯《しん》に走った。

「ええよ」と男は言った。掠《かす》れぎみのやわらかい声であった。むきになって、固い結び目に指先をこじいれようとしていると、

「退《の》き」

肩を押された。かよを突き退けた喜和は、かわって、しゃがみこんだ。よろけて尻もちをついたかよの目の前に、赤い長い袂が垂れた。

針箱からかってに持ち出したらしい鋏《はさみ》が喜和の手にあった。喜和は紐を断ち切った。

「そんぎゃしよったら、使えんようになる」

小声で咎《とが》めるかよに、

「こげな古草鞋、いらんじゃろ」

喜和は、土間の隅に投げ捨て、もう一方の紐も切り、「盥」と、かよに命じた。

そうして袖を肩までたくしあげ、男の足を濯ぎはじめた。

「あていがやるきに」

かよの弱々しい抗議を喜和は無視し、男の足指

の股に指をさしいれ、ていねいに一本ずつ洗う。

喜和が小松屋の旅客の接待を手伝うなど、ついぞないことなので、かよはあっけにとられ、喜和の小意地の悪さも感じた。かよがこの男に持ったほのかな好意を、喜和は悟ったのにちがいない……。

「七《しち》の果報なことや。美《あっぱ》い女《おなご》にようつくしてもろて」

仲間がからかう。

「あていの情人《じょうあい》さんやきに」

喜和はしれっとした顔で言い、客たちは、

「おりょー」と声をあげた。

「知らざったな。七、わりやァ、この女《おなご》の情人《じょうあい》さんなかよ。どこで知り合うたぞね」

「冗談《おどけ》」

ふいに喜和は無愛想な声になり、立ちあがって、男を見下ろした。喜和と男の、たじろがない目がからみあうのを、かよは驚嘆して眺めていた。二つしか違わぬ喜和が、十も年上の女であるように感じられた。

男の目がすうっと和んで、喜和に笑いかけた。喜和も、わずかな微笑をかえした。

その秘めやかな交感を、かよは傍受した。二人に気をとられてはいたが、一方で、旅人の一人が、「おりょ!」と小さく叫んだ声も、耳に入った。その男は、金蔵を見て、意外そうな声をあげたのである。金蔵は男を見返し、押し黙ったままであった。男を拒否していた。男は鼻白み、それ以上話しかけるのをやめた。かよの意識の隅に、その光景は残った。

濯ぎをとった客たちは、母に案内され、二階にあがってゆく。客たちのみなりは、あまり上等とはいえなかった。もっとも、安旅籠の小松屋に草鞋をぬぐ旅人に、裕福そうなものはほとんどいなかったが。

下女たちが、濡れた上がり框を雑巾で拭きなが

ら、

「役者やな」

と話しあっている。

「役者？」

かよは問いかえした。

下女の一人が、壁にたてかけてある布を巻きつけた竿《さお》を指さし、そのついでに気づいたように、

「乾しとかんといけんやろうな。金蔵さん、それ、ひろげたってんか」

濡れた布は、ひろげると、役者の名を染めぬいた幟《のぼり》になった。

「あていん家《く》の境内《にわ》で興行するんや」

喜和が、だれにともなく言った。男衆や下女たちは、前からそれを知っている顔でうなずきあった。

「ほんまァ」と声をあげたのは、かよ一人であった。

「ほんま、真行寺さんの境内《にわ》に小屋掛けるん」

「もう、建っちょるち」

「いつからやるん」

「雨止んだら、明日からやろ」

「あていも見に行こ。……喜和ちゃん、あの役者衆、前から知っとったん」

「だれ」

「さっき、足洗うとった」

あほら、と、喜和は相手にしないふうをみせた。

かよは何か淋しくなり、――あの猫、逃げてしもうたやろか、と痩せた仔猫の手触りを手によみがえらせ、表をのぞいた。

雨はあがっていた。かっと照りつける夕日が水たまりに赤く映え、逃げ去っただろうと思った仔猫は、大八車の下敷になり、半ば泥に埋まっていた。潰れた腹からはみ出した腸が夕日を照りかえした。かよは土間の奥に走りこんだ。

「抱いてやらんの。あんげにかわいがっちょったに」

情無《じょうな》しやなと皮肉るような喜和の声を背にきいた。

「あていが葬礼《そうれん》してやろかいの」

喜和は外に出て行き、ふりかえって、

「だれぞ手ェ貸してんか」

と呼んだ。

それから、

「車動《いご》かしてもらわんと、あかんわ」

「金蔵さん」

と名指しで呼んだ。

のっそりと立って外に出た金蔵が、ぐいと大八車を押した。喜和はかがみこみ、泥と血に汚れた小さい骸《むくろ》を袂にくるみ、あいさつもせず去った。

上がり框に腰を落とし、かよは横目でそれを見ていた。

下女たちが竈《かまど》に薪をくべ、夕餉の仕度にかかる。

にぎやかに女たちが入ってきたのは、そのときだった。脂粉のにおいが濃くただよった。

のど首にべったり白粉《おしろい》をぬった女たちは、近くの宿の飯盛りで、客が着いたと知ると、平旅籠にも出向いてくる。飯の給仕は表向きで、色を売るのが目的と、かよも知っている。客によっては色稼ぎの飯盛りにまといつかれるのが迷惑だから平旅籠を選んだのにと、苦情を言うものもいて、宿場役人から咎めを受けることもある。

飯盛りは稼ぎのうち幾分を小松屋にも支払うので、かよの父は黙認しているし、宿場役人にも、客が騒ぎたてない限り黙っていてもらうだけの賄《まい》賂《ない》は渡してあるのだった。

飯盛り旅籠では夕暮れになると女たちが鏡台を見世先に並べ、肌ぬぎになり、化粧のさまを見せびらかして客を誘う。華やかだけれど、うら淋しさもかよは感じていた。

三味線をかき鳴らして景気づけながら、女たちは商売用の嬌声と共に二階に上ってゆく。金蔵がかよを手招いた。寄って行くと、板壁の隅を示した。

いつ描いたのか、壁に猫が描かれていた。消し炭を使ったらしい。痩せた小さい猫だが、愛らしかった。かよは笑いながら、少し涙をこぼした。

2

「喜和ちゃん、あんた、お住職《じゅっ》さんがお布施かぞえるの、嫌っちょったな」

翳《かげ》が濃くなった帳場で、かよは喜和に語りかける。

「おかみさん、灯ィいれますか」

下女がたずねる。

「そうしてもらおか」

屋号をしるした軒灯がともり、外の闇に薄明りがひろがる。

宵宮のにぎわいは、最高潮に達しているだろう。裸蠟燭《ろうそく》は、絵馬提灯や絵燈籠《どうろう》の極彩色の闇絵に生命を与え、腹かき切った忍《しのぶ》の惣太、子別れに身をよじらせて哭《な》く狐葛《きつねくず》の葉《は》、芝居のなかの人々が、社《やしろ》の森に血みどろの哄笑をひびかせ、生ある人々の方が影のように、そぞろ歩いているのだろう。金蔵とその弟子たちが描いてきたおびただしい芝居絵は、いまでは、宮々の夏の祭りになくてはならぬ景物だ。


喜和の父親が殺されたときいたとき、喜和がやった……と思ったのは、おそらく、かよぐらいなものだろう。喜和は、父親に対する憎しみを、かよ以外のだれにも洩《も》らしはしなかった……そう、かよは思う。

いいえ、いやなことは思い出すまい。たのしい思い出で、辛《つら》い記憶は塗り籠めよう。ねや、喜和ちゃん。

役者たちが泊まった最初の夜、火のない炉ばたでの夕餉は、にぎやかだった。

十数人も集まれば、必ず一人や二人は話し上手、笑わせ上手がいるもので、ことに役者となれば、仕方咄《しかたばなし》の身ぶり手ぶり声色《こわいろ》もあざやかだ。だれもかれもが陽気というわけではなく、喜和が足を洗ってやった役者——藤川七之助《ふじかわしちのすけ》のように、談笑に加わらず酒ばかりくらっている者もいたが、浮いた騒ぎがしらけることはなかった。

座頭の失敗談が、ことさら皆の興をそそった。飯盛りの女たちは役者たちにしなだれかかり、きわどいところに触ったり、触られたりしながら、甲高い声で笑う。下女や男衆も仕事の手を休め、笑いころげながら聞きいるのだった。かよは、七之助の隣に膝をわりこませていた。かよとしては、いつにない大胆なふるまいであった。触れあった膝が、着物でへだてられているにもかかわらず、たえず奇妙に快い戦慄を全身につたえる。喜和がこの場にいないことが嬉《うれ》しかった。

貫禄ありげな座頭のしくじりを暴露し披露しているのは、金蔵に話しかけようとしたあの男であった。眉も目尻も下がった、愛嬌のある小男だ。座を湧きたたせるのが自分の役と心得ているようだった。皆に〝猿《えんた》〟と呼ばれている。

忠臣蔵を通しでやったときやったわな、と、猿《えんた》は語る。役者の数が足りないから、一人が幾役も兼ねなくてはならない。座頭は、大星由良之助と若狭之助の二役をつとめ、五段目と六段目は出場がないので、五段目山崎街道の場の猪《いのしし》をもつとめることになった。

三段目、若狭之助でひっこみ、四段目、判官切腹の場で大星由良之助がかけつけるまで、暇なので、蓑と編笠で作った猪の作りものに頭をつっこみ、楽屋の隅で横になっていた。

舞台では判官が、短刀を腹に突き立て、前のめりになりながら、〝由良之助はまだか〟と、苦しい声をしぼる。由良之助の出である。下廻りが、慌てて、「出でござんすよ」とうたたねしているのを揺り起こした。目をさました座頭は、猪を冠っているので五段目と心得、そのままの姿で舞台にとび出した。

力弥、力弥、由良之助はまだか、と待ち焦がれる判官の前に、猪が走り出てきたから、見物は湧いた。逆上した猪は、判官の頭をとび越え、二人の上使を蹴《け》倒し、上手の襖《ふすま》を蹴破って袖にとびこんだ。

「もう、わやくちゃや」と、猿《えんた》は話をしめくくる。「蕎麦《そば》ぐらいではすまなんだ。あとで座頭の大盤ぶるまいよ」

「ひとのことが言えるか」

笑いのなかで座頭が、吹き出しかけながら苦々しい顔を作り、

「猿《えんた》、我《わ》ァがお石はどんぎゃやった。『この三宝へは』とまではよいが、〝本蔵どのの白髪首〟と言うを忘れ、『この三宝へは……この三宝へは……この、エエ、たいがい見つくろってお出しなされ』。酒の肴《さかな》やあるまいし」

「おれが勘平切腹の場で」と、口をはさんだのが、七之助であったので、かよは坐り直し、ききをたてる。

『勘平、血判』と言うを、『けんぺい、かっぱん』と言うたは、誰や。おかげで、どっと落ちや。愁嘆場がとんでもうたわい」

にこりともせず言った口調がかえっておかしいと、飯盛り女たちがけたたましく笑う。笑いながら、「七さんの勘平さん、さぞ似合いやろな」と、しなだれかかる。

「明日の狂言は、何かいの」

「七さんの勘平、見たいのう」

七之助の手が、時折、かよの髪を撫でる。無意識の仕草なのだろうが、かよは、猫になったような気がする。

――あの夜ほどたのしいときは、なかった……。昏《くら》さを増した帳場で、仄白い喜和と向かい

あいながら、そう、かよは思い出す。

舞台の失敗は、あげはじめればきりがないとみえ、やはり忠臣蔵で、松の廊下、判官が高師直に斬りつけ、加古川本蔵が判官を羽交じめにしてとめ、師直は掠り傷を負うたばかりで命拾いする場面、本蔵役の役者が、楽屋に遊びに来ていた女といい気分になり、出までには戻るつもりで、人目のないところにしけこんでしまった。

判官と師直は、舞台じゅうを追いかけ逃げまわり、小サ刀と中啓で、天地山形、立廻りの型をあれやこれやくりひろげ、時をかせいでいたが、いつまで待っても本蔵がとめにあらわれない。どうにも間がもたなくなり、上手に逃げる師直の背を、判官、一太刀ばっさり。あっと倒れる師直の腹に、きりきりと刀をさしこみ、チ、チ、チ、と苦しむ師直に、騎虎のいきおい、「思い知ったか」と、とどめをさしてしまった。

「そいたりや、四十七士は、どんぎゃして仇討ちするのかいね」

女たちは、畳をたたいて笑いころげる。

「あんま出来すぎちょる。作り話やないのかい」

笑いながら疑わしげに言う女もいる。

「何の」と、役者たちは、女を笑わせるのが嬉しくて、口々に失敗談をひけらかす。

せりふの言いまちがいには、事欠かぬ。「墨にて紙を黒く塗り」と言うべきところを、「紙にて」と言いだしたため、あとのせりふに窮し、「墨を白く塗り」とつづけたが、このときはすらすらと言ったため客は気づかなかった。それでも、とちった役者は、楽屋で蕎麦のふるまい。

笑いさざめいているあいだに、役者たちは、一人、また一人と、女とからみあいながら二階にのぼってゆく。

……誘いが、どのようなことにつらなってゆくのか、そのときのかよは明確にはわかってはいなかった。ただ、七之助にしがみついていた。喜和に対する反発も力を貸していたのかもしれないけれど、それればかりではなく、我れながらえたいの知れぬ力に、突き動かされていた。いっしょにいてほしい。髪を撫でていてほしい。そんな単純な願いであった。

七之助は、ひょいとかよを背負って立ち、酔いざましに風に吹かれてくる、と言った。

あてのはずれた女たちは、口々に、おまんの持物はものの役に立たないのか、というような意味の露骨な悪口を投げた。二階に、まだ男は余っちょるきに、早よ、行きと、七之助は言った。あとで四人でも五人でも、まとめて泣かせてやるわい。

負われて外に出ると、雨上がりの夜風は火照《ほて》った肌に快かった。その半刻ほど後、かよは、思いがけぬ成行きに、納屋の隅でひとり茫然と涙を流していた。七之助はかよに口止めし、かよを置いて戻っていった。

かよは、股のあいだにまだ異物があるような気色の悪い感覚をもてあましながら、納屋を出た。

——あのとき、七之助は結局、あたいの軀を女にしたわけではなかったのだ……。

かよの軀はまだ稚なすぎたし、七之助は、強引にかよを傷つけるほど無慈悲でもなかったらしい。ほんのちょっとした遊び……。今のかよなら、そう思える。昔のかよに、たいしたことじゃあないんだよ、と言ってやれる。

激痛を与えられる凌辱ではなかったせいか、かよは、不快さに泣きながら、七之助を憎むでもなかった。男の行為が理解を越えていたのだった。

家に戻った。かよの気をまぎらしてくれるものはなにもなかった。あの猫も、喜和ちゃんが土に葬ってしまったんやったな。そう思いながら、竈のそばの板壁に目をやった。

金蔵が描いてくれた猫は、水がかかったらしく、溶け流れた黒い筋になっていた。

それを見たとたんに、かよは、声をあげて泣きだした。

背後に、人の立つ気配がした。ふりむくと金蔵がいた。かよは、黒い筋になってしまった絵をさして泣いた。金蔵はうなずいて、なだめるようにかよの肩をかるく叩き、待っていろと言った。かよは、待った。

立ち去った金蔵が再び大きな手でかよの肩を叩いたとき、一枚の紙が彼の手にあった。板壁から消えた猫が、紙の上にいた。ひろげて眺めていると、涙の最後の一つぶが猫の片耳をにじませた。

3

たのしい思い出は、いやな記憶と綯《な》い交《ま》ぜになっている。

ねや、喜和ちゃん。

芝居のたのしさを思い出そうとすると、お住職《じゅっ》さんの死の記憶が、くっきりとあらわれてしまうのだ。

真行寺の境内で、三日間興行する予定のその中日、喜和の父は殺されていた。興行は中止になった。

初日の狂言は、『浮世柄比翼稲妻《うきよづかひよくのいなづま》』、序幕二場の、名古屋山三と白井権八の出に、見物は陶然となった。三味線の鳴物につれて、本花道より、裃《かみしも》つけた若侍の名古屋山三、東のあゆみに、大振袖に精好《せいごう》の袴《はかま》、大小差し、花手桶を提げた若衆白井権八があらわれ、わたりぜりふの掛けあいに、篳篥《ひちりき》の音《ね》が艶を添えた。

…………

「我れに父母無し身無し鳥、早くも消えし蜻蛉《かげろう》の」

「燃ゆる思いは恋の意地、結ぼれ解けぬ糸遊《いとゆう》の」

「かかりもつもる花の枝に」

「春は来にけり鶯《うぐいす》の」

両花道といっても、急ごしらえの短い粗末なものである。主役の花若衆白井権八よりも、かよは、七之助の扮した名古屋山三から目をはなせなかった。化粧と衣裳、そして舞台という虚構の空間は、醜男をも昇華させる力を持ち、まして、七之助扮する名古屋山三は、かよの目には、正真、凄艶《せいえん》な美貌の若侍であった。

権八と山三は義兄弟の契を結び、父の仇討つ身である権八は、山三に助太刀をたのむが、山三は、主君から追放を受けねば仇討ちの挙に出られぬ事情があり、

「それよりは侍やめて、浮世を楽に、色と酒とに楽しむ心はないか」と、たわむれて権八を焦《じ》らす。

「色と酒とに心奪われ、親御のことはどこへやら」

と嘆じる権八に、山三は、

「捨ててみせるも手管の一つ」

「ヤァ」

「はて、野暮を言わずに、さあ、来やれ」

と、権八の手をとり、色模様で袖にひっこんだ。

二人の間に濃密な色の交わりがあることを、かよも理解でき、それと同時に、来やれと誘う山三に、納屋に誘いこんだ素顔の七之助が重なり、息苦しくなった。

ゆうべのあれは、何だったのだろう。あれが色ごととは、かよにはとても思えなかった。かよの幼い想像では、色や添い伏しは、もっとやさしい、あたたかいものなのだった。

続く鈴ヶ森の場では、権八が雲助どもにからまれ、立ち廻りとなり、雲助どもは腕を切り落とされ、脚を断ち切られ、顔を削がれ、こっけいで残酷な殺戮《さつりく》に、客は笑いながら背筋を寒くする。

凝った殺され方をするつもりで玉子紅を口に含んだ一人の雲助が、血糊の紅を、立廻りの拍子にうっかり呑んでしまい、玉子の殻ばかりを吐き出したおかげで、この一場は、わやくちゃになり、せっかくの長兵衛の名ぜりふ、「お若えの、お待ちなせえ」も客の笑い声に消された。

喜和はかよと並んで見物していたが、幕間になると、かよを置き去りにして、一人でどこかに行った。楽屋に行ったのだとかよは察したが、連れていってくれないのかという怨みごとは、意地もあって口にできなかった。

喜和ちゃんなどの知らん七之助さんを、あていは知っちょるきに。

誇ってよいことではない。そのくらいの分別はつく。しかし、ひとり心のなかにかかえているのも、重かった。

七之助さんは、あていの情人《じょうあい》さんやきに。あていは、そう広言してもええんじゃなかろうか。ゆんべのことは、やっぱア色ごとやった。

記憶の不快な部分は、次第に、芝居の濡れ場がただよわす色あいに染めかえられてゆく。

ふだんは、だだっ広いだけの寺の境内が、何と妖しく華麗な空間に変貌したことか。

最後の幕がひかれるころ、昨夜のことは、その空間にふさわしい妖美な色ごとに、芯の髄まで染めあげられていた。

喜和の父である真行寺の住職も、仮設の桟敷《さじき》で見物していた。喜和に似た色白の大男である。梵妻《だいこく》を二、三年前に亡くして男やもめである住職は、かねに汚ないのと身持ちの悪いのが評判で、二里も離れた城下の玉水町と稲荷町にそれぞれ情人《いろ》がいるだの、檀家の女房がくどかれたのといった噂《うわさ》は、かよでさえ耳にしている。しかし目の前に見る住職は、端然としていて、淫らな翳はかよにはわからない。

部屋でひとりで金勘定しているときの顔ときたら、と、喜和が吐き出すように、一度だけ、かよに言ったことがあった。行灯《あんどん》に照らされた顔をのぞき見てしまい、鳥肌がたった、と、そのとき喜和は言った。かよも、鳥肌がたった。

初日の夜、役者たちは、小松屋ではなく、真行寺に宿泊した。小松屋はその夜は行商人などでにぎわったが、役者たちの持つ薄汚れた艶めかしさはなかった。かよは、金蔵が描いてくれた猫の絵を眺めて、その夜を過した。金蔵も芝居見物に来ていたなと思った。

次の日も、朝から弁当持ちででかけた。金蔵がいっしょだった。父や母が金蔵には寛大だなと、かよは思った。連日、仕事を休んでの芝居見物は、他の奉公人には許されていない。何か特別扱いされているようだ。

狂言は日替りで、この日のだしものは『千本桜』であった。安徳帝に扮したのが喜和であるのに気づき、かよはあっけにとられた。せりふはほとんど、義太夫《チヨボ》が語り、喜和の安徳帝はそれにあわせて首をふっているだけであったが、入水の場面になると、凜《りん》とした声で、「いまぞ知る、みもすそ川の流れには、波の底にも都ありとは」と、朗誦した。

かよは、腹のなかに火が燃えたっているような感覚を味わった。竹筒の茶を湯呑に注いで呑もうとして、手がふるえた。舞台の上には次元のちがう世界がある。あちら側とこちら側。その二つを自在に往き来できるのは、役者という特殊な人々のみであるはずだった。こちら側の人間がやすやすと踏み入ることは許されないはずなのだ。それなのに、喜和は、あちらの世界にすんなりと入りこんだ。七之助たちが手をひいて導き入れたのだ。喜和は、どうやって通行手形を手にいれたのか。

「喜和ちゃんが……」

金蔵にむかって、思わず、訴えるような声になった。それをきっかけに、

「子役にかり出されたんじゃの」

「喜和さんは、何やらしてもようできる。ほんまに子一《こいち》じゃのうし」

まわりで賞讃の声がおきた。

七之助とすごしたあのひとときは、あちらの世

界への通行手形にはならなかった。

明日の狂言は、『伊達競阿国戯場《だてくらべおくにかぶき》』につき、ぜひとも明日もおはこびを、と頭取が口上をのべたが、その、〃明日の狂言〃は、幕を開けることがなかった。

見物がまだひきあげきらぬうちに、住職の殺害が発見されたのである。

幕間に庫裡《くり》に戻ったところを襲われたのか、居室に倒れていた。頭をなぐられ、その上腰紐で絞めあげられていたという。金を盗まれた形跡があったそうだ。

役者も見物も、その場に足止めをくった。

まず、吟味のためにひかれていったのは、頭取と座頭、そうして、かよの驚いたことに、金蔵であった。下手人が明らかになるまで、役者たちは出立を禁じられ、小松屋に逗留《とうりゅう》することになった。

だれもいないと思って金を探しているところに住職が入ってきたので、殺害した。そういう状況と役人はみなしたようであった。役者たちが疑われたのは、何といってもよそ者だからだろう。すべての役者が舞台に出づっぱりなわけではないから、手のあいたものが庫裡にしのびこむことは容易にできたと思われたのだ。

頭取と座頭がひかれていったあとの役者たちは、悄然《しょうぜん》とし、前夜のような笑い声は起きなかった。かよの父と母も、暗い顔になっていた。

喜和も、この夜は小松屋に泊まった。身寄りがほかにないわけではないのだが、突然悲運に襲われた喜和を哀れがったかよの母が、わてえん家《く》にござれ、とすすめると、一つぶの涙もみせずにいた喜和は、とびつくように承知した。

炉べりに身を寄せあった役者たちは、思いがけぬことにまきこまれたと、腹立たしげに不運を嘆く。

何かことが起きると、漂泊の彼らは、たちまち疑いをかけられる。それまでちやほやしていた土地の人も、手の平を返した冷たいあしらいをする。この宿の衆はみな親切だが。

役人は一座の荷物を、長持葛籠《つづら》の底の底までしらべ、役者の褌《ふんどし》まではずさせて探った。よぶんな銭など持っていないとわかったはずだ。それなのに、まっとうな所持金さえ怪しみ、頭取と座頭をしょっぴいていった。

興行はうてず宿の払いはかさむ、と、不安を酒にまぎらせ、愚痴が次第に罵《ののし》りにかわり声が高くなるのを、ほかのものが、しっ、と押さえる。うかつな言葉が役人の耳に入れば、それがまた処罰の口実になる。役人が権勢をみせつけ、地元のものへのみせしめにするのに、流れ芸人はかっこうの獲物なのだ。

「いんにゃ、この宿の男衆もひとり、連れて行かれた」

それが、わずかな気休めになるらしい。他にも容疑を受けたものがいるということが。

「入墨《いれずみ》者じゃきに、金蔵は」

猿《えんた》が、そう言った。隅の方にひっそり坐ったかよは、耳をすませた。喜和は、七之助の隣に坐り、二人の指がからまりあっているのが、いやでもかよの目に入る。父親が死んだ哀しみより、男の傍にいられる嬉しさの方が強いのだろうかと、かよは思う。喜和は何も悲しんでいないようにみえる。

「入墨者？　ほんまか」

七之助が言った。

「月代《さかやき》をのばしてかくしちょるけん、わからんやろが、ここに」

と、猿《えんた》は皺《しわ》の多い額の髪の生えぎわに指で横一文字をひいた。

「入墨があるはずや」

「こさん、知らざったがか」

役者の一人が、咎めるような目をかよの父にむけた。

「知っちょったが……。人を殺《あや》めた咎人《とがにん》というでなし……」

「わりゃア、何で、あの男を知っちゅう。同じ牢に入っとったがか」

冗談でもない口調で仲間に言われ、猿《えんた》は、「めっそもない」と、手をふった。

「おれァ役者になる以前、御城下の新市町の青物屋に奉公しとったけん。金蔵は、同じ町内の髪結の息子やったんや」

「手くせが悪くてお牢入りか」

「おれア、牢など入りゃあせん」

「いんにゃ、金蔵がよ」

「ありゃア、髪結の息子から御城の御抱え絵師に出世しよった甲斐性者よ」

「おりょー、お絵師かよ」

話の中心になった猿《えんた》は、いささか得意げに、あの金蔵という男は、まっこと、絵が巧みやった。子供のじぶんから、池添何たらいうお城絵師に弟子入りし、それから、絵の修業のため、江戸にまでのぼったのだと話した。

「江戸かよ!」

嘆声があがる。

数年修業して帰国し、藩医の株を買って名字帯刀をゆるされる身分になった。同時に、家老桐間家の抱え絵師となった。

おりょー、たいした出世じゃの。

そんぎゃなお人が、何で入墨されて、こんぎゃあ汚ない旅籠の男衆に……。

「それよ」と、猿《えんた》は講釈師のように一息いれ、贋《にせ》絵《え》を描いたのが発覚したのだそうだ、と、声をひそめた。

狩野何たらいう、たいそうえらい人の贋絵を描いた。悪気はのうて、まねして描いただけなのを、他の者が悪心出して、その狩野何たらの正真の絵として売ろうとし、見破られたのだと、金蔵を弁護する者もいた。ほんまのところは、わからん。何にしても、その咎でお絵師のお役はとりあげられ、入牢のあげく、入墨、敲《たた》きの刑を受けた上、城下をお構いになった、と、そうおれはきいている。

猿《えんた》の話をききながら、かよは、金蔵が描いてくれた猫の絵を思った。

その夜、かよは、袱紗《ふくさ》に二分銀を二つ三つ包み、七之助の荷のなかにしのばせた。袱紗は以前、喜和からもらった真行寺の名が入ったものである。二分銀は、見世のかねに手をつけた。

それによって次の日ひきおこされた騒ぎを、かよは、ただ茫《ぼう》っと他人事のように眺めていた。

4

「怖《おっと》ろしい子やったなア。何であんぎやなことをしたのやら、わたいにも、ようわからん。あんときもわからんやった。いまも、わからん」

わかったのは、金蔵さんだけやな、と、かよはつぶやく。

ねや、喜和ちゃん。

やけど、おまんも、恐ろし子やったのうし。

わたいの分別を狂わしたのは、あの極彩色の血みどろの芝居やったろうか。いんね、分別などなんちゃ無い、阿呆《あっぽ》やった。

七之助に、なぜ、盗人の汚名を着せようとしたのか……。

金蔵に前科があるときいて、その身を案じたのは、嘘《うそ》ではない。前科者というだけで、もう言いひらきはできないのではないか。真剣に胸を痛めた。

替りの罪人をたてれば、金蔵にかけられた疑いが晴れる。幼い知恵で、たしかに、そう思案した。猫の絵を描いてくれた金蔵は、ひたすら、たのもしくやさしかった……。

わたいは、金蔵と七之助を、心の中で秤《はかり》にかけたのだろうか。

あのときのかよには、そんな明確な意識はなかった。

何かに憑《つ》かれたように、一連の行動をした。真行寺の名入りの袱紗に包んだ銀がみつかったからといって、直ちに、寺から奪ったかねとみなされるかどうか……そこまで、そのときのかよは考えなかった。

かねが盗まれたことに気づいたのは、かよの両親であった。騒ぎになり、役人がよばれ、役者たちの荷物がまたあらためられた。

袱紗をつきつけられた七之助は、あっけにとられ、抗弁の言葉も出ない。その様子をみて、かよは、何か小気味よく感じたのをおぼえている。

もう少しかよが年がいっていたら、喜和がどういう行動をとるか、予測がついたところだ。いや、それより、もう少し年がいって分別があれば、あんなばかげたことは……。それとも、やはり七之助を罪に落とそうとしただろうか。もう少し巧妙なやりかたで。

喜和は、袱紗が、自分がかよに与えたものだと見ぬいたのかどうか……。同じような袱紗は真行寺に何枚もあるから、七之助が寺から盗ったと思いつめたのかもしれない。

とにかく、喜和は、その袱紗包みは自分が七之助に与えたのだなどと言いはじめた。

芝居の世界が現実を侵しだしたと、かよは感じ、いつか、見物の場に自分をおいていた。

そんじゃち、このかねは何ね。

役人といっしょになって、かよの両親は責めたてた。立ちあがった喜和が、あまり平然としていたので、周囲のものは油断した。喜和は流しのそばに小走りに行き、庖丁を二本とり、「死に！」と、一本を七之助に投げた。それを使って、自分といっしょに死んでくれ、というつもりだったのだ。

舞台で流された血糊より、かっ裂いた喜和ののどから噴き上げた血はおびただしく、烈しかった。七之助にむかって投げられた庖丁は、軽い音をたてて土間に落ちた。

七之助はその場からひきたてられていった。

昨夜、喜和は、七之助に愛されたのだ。そう、かよは思った。七之助は、かよにしたようなことではなく、もっと、大人のやりかたで、本当に愛しあうもの同士のやりかたで、喜和を愛したのだ。だからこそ、喜和は、あのように……。でも、もう、喜和は死んだのだ、と思うと、かよは、さわやかな風が心を吹きぬけるように感じた。一方、怯《おび》えてもいた。

役者たちは、役人の監視を受けながら次の宿に発っていった。そうして、数日後、金蔵が小松屋に帰ってきた。

放免になったのは、真行寺の住職を殺《あや》めた下手人が捕縛されたためである。空巣、こそ泥などをはたらきながら流れ歩いていた男で、芝居興行のどさくさにまぎれ、庫裡にしのびこみ小金を盗ろうとしたところを住職に見とがめられ、つい、殺めてしまった、と白状したそうだ。

座頭と頭取も放免され、一座の者といっしょになって、旅立ったという話であった。

金蔵は、七之助と喜和のこともきき知っていた。金蔵のぎょろりとした眼で見られ、かよは身をすくめた。

金蔵はその後、小松屋を去った。

次に金蔵の消息をかよがきいたのは、数年後であった。

5

一じゃものーッ、という掛け声が、かよの耳によみがえる。

お城下に、山台（山車《だし》）が出た日やった。
ねや、喜和ちゃん。おまんは知らざったの。死んでおるきに。
豪勢な山台が、いくつも町すじを練って、みごとなもんやった。
わたいは、二十やった、あのとき。

そのころは、金蔵の町絵師としての名は、すでに、ずいぶん評判になっていた。夏の夜祭りになくてはならぬ絵馬提灯、絵燈籠、その描き手として、名をあげつつあったのである。
城下の祭りで、各町が競って山台を出す。その一つが、金蔵の絵燈籠で飾られるという。かよは、両親や夫とともに見物に出かけた。一人娘のかよは、前年、婿《むこ》をむかえていた。心にも軀にもなじまない相手であった。

一じゃものーッ
一じゃものーッ
掛川町が一じゃものーッ
そオれッ
怒号のような掛け声を、
一じゃものーッ
はりまや町が一じゃものーッ
他の町の掛け声が、打ち消さんばかりにとどき、巨大な山台が、太綱でひかれて、辻を曲がり姿をみせる。
そオれッ　一じゃものーッ
ゆらりゆらりとひかれてくる山台に飾られた泥絵は、義経八艘飛びだの、足柄山の金時だのの図柄が多かったが、

「あれが、金蔵の絵燈籠や。絵金の芝居絵や」

道の両端を埋めた群衆が歓声をあげ、ついで、うオーッと呻《うめ》くような声にかわり、一瞬、しずまった。

山台の上にそびえる泥絵、町絵師金蔵の手によって描かれたそれは、血みどろの芝居の一場面であった。

絵本太功記、杉の森とりでの場と、絵柄でわかる。しかし、これほど無惨な凄絶な芝居絵は、いままでに絶無であった。

尾田春長との和睦に敗れ、親重成の勘当を受けていた鱸孫市が、春長父子が光秀に討たれた今、主君の危急を救うため、自分が死ぬほかはないと思いさだめる。倅《せがれ》の重若と娘の松代に、父が刀を腹に突き立てたら、首を引き切るのが孝行者よ、と教えこむ。何も知らぬ子供に親を殺せとは、と嘆き悲しむ妻を庭木の杉にくくりつけ、腹かっさばき、刀を首におしあてる。幼い重若は、その柄を握って、えいえいと押し切る。血と溢れ出した臓物は、蠟燭の火に美しく映えていた。

金蔵という男は、これまでの半生に、何を見てきたのだろう。かよは思い、遠い日、金蔵が描いてくれた愛らしい仔猫が、目の前をよぎった。

それと同時に、久しく忘れていた――というよりは記憶の底に閉じこめていた喜和の自害が鮮やかに浮かんだとき、山台はかよの前を通りすぎ、後部のもう一面の絵が目に入った。かよは、悲鳴をあげた。

薫樹累物語《めいぼくかさねものがたり》の、もっとも凄まじい場面である。

主家のために殺害した高尾太夫の妹累とむすばれた与右衛門が、主君の息女歌形姫を女衒《ぜげん》から救おうと金の工面に苦慮している。高尾の死霊ののりうつった累が、与右衛門と姫のあいだを嫉妬《しっと》して、姫に襲いかかる。

その累の顔は、半面ふくれあがり、片目がとび出し、凄まじい化けものの形相である。

おはぐろで染めた乱杙歯《らんぐい》で、身もだえてのけぞる姫の袂をくわえ、両手は夫与右衛門の胸ぐらをつかみ、足で夫の足を踏まえ、その髪は、おどろな蛇のようにのびて、姫に襲いかかる。

そこに荒れ狂っているのは、『嫉妬』である。

かよは、おののきながら、姫の真紅の振袖が、喜和のそれと同じ模様を持つことを、見すえていた。累の縞木綿は、少女のかよが着ていたそれであった。絵のすみに、芝居には登場しない、猫がいた。

おまえが仕組んだ、おまえがやった、と、彼らは、かよに語りかけていた。かよが自覚する以上に、金蔵の絵は、かよの心のなかをくっきりと視覚化していた。

かよが袱紗包みを七之助の荷のなかにしのばせたことなど、金蔵は知らない。喜和の自害の場にも居あわせず、人づてに話をきいただけである。それなのに、金蔵は、察したのだ。かよのなかに猛然とたちあらわれた力を。

行動は、ただ、袱紗包みをこっそりしのばせただけであった。だが、それに、闇色の光をあてれば、おはぐろの歯をむき出し、姫の袂にくいつく累の姿となる。

かよは、遠ざかってゆく山台の絵を凝視していた。

数日後、かよは、金蔵の住まいをたずねあてた。膠《にかわ》のにおいのこもる板敷きの部屋で、半裸の金蔵は絵筆を走らせていた。

小松屋のかよ、と名乗ると、金蔵は、わかっている、というふうにうなずいた。

累の絵を見た、とかよは言った。金蔵はうなずいた。それだけであった。

あのときのことを悔いる心は少しも湧いてこない。それを、かよは金蔵に語ろうかと思った。金蔵が、かよを責めるつもりであれを描いたのなら、無駄なことだ。

金蔵さん、おまんの絵の力より、わたいの方が強いのや。あの絵に負けて、心が萎《な》えて、罪の思いにとりつかれるほど、しおらしゅうはない。

かよは無言で、小半刻、金蔵が絵を描くさまを見ていた。単純な紙凧《かみだこ》絵を、金蔵は彩色していた。雄渾《ゆうこん》ではあるが、血のにおいのない絵であった。

七年後、かよは離婚した。かよの冷たいあしらいにみち足りぬ入り婿の夫が、近所の後家に手を出したのを機《しお》に、かなりの金品を夫に渡して、出ていってもらった。両親をあいついで流行《はや》りの病でなくしたあと、一人で旅籠を切り盛りし、飯盛りをおくことにしたのもかよの才覚であった。かよが三十を二つすぎた年に、七之助がふらりと舞いもどってきて、かよのもとに腰をすえた。役者は倦《あ》きたから廃業した、といった。美貌は衰えはじめていた。それ以来、居ついた。

「朝から酒ばかりくらいくさって」

かよは喜和に話しかけながら、二階から、妓たちが下りてくる足音をきく。

「喜和ちゃん、もう帰りんさるか。また、来《き》いよ」

生きとるもんも死んどるもんも、たいして変わりはありゃあせんがよ、とつぶやき、かよは髪の根を笄《こうがい》で掻《か》く。

妓たちは千本格子のきわに鏡台を並べ、肌ぬぎになった。かよは畳に手をついて立ち上がり、行灯を鏡台のそばに近づけ、「まちっと脱ぎ」と、十四、五の妓の衿もとを、ぐいとはだけてやった。

蟹

〽的矢《まとや》　渡鹿野《わたかの》　錨《いかり》はいらぬ　三味《しゃみ》と太鼓で船つなぐ

1

掛け茶屋の縁台に腰を下ろした女たちに、

「山の神の寄進しておくんない」

甲高い声で口々に叫びながら、子供の群れが走り寄ってきた。汗まみれになっている。鳥羽のはずれの藤之郷《ふじのごう》は、夏祭りが近い。

おこうは、背負った荷の紐を肩からはずして、一息ついた。汗で着物がはりついた背に、すうっと風がとおった。

女ばかりの一行は、七人。十四のおこうは一番年弱で、鳥羽から的矢にむかう山越えは、はじめてのことであった。入り船を迎えるのさえ、おこうには、はじめての経験なのである。足がすくむようにおそろしく、一方、何かえたいの知れぬ期待が、ないわけでもない。

的矢に船が入るよ、と知らせがきて、さあ、と殺気立たんばかりに身支度をはじめた姐女郎《あねじょろう》たちの陽気な意気込みに煽られ、おこうも、不安は持ちながらも、何がなし、心がはずんだ。

出世奉公や、せえだい気ばってつとめあげて来よし、と周囲の人々に祝われて、紀州の貧村から鳥羽の抱え屋『潮瀬屋《しおせや》』伝兵衛方に売られてきてこの方、一月《ひとつき》近く、鳥羽にも的矢にも入る船はなくて、おこうの仕事は、下女同然の掃除や洗濯ばかりであった。

もっとも、公の届けの名目は、最初から『下女』であって、女郎《はしりがね》とはうたっていない。

鳥羽藩の掟《おきて》に、
一、人売買かたく停止す。但し男女の下人或ハ永年季或ハ譜代ニ差置事《さしおくこと》ハ相対に任すへき事
の一条があり、人身売買は禁ずるが下女ならかまわぬという抜け道が講じられている。

それゆえ、女郎と下女は、ほとんど同義語であった。

紀州の村々では、女の子を女郎稼ぎに出すのはごくあたりまえのことで、女郎をつとめあげてきたものでなくては、一人前の女として女房に迎えない風潮さえある。

早く姐さんたちのように船稼ぎをつとめたいと、おこうは、雑巾をしぼりながら、思うのだった。水仕事が終わると、おこうの姐女郎のおろくは、おこうの手に油薬を塗ってくれた。指先から手の甲、肘《ひじ》と、丹念にすりこんでくれる。おこうをいつくしんでいるからではなく、商売する上には肌が荒れていない方がいいからだと、おこうにもわかるけれど、ふっと甘えたい気分にもなった。

潮瀬屋には、船女郎《はしりがね》四人と、その姐さんにつかえる、若子ともピンコロとも呼ばれる十三、四から十六、七までの女の子が五人いる。

鳥羽の『潮瀬屋』は、的矢にも『鳥羽宿』を置き、船が的矢に入港するとなると、一人二人を鳥羽の見世に残し、女郎衆は着替えや身のまわりのものをピンコロに背負わせ、四里の山路を越えて的矢におもむく。

かわりに、鳥羽にも『的矢宿』があり、鳥羽が入り船でにぎわうときは、的矢女郎衆が山越しして出張《でば》ってくる。

「その娘《こ》にせびってもだめだよ」

おろくが鐚銭《びたせん》をじゃらじゃらと、子供の手のひ

らに落としてやりながら、おこうを目で示した。小遣い銭など持たないおこうの分まで払ってくれた様子だ。

おろくは、すらりとした長身で、胸や腰の肉づきがよく、筋肉質の手足を強靭《きょうじん》に陽灼けしたなめらかな皮膚が包んでいる。潮瀬屋では一番の姐さん株であった。潮瀬屋ばかりではない、鳥羽には陸女郎《おやま》、船女郎《はしりがね》、あわせて三百人を越える妓《おんな》がいるが、その誰にも、おろく姐さんはひけをとらないと、おこうは思う。気風《きっぷ》のよさでも、姿のよさでも。

女郎衆ばかりではない、抱え屋の主《あるじ》たちにまで、おろくは一目おかれているようだ。妓たちは、主にはさからっても、おろくの言葉なら従うというふうだからだ。妓たちも、主に言いづらいことはおろくに訴え、とりついでもらうことがある。

判人に連れられて潮瀬屋に来たおこうは、おろくの若子に決められた。おろくの下には、もう一人おえいという若子がいる。おえいは十七になる。鉄漿《かね》付け祝いさえすませれば、一人前の女郎と認められる年である。おろくの馴染《なじ》みの船が入港したら、おろくから船頭に頼み、祝いの費用《かかり》を出してもらうことになっている。

「仙八《せんぱち》さんの船、来ておいでるやろうね」と、おえいは、入り船の知らせをきいたときから、そればかり気にしていた。ピンコロも色づとめはするけれど、稼ぎの手取りは少ないし、万事、姐さんに遠慮していなくてはならない。

「おろく姐さん、仙八さんは承知してくれるやろかいし」

おえいは、そうくりかえし、「うるさいね」と、おろくにどやしつけられて、それでも、しょげるどころではなく、おこうにむかって、「なあ、あんたはまァだ知らんやろけど、鉄漿付け祝いいうたら、豪勢なものやして。十両もかかるんやわのし」と自慢げに言いたてるのだった。

姐女郎の馴染みの船頭が、気前よくぽんと十両投げ出してくれたら、祝いの当日は、鉄漿付けした本人と肝煎《きもいり》の姐女郎を先立ちに、女郎衆が揃って、船まで金主の船頭を迎えに出向く。船頭と水夫《かこ》たちが陸にあがってくる。

「宿までの道中のにぎやかなことというたら」

水夫たちは、茜《あかね》や鬱金《うこん》色の鉢巻をしめ、菰《こも》かぶりの酒樽をかつぎ、天保銭を結びつけた笹の枝を振り立てて練り歩く。女郎衆は三味線をかき鳴らす。逆に、見物衆に天保銭や手拭《てぬぐい》を撒き散らす。宿先に着くと大酒盛になる。近隣へは、小重箱に盛った赤飯と名前を染めぬいた手拭を配って披露目の挨拶《あいさつ》をする。

「鉄漿付けをする私《あてェ》のために、みなが盛り立ててくれるのえ」

その日一日は、花形になるのだなあと、おこうは、華やかな祝いのさまを思い浮かべ、何年かしたら、自分も、そうなるのだと、少し胸がおどった。ひどく晴れがましく、そらおそろしいような気もした。

「簪《かんざし》かて、あてらピンコロは竹のびらびらやん。鉄漿付けすまして女郎衆になったら、枝珊瑚《さんご》やわいの」

山の神祭りの寄進をせびりとった子供たちは、まだみれんげに、女たちにまつわりつく。

「姐さん、あてェに紅《べに》おくれんかの」

女の子が、おこうの袖をひいて、小声でねだる。

「さあ、行くよ」

おろくが声をかけ、女たちは腰をあげる。

2

女郎の異称は数多い。長門ではヒメと呼ぶ。滅びた平家の姫たちが、緋の袴で色を売ったところからきた呼び名だという。

紀州の二木島ではサンヤレと呼び、同じ紀州の大島ではタコと呼ぶ。九鬼ではウシという。それぞれいわれがあって、二木島では、土地の女がさんやれ節をうたって船乗りたちをもてなしたからであり、大島では、近村の田子《たこ》から来た女たちに、船乗りが、何者かと問うたのに、田子やわのし、と答えたので、呼び名がタコになった。性技の蛸《たこ》にもかけてある。九鬼の港では、入り船は天神社の石段の下にともづなを結んだ。それゆえ、天神の乗物である牛が、女郎の異名となったという。

鳥羽、的矢、安乗、渡鹿野、三箇所……と数多い志摩の小港の女郎たちが〝はしりがね〟と呼ばれるいわれはさまざまで、おこうも、人にたずねたことがあるが、人ごとに答はちがった。

売色のかたわら、男たちの衣服のほころびも縫ってやる。お針を兼ねるから、針師兼《はりしかね》と呼ばれたのが、訛《なま》って〝はしりがね〟になった、という者が多かったが、港に船が入ると、身仕舞もそこそこに、馳せつける。走りながら鉄漿《かね》をつけるからだ、という者もいた。

おろく姐さんは、他の誰ともちがったことを言った。

はしりがねは、走《はし》り蟹《がに》やわのし。砂の上を走りまわる小蟹やわいの。

どれが正しい説なのか、おこうには判断のつけようもないけれど、いま、入江に待つチョロ——艀《はしけ》——にむかって渚を走りながら、あてェら、蟹やなあと、おこうは思う。

おろく姐さんさえ、日頃の貫禄が消えて、ひたすら走る哀しい蟹のようだ。

慌てずとも、チョロは女郎衆を置き去りにして漕《こ》ぎ出すわけはないのだけれど、つい、ひた走りになる。いそがねば、他のチョロに乗りこんだ女たちに客をとられる、という焦りがある。

四里の山路を歩きとおして、ようやく着いた的矢の『鳥羽宿』で、息をいれる暇もなく、手早く身づくろいし化粧をなおし、まだ太陽のぬくもりの残る砂を蹴立てて走った。

他の宿からも、女たちが走り出てくる。

七ツ（午後五時）をまわっている。砂浜におどる長い影を、小蟹がうろたえたように横切る。

浅瀬にチョロ舟が勢揃いし、早くも沖に漕ぎ出した舟もある。

安乗、菅崎、二つの岬に抱きこまれた的矢湾は静かに凪《な》ぎ、二、三十艘の千石船が、入口に近いあたりに帆を下ろしている。

的矢ばかりではない、三箇所だの、入江に浮かぶ島渡鹿野だの、小港の女郎舟はいっせいに、千石船をめざし漕ぎ進む。

「早よ、乗り」

姐女郎にせきたてられ、裾をからげて浅瀬に踏み入り、おこうは、小舟の舟べりをまたぐ。よろけて艫《とも》に腰を落とすと、

「あほ、十年早いわい。そこは、おろく姐さんの坐んなさる所や」

姐女郎の一人にどづかれた。

「〃姐さん艫乗り〃いうんや。おまえらピンコロは、舳《へさき》や」

十人乗りのチョロは漁舟と似た造りだが、やや細長く、漁舟の中央に仕切った、獲れた魚を入れるカンコがない点がちがっている。

チョロを漕ぐ男は、チョロ漕ぎとも小越とも呼ばれる。おこうたちを乗せた舟の小越は、三十代半ばの、いかつい顔をした男だった。顔はひどく大きいが背は低く、小づくりだ。

おろくが最後に、彼女のためにあけてあった艫に腰を下ろし、小越が舟を押し出そうとしたとき、「待っておくんない」と、十六、七のはしりがねが、駆け寄ってきた。

「あてェも乗せておくんない」

海辺の女郎には珍しく色が白く、髪は赤茶けて

いる。目も鼻もちんまりとして、鼻孔が陽を透かすように薄紅いのも、色が白すぎるためだろう。まぶしそうにまばたきしながら、

「乗せてやっておくんない」と、水をはねかえして舟に近寄ってきた。

「おまえ、波切屋のおはるやんか」

姐女郎の一人が、とがった声で、

「波切屋のおむら姐《あね》ェのピンコロやんか。化粧にせえだして、姐ェの舟に乗りおくれたんか。情無しの姐さんやのう。ピンコロ置き去りにして去《い》んでもうたんかいの」

「あてェらの舟のチョロ漕ぎさんが、足痛めなはってのし、しょむないさかい、別れ別れに、他の舟に乗せてもらうよう言われたんや」

「ほな、乗りィな。けどなあ、客がつかんかて、あてェら知らんで」

「おおきに」

おはるは、ひょこひょこと頭をさげ、無遠慮におこうの肩をつかんで身をささえ、舟べりをまたいだ。

おこうの横に膝を割りこませ、

「あんた、新顔やな」

と、値踏みするような目をおこうにむけ、濡れた臑《すね》を手拭でぬぐい、からげた裾を下ろす。

不器量やな、と、おこうも横目で値踏みする。これで、売れるんやろか、そう思ったとき、おこうは、他人のことどころか、我が身は買うてくれる男がいるだろうかと、不安になった。顔見せのため船上に呼びあげられても、九ツ過ぎても客がつかず、またチョロに乗って、船から船へと、客を求め、ついにあきらめて、夜更けて陸に引き返さねばならぬ者もあるという。暗い夜の海を、ひとり宿に戻ってゆくのは、どんなに辛く淋しいことだろうと、おこうは、今から、その淋しさが感じとれる。

器量に自信はなかった。おろく姐さんにまかせ

ておけば大事《だん》ない、と、おえいが、おろく姐さんが引きまわして、客がつくようにしてくれる、そやさかい、潮瀬屋のピンコロは、伝馬《てんま》とも呼ばれるんやして、やけど、おまえをしまつするのは、おろく姐さんも、たいていいやないやろのし、と、おこうが肩身が狭くなるようなことを、ずけずけ言ったのだった。

あてェは、おろく姐さんの足手まといになるんかのし。このおはるいうのよりは、あてェの方が……と、おこうは、ひそかに思いくらべる。おはるは赤茶けた短いまつ毛をしばたたいた。

どうにも客のつかん娘《こ》には、おろく姐さんな、馴染みにたのんで、その娘の花代まで出してもろてくれるんやし。そやさかい、あぶれたピンコロも、御亭《ごて》はんに折檻《せっかん》受けんですむんやわ。

おえいもその口だったのだろうかと、おこうはそのとき思った。

もっともな、おろく姐さんのようなんばかりでもないのんえ、と、おえいはつづけた。船をめぐっても、どうにも客がとれんで売れ残ったピンコロを、小越と姐さんが縄でくくりあげて海に放りこみ、櫓《ろ》でぴしぴし打っ叩くのもあるのやして。おろく姐さんのように面倒見のええ姐さんは、めったにおらんのし。チョロ漕ぎにもな、船頭さんに頼んで、積荷の酒や塩もろてやったりな。

船頭さんが、積荷、ただでわけてくれるんか。

おまえ、何も知らんのやな。伊丹の酒船やら紀州の材木船やら讃岐の塩船やらの船頭さんいうたら、豪気なもんやで。船子に儲《もう》けをわけたるのに、一々金勘定などせえへんのやて。二分金つかみどりにして、目の子でわけたるんやて。

ようえい、ようえい。

売ろうえい、売ろうえい。

まだ、大船の乗り組みの姿もさだかに見えぬうちから、女たちは景気づけにどなりはじめる。

おはるが顔をしかめ、脇腹をおさえ、小さい呻きを洩らした。おこうは聞き流した。いよいよ、仕事につくのだと、気が立っている。

　おまえの新鉢割《あらばちわ》りは、幸《こう》さんに頼んでやろかいのう。おろくは、一度、そう言ってくれたっけ。おまえと同じ名のよしみやして、めんどうみてもらえるやろ。

　話の合間に、その場の思いつきで口にした言葉らしく、その後、幸さんという名は出ず、おこうも、あてにはならないと思いながら、幸さんてどないな人やろ、と気にかかっていた。

　新鉢割られるときは、痛いのえ。おえいは、おこうの耳に口をつけて、教えた。軀が二つに裂けそうに痛いえ。やけど、いったん割ってもうたら、こないにええもんはないわして。

　軀が二つに裂けそうに痛いやて、耐えられるやろか。

　もはや、背の届かぬ深みに、チョロ舟は漕ぎ進んでいる。


売ろうえい。

　陽気な女たちの声には、やけっぱちな気分がはりついているように、おこうにはきこえる。

　おはるの呻きが、少し大きくなった。脇腹を揉《も》み揉み、前かがみになって喘《あえ》いでいる。

「酔うたんかいし」

「いんね。大事《だん》ない、大事ない」

　そう言いながら、わゥ、と吼《ほ》えるように吐息をつく。

「酔うたんなら、吐きよし」

「舟に弱いなら、陸女郎《おやま》に鞍替えしよし」

　女たちは嘲《あざけ》る。

「酔うたんとちがいます。持病の疝気《せんき》やわして」

「ちっと辛抱しよし。船に着いたら、薬もあるやろ」

「ほかの薬は効かんのやして」

　おはるは、絶え入りそうに息をひき、

「宿に、あてェの薬を置いてきてもうたんやして。頼むさかい、舟、戻してんかァ」

泣き声になった。痛い痛いと息がせわしくなり、

「痛いよォ。あてエ、もう死ぬわ。薬欲しよォ。ほかの薬は役に立たんのやしてよォ」

「あほか」

そう言いながら、女たちは顔を見合わせる。

おはるは地元の波切屋の抱え妓である。しかも、おはるの姐女郎のおむらは、羽振りのよさは的矢一なのだ。おはるの訴えを無視して病を重らせたりしたら、この後、的矢で商売がしにくくなる。

おはるはおこうの膝にしがみつき、けものじみた呻きをたて、意識ももうろうとなってきたのか、半ば閉じた瞼《まぶた》のあいだの黒眸《くろめ》はあがってしまっているようにみえる。

小越は、陸までの距離と大船までの距離を目算し、指図を仰ぐように、おろくを見た。漕ぎ戻る方がはるかに早いことは、たしかだ。

「仮病使いくさって、おむらさんの差金かいし」

おろくは、冷ややかに言い放った。

「あてらの乗り込みを邪魔しようてか」

「姐さん、それは、あんまりやないかのし」

おこうは、思わず言ってしまった。

「こないに苦しんだるのに……」

姐女郎にたてついた大胆さに、おこうは、我ながらぞっとし、この後、どんな仕置きを受けることになるかと怯えながら、いったん口にしてしまった言葉は、取り消しようもない。

「ほう、おこうが、的矢のピンコロの肩持つんかいし」

「何が持病の疝気かいね。あてェらの舟遅らそういう魂胆やわね」

姐女郎たちは、おろくの顔色をうかがいながら口々に言いつのるが、呻き声をたてるおはるを目の前にして、自信なげになる。

「おはる、いまなら、まだまにあうえ」

おろくが厳然と言った。

「いま、あやまれば、水に流してやるえ。狂言つづけるつもりなら、海に放りこんだるが、どないする。あやまるか」

おはるは、喘ぎ、呻くのみである。

おろくは、小越に目で合図した。

「やけど、姐さん……」

ためらう小越に、

「大事《だん》ない。この娘は泳ぎは達者なんや。岸まで泳いでゆくわい」

「やけど……」

腹痛で半ば気が遠くなりかかっている。仮病だと姐さんたちは言うけれど、本当に病気であったとしたら、とても泳ぎきれるものではない。おこうは鳥肌立つ。

おろくの言葉を耳にとめたのか、おはるはうっすら開いた眸《め》に少し力がこもり、ひとごろし……

と、掠れた声を出した。

おろくの眸《め》に、おこうは、ためらいの色を見たように思った。

鳥羽女郎衆と的矢女郎衆は、よほど仲が悪いのか。命を賭けた小細工してまで、的矢は鳥羽に客をとらせまいとするのだろうか。新参のおこうには事情はわからない。口出しもできず、ただ、おろおろと成行きを見ている。

小越も櫓を漕ぐ手を止めた。

こんなときは、黙っている方がいい。下手に口出ししたら、かえってつむじを曲げられそうだ。そう、おこうは思い、目を伏せる。

ほかの女たちも、おろくの決断を待つように口をつぐみ、小さい舟のなかは、ひっそりした。

おはるが、呻いた。おこうは、はっとした。おはるのその呻き声は、おこうの耳にさえ、何かわざとらしく芝居じみ、だめ押ししているように聞こえたのである。

おろくの眉間にすじが立った。

「放りこみィな」

おろくは命じた。小越にむかってである。

「やけど、姐さん……」

おろくは艫から立ち、舳の方に進み寄った。小舟は大きくゆらぐ。おこうは舟べりにかじりついた。おはるの衿がみを、おろくはつかみ、ひきずり起こした。

「泳いで帰りよし」

力をこめて、突き落とした。

しぶきが、女たちを濡らした。おこうもずぶ濡れになった。波紋のひろがる海面を、おこうはのぞきこむ。沈んだ軀は浮きあがってこない。

「源さん、早よ、漕ぎよし。わてェらが見とったら、おはるも、泳げんやろ。仮病がばれるよって」

「やけど……」

頭が浮いた。とみると、また沈んでゆく。

小越は、とびこんだ。


救い上げられたおはるは、失神していた。小越は立てた膝の上におはるをうつ伏せにさせ、水を吐かせた。鼻からも汐水を噴き、おはるの薄紅い鼻孔は、いっそう赤みを増した。

意識が戻ったおはるは茫っとしていたが、すぐに、痛い苦しいと喘ぎはじめた。

小越は、おろくの指図を待たず、船を岸にむけた。

3

「売ろうえい、売ろうえい」

呼ばわる女たちの声は、力がない。

おはるを波切屋にはこび、看病《みとり》を見世の者にまかせ、とってかえしてチョロで漕ぎ出したのだが、大船のまわりをうろうろしているようなチョロは、すでに一艘もいない。大船の錨綱《いかりづな》や縄梯子《なわばしご》に纜《ともづな》を結びつけた空のチョロが、波のおだやかなうねりにのって揺れているばかりだ。それぞれのチョロの小越も、船にあがって饗宴の相伴にあずかるしきたりである。

千石船一艘に乗り手は十数人から二十人近くいるから、出おくれてもあぶれるとはかぎらないのだけれど、めぼしい相手にはありつけなくなる。

おえいは泣き声になり、

「おはるのあま……疫病神《やくびょうがみ》や。何であてェらの舟に……。姐さん、おろく姐さん、仙八さんは大事《だん》ないやろな」

おろくは無言だが、他の姐女郎たちが、

「大事ない、大事ない」

「馴染みのはしりがねが来なんだら、酒盛りもお流れにするのがしきたりやして」

口々に言う。気休めにすぎないのは、自信なげな口調から、おこうにも察しがつく。

「やけど、仙八さんは、もとはといえばおむらさんの馴染みやったのを……」

皆がおろくをはばかって口にしないでいることを、おえいががさつに言いかけ、はっとして、口調をかえた。

「畜生……。おはるのあま、やはり仮病やったんや」

おえいは、わめき、晴らしようのないうっぷんを、おこうにぶつけてきた。

「おまえ、あいつの肩持ってからに。仙八さんの船に、まっさきに駆けつけなんだら、実がないいうて、仙八さん、怒らはるやんか。おまえみたいな新参が、なまいきに、おはるの肩持ちくさって」

「あてェ、何も……」

「やかましい！」

おえいは自分の言葉に昂奮し、おこうの頬《ほお》を叩いた。だれもとめる者はいなかった。

おろくも無言のまま、次第にのしかかるように大きくなる船腹を見上げている。

「それ、売ろうえい」

小越の源次が、女たちをはげますように音頭をとった。

「売ろうえい」

気をとりなおし、女たちは声をあわせる。

「潮瀬のおろく姐ェが来たってんよォ。売ろうえい」

「何さ、今ごろ来くさって」

舷側から男の顔がのぞき、見下ろした。

「おろく姐ェ、どないしたんや」

「上がらしてもらいます」

「いまごろ来よったかて、遅いわい」

「勘ちゃんやないか、久しぶりやな。今年は、うちは新し娘《こ》ォいてるよ。新鉢割らしたろかい」

——幸ちゃんじゃないのか……。

男の顔を見上げ、おこうは身ぶるいした。醜い下卑た男であった。


「わいの敵娼《あいかた》、決まってんけどな。新鉢もええな。右と左に抱こかいな。上がって来」

おえいが意気込んで縄梯子にとりつく。

行き、と、うながされ、おこうも太鼓を包んだ風呂敷包みを背にしょいなおし、揺れる梯子にしがみついた。

三味線や太鼓の音、笑い声、濁《だ》み声がわっとおこうの耳を襲った。


胴の間は豪快な酒宴の最中であった。おこうは足がすくんだ。蓋をぶち抜いた酒樽が据えられ、半裸の男たちはそれぞれに女を抱きかかえ、もつれあいながらわめいていた。硯蓋《すずりぶた》の料理は食べ散らされ、残骸が床にこぼれ、その上に倒れこんだ男や女は、割れた皿小鉢の破片が肌を切ったのにも気づかぬ様子であった。

三味線も太鼓も、音曲を奏でるどころではなく、むやみにけたたましい音をたてる。

後から素面《しらふ》でやってきた者は踏みこめない雰囲気であった。

あれが船頭の仙八と教えられずとも、おこうにも一目でわかった。四十二、三か。さほど大柄ではないが、荒らくれどもを束ねる貫禄が身についていた。しどけなく小倉帯が解け、着物の前がはだけて乳房がむき出しになった女が、仙八とからみあっていた。餅肌《もちはだ》の、お多福顔の女は全身から色気がにじみ出ているようで、おこうはたじろいだ。何か不思議な生きものを見る思いだ。あれが女というものなら、あてェは、何だろう。棒きれか石ころみたいやん。

酒のにおいと男の体臭、女の脂粉のにおい、汐のにおいが混じりあい、おこうは頭がくらくらした。強い腕がおこうを抱きこみ、着物の両肩をぐいっとひきはがされた。はじけあらわれた乳房をつかんだのは、他の男の手だった。口をこじ開けられ、酒が注ぎ入れられた。むせかえるのもかまわず、酒は浴びせられ、それといっしょに、ぬめっとした男の舌がおこうの歯を割った。

「おろく、いまごろ来くさって、どういう了見じゃ」

「お邪魔やったかのし」

「まあ、ええわ。呑め、呑め」

「おろくさん、ことわっておくが、仙さんは、わてェの旦那え。阿波丸が的矢に錨を下ろしている間は、この、波切のおむらが仙さんの船女房え。手ェ出さんときよし」

「おろくは、わいが買うた」

「ほう、炊《かし》きの徳、やるやんけ。おろく姐ェがおまえの手に負えるか」

「おきよし。わては仙八さんの女房え」

凜と、おろくの声が、男たちに組み敷かれたおこうの耳をうった。

「ごつい啖呵《たんか》きるやんか。女房が、えらい太平楽なお出ましやな。わてら、ぽちぽちお床入りえ。

残り飯でも食ろうて、尻尾《しっぽ》巻いて帰りよし」

「あてェの鉄漿付け、どないなるのン」

おえいの泣き声は、だれの耳にも入らぬようだ。おこうは辛うじて聞きわけたが、手足を押さえこまれ、身動きもならない。両の足首を左右にひっぱられ、裾がはだけた。胸も腹もかくしどころも、むき出しになっているとわかる。羞恥《しゅうち》は消えはじめていた。むりやり注ぎこまれた酒が、血を熱くかきたてていた。

「おろく、やかましこと言わんと、呑め。おむらもおろくも、皆、わいが買うたる」

「船女房は一人きりや。船頭さんやかて、仁義守ってもらいましょ」

おむらの声だ。おっとりしたお多福顔に似合わぬ、凄みのある声で言う。

「おろくさんにも、仁義守ってもらお」

「仁義守れとは、こっちの言うこっちゃ。薄汚ないまねしくさって、ピンコロを、ようも仕込んだの。おまえのピンコロが忠義だてのおかげで、わてら足止めされとったんやし。こう言うたら、わかるやろ。仕掛けがばれたからは、手ェひいてもらお。チョロに乗って帰りよし。仙さん、旦さん、こない汚ない手ェつかう女にころんだら、旦さんの名折れえ。何で、あてを待っとってくれなんだのえ」

「やかまし！　気分こわすようなことを、ごちゃらごちゃらぬかすな」

「おろくさん、先に仁義破って汚ない手ェつこうたは、そっちやんけ。去年、あてェの旦那の仙さんを色でしかけてたらしこみくさったのは、だれやったかいね」

「わてらの色は、お侍衆の刀え。ピンコロ使うて気色悪い小細工するだれかはんとは違うえ」

「そない、どなりおうたら、色も何もないわい。けたくそ悪い。去《い》ね」

「仙さん、わてに去ね言わはるのか」

「去ね、去ね。くそ面白《おもろ》うもない。呑みなおしや」

「仙さん……」

おろくのこんな声を、おこうは、はじめてきいたと、男の熱い軀に責めたてられながら、思った。おろく姐さんは、商売気はなれて、船頭さんに惚《ほ》れたるんやろか。面目をつぶされた口惜しさも、その悲痛な声にはないまぜられていると、おこうは感じはしたが、悲哀は口惜しさを上廻っていた。

「仙さん、あんた、本気でわてに去ねと言うのんか」

愚かしく、おろくは問いつめる。

あないに詰《なじ》られたら、船頭さんかて、前言ひるがえすわけにはいかんやろ、と、おこうの幼い頭でも、他人事だからそのくらいは冷静に判断できる。しゃにむに突き上げられる痛みに、おこうは悲鳴をあげた。

よう泣くわい。泣け、泣け。

新鉢やて。果報やな、わいら。

おもろないわい、こない雛《ひな》っ子。

酒入れてみ。滑りがようなるかもしれん。

「いややァ」

押さえこんだ男の力が、おこうを怯えさせる。言葉など通いようもない。腹のなかで酒が燃えている。

「去ね言うたるやん」おむらの声だ。

「おまえにきいとるんやないわい。仙さんに訊《たん》ねとるんや」

喧騒の合間を、

「あての鉄漿付け、どないなりますのん」

細々と、おえいの嘆きが流れた。鉄漿付け？ わいがやったる。ほれ、股開け。ほんまに、やってくれはるん？ 鉄漿でも紅でも付けたるわい。そこ、ちがうねん。

「去ね、去ね」

「ほな去なしてもらいましょ。ごめんなして」

おろくは立ち上がる気配だ。姐さん、と呼び止めたいが、おこうの口はふさがれていた。

「潮瀬のおろくの色は錆刀《さび》やて」

そう言った声が、おむらの嘲りか、おろく自身の自嘲か、おこうの耳はすでに聞きわける力を失っていた。

あてェを、誰が買うたことになっとるんかいの。甲板に軀を投げ出したまま、おこうはぼんやり思った。目の上に、星が丸くかぶさっていた。帆柱にかかげられた弱い灯は、星の光にくらべると人魂のようだ。着物はよじれて縄のようになり、帯で辛うじて軀についている。身づくろいする余力もない。腿《もも》のあいだを流れた血は、乾いて肌に貼りついている。男も女も寝倒れている。二人だけの時を持つために、船室にひきあげた者たちもいたようだ。

まず、見立てをして相手を定め、それから酒宴になるときかされていたのだが、到着がおくれたために、乱痴気騒ぎの只中、みなが正気をなくしたようなところへ、新しく加わったものだから――もう、わやくちゃやった。あてェの新鉢割ったんは、だれや……。

「幸さん」

おこうは、我れ知らずつぶやいた。

おまえの新鉢割りは、幸さんに頼んでやろかいのし。同じ名のよしみやして、めんどうみてもらえるやろ。

おろくはそう言ったけれど、同名のよしみばかりではない。きっと、やさしいいい人だから、名前をあげたのだ。

おはるがあんなふうにならなければ――おこうは、まだ、おはるを疑いきれなかった――あてェは、幸さんに引きあわされて、やさしいに抱いてもろて、馴染みになってもろて……船が停まってるあいだ、毎夜、お星さま見ながら、やさしいにしてもろて……。

おこうの目にうつった男たちは、どれもこれも、酔い痴《し》れて正体をなくし、さかりのついた卑猥な雄でしかなかった。そうして、女たちも、さかりのついた雌になって、ひたすら番《つが》っていた。

淋《さみ》しなあ。おこうはつぶやき、身動きしようとして、痛みに眉をしかめた。

そういえば、おろく姐さん……どないしやはってんやろ。去なしてもらいましょ。ごめんなして。そう言うて姐さんは立って行ったけれど、去ぬ言うたかて、海の上や。

ぎくっとして、おこうは身を起こした。痛みが身内を走ったが、こらえて船べりに行き、のり出した。

たかが船頭の一人奪《と》られたくらいで、妙な了見おこす姐さんやない。姐さんの馴染みの男は、たんといる。おこうはまだ、〝一人の男〟が〝たんといる男〟とどれほど違うか、身にしみて知ることがなかった。

星をうつした黒い海面に、チョロが揺れている。一艘だけ……。おむらたちのチョロ、おこうたちが乗ってきたものと、二艘つながれてあるはずなのだ。小越は二人とも胴の間にあがって酔いつぶれている。

おろくは、一人で宿に漕ぎ戻ったのだなと、おこうはうなずいた。仙八さんの目の前で、他の男に身を売ることなど、とてもできなかったのだろうと、おこうは察した。

4

翌朝、舟宿にひきあげて、おこうは、自分の推察が甘かったことを知った。おろくもチョロも、戻ってきてはいなかったのである。

夜の海をあてもなしに漕いで……漕いで……消えてしまいはった。

おろく姐さんは、心そこ、船頭さんに惚れたはったんやな。おえいが、わけ知り顔に言った。その頰を、おこうは思いきり叩いた。ほかの誰の口からも、そんなことを説ききかせてほしくなかった。おえいは泣きわめき、おこうの髪をひきむしった。おこうは、されるままにしていた。

鳥羽宿をあずかる潮瀬屋の番頭は、番所にはとどけず、様子をみると言った。ほとんどおおっぴらに黙認されてはいるけれど、女郎《はしりがね》は、藩の掟に照らしあわせれば違法のものなのである。運上金もごまかしている。役人につつかれては困るのだった。

意地とはりの強い姐さんやったけど、それだけに、芯棒が折れたら、もろいんや。あてェらは姐さんに甘えられるけれど、姐さんが甘えられたんは、船頭さん一人やったんやろな。

おはるを海に放りこめと命じたおろくの、焦りと怒りをおこうは思った。

夕方、チョロ舟が出るまでは、おこうは雑用に追われる。掃除や洗濯を手早く終えると、内緒で、波切屋を訪れた。浜では男や女が破れ網をつくろっていた。

「おはるさん、どないやろ」

裏で洗濯している下女に、おこうは訊ねた。

「おはる？　おはるさんに用かいし」

下女は笑った。

「昨日、腹痛で」

「何の。何が腹痛ね。ゆうべもまくわ瓜仰山食うとったわいね」

波切屋の主は、おそらく、あの陰謀を承知なのだろうと、おこうは思った。それでなければ、仮病をつかって戻ってきたピンコロを折檻もせず許すはずがない。景気のいい船頭さんをおむらの馴染みに取り戻した方が、見世も助かるのだ。

小蟹が、長くのびて踊るおこうの影を横切った。浅瀬に待つチョロにむかって、おこうは走る。おむらやおはるの乗りこんだチョロを、小越が押し出す。水を蹴立て、おこうはチョロにとびのった。

「あてェらの小越の源さんが休みやのして、乗せてもらいます」

「何やね。退《の》きよし」

おはるが突きとばしたが、おこうは舟べりにしがみついた。

小越は、ぐいとチョロを押し、舟は浅瀬をはなれた。おこうたちの小越の源次から、ひそかに話をつけてもらってある。おむらの小越は、おこうに加担してくれるはずだ。

「あつかましな。退きよし」

「小越が休みのときは、他のチョロにわかれて乗せてもらうんが、しきたりやんけ」

小越は櫓を漕ぐ。大船にはまだ遠い。

おこうは、懐から手拭の包みを出した。磯のにおいのしみついた手拭をほどくと、出刃庖丁が鋭い刃先を見せる。

「あんたらを斬る気ィはあらへんで」

岸までの距離を目ではかる。おはるが偽の腹痛をおこしたのは、このあたりやったな。

「あてェは、おはるのように芝居はでけへんよってな」

おこうは、庖丁の切先を、自分の腿に突き立て、切り裂いた。

「早よ、宿に戻ってほしな。そうせんと、血ィ仰山出よってからに、あてェ、死ぬわな。ほたら、あんたら、人殺しやな」

「なに、因縁つけくさって」

「船頭さんには、今夜一夜、死んだおろく姐さんのために、女断ちして精進潔斎してもらうわして」

「おろくは逃げただけやろが。死んだかどうか、わからんわい。どこぞの小港に漕ぎ寄って、のほほんとしとるかもしれんでよ」

「そうかもしれん。やけど、それはもう、あてェらのおろく姐さんやない。おろく姐さんは、あのとき、死なはったんや。おまえらが殺したんや」

「言いがかりもええかげんにせいよ」

おむらが顎《あご》で指図し、おはるは、手拭いでおこうの腿を縛ろうとする。その手をおこうはふり払った。手拭いは海に落ち、薄青く染まりながら沈んでいった。

腿に網目をつくって血が流れる。

「宿に戻るまで、このままにしといてもらお」

小越は漕ぐ手を止め、チョロを波にただよわせている。

チョロの底に、血だまりが量を増やしていく。

軀の血が失《の》うなってゆくのは、ええ心地なんやな。

けだるい陶酔感にひきこまれる。

幸さん、おこうは、つぶやき、男衆《おとこし》にやさしいにしてもらうのは、こんなんやろな。おろく姐さんに油薬塗ってもらうのに似てるな、そんなことを思いながら、目を閉じた。

ぎい、と櫓がきしむ。

火をつけておくれ。

そう、聞こえた。

「え？」

「火をつけておくれよ」

神田明神の小高い境内《けいだい》で、兄さん、と声をかけられたのだ。
二、三日前の祭礼の余波が、まだかすかに熱く、あたりに漂っている。香具師《やし》の掛小屋や物売りの店は取りかたづけられ、木切れや藁屑《わらくず》の散らばる地面に、時折、少し黄ばんだ葉が舞い落ちる。
兄さん。

いらねえよ。とっさに応《こた》えたのは、夜鷹《よたか》かと思ったからだ。

しかし、吹き流しの手拭に瘡《かさ》だらけの顔をかくし、丸めた茣蓙《ござ》を抱えた女が出没するには、まだ空に明るみが残っているし、この辺りは夜鷹の溜《たま》りではない。

それに考えてみれば、――この俺が夜鷹に呼ばれるなんざ、とっけもねえ。

頼まれてくんねえな。

嗄《か》れた声に、仄《ほの》かに、鉄火な色気があった。

声の主を探して振り返ると、石燈籠《いしどうろう》の根方に、老婆《ろうば》がうずくまっていた。

洗いざらしだが小ざっぱりした浴衣《ゆかた》。のど首は皺《しわ》ばんでいるが、どことなく婀娜《あだ》だ。

何だい、頼みってなァ。

兄さん、鳶《とび》かい。

鳶なら、どうした。

「火をつけておくれ」と、老婆は言ったのだ。

彼はぞくっと寒気《そうけ》立ち、思わずとびのいた。

以前、ずうっと以前、同じことを言われた。兄さん、火をつけておくれ。声は耳の奥に残っている。相手はこんな婆アじゃなかったが。

存外、渋皮の剝《む》けた婆アだの、と、彼は及び腰で見直した。小豆《あずき》の粉や鶯《うぐいす》の糞《ふん》で、そして何より男の精気で、長年磨きたててきたのか、肌目《きめ》の細やかな絖肌《ぬめはだ》だ。異様なほど血の気がなくて蒼《あお》みを帯びているのが、ちょっと凄い。髪は結い上げるほどの暈《かさ》もなくなり、申しわけのような小さい髷《まげ》がついているだけだが、そそけてはいない。

「只《ただ》働きはさせない。礼はするよ」

懐《ふところ》から、両国の蛇使いが蛇の頭を摑《つか》んで引き出すように、青緡《あおざし》をぞろりと出した。

一貫文で火付けして、あげくの果ては火焙《ひあぶ》りか。間尺《ましゃく》に合わねえ話だの。気を呑まれ、そんなせりふも、とっさに出てこない。

「頼むよ、兄さん」

何に火をつけろと言うんだ。

声にならぬ問いを聞きわけたように、

「江戸の町」と、老婆は言った。

その言葉は、彼を搦《から》めとった呪縛《じゅばく》を解いた。彼は、ほうっと吐息をついた。――あの女は、江戸の町を焼いてくれなどと、つがもねえこたァ言わなかった。あの女と婆アは、何の因縁もないんだ。

「たいした手間じゃあないだろ、兄さん。風の強い夜に、莨盆《たばこぼん》の残り火を、手拭に包んで藁積んだ納屋にでも放り込めば、お江戸は忽《たちま》ち、火焰地獄さ」

嫌かの、と言いながら、老婆は彼の法被《はっぴ》の裾《すそ》に手をのばした。彼は又、一足後退さった。頭上の梢《こずえ》から鴉《からす》が翔《と》び立った。

てめえでやりゃあ、いいじゃねえか。

「ここから眺めていたいのだよ」老婆は言った。

「わっちァ、逃げ足が遅いから、付け火をしたら、怨ちしょっぴかれて番屋行きだ」

「それで、他人にやらせて、高みの見物か。たいがい虫の好い話だ。だがね、何だってまた、お江戸を火の海にしたいのだ」

「綺麗《きれい》じゃないか」

「そりゃあ、高みで見りゃあ綺麗だろうが、人死《ひとじ》にが出るぜ」

「わっちも、死前《しにまえ》が近いもの」

何だか理屈の通らない話だ。彼はめんくらいながら、そうか、もうじき死ぬのか、と、そのことだけは納得がいった。

「やってくれるかい」

「できねえ」

「意気地なし。いなせな姿《なり》ア、みかけ倒しか」

「おれも昔、言われたことがあったっけよ、女に。火をつけてくれ、って」

「昔？」

今度は、老婆の方がけげんそうな顔をした。

「その年で、昔話かい。餓鬼《がき》の時分のことか」

「祭りも終わったな」

彼は話題を変えた。

「兄さん、神輿《みこし》をかついだのかい」

老婆はちょっと眼を細めた。

「刺青《もんもん》、あるんだろ。見せてくんねえな」

「好きかい」

「いいねえ」老婆の眼はいっそう細くなる。刺青《しせい》の藍《あい》と朱が流れるのか。

「わっちの間夫《まぶ》が、火消鳶だったよ。佐七《さしち》といってね」

「おや、俺の名も佐七というよ」

「そうかい。稀有《けぶ》だの。わっちの佐七っつぁんは、おまえより、もうちょいと男前だったの。城内かぶりの手拭に向う鉢巻きりりと締めて、おまえ、これが纏持《まといもち》さ。一つ輪大槌《おおづち》の大纏さね」

「一つ輪大槌か。よ組だの。神田鍛冶町《かじちょう》、白壁町、須田町、鍋町、紺屋町」

「明神さんも、よ組の持場さ」

「よ組の纏持が婆さんの間夫。苫船《とまぶね》で稼《かせ》いでいたのか」

「笑かしゃァがる。わっちの佐七っつぁんが、船《ふな》饅頭《まんじゅう》に目もくれるものか」

「昔ァ弁天娘《おべん》だったのだろうな、婆さん」

「おまえ、わっちの佐七っつぁんはの、消口とったら、一足も退《の》くこっちゃなかったぜ。おまえの年じゃあ、知らねえだろうな。よ組の纏持、佐七の名をきいたことはねえかの」

老婆はかがんだまま、土に指でさしちと書いた。

「婆さん、豪気だの。文字が書けるのか」

「天紅《てんべに》の艶書《ふみ》書いたこともある」

「佐七っつぁんにか」

「野暮ァ言わねえものだ。艶書《ふみ》で呼び出さねえじやあ来ねえような薄情な奴ァ、間夫とは言わせねえ」

「嘘《うそ》ァねえや」

「こう、聞きねえ。わっちの佐七っつぁんはの、正月の、年始廻りの最中に、ジャン、と半鐘が鳴ったものさ。おまえ、家に帰って火事装束に着替えている暇ぁねえわな。絹の重ね衣裳の裾を端折《はしょ》って、まっさらの白の繻子《しゅす》足袋《たび》雪駄《せった》履きのまんまで、火事場にすっとんだ。水を一浴び、纏抱えて、屋根に上って消口とった」

「ありゃァ、熱いんだ」

彼が言うと、老婆は軽蔑したように睨《にら》み、

「火の粉が冷たけりゃあ、氷で田楽が焼けらあな。佐七っつぁんなんざ、おまえ、正月の一張《いっちょう》羅《ら》が火の粉を浴びてぼろぼろだ。おまえ、刺子《さしこ》袢《ばん》纏《てん》で火を防いだんじゃねえよ。やわな絹の紋服だよ。

なあ、つもっても見ねえな。一番鶏が遠啼《な》いて、夜もほのぼのと明けかかる。火消鳶はさァ、顔は煤《すす》け、疲れきって、ふらりふらりと足どりもおぼつかなく引き揚げてくるのだが、いいもんだったよォ。ジャンと鳴ってとび出してゆく鳶もいなせだが、仕事を終えて木遣《きやり》をうたいながら引き揚げる、泥まみれ、灰まみれ、火の粉でぼろぼろ、ざんばら髪の鳶も、よかったよォ。

なかでも、わっちの佐七っつぁんさ。そのざんばら髪を水髪で結い直し、年始の挨拶はのばせねえと、一張羅は焼いちまったから、祝い事に着る絹の火消袢纏に着替えて、律儀《りちぎ》に旦那衆のところを廻ったものさ。旦那衆が惚れ込んでねえ、それからというものは、佐七、佐七、と、たいそうな可愛がられようさ」

老婆はまた、眼を細めた。

「四月五日の、申《さる》の刻だったたっけな。白山《はくさん》から火が出て、本郷湯島から池の端へひろがったことがあった」

「よ組と加組が、大喧嘩をやらかしたっけな」

彼は口をはさんだ。

「おや、おまえも聞いているかい。おまえ、消口は、先に取ったが勝ちだよ。加組の纏が半間《はんま》なのさ。火の手は金助町から湯島の二丁目に延びた。ここの消口をとったが、佐七っつぁんさ。加組の奴らが、湯島ァ加組の縄張りだ、手ェ出すなと吠《ほ》えやがったが、いったん立てた纏を、わっちの佐七っつぁんが倒すもんじゃねえ」

纏持は、命を火に預けたようなものだ……と、彼もうなずく。纏の馬簾《ばれん》は、和紙を貼《は》り合わせただけのものだ。ただ突っ立っていては焼け焦《こ》げる。絶えず振り立て振り廻すのは、見た目にいなせだからではない、火の粉を払い、己が命を守るためだ。筒持が纏持に水を浴びせる。燃え上がった火は、竜吐水《りゅうどすい》など寄せつけはしない。火が出た、となったら、類焼を防ぐために、まわりの家をぶっ壊す以外に、消火の方法はない。

消口とった家を、平鳶が総がかりで、刺股《さすまた》、鳶口で引き倒し叩き壊す。わらわらと屋根にのぼり踏み潰《つぶ》す。家に火がついたからといって、早々に逃げ下りるのは、纏持の面《つら》汚し、いよいよ手のつけようがないと判断した組頭《くみがしら》が、退け、と命じるまで、炎を浴びて纏を振るのだ。燃えるものがなくなれば、火はおさまる。

　これで、お手当は、火事場に駆けつければ百文、火の中にとびこんで消火に当たれば、更に百文、〆《し》めて、わずか二百文だ。その他に、町抱えの捨銭が月に二貫か三貫。もっとも、旦那衆の贔屓《ひいき》がつけば、祝儀が大きい。役者や相撲取りのようなものだ。抱えの鳶が男をあげれば、旦那衆の名もあがる。

「よ組は七百二十人、加組は半分にもならない三百人だ。勝ち目はねえと、その場は引き退がったが、おまえ、卑怯な奴らじゃねえか、火がおさまって、よ組が纏持の佐七っつぁんを先立ちに、火事場から引き揚げてきたときだ」

「木遣をうたいながらな」と彼は合の手を入れ、くちずさんだ。

「銀のかんざし、伊達《だて》には挿《さ》さぬ。とけし前髪のとめに挿す。洗い髪なら、藁で結んで薄化粧」

「いい喉《のど》だの」

「引き揚げてきて、どうした」

「円満寺の近くまで来たら、屋根瓦《がわら》がとんできた。加組の野郎どもが、焼け残った家の屋根に上って、瓦をぶん投げやがったんだ」

「ただじゃあ、おさまらねえな」

「そん時ァ、頭取《とうどり》たちが強引におさめたが、次の月にまた火が出ての、神田花房町から旅籠町、末広町、松住町からお茶の水。こん時ァ、火を消すよりも、どっちも最初《はな》っから喧嘩の気構えよ。加組にゃア、わ組やな組が助《すけ》っ人《と》についた。轟々《ごうごう》と火が燃えるなかで、おまえ、瓦はとぶわ、鳶口で頭ァかち割るわ、焼けぼっ杭《くい》ぶん廻して叩きのめすわ、たいがい胸のすく話だ」

「てめえの眼で見たように話すの、婆さん。野次馬をきめこんだか」

「婆さんは、止めとくれ。気が滅入《めい》る」

「お無垢《むく》とも呼べめえが」

「呼んでみな。あいあいと応えてやるよ」

「厚皮《あつかわ》な婆アだ」

「わっちがこの眼で見られるわけが、あるめえじゃねえか。佐七っつぁんから聞いたばかりさ」

「で、結局、どうなった」

「佐七っつぁんは、死んだよ」

「そうかい、おめえの佐七っつぁんは、死んだのかい」

「よゥ、兄さん、火をつけておくれなね」

「何だって、火をつけろ火をつけろと……。おめえ、お江戸の町を灰にして、何が嬉《うれ》しいんだ」

「さっき、言っただろう。わっちァ死前が近いのだ」

「死病か」

「年だもの」

「どうせ死ぬなァ、天命寿命でしかたあるめえ」

「どうせ死ぬなら、火の海を眺めながら死にたいじゃないか」

「呆《あき》れけえった事を言う婆ァだ」

「呆れが蜻蛉《とんぼ》返りして股引《ももひき》で礼に来るか」

「婆さんよ、くたばるなら、おとなしくくたばりなよ」

「火を見たいもの」

「人死にが出てもか」

「わっちが死ねば、世の中も、無くなるもの」

「そりゃあ、おめえには、そうだろうが」

「そうだよ」

「そう言ったもんでもねえ」

「おや、蛍《ほたる》だ」

「秋に蛍がとぶか。おまけに日も暮れていねぇ」

「でも、見たもの。ついと、とんだ」

「それは、忘れ蛍というのだ」

「へ？」

「夏の終わりによ、死ぬのを忘れた不間《ぶま》な蛍だ」

「わっちみたような蛍だの」

「俺の話をきかそうか」

「他人の話なんざ、聞きたくもねえ」

「俺の色ァ廓《なか》の小見世につとめていた」

「聞きたくもねえよ、そんな話ァ。女郎の苦労話は聞き倦《あ》きている」

そう言ってから、老婆はちょっと身じろぎし、

「その女ァ、死んだのかい。それとも、落籍《ひか》されたのか。おまえ、つとめていた、と言ったもの。もう、切れたのか」

「その女が、おれに言ったのだ。佐七っつぁん、火をつけておくれ」

「そうか、おまえも佐七だったの。足抜きか。悪い奴だ」

「足抜きしたがるのが、悪いか」

「ばか、女郎の足抜きが何故悪い。悪いなァ見世の亭主だ。お飯《まんま》抜きの責め折檻だろう。廓《くるわ》の火事ァ、女郎かその色の火付けと相場が決まっている。おまえ、火をつけてやったのかい」

老婆は彼に身を寄せてきた。

「火をつけておくれよ」しゃがみこんでいる彼の膝に手をかける。

「できねえ、と、俺は言ったんだ」

「いくじなし。怕《こわ》いのかい」

「そう。そう、あいつも言ったんだ。いくじなし、怕いのかい。だがよ、つもっても見ねえ、俺ァ火消だぜ」

「火を見ると消したくなるか。湯屋の火でも焼場の火でも、見りゃあとんで行って消しちまうのか」

「あいつと同じことを言うの」

「火付けして逃がしてやらなかったのか。しっこしのねえ男だ。色の風上にもおけねえの」

「待ってくれ、と俺ァ頼んだのだ。すぐには、肚《はら》

を決めかねた」

「存《ぞん》の外《ほか》、鈍な男だ」

老婆は衿元《えりもと》に顎《あご》を埋め、何か考え込む顔つきになった。

「こういうこたァ、火をつけておくれ、おうサ、まかしとけ、と気味合いよく運ぶものだ。そんなこっちゃ、花魁《おいらん》に愛想をつかされただろう」

「花魁の太夫《たゆう》のという女じゃねえ。小見世の女郎だったよ」

「花魁と呼んでやりなよ」

蛍だ、と彼はつぶやいた。何も見えはしなかったのだが、何となく、言ってみたくなったのだ。口にすると、小さい青い冷たい火がつと走るのが見えたような気がした。陽が西にまわりはじめていた。

「とんちきだよ、おまえは。なぜ、あいよ、と答えてやらなかったんだよ。花魁は嘆いただろう」

「花魁じゃねえって。小見世の女郎だ」

「わっちも小見世につとめていた。佐七っつぁんの働きっぷりは、話にきくばかりさ。見たかったよ。半鐘が鳴るたびに、跣《はだし》で表にとび出してみるものの、大門の外に出るには手形がいる。色の纏を見たいから、出してくんないなどと言おうものなら、口にしただけで割り竹だ。見ねえな。わっちの背には、まだ痕《あと》が」

と、肌を脱ぎそうになるので、彼はいそいで止めた。歳月の痕は、割り竹の痕より無惨であるにちがいない。

「いい女だったかい。兄さんの女は」

「言うがこたぁねえや」

「折も折かよ大風嵐《おおかぜあらし》、煙のぼりて空色見えず」老婆はくちずさみ、その声があどけなく童女めいた。彼は、子供が童唄《わらべうた》をうたうように声を合わせ、

「焼ける音さえ天地にひびき、火の粉ばらばら本郷辺に、ここやかしこに飛び火がいたし、焼ける

火の下家数も知れず、湯島神田は風下なれば……」

「兄さん、神田の鳶かい」

「浅草だった。ち組だよ」

「ち組か。そうか、兄さんはち組の鳶かい……」

「花のお江戸のその町火消、命がけなる火掛りなれば、威勢一番火先にかかり」

「ち組の佐七……」

「廓が火を噴いてよ」

「おまえが付けたんじゃなかろ。臆病ったかり」

「婆さん、おまえも知ってのとおり、廓の火事は、廓火消が持場だ。町火消ァ手出しはできねえ。町火消十番組、と、ち、り、ぬ、る、を、九百三十一人が、廓をかこむおはぐろ溝《どぶ》の外、日本堤にかけて勢揃いし、燃えさかる火を、手をつかねて見ていたんだ」

「廓ア、焼けた方がいいのさ。女郎も御亭《ごてえ》もよろこぶ」

「そうだってな」

　廓は全焼すれば深川などで仮宅営業ができる。仮宅の方が客足が多くて、楼主は儲けになるのだ。ただし、全焼が条件で、焼け残った見世があると、仮宅は許されない。だから、廓の者で組織された廓火消は、小火《ぼや》ではすまないと見当がついたら、消すより燃やす方に力を注ぐ。

「ち組の纏は丸に一の字だが、俺ァ平鳶で、纏は持たせてもらえなかった」

「野暮に正直な兄さんだ。纏持だったぐらい言ったって、わっちにはわかりゃあしないのに」

「おまえも正直だよ。何も小見世の女郎と明かさねえでも、大籬《おおまがき》でお職をはった鳳凰《ほうおう》だぐれえの風呂敷をひろげてもいいものを」

「わっちが何から何まで真正直に話したと思っているのかい」

「よ組の纏持がおまえの色だったてなァ、嘘だな。よ組と加組の大喧嘩は、つい七、八年前のことだもの。七、八年前でも、おめえは婆ァ」

「は」と老婆は笑い、

「平蔦の話は、どうなった」

「廓の中は天を焦がすばかりに燃えさかってぃる。その中に、おまえ、俺の女がいるんだぜ。じっとしていられるか」

「どうした」

「火の中にとびこんださ。頼まれたのに、火をつけてやらなかったものな」

「何と初《うぶ》いことだの。それで、女を助けたのかい」

「いいや。燃えた梁《はり》が落ちてきて、俺ァ、死んだ」

「そうかい。兄さんは、死人かい」

老婆は、彼をみつめた。

「吉原ァ火事が多いのだもの。何度も、似たような話はあるものなのだ」

自分に言いきかすように、老婆は言う。

「だからよ、婆さん、おまえが死んだって、世の中ァ終りにはならねえぜ。俺みてえに、毎日、こうやって、高みから江戸の町を見下ろして」

「それァ、おまえが甘いからだ」

老婆は、ぴしっと言った。

「わっちァ、死んだら、影も形もなくなるよ、未練がましく、生きてる者の前に面ァ出したりはしねえや」

「俺ァ二十三で死んだのだもの」

彼は少し恐縮して弁解した。俺が面ァ出したわけじゃねえ、そっちが勝手に俺を見たんじゃないか、と思いながら、気をとり直し、

「婆さん、俺が火をつけてやらねえでも、江戸の町の火事が、ここから見わたせるんだぜ」

秘密めかして言った。

「ほれ、見ねえな」

「夕焼けじゃないか」

老婆は馬鹿にしたように言い捨てた。

「だがよ、綺麗だろう。火事そっくりだ。燃えているあ。落葉が火の粉みてえだ」

「甘っちょろけた奴だ」

老婆の声は遠のいた。彼に見切りをつけて、他の者を探すつもりなのかもしれない。

「姐《ねえ》さん」

彼は老婆の背に呼びかけた。

「俺の女の名は、小糸といったぜ」

老婆は痩《や》せた肩をちょっとそびやかし、歩み去ってゆく。

「死にはぐれやがって」

明神の社《やしろ》を包む森に、目を移した。黒々とした森は、夕陽の光にふちどられ、深紅の空に鴉の群れが燦爛《さんらん》と散り舞う。

「あ、蛍」

木の下闇に目を落とし、
彼は、つぶやいてみた。

鬼灯

「姐《あね》はん」と、長次《ちょうじ》がとび込んで来た。

熟柿《じゅくし》をぶつけられでもしたように、頭から胸に紅《あか》いしぶきが散っている。

――〝姐はん〟言うたら、あきまへんどっしゃろ。歯切れよう、〝姐さん!〟言わなんだら、親分がまた、御息巻《おいきまき》さんにならしゃるえ。

と口にしかけ、江戸言葉に頭の中でうつしかえてみる。

――姐はんなどと、お言いでないよ。おお、しんど。

縁先に吊《つる》した風鈴はさかんに澄んだ音をたて、赤い短冊《たんざく》がめまぐるしく踊っているが、風は少しも部屋の中に吹きこんで来ない。

うなじに汗ではりついたおくれ毛を、長煙管《ながぎせる》をはさんだ指で掻《か》き上げる。

長次が暴《あら》い息をするので、長火鉢の灰がかすかに舞い立つ。

この油照りに長火鉢など、うつうつしいて叶《かな》んなあと姐はんは思うのだけれど、親分の好みなのだ。火は入っていない。

「えらいこってす。親分がいかれましてん。相手は粟田《あわた》の新蔵どす」

「そらまあ、驚《きょ》くんなこってすの」

「いえ、きょくんたら言うのんと違います。粟新どすがな。わしら、三条白川橋の河原で賭場《どば》開いとったんですわ。あっこは粟新の縄張で、いや、そないな話は後まわしや。いまじきに戸板で運んで来まっさかい、寝間《ねま》敷いとかなりまへん。ごめんやして」

長次は、次の間の押入から手早く蒲団《ふとん》をひきずり出す。

「姐はん、油紙どこどす。血ィだらけやよって、油紙敷かなあきまへん。おまえら、早《は》よ、手ェ貸さんかい」

後の言葉は、うろたえている若い者や下女たちに向けられた。

「わしのは返り血や。大事《だん》ない。湯、沸いとるか。何に使う、て、わしゃ知らんわい。医者いうもんは、何や知らん、来るなり、湯、湯、て騒ぐもんなんや。早よ、せ。阿呆《あほ》、湯が要るんは、赤《や》子《こ》生《な》まれるときばかりやないわい。親分が赤子《ややこ》生《な》すか、あほんだら。医者は仙が呼びに行っとる。急《す》じきに来よるやろ。何、大事《だん》ない、大事ない。急所はそれとるさけ」

長火鉢の前でおっとりかまえている姐はんには愛想《あいそ》をつかしたふうで、長次は口迅《くちど》に指図する。

──そやかて、こないな時に、どないしたらええもんか、わからしまへんもんなあ。ほんに忙《せつろ》しおすなあ。けんど、おもろなって来よりましたわな。親分がお血《みあせ》だらけにならしゃって……

姐はんは、くすっと笑いかけ、

──江戸風にお出迎えせなんだら、また、せんど、ごてくさ言わはりまっしゃろなあ。おいたたしゅうござります、いうの、江戸の姐御衆《あねごし》やったら、どない言わはりますのやろ。

長煙管を、はた、と取落としてみる。

──〝あれ、おまえさん、どないしやはってん〟あかんな。あきまへん。〝あれ、おまえさん〟これはよろし。〝あれ、おまえさん、どうおしだえ〟

「姐はん」と、長次が尖《とが》った目を向けた。

「何を悠長《ゆうちょう》にじゃらじゃら踊ったはるんどす」

「へ？　誰《だれ》が踊ってますの」

「妙な手つきしはって」

うさんくさそうに、長次は言う。

「なァへ、親分、目ェ廻《まか》してあらしゃりますやろか。そやったら、こちはあんじょう助かりますのやけど」

「へ？　あのな、姐はん、下々《しもじも》ではな、目ェ廻《まか》すいうたら、気ィ失うて悶絶《もんぜつ》しはるこってっせ。お公卿《くげ》はんら、元気のええのんを、目ェ廻《まか》す言わはるんどすか」

「あほらし。どこの世界に目ェ廻して元気になるお人が」

姐はんは言い捨て、

——あれ、おまえさん、どうおしだえ。

ぐらりと片手を畳についてみる。

箸《はし》の上げ下ろしにも、江戸の女はな、と親分は口うるさい。

何が江戸え。江戸言うたら、東夷《あずまえべす》。

親分の生まれ育ちが上方《かみがた》なら、こうもややこしい苦労はせずともすむものを……と思うが、実のところ、親分が何をうだうだ言おうと、たいして気にしているわけではない。

それどころか、口叱言《くちこごと》は、退屈な毎日の、ささやかな刺激と感じている。刺激も、狎《な》れてしまえばいっこうに、ぴりりともしないのだが、何もないよりはましだ。親分の喧嘩《でいり》にしたところで、あれは親分にとっての刺激。こっちは痛《いと》うも痒《かゆ》うもあらしまへんのやわ。

「そらな、あっこは粟新の縄張やで。百も承知やわい」

長次が下女たちに話している声は、姐はんの耳を素通りする。

「そやけどな、あっこは、江戸へ上り下りのとば口や。雲助やら、堅気《かたぎ》の旅の衆やら、鴨《かも》に不自由せんわ。あないええ場所、奪《と》らなんだら阿呆や」

——江戸の根生《ねお》いだと、親分は常々、他人には言う。

しかし、姐はんには、一つ床で枕《まくら》をかわしながら、母親は巡礼だったと、ひどくしんみりした声で打ち明けた事がある。

行灯《あんどん》を消してあったので、親分の顔が見えないのは、姐はんにとって幸いだった。

秩父《ちちぶ》、坂東《ばんどう》、西国、四国、笈摺《おいずる》を背にした母親の白衣は、どぶ鼠色《ねずみいろ》だった、と、幼いころの記憶を口にする親分の声は、風邪をひいたような鼻声だった。

泪《なみだ》まみれの親分の顔などというものは、姐はんが金輪際見たくないものの筆頭だ。同じまみれるなら、血の方が何ぼかましだ。

親分の顔は、傷痕《きずあと》が無数に走っている。泣いたら、顔の上に泪川が入り乱れる。血の網目なら、少しは男前が上がるだろう。

「親分、遅おすなあ。どこぞで、また、粟新の奴らとこれになっとるん違《ちゃ》うやろか」

長次は指刀を切り結ぶ仕草をし、腰を浮かす。

「ほな、わし、ちょいと見て来まっか」

若い衆の竹が気働きよく申し出た。

「いや、いっそ、皆で押し出した方がええかしれんで。向こがぞろっと顔揃《そろ》えて来くさったら、一人や二人行っても埒《らち》あかん」

「そやけど、姐はん一人残したったら」

「こちも」と言いかけ、江戸の姐御衆にならって、「わっちも」と言いかえ、

「行くさかい、こぼこぼ揃えてくんな」

「へ？」

長次は聞き返したが、下女のおやすが心得て、土間に姐はんの木履《ぼっくり》を揃えようとする。

「あきまへん」

長次は、慌ててとめた。

「粟新一家とぶつかったら、こら修羅場《しゅらば》でっせ。姐はんはそこに、ちんとおいど据えて待っとっておくれやす」

姐はんは吐息をついた。

「江戸の姐御衆やったら、こないなとき、野郎ど

も、ついて来い言うて、長脇差《ながどす》摑《つか》んで駆けつけはるんやありまへんのやろか。わっちもやってみたい。やらせてくんねえな」

「あきまへん」

「お根性悪《こんじょうわる》さんやなあ」

「それ、いてこませ」

長次は姐はんを無視して、若い衆にはっぱをかけた。

おう、と男たちが立ち上がりかける。

「いや、待ち。親分は……」

竹がためらいながら、長次に目まぜした。

「わし、一走り、見て来まっさ」

「あ、そやな。ほな、そうしてもらおか」

長次も、竹に目まぜし、何か気抜けしたふうに腰を下ろした。

「何ですのん。喧嘩《でいり》、取り止《や》めか?」

「まだ、わからしめへんねんけどな、ちょと様子をみてから」


竹が尻《しり》からげして走り出ていった。

「野郎ども、油断すなよ。いつ、なぐりこんでくるかしれへんよってな」

そう言いながら、長次は所在なげに、上り框《かまち》に居場所をうつし、長脇差だけは身近に引き寄せている。他の男たちも、土間のあたりに散らばって、力んだものやらくつろいだものやら、宙ぶらりんな様子だ。

「あのなあ」

姐はんは、気兼ねしながら声をかけてみる。

「もうちゃっと、景気ようございまへんの。何や、湿気た花火みたいやないか」

「姐はん」と、長次はうんざりした声を出した。

「わしも、ちゃっと様子みて来ますわ。姐はん、くんなはれ。親分のおらんときは、姐はんが仁義受ける稽古《けいこ》でもしとっておくんなはれ。親分のおらんときは、姐はんが仁義受けなあきまへんのやで。熊、おまえ、姐はんに」

「いえ、わし、兄貴のお伴しまっさかい」

「仁義の切りようなら、おぼえてます」

姐はんは、少しつんとした。

「ほな」と長次が出て行くと、男たちもぞろぞろ従った。

「何でえ、てめえら、唐変木《とうへんぼく》のおたんこなす」

親分から口うつしに教えこまれた江戸言葉のうち、悪口雑言は、すらすら言えるようになっている。

浴びせかけると、風鈴が、チロチロ、チャロチャロ、と忙しい間《あい》の手を入れる。

「お賑《にぎ》にぎさんに出て行きやがって。へちゃむくれ」

——風鈴お姫、言わしゃりましたなア。

軒下で踊り狂う南部鉄の小さい風鈴に、姐はんは目を上げる。

親分が江戸で見たという芝居に、破落戸《ごろつき》の女房になって女郎に売られたお姫さまの話がある。親分はその芝居がいたく気にいっているとみえ、機嫌のいいときは、姐はんの前で声色《こわいろ》を使ってみせ、
さしずめ、俺《おれ》ア、釣鐘《つりがね》の権助《ごんすけ》、おめえは風鈴お姫だなア。

と、感じ入った声でつけ加えるのが癖だ。

破落戸の権助は左の二の腕に釣鐘の刺青《いれずみ》があり、権助に惚《ほ》れたお姫さまは、それをまねて、自分も釣鐘を彫った。ところがお姫さまの腕は細くて小さいので、釣鐘が風鈴にしかみえないところから、女郎に身を落としてからの渾名《あだな》が、風鈴お姫。

「二人が二人釣鐘を、思い合《お》うたる入れ黒子《ぼくろ》」

と、親分は気分よさそうに謳《うた》い上げ、

「こう、おめえと俺も、墨を入れるか」

などというが、口だけで、実際に針を刺す気はないらしい。

姐はんも、親分と揃いの刺青は、あまり嬉《うれ》しくない。もうちゃっと好いたらしい男はんとなら、

風鈴でも団扇《うちわ》でも、何でも彫るけれど、と思いながら団扇で胸元に風を送る。長火鉢の灰が、又、舞い立った。

針でちくちく腕刺したら、少しはええ気分になるやろか。浴衣《ゆかた》の袖《そで》をまくり上げ、白い腕を出してみる。

——野郎ども！　たら、一度言ってみとおすなあ。

長次は、親分不在のときに旅人が来たら、姐はんが仁義受けなあかんと言ったが、姐はんがこの家に来てこのかた、旅人が草鞋《わらじ》をぬいだ事は、まだ一度もない。

親もとにいたころ、賭場を訪れた旅人が仁義をきっているのは、何度か耳にした。

公卿《くげ》の住まいは、姐はんの親もとの家のみならず、どこでも開帳が盛んだ。

禁裏《きんり》と仙洞御所《せんとうごしょ》をかこんで、公卿屋敷がくずれかけた練塀《ねりべい》を連ねているが、姐はんの父親の屋形のあるあたりは、ことに貧乏公卿ばかりが集まっている。岩倉卿《きょう》、芝山卿、豊岡《とよおか》卿、北小路卿、そのほか二、三十。姐はんには何の事やらわからぬ〈国事《こくじ》〉とやらに諸卿は奔走しているのだそうだが、その屋敷は門前に高張提灯《たかはりぢょうちん》をかかげ、博徒に部屋を貸している。賭場のかすりの一部を上納させるので、いい収入《みいり》になるのだそうだ。親分は、上方のかすりという言葉を嫌って、テラ銭という。姐はんは、テラ銭の方が下賤《げせん》な感じがすると思う。

役人が公卿の屋敷に踏み込むには、朝廷の伝奏の手を経なくてはならない。たいそう厄介だから、役人も見て見ぬふり、博徒にとって安全な場所だし、公卿も坐して金が入る。お互いに都合がいい。

親分は、巡礼の母親と諸国を経めぐり、流れ流れて大坂に流れ着き、四天王寺のあたりをうろついていた。そのうち、母親が雪駄直《せった》しといい仲になった。いい仲というのは、お親密《ちかぢか》にならしゃってお嫁《かたづ》きにならしゃる事なのだそうだ。

親分は、十一のとき、雪駄直しの家をとび出し、江戸に下った。江戸がお好きさんだから下ったのか、下ってからお好きさんにならしゃったのか、姐はんは、そこまでは知らない。

安藤対馬守《つしまのかみ》の渡り仲間《ちゅうげん》の部屋頭、吉右衛門《きちえもん》という者の配下となった。渡り仲間の部屋には、貸元から賽振《さいふ》りまで、一通り揃っていて、親分もそこで博奕《ばくち》を仕込まれた。

江戸を離れたのは、十七の年だそうだ。吉右衛門の御内儀《かか》さまといい仲になったためだと親分は言った。

おちかぢかにならしゃって、おかたづきにならしゃったのかえ、と寝物語に訊《き》いたら、ばか、と言われた。

それで、親分は再び上方に舞戻ってきた。道中は、いい仲になった瞽女《ごぜ》に稼がせ、京でしばらくその瞽女といっしょに暮らしていたが、やがて、瞽女は追い出した。

公卿屋敷の賭博に、煎餅《せんべい》だの餅《もち》だの鮨《すし》だの団子だの酒だのを売り歩いて暮らしをたてるようになった。

姐はんの屋敷の賭場にも、箱をかついで出入りしていた。

姐はんは、賭場をのぞき見する事は禁じられていた。しかし、姐はんはお側《そば》女さんの腹に生まれた子であるためか、禁忌の眼はそれほど厳しくはなかった。

板戸の割れ目に、姐はんは屢々《しばしば》目を押し当てた。張ったり、張ったり、だの、半方《はんかた》が二十あるぞ、半方ないか、ないか、だの、聞きおぼえ、姉《あ》もじさんがたに、双六《すごろく》の賽を使って、丁半を教えてさしあげた。姐はんは、中盆《なかぼん》をつとめ、かすりをいただいた。姉《あ》もじさんがたは、賭場から厳しく遠ざけられているので、たいそう喜ばれた。

〝盆中お手留めまして、仁義とは失礼にござります。お許しをこうむります。さきほど参りましたが、目の都合がありまして、差控えておりましたが、五・三の丁と見受けました。その前は三・二の半、四ゾロの丁、四・六の丁と見受けます。

御列席の御一同さまにごめんこうむります。御当所貸元幸吉親分さんでございますか。向かいまして上さまとは、今日はじめてお目通り叶います。したがいまして、輩《やつがれ》、生国《しょうごく》は……〟

姐はんの親もとの屋敷の賭場は、何とかの幸吉という親分が仕切っていた。新参の渡世人の仁義を、姐はんは、そらで言えるほど聞きおぼえた。次第にわかってきた事だが、仁義を切るには、汐時《しおどき》があるらしい。

四・三の半、五・三の丁、ピンゾロなどが良い目とされており、こういう目が出たとき、すかさず、〝盆中お手留めまして……〟と、やり出すのである。しかも、その前二つ以上の目を憶《おぼ》えておいて、挨拶《あいさつ》の中に混ぜこまなくてはいけない。旅人が、挨拶をまちがえたとたんに斬《き》り殺されたところを、姐はんは板戸の隙間《すきま》から目撃している。

あれ、毒性《どくしょう》なこっちゃの、と思いながら、たいそう珍しくもあった。京の辻々《つじつじ》に、暗殺された死《し》骸《がい》がころがっているのは時たま見かけるが、斬殺《ざんさつ》の現場を見たのは、そのときが初めてだった。姉《あ》もじさん方に早速教えてさしあげ、羨《うらや》ましがられた。

もっと面白《おもしろ》い場面も、姐はんは見た。

賭場荒しが踏込んできたのである。この男は、あちらこちらの公卿屋敷の賭場に出入りし、金を貸せとゆすり、貸さないと喧嘩をふっかけ、有金をさらって引き上げてゆくのを常習にしていた。姐《あね》はんも顔は見おぼえてしまい、胸毛のジャガラという呼び名も知った。渾名のとおり、さわったらしゃりしゃりと音をたてそうな胸毛が密生していた。相撲取《すもうとり》のように軀《からだ》が大きく、見るからに恐ろしげだ。ジャガラとはどういう意味なのか、ついに姐はんはわからずじまいだ。

ジャガラが出入りするおかげで、公卿屋敷の賭場はさびれはじめた。

まばらな客が、しけた声で、丁、半、とやっているのを見わたして、

〝何や、商売にならへんやんか〟

酒や饅頭《まんじゅう》を売りに来た親分は嘆いた。もちろん、そのころは、親分はまだ〝親分〟ではなかった。〝鉄〟だの、軀が小さいから〝小鉄〟だのと呼ばれていた。

〝ジャガラの一匹や二匹、叩《たた》きのめせねえのか。相手は一人だぜ。お身内衆の頭数を揃えたら、何の雑作もねえだろうに〟

親分が言うと、

〝いくらお目こぼしにあずかっているとはいえ、ここは公卿屋敷だ。禁裏さまと目と鼻のところで、徒党を組んで騒動を起こしたら、役人も目をつぶっているわけにはいかなくなる。だから、煮えくりかえる腹を押さえているのだ〟

と貸元の子分が言った。

〝へえ、すると、何ですかい。一人でジャガラに立ち向かえるお人は、こちらのお身内衆にはいねえんですかい〟

〝何ぬかしてけつかる。そない広言叩くなら、われ、ジャガラを叩きのめしてみろ〟

親分は、ちょっと口ごもった。

〝みさらせ。われができもせんこと、偉そうに言いなや〟

〝やったろうじゃないか〟

親分は貧相な肩をそびやかした。

饅頭売りの小鉄が、ジャガラをうたわしたる言うとるで。噂《うわさ》がジャガラの耳に届き、押しかけてきた。

ジャガラが貧相で年若な親分をこけにしてからかい始めると、親分は一言も言い返さず下を向い

ていたが、全身にじわじわ力が溜《た》まって、突然、噴火するように、下から目つぶしをくらわせた。辛子粉とうどん粉を混ぜたものだった。ジャガラだけではなく、親分も他の者も咳《せき》こんだり涙を流したり大変だったらしい。のぞき見していた姐はんも、目に辛子の粉が入り、その後どうなったか目撃する事はできなかった。

それでも、小鉄がジャガラをうたわせた——悲鳴をあげさせた——と評判になり、親分は、何だか、皆から立てられるようになってしまった。

その翌年、京の攘夷《じょうい》論者の横行を取締まるとかいう事で、会津藩士が入京してきた。

親分は、会津屋敷の仲間部屋の賭場に出入りし、どういういきさつがあったのか、いつのまにかそこの親分株に成り上がった。会津の小鉄と、二つ名がついた。

そして、更にいっそう姐はんにはわけがわからなかったのだが、姐はんは、親分の姐はんにさせられてしまったのである。

嫁入仕度も別になくて、何だかわからぬままに駕籠《かご》に乗せられ、着いたところが、この家だった。

誰も阻止しなかったから、お父《でい》さんも姉《あ》もじさんも、承知の上の事らしい。ろくに顔を見た事もないお父《でい》さんはどうでもよろしいが、姉《あ》もじさん方には、ちゃんとお別れを申しのべて来たかった。三人の姉《あ》もじさんは、姐はんをたいそういつくしんで進ぜられた。古くなって手がとれたり顔が汚れたりした人形は、惜しげもなく姐はんに下げ渡して進ぜられた。その人形も、皆おいてきてしまった、と姐はんが嘆くと、親分は、一家をとりしきる姐御の心得を、一つ床の中で説ききかせた。

「それにしても、親分、遅おすなあ。長次さんも、出て行かはったきりやの」

「あのねえ、お姫《ひい》さん」

台所の床を空拭《からぶ》きしていたおやすが、姐はんに目を向けた。おやすは、姐はんがここにうつってから傭《やと》われた下女だが、江戸の生まれだというので、親分は気にいっている。

暇ひまに、江戸の姐御《あねご》衆《し》の啖呵《たんか》を、親分にかわって姐はんに教えもする。

「親分は、たぶん、本妻さんのところにかつぎこまれたんですよ」

「へ？」

おやすは、床を力まかせにこすりながら、

「ふだんは、べちゃべちゃかわいがっていたって、いざって時はこうなんだから。まあ、いいじゃやござんせんか。厄介事はあっちにまかせて、のんびりやりましょうよ」

「本妻さんて……。御正室さんの事か？」

「そうですよ」

「そやかて……。ほな、こちは、何ですの」

「お人形さんですよ、親分の」

金で買われた、と、おやすは言いはしなかったが。

「だから、こっちには、子分といったって役立たずの愚図の半ちく野郎ばかり。……さて、お姫さん、また仁義の稽古のお相手でもしましょうか」

「そやけど、旅人さん、誰も来いひんえ」

「そのうち、迷いこんでくるかもしれませんよ」

「こちは、姐はんやあらなんだのかえ」

「いえ、りっぱな姐御ですよ。板についてきましたよ。ぶざまを引き付けまして、失礼さんでござんす。影ながら親分衆にてお免をこうむります。お姐ェさんにてお免をこうむります。向かいまする上さんとは、お初にござんす。したがいまして」

「お控えなさいませと言わなんだよ。三度くり返すのやろ」

姐はんは、少し泣き顔で言う。

「はしょっちまいましたね。はじめからやりましようか」

「もう、ええよ。こちは、何や泣きとうなった」

「そんなら、お泣きなさるがよござんすよ。ほんとに、何だってんだろうねえ。金《かね》で貧乏公卿の面《つら》ひっぱたいて。あれ、ごめんなさいよ。口が悪くてね。気はいいんですよ、これでも」

「あれ、涙出えへんわ」

「ねえ、お姫さん、気は持ちようですよ。妾《めかけ》に買われてきたと思やあ、口惜《くや》しいでしょうが、めいっぱい我儘《わがまま》言ってさ、気随気ままにおやりなさいよ。いっそ、苦労なしで、いいじゃありませんか」

姐はんは、聞いていなかった。姐はんが耳を傾けていたのは、チロチロ、チャロチャロ、といそがしい風鈴の音だ。

立ち上がって、ちょっと爪先《つまさき》立って風鈴をはずそうとすると、おやすが手を貸した。

「出てくるよって、こぼこぼ揃えてくんな」

「表はぶっそうですよ。攘夷だ何だって、だんびら振りまわす奴が多くって。おや、ほんとにお出かけですか。弱ったねえ。ここをあけっ放しにはできないし。ねえ、お姫さん、ちっとお待ちなさいましよ。竹さんか仙さんでも戻ってきたら、お伴についてもらいますから。あら、行っちまったよ。風鈴持って」

木履《ぼっくり》の鈴の音を小さくひびかせながら、姐はんはこれとあてもなく、歩く。チロチロと、提げた風鈴が音をたてる。

河原に近づくと、橋の上に人だかりがしている。何やろ、と、少し足を早めた。

人垣の間にもぐりこみ、欄干の間に頭を出し、見下ろすと、河原で斬り合いが始まろうとしている。

三人いる。そのうち二人は服装から見て新撰組の隊士らしい。刀の柄《つか》に手をかけている。二人に迫り寄られているのは、お乞食《こも》さんだ。手拭で顔を包み、巻いた茣蓙《ござ》を抱えている。

お乞食さんは、刀持てへんやないか。

不公平な気がした。刀を持っていないお乞食さんに肩入れしようと、姐はんは、手にした南部鉄の小さい風鈴を、新撰組隊士に向かって投げつけた。……つもりだが、風鈴は、欄干のすぐ下に落ちた。それでも、舞い落ちる赤い短冊が視界に入ったためか、隊士は、一瞬、気をとられたらしい。その隙に、乞食は、茣蓙を放り出した。手に刀があった。茣蓙の中に巻きこんであったのだ。

三人とも、刀は鞘《さや》ぐるみのままだ。相手がかかってきたら抜き討ちにするつもりなのだろう。

身がまえたままほとんど動かないので、橋の上の見物は苛々《いらいら》し、早よ、斬れ、斬らんかい、いてこませ、と、どなりはじめた。

早よ、結着つけんかい。くそ暑いのに、いつまで待たせるんや。

姐はんの耳のそばで、何か音がする。鬼灯《ほおずき》を嚙《か》み鳴らす音だと気がついた。

横を見ると、姐はんと同じ年ごろ——十三か十四ぐらいの女の子が、隣に並んで、巧みに鬼灯を鳴らしている。指は種の入った鬼灯を揉《も》みやわらげている。

姐はんを見て、鬼灯を頰《ほお》の横っちょに舌で押しやり、「あげよか」とくぐもった声で言った。

姐はんは首を振った。お手玉や羽根つきは上手なのだけれど、鬼灯は、鳴らせたためしがなかった。いつも嚙み破ってしまう。

女の子は、また、ぎゅ、ぎゅ、と鳴らしながら、欄干の間から首を突き出す。

三人の男は、陽射しに焙《あぶ》られて睨《にら》みあったままだ。汗がこめかみから咽首《のどくび》まで流れている。

鬼灯の音にあわせて、姐はんは小声で毒づく。唐変木《とうへんぼく》、おたんこなす、へちゃむくれ、生畜《いけづく》生《しょ》、死畜生《しにづくしょ》、どあほ。

毒づいても胸はさっぱりせず、

「早よ、いてこませ」

どなる見物に混って、声をはり上げた。

「しみったれねえで、早よ、ぶっ殺せェ」

何も、いっこうに変わりはしない。

隣の女の子が、やわらかくなった鬼灯の頭をくりくり廻し、種を抜こうとしている。ちょっとでも口が破れたら、失敗だ。息をつめて、姐はんは、女の子の手もとを見守った。

女の子の眼も真剣になる。芯《しん》の付根のまわりから汁がにじみ出てくる。少しずつ、芯が抜けあらわれる。すぽっと抜きとった。

種を橋の下に捨て、親指と人さし指でそっとつまんで、女の子は、朱色に濡れた鬼灯を姐はんに見せた。

「うん」

今度は素直にうなずいて、姐はんが口を開けると、女の子は舌の上にのせてくれた。

甘くて渋い味が、口の中にひろがった。

鏡にうつった顔は、小平次《こへいじ》だ。

友吉《ともきち》は、舌打ちして、剃《そ》り痕《あと》の青い眉根をしかめる。

「邪魔だよ、おまえ」

鏡の中の顔に罵《ののし》る。

「その面《つら》ア、ひっこめておくれ。おまえの面に紅《べに》白粉《おしろい》つけてみたところで」

洒落《しゃれ》にもならないと言いかけ、いや、この顔、化粧をしたら美しかったの、……素顔も、と一瞬ぞくっとした。

「おまえ、たいそうな勘違いをしているよ。おまえを殺したのは、座頭《ざがしら》の市川太九郎《いちかわたくろう》。あたしのところに化けて出るなんざ、お門《かど》違いもいいところ。消えておしまいな」

そう言ったものの、小平次の顔が消えたあとに、彼自身の顔がうつればいいけれど、首から上に何もうつっていなかったら、

——あたしだって、気が狂《ふ》れる。

「気ぶっせいだの。頼まれもせぬに差し出るをいらぬ左平次というが、こなたは、いらぬ小平次だ」

文句を言う友吉を、小平次は鏡の中からひっそり見返す。

「おまえ、それではあんまり無法《よこ》というものだ。幽霊には幽霊の、出端《では》の型があろうじゃないか。いくら楽屋が薄暗いからといって、昼日中から出る法があるものか。入相《いりあい》の鐘がぼォんと鳴り、行灯《あんどん》の灯がすうと暗み、薄ドロドロに寝鳥《ねとり》三重の約束事も、これじゃあ、だりむくれだ。おまえも

生前は役者のはしくれだろうに。まあ、出端のきっかけを違《たが》えたくらいは大目にみてやろう。せめて、そこらの隅に茫《ぼう》とあらわれて、恨めしいの一言も言ってごらんな。ずいぶん話もきいてやろうじゃないか。鏡の中からだんまりで睨《ね》めているなんざ、幽霊にしても陰気が過ぎる。おや、何だえ、その眼は。慮外ながら八琴座の若太夫でござんす。幽的に慄《ふる》えあがるような尻腰《しっこし》のないのとは、わけが違うよ」

小平次の切れ長の眼がわずかに微笑を含んだように、友吉には思えた。

鏡面に、白い蝶の群れが霧のように湧《わ》き起り舞い立って、小平次の顔はその影に薄れた。

おびただしい蝶は彼の視野いっぱいにひろがり、やがて、舞台の上に、彼自身が倒れている。

お吉に扮した彼は、つくりものの切首を投げ出し、上半身を笹の茂みにかくしている。その切口から、白い蝶は舞い上がる。

差金で蝶をあやつる黒衣《くろご》は、小平次であった。

演《だ》しものは、南北が市村座のために書き下ろした『解脱衣楓累《げだつのきぬもみじのかさね》』だが、これは江戸では舞台《いた》にのらなかった。

「そりゃあ、どうでもやりたいと、若《わ》太夫《か》がたってのお望みとあっては、首を縦にも振りましょうが、よほどお祓《はら》いでもして、覚悟を決めてかからねえでは、何が起きるかわかりませんよ」

江戸から下ってきた一座の座頭市川太九郎は、不承不承という顔つきで、そう言った。何のかのと文句をつけて給金をつりあげようという腹だと、座元はいいかげんにあしらう。

友吉は奥州郡山八琴座の座元の息子なので、若《わ》太夫《か》と奉られている。小屋の経営は父親にまかせ、女形《おやま》で舞台に立ち、地元では人気が高い。旅廻りの座が下ってきて興行するときも、友吉が一役つとめねば見物が承知しない。たいがいは所作事を一幕つとめて贔屓《ひいき》の望みに応えてきた。

　しかし、友吉は踊りよりは芝居の方が性にあっている。古い義太夫物《でんでん》ばかりでは自分もつまらないし客も倦《あ》きるだろうと、しばしば郡山から江戸まで出向いて、葺屋町《ふきやちょう》、堺町《さかいちょう》、木挽町《こびきちょう》の芝居小屋《こや》をのぞき、新狂言を仕入れてくる。ことに、十年ほど前から立作者として人気の勝俵蔵の狂言は、わくわくする思いで見た。三、四年前に南北を襲名したこの作者の『阿国御前化粧鏡《おくにごぜんけしょうのすがたみ》』だの『絵本合法衢《えほんがっぽうがつじ》』だの、醜悪で怪奇で美しい舞台は彼を陶然とさせた。

　正本の写しを手に入れ、地元に帰ってから舞台にのせてみるのだが、よい役者が揃わぬせいか、江戸の小屋のような凄艶《せいえん》な舞台にはならず、客のうけもあまりよくなかった。彼の思惑に反し、見物は見なれた義太夫物の方をよろこんだ。

　友吉は歯がゆかった。何とか、あの妖美、怪異を再現し、地元の贔屓衆を酔い痴れさせたい。そう念願しているとき、たまたま下ってきた一座の座頭太九郎が、『解脱衣楓累』の正本の写しを持っていたのである。

　一読して、友吉はとり憑《つ》かれた。ぜひとも、これを舞台にかけよう、ついては、自分に立女形の役どころをやらせてほしいと申し入れたのだが、太九郎は難色を示した。

「これは、二年前、正本だけはできたが、とりやめになった、因縁つきのしろものでさ」

　そう、太九郎は言ったのである。

「なぜだろう。すてきに乙《おつ》な趣向の本だと思いますがね」

　友吉は、訛《なまり》を消し、江戸の捲《ま》き舌をまねようとする。

「そのとおり、役人替名《かえな》（配役）も、この上ないけっこうなものでござんしたよ」

　太九郎はうなずき、

「まず、聞かっし。空月が幸四郎、お吉と累の二役を、猿屋路考の菊之丞、金五郎と与右衛門を三津五郎、小さんが田之助で羽生屋助七が七代目(団十郎)と、当代これ以上は望めぬ顔ぶれでござんした。宗十郎も出るはずだった。ところが、宗十郎が、まず、わけのわからぬ病にかかり、出られなくなり、つづいて田之助が座方と悶着《もんちゃく》をおこして休みました。その後も何やらごたごたし、とどのつまり、この狂言はお蔵になりました。ところが、それだけではおさまらねえで、路考がその年の十一月二十九日に死んだ。まだ三十一でしたよ。こちらの若太夫と同じ年頃《わか》だったねえ。加えて、宗十郎が、十日と間をおかずにこれも他界しました。こっちはもっと若い。二十……七だったね。若い立役者が二人、たてつづけにあの世にひっぱられていっちまった。市村座では、この狂言は二度と出さぬと言っていますよ。それでも、やりますか」

「やろうじゃありませんか」

友吉は意気込んだ。

「江戸で誰もやったことがない南北の芝居を、郡山の小屋で、初めて手がけるなんざ、嬉《うれ》しいじゃありませんか。まだ、誰も型も残っちゃあいない。あたしの工夫が、型になる。いつかこの狂言が江戸で日の目を見るとき、そういやあ、郡山八琴座の若太夫、藤川友吉の型はこうこうだったなどと、語り草になるかもしれない。路考さんが若死しなさったことはきいていたが、この狂言との因縁は知らなんだ」

「怕《こわ》かありませんか」

「広告《ひろめ》の役に立ちそうだ。路考と宗十郎を祟《たた》り殺した南北の狂言に、郡山八琴座の若太夫、藤川友吉が挑むってね。お祓《はら》いでも護摩《ごま》でも、評判のたつことなら、何でもやりますよ」

どうです、お父っつぁん、と友吉は気負った眼を父親に向けたのだった。

序幕は、鎌倉正覚寺住吉祭の場と、放山《はなれやま》の場の二景である。

杉林を背景に、紅葉を葺《ふ》いた踊り屋台の上で、土地の娘たちが踊っている。中に、修業僧空月と人目を偲《しの》ぶ仲の、お吉がいる。

身重《みおも》であるのをかくして踊るお吉に、空月からの使者が、ことづかってきた手紙を渡す。

文面は、修業中の身に邪淫の浮き名が立つのを憚《はばか》り、お吉と別れ旅に出る、というものであった。

お吉は、踊りどころではなくなり、慌《あわただ》しく空月のもとに駆けつけようとする。

舞台は廻って、放山。後は山幕、上手に一里塚の土手、真中に辻堂、雷鳴がとどろき、夕立が降りしきる。序幕とはうってかわった凄まじくもの淋しい景色である。

辻堂で一休みし、お吉への思いを断ち切ろうとする空月に、お吉が花道から走り寄り、口説きたてる。

空月は、

「人の噂《うわさ》も七十五日、遠ざからば仕様もあろうが、どうで添われぬ妹背《いもせ》の中と」

思い切ってくれと、立ち去る決意を変えない。

二人の言い争いは、次第に声高になる。その二人の声を、木霊《こだま》が返す。袖の蔭から、黒衣が、同じせりふを繰り返しているのであるが、お吉に扮した友吉は、この場面でいつも奇妙な感じにとらわれる。もう一人の自分が、声を返しているような……。それほど、黒衣の声は、彼の声とよく似ているのだった。もっとも、自分の声というものは、他人が聞くのと少し違ってきこえてくるものなのだそうだ。そのためだろう、他の者は、彼の声と黒衣の声は、それほど似てはいないという。

木霊をつとめる黒衣は、その一座の下廻り、小平次であった。

お吉は空月の子を妊《みごも》っていることを告げ、どうでも添えぬとあらば、と短刀を抜いて自害しようとする。空月は留めようとして争い、はずみで、短刀はお吉の腹を裂く。

　思わぬ仕儀になった空月は、とり乱し、この上は、心中し、ともにあの世で蓮華座《れんげざ》をわかちあうから成仏せよ、と言いきかせ、お吉の首を掻《か》っ切る。

　すると、稲妻が走り雷鳴とどろき、雨脚はいっそう烈しくなる。

　空月は、はっと我れにかえり、本来の欲望を思い出す。

「命ながらえ身の願い、出家・侍両道の立身出世を、それそれ……」

　こう冷静になったら、死ねるものではない。竹笛入り合方《あいかた》で、お吉の首の切口から白い蝶が舞い上がる。黒衣の小平次が中腰でうずくまり、差金の蝶をあやつる。

　蝶は空月にまつわり、怨《うら》むように拗《す》ねるように、羽をすり寄せる。手で払えばついと逃げ、また寄り添う。

　首を切りとられた態《てい》のお吉の友吉は、笹のしげみのかげにかくした顔を少しねじ曲げて、軀《からだ》は俯《うつぶ》せに横たわったまま、小平次と蝶の動きを目で追う。またも、奇妙な気分になる。その奇妙さの正体が、友吉にはわからない。言葉で言いあらわしようもないのだが、一種性的な感覚であることはたしかだった。

　作りものの蝶を黒衣があやつっている、たかがそれだけのことじゃないか。そう思うのだが。

　空月は、お吉の切首をとりあげて眺める。蝶は空月のまわりを慕い舞う。

　二幕目。池の端茶見世の場。

　江戸に上ってきた空月が、下総羽生村から出てきた累《かさね》とふと出会い、空月は累がお吉と瓜二つなのに驚くと同時に、累に心惹《ひ》かれる。

　空月は知らないが、累はお吉の血をわけた妹であり、空月の家来すじにあたる与右衛門の女房になっている。

空月の背の荷には、お吉の首が入っている。

空月が累に言い寄ると、空月の荷に付けてあった短刀が鞘《さや》走り、累の足に突っ立つ。背に負った首の包みがふいに重くなり、空月は身の自由を奪われる。

三幕は飯沼草庵の場。

空月はこの無住の庵室に住みつき、村人の尊信を集めながら、武士に返り咲いて立身しようともくろんでいる。

正面の厨子《ずし》の扉を、空月は開ける。

中にはお吉の首がおさめてある。

空月は、回向《えこう》しながら、

「これ女房、われもたいがい成仏せぬか」

と、半ばうんざりして語りかける。

出家のうちは、厨子の中に据え、朝に夕に回向もしてやるが、仕官が叶《かな》えば、首は捨てねばならぬ。捨てられる前に成仏したがよい。

そうして、累を後妻《のちぞえ》に申し受けようというのが、この破戒僧の肚《はら》である。

空月の言葉に応じるように、香炉の火が燃え上がり、薄ドロ寝鳥三重、お吉の切首が半眼を開き、空月を見据える。白蝶が一羽、首の上を舞う。

薄目を開ける切首は、もちろん作りものではない。友吉が、厨子の中に首だけ出しているのである。見物は切首だと思っているから、作りものの首に血がかよい薄く目を開けたとたんに、ざわめきたち、悲鳴をあげた。

人声に慌てて空月は厨子の戸を閉める。

訪ねてきたのは、彼岸《ひがん》のお布施《ふせ》をおさめにきた累である。

累とお吉は、友吉が二役つとめている。厨子の戸が閉まるや、友吉は、いそいで鬘《かつら》をとりかえ、舞台の袖に走らねばならぬ。この早替りがあざやかなので、見物は、切首を生身《なまみ》の友吉がつとめているとわかった次の瞬間、袖から姿をみせる友吉の累に啞然《あぜん》とするのである。

　空月が累に言い寄ると、ドロドロと厨子の扉が開き、乱れ髪のお吉の首があらわれ、白蝶が舞う。この首は作りものなのだけれど、ついさっき薄目を開けるのを見た衝撃が残っている見物は、悲鳴をあげて怯《おび》えてくれる。

　ついで、羽生村与右衛門内の場。

　空月は、与右衛門という夫のある累に、強引に言い寄る。

　累は空月の付文を蚊いぶしの中に投げこむ。焔硝火《えんしょうび》とともに、お吉の死霊が累にとり憑く。空月は驚き懼《おそ》れ、お吉の切首をとり出し、簪《かんざし》で切首の右眼を突き、傍の井戸に放り捨てる。累は絶叫する。累の右眼から血が溢れ流れている。奥から与右衛門が駆けつけ、女房を介抱する。与右衛門は、空月の子である赤ん坊を抱いている。お吉に憑かれた累は、赤ん坊の目を簪で突こうとする。与右衛門は鏡をつきつけ、半顔腫《は》れあがった凄まじい己れの形相を累に見せる。

「盲《めしい》となりし我がおもざし。これも誰ゆえ、空月どの」

　累は空月を追う。

　そうして、大詰。空月はお吉の弟に殺され、お吉の怨み、執念の具現者である累は、赤ん坊を殺そうとして与右衛門と争い、ついに夫の与右衛門に鎌でのど笛搔っ切られる。与右衛門をつとめるのは、座頭の太九郎である。

　ドロドロで虚空に昇ってゆく累の亡魂を、「はて恐ろしい」と与右衛門が見上げ、めでたく打ち出しとなる。

　評判は上々であった。美しい友吉の累が凄惨なお化け顔に一変するのが何とも怖ろしいと、怕いもの見たさの客が押しかけ、大入りが続いた。

　以前にも、阿国御前のような、南北の怪談ものは出している。これも、累の世界であり、美しい女がお化け顔に変貌する場もあるのに、これほどの人気は沸《わ》かなかった。

　正本は甲乙つけがたいし、一座する役者がとりわけ腕がいいわけでもない、此度はよほどわたしの出来がいいのだ、と思いながら鏡を前に醜怪な化粧を落としている友吉の眼の前を、白い蝶がよぎった。手で振り払うと、蝶は羽二重をとった楽《がく》屋《や》銀杏《いちょう》の鬢《びん》にからみつき、友吉はうしろにぐいとひっぱられた。

　畳に片手をついて身をささえ、そのまま振り向くと、差金の柄を持った黒衣が、失態にうろたえたあまり、あやまる事も思いつかないのか、黙って膝をついている。

　持ちようが悪かったのだろう、うしろを歩きながら何か放心していたのかもしれないが、差金の先の蝶を若太夫の頭越しに鼻先に突き出したのは、何とも無礼なことであった。

「とんだ粗相を」

　ようやく、聞きとれぬほどの小声で、小平次は詫《わ》びた。

　頭巾《ずきん》はうしろにはねのけ、顔をさらしている。細面《ほそおもて》で切れの長い目もとがやさしい。十代のころは、湯島で色子をつとめていたと、一座のものから友吉は洩れ聞いている。

　無言で鏡に向き直り、髪にからまった蝶をはずそうとすると、小平次がすうっと身を寄せてきた。

　そのとき、友吉は、我れにもなく鳥肌立った。

　何かとほうもなく甘美なものを目にしたとき、おぼえる感覚と似ていた。

　そうかといって、小平次が水ぎわだった美貌というわけではない。

　美しくはあるが、たいがいの者なら見過しそうな儚《はかな》い、目立たない美しさであった。

　小さい旅の一座の、更に下廻りである。この芝居では黒衣ばかり、役らしい役はついていない。

　蝶は差金からはずれ、友吉の鬢に翅《はね》をやすめた。

「ここにお坐り」

友吉は座蒲団ごと脇に少し寄り、鏡の前を指した。

「めっそうもございません」

「いいから、お坐り」

遠慮がちに膝をすすめた小平次に、顔をつくれと、友吉は命じた。

「手前はまだ、かたづけの仕事が……」

「あたしにさからうのかい」

白塗りで、女の顔にするのだよ。そうだねえ、累の心でつくってごらん。

小平次は、水白粉を含ませた刷毛《はけ》を、顔に刷いた。
二十七、八……ひょっとすると三十を超えているのかもしれない男の顔が、楚々《そそ》とした哀艶《あいえん》な女に変わってゆく。
くちびるに紅をさそうとした小平次の手がふと止まり、眼もとがわずかに笑みを含んだ。

うしろを通りかかったものの顔を、小平次は鏡の中にとらえたのだろう。

友吉も同時に人の気配を感じ、ふりむいた。

座頭太九郎の女房のおちかであった。

「あれ、おまえ、何ということを。若《わ》太夫《か》の化粧前に坐りこんで」

「いいんだよ、おちかさん。あたしがやらせていることだ。それにしても、すてきに強的《ごうてき》な掘出物だよ。座頭も目がないねえ。言っちゃあ何だが、家柄がどうの門閥がどうのというような、江戸の三座とは違うだろう。立女形にひきあげておやりなね。人気が沸くよ。いえ、この八琴座での興行は、あたしをさしおいて立女形なんざとんでもないが、よそを廻るときの話さ。せりふ廻しは知らないが、容姿《かおかたち》なら、死んだ路考も敵わないよ。この化粧顔を見たら、路考があの世で妬《や》くだろう」

鏡の中で、小平次とおちかが視線を合わせているのに、友吉は気づいた。何かひそかな言葉を声には出さず交しあったように感じられ、自分でも思いがけぬほどの妬心が、むらむらと湧いた。

——そうか、二人はできているのか。

どちらを嫉妬しているのか、判断がつかなかった。

おちかには、一目見たときから好色心《すきごころ》を誘われていた。豊満な軀つきで、そのために胸元をあわせると窮屈なのだろう、衿《えり》をだらしないほどゆるめ、はじけそうな乳房を辛《かろう》じてかくしている。

両の眸《め》の焦点がわずかにずれている。茫っとしているようで、身のこなしは思いのほかきりきりと敏捷《びんしょう》だった。一座のものへの目くばりもゆきとどいている。

何度か小当たりに誘いをかけてみた。

わたしが声をかけて靡《なび》かぬ女はいない、と自負していた。いそいそと身をまかせてくる女ばかりで、張り合いがないくらいなものだったが、おちかの反応は、違った。空惚《そらとぼ》けて、彼の誘いにまるで気づかぬふりをしている。これまで、彼はどの女に対してもあからさまに口説いたことはなかった。ほんの少し魚心をみせれば、女の方が積極的になる。

この男のせいで、わたしに心を開かぬのか。

鳥肌立つほど美しいと感じた小平次の面輪が、急に平凡なものにみえてきた。

わたしの方が、どれほど華やかで美しいかしれやしないのに。

小平次とおちかは、鏡の中で人も無げに視線でたわむれあっている。

ちょっと見ただけでは、それとはわからぬたわむれようだ。二人の眸《め》は、互いの肌の奥深くまで舐《な》め合った。

「化粧を落としておしまい」

友吉の声は険《けわ》しくなった。

「それはまあ、まんざら知らねえわけではありませぬが……」

歯切れ悪く、太九郎は言い、苦笑を浮かべた。

「わたしと女房、あの小平次、三人がわきまえておればよいことで」

「他人がよけいな口出しをするなと言うのかい」

「いえいえ……」

「それとも、何かおまえさん、女房か小平次かどちらかに、よほど頭のあがらないわけでもありなさるのか」

太九郎はしばらく口をつぐみ、

「若太夫《わか》の眼力はするどうござんすね。これまで誰一人、おちかと小平次がどうこうと、目をつけたお人はおらなんだ」

「あれほど、目に立つのに」

「二人が手でも握っておりやしたか。それとも口吸っているのを見なすったか」

「いや……」

「気障りかもしれねえが、放っといてやっておくんなはいよ。そうすりゃあ、何事も丸くおさまる」

「わたしはともかく、おまえさんが気障りではないのかえ」

友吉がそう言うと、太九郎は声を立てずに口だけ大きく開けて笑った。その秘密めかした笑いも、友吉の癇《かん》にさわった。

女房の浮気を、この男はまるでたのしんでいるようだ。

「ところで若太夫《わか》、こんだの芝居《しばや》ア、この小屋開《かい》闢《びゃく》以来の人気じゃございせんかね?」

「私の累は、江戸の衆に見せたいほどさ。葺屋町から買いにこないかしらん」

太九郎は肩を動かし、また、笑った。

なぜ、こうも気になるのか。うっちゃっておけばすむことだ。そう思うのだが、友吉の眼は、知らず知らず、太九郎、おちかの夫婦と小平次に向けられる。

三人は、何か不道義な絆《きずな》で親密に結ばれており、他人を踏み入らせない。それが、友吉には何とも我慢ならなかった。

他人の女房に手を出すくらいのことは、友吉もこれまでに何度かやっている。事が面倒になれば金で解決する。

あいつらのは、並のいろごと密《みそ》かごととは、ちょいと違う。どこがどうと友吉には言えないのだが、三人で作りあげているひそかな世界の内部は、とほうもなく甘美で毒々しいのではないかと感じられる。

小平次をとりのぞき、その空所に自分を嵌《は》めこむことができたら……と、彼は想像した。

男と女房とその間夫《まぶ》。間夫はどうやら、男とも、並ならぬ関わりを持っているようではないか。

太九郎をとりのぞいたのでは、この毒性《どくしょう》な関わりは再現できない。

おちかを抱き、その背後から、太九郎に女ぐるみ抱きすくめられる感触は、想像しただけで彼を狂わせた。

化粧前に坐ろうとして、友吉は息を呑んだ。楽屋の隅に膝をつき、下廻りの役者が衣裳を揃えている。小平次だ。

昨夜……暗がりで、友吉は、小平次ののどを絞めた。

血をみるのはいやなので、刃物は使わなかった。のど骨が折れる手応えを、腕に感じたと思ったのだったが……。

お吉の衣裳をひろげている小平次と、目があった。ひっそりと、恥じらったような風情で、小平次はほほえんだ。

「若太夫《わかたゆう》、衣裳がちっとほころびています。すぐにつくろいますから」

小平次の声は、心なしか、少し嗄《しゃが》れてきこえた。

「わたしも、以前、あの男を沼に突き落としたことがごぜえす」

太九郎は、そう言った。行灯の火影《ほかげ》がゆらいだ。

「女房とあいつが乳繰りあっていることは、気づいておりやした。いつか、面の皮ひんむいてやろうと思っていたら、あいつの方から、女房をゆずってくれと切り出した。安積沼《あさか》に小舟を漕ぎだし、二人で糸を垂れていたときです。あまりの言い草に、頭に血がのぼり、あいつを突き落とし、もがいて舟べりを摑《つか》もうとする指を櫂《かい》で叩き潰《つぶ》し、頭をなぐり、水に沈めてやった。わたしが女房のところに戻ってくると、小平次のやつは、土左衛門になりかけの水の滴る姿で、先まわりしていた。女房をくどいて駈落ちをそそのかしていました。わたしはあいつをなぐり、女房も手を貸してうしろから首に紐《ひも》をかけた。

そうして、わたしと女房は逃げ出しました。……ところが、あいつは、ついてくる、生きているんだか死人《ほとけ》なんだか、わからねえ。どこへ逃げても、ぶっ叩いても、しんねり、しつっこく、ついてくる。そのうち、わたしも女房も、あきらめました。そこまで熱心なら、いいわ、三人で何とかやっていこう。

こう吐《はら》を決めましたら、何ごともあんばいよくゆくようになりましたよ。

若太夫、こんどの累が大人気なのも道理じゃありませんか。半分幽霊みたいな男が、黒衣で控えているんですから」

「それじゃ、何かい」

友吉は、癇癪《かんしゃく》の筋をぴりりとたてた。

「累の人気は、私の技倆《うで》のせいじゃない、小平次の力だというのかい」

太九郎は、友吉を不愉快にさせる例の秘密めかした笑いをちらりと浮かべた。

「試してみようじゃないか。わたしの技倆か、お化け野郎の力か。おまえさんにしろ、わたしにしろ、うしろめたさに十分な力が出ず、殺しそこなっているのだ。男が二人力を合わせたら、殺しつくせぬわけがあるものか。安積沼じゃあないが、この小屋の裏にも沼がある。魚も釣れます。おちかさんも誘って、小平次を小舟に乗せ、水の底に叩きこんでやろう」

友吉は、その情景を思うだけでぞくぞくしながら、言葉に力をこめたのだった。

「そうして、小平次抜きで、累の幕を開けよう。人気がだれの力によるか、明らかになるというものだ。座頭、笑わせちゃいけないよ。友吉が、たかが下廻りの御利益《ごりやく》で人気を得たなんざ、冗談にも言ってもらうまいよ」

鏡の向うから、小平次が、ひっそりした眸《め》で彼にほほえみかけている。

「おまえを突きとばし、水に沈めたは、太九郎だよ。あたしじゃあない」

彼は、少し声を荒らげ、あ、と語尾をのみこんだ。

鏡に、おちかと太九郎が、小平次と顔を並べたのだ。

三人とも、くすくす笑っている。おちかが白い指で彼をさした。

彼はふり返った。背後は、闇だ。

鏡の面がゆらゆらと揺れ、三人の顔はゆがみ、また元に戻る。

そのとき、彼は、水の中に漂っている己れの姿に気づいた。

三人は、結託して彼をはじき出したのだ。彼を拒んだのだ。

小舟からのり出し、水中の彼を嘲笑している。

白くふやけはじめた彼の指を、小さい魚がつついた。

折鶴忌

1

とかげの背のように、おれんの指先は、紅や緑の色がしみこんでいる。

まとっているのは、襤褸《ぼろ》の布子《ぬのこ》一枚。立膝で地べたに坐り、立てた膝頭に右腕をのせ、自堕落《じだらく》なかっこうだが、握りこぶしのあいだから流れ落ちる色砂が、描いてゆく姿は艶《あで》やかだ。割れた裾《すそ》の奥にのぞく太腿《ふともも》が、陽に灼《や》けた顔からは思いもよらぬほど白く、十分に男の目を惹《ひ》くことを、おれんは承知している。

土の上に、客寄せのための絵がすでにいくつか描かれているが、おれんがいま描いているのは、蓋《ふた》をとった浅い木箱の底板の上だ。

文金高島田《ぶんきんたかしまだ》に緋鹿子《ひがのこ》の手絡《てがら》、薬玉《くすだま》に赤白だんだら染めの房を垂らした簪《かんざし》、着付は籠目《かごめ》に菊の折枝の模様、帯は赤地に菊。愛らしい町娘の姿を描き終わると、おれんは、よく見ておくれよ、と半円を作ってとりまく見物に念を押してから、もったいぶった手つきで蓋をかぶせた。

風が黄ばんだ銀杏《いちょう》の葉を散らした。

少しずつ陽がかげりはじめていた。

雨つづきで、ここのところ商売にならなかった。ようやくの晴れ間に、浅草奥山には大道芸人たちがすかさず集まってきての見世開きだが、見物の出足は悪い。

去年、大政奉還とやらで世の中がひっくり返り、今年は正月早々、京で大いくさがあり、負けて逃げ帰った旗本衆が江戸で暴れ、そこに錦切《きんぎ》れつけた薩摩《さつま》や長州《ちょうしゅう》の田舎侍がのりこんできて更に大暴れし、新政府とやらができ、やがて、上野でいくさがあり、たった一日でけりがついて、徳川《とくせん》方《がた》はとどめをさされ、年号も慶応から明治に変わった。

目まぐるしい世のなかの動きだが、大道芸でわずかな投げ銭を稼ぐものたちにとっては、何やら息苦しい風潮になってきた。

新政府が二月に出した布告のおかげで、浅草奥山でも両国でも、大道芸は見苦しいと追いたてをくいはじめ、ことに〝やれ突け〟だの〝女の意和《あまいわ》戸《と》〟だのといった、女のかくしどころを見せる遊びや、蛇娘、ろくろ首のような淫猥《いんわい》な見世物はきびしく禁止されることになった。

禁じられても、そうやすやすと消え去りはしないけれど、つかまれば笞刑《ちけい》だというので、皆、用心深くなっている。

しかし、行儀よく芸を見せるだけでは、この不景気に見物は集まりはしない。おれんは、見物が立ち去ろうとする気配を見せるたびに、立てた膝を心持ちひらいて白い奥をちらりとのぞかせ、足をとめさせる。

「さア、お鳥目《ちょうもく》をはずんでおくれよ」

鐚銭《びたせん》が五つ六つ、見物のあいだから放られた。

「これっぱかりかい。しみったれな。もうちっとはずみなね。こればかりじゃあ、弁天小僧、正体はあらわせないやね」

「おまえさん、ここいらに見かけぬ顔だが」

見物の中の一人、いつもさくらの役を買っているのが、隣に立った男に話しかけた。

「おれんの砂絵は、はじめてかい。はじめてなら、銭を投げてやりな。仰天すること請《う》けあいだ」

「おれん？　おれんというのかい、その姐《ねえ》さんは」

「そうだよ」

初顔の男は、商人とも職人ともみえなかった。侍くずれでもなさそうだ。縞《しま》の袷《あわせ》の着流しの裾を帯にはさんではしょりあげ、道中差を一本腰にぶちこんでいる。渡世人だろうか。

　男は、財布から小銭を出して、前にかがみこんでいる見物人たちの頭越しに、おれんの膝もとに放った。

　おれんはちょっとのびあがり、男の財布のふくらみぐあいをたしかめた。

　散らばった銭をかき集め、

「はい、ありがとうよ。だが、まだちょいと不足だねえ。こう、そこの俠《きお》い肌の兄さん、しみったれていちゃあ、背中の刺青《もんもん》が泣きますよ。お江戸が東京《とうけい》とかわったからといって、江戸っ子までがいなくなったわけじゃなかろ。これっぱかりのお銭で、おれんの妖《あや》かし絵を見ようなんざ、江戸っ子の恥だよ」

　また、二、三人が小銭を投げる。

「はい、おかたじけ。それじゃあ吉例、役者の声《こわ》音《ね》を使いましょう。立役《たちやく》、娘方、花車《かしゃ》方、老役《ふけやく》、二十三通り使いわけるは、猿若町の木戸芸者だが、浅草奥山、砂絵のおれんも、十八通りは使ってみせるよ」

「して、御貴殿は、誰をまねられるな」

　渡世人のような男が、たくみなあいの手を入れた。

　――おや、この男、芝居者かね。それにしちゃあ、うす汚ないが。

　中村座、市村座、守田座、猿若町の芝居小屋は、木戸芸者と呼ばれる男衆が二人、木戸前の台に上って読み立てをやる。紫の着物に飯茶碗ほどもある金糸の紋を縫いつけたり、赤い帯をしめたり、その上、顎《あご》から頭に手拭を逆さ鉢巻という奇抜な装《なり》で人目を惹き、〃東西――当座顔見世狂言の栄《さかえ》――一番目伽羅《めいぼく》先代萩、あいつとめまする役人替名、だれそれ〃、〃さてまたここに、当代女形の仕手にて政岡をつとめまするは〃、〃なっかなかなか、読まれたりな、これぞだれそれ〃と、役名と役者の名を呼びあげ、それから声色づかいに入る。

武張《ぶば》った口調は、木戸芸者の決まりぜりふであった。

おれんは、思わず笑顔になり、

「尾上菊五郎をまねまする」

「それは一段とよろしかろう。今年初春、家橘《かきつ》襲名して五代目菊五郎。さらば、まねられよ」

「嬉《うれ》しいねえ、こう受けてくれるお人がいるとは。ホホ、うやまって申す」

おれんは、凜《りん》と声をはり、

「こう、南郷、もう化けちゃあいられねえ、己《おら》あしっぽを出してしまうよ」

煙管《きせる》をはたく仕草をし、

「知らざァ言ってきかせやしょう。浜の真砂《まさご》と五右衛門《ごえもん》が、歌に残せし盗人の、種はつきねえ七里ヶ浜、その白浪の夜働き、以前をいやァ江の島で、年期づとめの児《ちご》ヶ淵《ふち》……」

謳《うた》いあげる声色は、女の声だから菊五郎と似てはいなかったが、

「名さえゆかりの弁天小僧、菊之助たァおれがことだ」

みえをきって、木箱の蓋をはずすと、見物のあいだから嘆声が湧いた。

舞台で片肌脱ぐ弁天小僧そのままに、木箱の中の町娘の砂絵が、片肌脱いで大あぐらの姿にかわっている。肩から二の腕に散る桜の刺青《いれずみ》も、舞台の弁天小僧そのままだ。

驚嘆する見物に、感心したらもっとお鳥目をはずみな、とおれんは目でうながす。箱は二重底になっており、肌脱ぎの弁天小僧は前もって描いてある。おれんの姉がまだ頭が健《すこ》やかだったころ考案したからくりだ。

「さて、お次は注文に応じます。どんなむずかしいお題目でも、描いてみせますよ。ただし、お鳥目次第でござんすがね」

挑むように見物を見わたす。

「鯉《こい》つかみ」だの、「雪姫」だのと、投げ銭といっしょに注文がとぶ。

すらすらと描きあげ、「はい、お次は？」と目をあげると、木戸芸者のせりふのあいの手をいれた男が、躯《からだ》をのり出し、

「折鶴《おりづる》」

と、言った。同時に、一朱銀が投げられた。

投げ銭にしては破格である。

「折鶴？」

おれんは、ぎくっとして、男をみつめ、すぐに顔を伏せた。——目明しか、この男。それにしちゃあ見かけない顔だが。

とりあえず、一朱銀は手のうちにさらいこむ。

——財布はたんまりふくらんでいた。逃がすには惜しい鴨《かも》だけれど……。罠《わな》か？

「折鶴。よござんす」

「紅と白だ」

「紅白だんだらの折鶴ですか」

「いや、紅いやつと白いやつだ」

「一朱もはずんだんだ。もちっと七《しち》むずかしいやつを描かせなよ」

見物の一人が意見がましく言う。

「折鶴じゃあ、餓鬼《がき》の注文だ」

「折鶴をたのむ」

「折鶴ですね。紅と白のね」

やさしい絵に一朱もはずんだのは、こっちの水心を誘いだす魚心か。

おれんは、色粉のしみこんだ手に、まず紅い砂をつかんだ。

昨日までの雨がまだ残る土の上に、おれんは、鶴をとばした。一羽や二羽では、過分な投げ銭の手前、いささか申しわけないようで、五羽、六羽と、紅と白の鶴は数を増す。もっとも、申しわけないなどと律儀《りちぎ》なことをいうのは、おれんには似

合わぬことだったけれど。

　おれんは、黙々と紙の鶴を折る姉を、このとき、ふと思い浮かべた。気がむけば、いつまでも折りつづけ、紙を欲しがる。よい紙は高価なので、ありあわせの反故《ほご》を与えるのだけれど、姉は、きれいな白い紙と赤い紙でないと、子供のように拗《す》ねた顔になる。

「これでよござんすか」

　おれんは手の砂を払った。

「この兄さんは一朱もくれたんだぜ」

　おせっかいな見物が口を出す。

「折鶴ばかりじゃあ、あんまり曲がねえや。ほれ、得手《えて》ものを描いてやりねえな」

「それで、おまえがたは、てめえの懐《ふところ》ァ痛めず目の法楽《ほうらく》をしようってのかい。虫のいいことをぬかすよ。おまえも、この兄さんにならって、ぽんと景気よくはずんでみねえな。四十八手の裏表に、唐人の秘め技二十四通り、お添え申して描いてやらあ」

「砂で描くよりゃあ、おまえの生身で描いてほしいの」半畳が入る。

「それもお鳥目次第さね」

　おれんは、さらりと言い、半畳を入れた相手にではなく、折鶴を描かせた男に流し目をくれた。

　男は、わずかにうなずいた。

　——罠か……。

　疑いは捨てきれない、
　なぜ、えりにえって、折鶴などを。

　のっぴきならないところを押さえて、牢にぶちこもうというのか。

　それでもいいや、と、捨て鉢な気持がきざす。わたしがいなくなったら、姉さんは……。いや、重いお咎《とが》めを受けるのは、吉さんの方だろうさ。それもいいじゃないか、姉さん。わたしはくたびれた。こんな暮らしをつづけるよりは、結着つけた方がいいという気持にもなる。

おれんは地に撒《ま》かれた砂を手のひらで集めはじめた。濡れた土が手を汚す。

「なんだ、もう店じまいか」

見物は散ってゆく。

色とりどりの砂は混りあって灰色じみた。

銀杏の葉を指先でつまんでとりのけ、かき集めた砂を袋に入れているおれんに、

「その砂はどうするのだい。そんなに混っちまっては、使えないだろう」

男が言った。

「なに、洗えばただの砂になります。また染めなおすのさ」

「洗って染めなおすところを見せてもらおうか」

「よござんすよ」

おれんは目もとに笑いをみせた。

間口九尺の裏長屋にはさまれた路地は、泥でつまったどぶから汚水が溢れ出している。

突きあたりの総後架《そうこうか》は戸が破れ、まわりの水たまりは後架の溜《ため》とかわらない。

共同井戸のまわりで洗いものをしている女たちが、おれんに笑いながら目くばせした。うまくくわえこんだね、という目顔だ。女たちの亭主も、あらかた大道芸や香具師《やし》でわずかな銭を稼いでいる。

「どうぞ入っておくれ」

おれんは腰高障子を開けた。

六畳のほかに、土間の脇に二畳間もあるから、裏長屋としてはりっぱなものだ。

「ひとり住まいかい」

二畳間に姉が寝ているけれど、「ひとりですよ」とおれんは言って、

「あがっておくんない」

男を先に部屋にあがらせ、その目をさけるようにして、入口の軒下に吊した折鶴をとりはずした。そのかわりに、土間の隅の棚においた木箱か

ら紅い鶴を出し、軒下に吊した。

障子を閉め、男とむかいあって膝をくずし、

「兄さん、ざっくばらんに言いなね。砂洗いなんざ、どうでもいいんだろう。お目当てはこれだろ」

男の手を、割った裾のあいだに導いた。

「待ちなよ。おまえも気が早えな」

「兄さん、西のなまりがあるね。生まれは上方《かみがた》かい」

「わかるか」

「わかりますさ」

「おまえは、江戸の根生《ねお》いかい。少し、西のなまりがあるように思えるんだが」

「わたしは江戸ですよ」

生まれたのは、西だ。でも、そんな身の上話を、まともに語ることもない。

紅い折鶴を見た長屋のものが、賭場《とば》にいる吉六に、鴨が連れこまれたことを告げに行ったはずだ。

鶴でなくとも、よかったのだ。合図の手段はいくらでもある。今日のように、井戸端にほかの者がいるときなら、指一本あげるだけでも、話は通じる。だれもいなければ、何か目印を出しておかなくてはならないけれど、お守り札でも鈴でも破魔矢《はまや》でも、前もってとり決めてさえあれば、何でもかまいはしない。

折鶴にこだわったのは、姉のおつなだった。自分の折った鶴が役に立つのが嬉しいのだろうか。

「その不粋《ぶすい》なやつを、およこしなね」

おれんが言うと、男は長脇差《ながどす》を抜きとって脇においた。

吉六が踏みこんでくる前に、この男に軀を悦《よろこ》ばせてほしいと、おれんは思う。いやな客であれば、帯をときだしたあたりで踏みこんでほしいし、そういうときの方が多いのだが、この男には軀が騒いだ。懐も暖かく男前も悪くないと、二拍子揃った鴨はめったにいないのだ。

「おまえ、いくつになる？」

「女の年をきくなんざ、野暮《やぼ》ですよ」

「おれア、根生いの江戸っ子じゃあないから、野暮も言うさ」

「どこなんです」

「東海道の関の宿。知っているかい」

「いいえ。兄さん、ちょっと待っておくれな。いま、赤姫に早替りしてみせますからさ」

「あれか？」

と、男は部屋の隅の衣桁《いこう》に目をやった。緋の長《なが》襦袢《じゅばん》が、この殺風景な部屋に華やぎを添えている。

「地びたに坐って砂絵を描くときは、裾が汚れるから、つぎはぎの襤褸《ぼろ》で商売していますが、せっかく兄さんとしんねこなら、もちっと色気のある姿《なり》をしましょうよ」

立って男に背をむけ、長襦袢を羽織り、そのかげで襤褸を足もとに落とした。うしろ姿にしたたる色気は勘定にいれている。


男の腕がうしろから、やわらかく羽交絞《はがいじ》めに抱きこんだ。

2

「兄さんは、何の商売をしていなさるんですか」

男は、横になったまま、指先で骰子《さい》をふる仕草をしてみせた。

綿のはみ出した掻巻《かいまき》を、二人でいっしょにかぶっている。欲望《それし》はたした後だ。

「やっぱり博奕打でしたか。どこの親分さんの身内？」

男は首をふり、

「おれの親父が博奕打でね、血だな。親父はおれが八つのときに死んで……。その後、おれはおっ母と……。まあ、こんな話はどうでもいいやな。それより、おまえのことがききたいな。おまえ、ほんとうに江戸の根生いかい」

ものうい声で男は言う。

吉六は、まだ帰って来ない。賭場でよほどいい目が出ているのか。わたしが連れこんだ男の有金を巻き上げるよりも大きな稼ぎになっているのか。たいがいは、素寒貧《すかんぴん》になるのに。

「お父っつぁん、渡世人だったんですか」

「賭場をあずかっていたよ。おれは流れ者だが」

「兄さんは渡世人にしちゃあ……」

「何だい」

「いえ……」

「身についていないというんだろう。ちげえねえ。このあいだまでは、役者だった」

「それはまた、ずいぶんと……」

「役者といっても、旅まわりだが」

「博奕打よりは役者の方が似合いですよ、兄さん。どうりで、木戸芸者のまねがうまかった」

「木戸芸者がいるような大きな小屋には立ったことはないが、声色なら、なまじな木戸芸者よりゃあましだよ」

「恥ずかしいねえ。本物の役者衆に、弁天小僧をきかれちまった」

「いや、なかなかのものだったぜ。あのからくりア、二重底か」

「お見とおしだね」

「おまえが考えたのかい」

「いえ……」

姉さんが、と言いかけて、話をそらした。

姉は眠っているのか。聞いても、どこまで理解できているのか。時にはたいそう明晰《めいせき》だが、頭のなかに霧がたちこめたようにもなるらしい。あんなからくりを考えるくらいだから、根は利発であったのだ。

「兄さん、何と名乗っていなさったの」

「餓鬼《がき》のころア、ゝ丸《ちょんまる》。それから、嵐鈌菊《かんぎく》。と名乗っても、お江戸に知った人はありゃあしねえが」

「賭場をあずかる親分さんの息子が、どうしてまた、役者に？」

「紅白粉《べにおしろい》をつけるようになったのは、親父が死んでからさ。おっ母というのが、江戸の生まれで、小っちぇえころから芝居好きでね。親父も、生まれ育ちは江戸だった。二人とも、もとは堅気《かたぎ》だったんだが」

——吉六が戻ってこなければいい。軒に紅い折鶴を吊すんじゃなかった。白いままにしておけばよかった。もっとも、連れこむところを長屋の人たちに見られちまったから、頬かむりというわけには、どっちみち、いかなかったのだ……。いまから二人で外に出て……。あとで、吉六に、死ぬほど折檻《せっかん》されるか。

「おまえ、死人に嚙《か》みつかれたことはあるかい」

男が、思い出し笑いをしながら言った。

「まさか。いやですよ、うすっきみ悪い。兄さんは……」

「どこだったか、土地の名は忘れたが、夜のうちに山越えして次の丁場へ行かなくちゃならないって時だったな。おれは十三か四、ゝ丸と名乗っているころだった。いまにも降りだしそうな案配で、提灯《ちょうちん》を持っていたって足もとしか見えねえ。一人じゃあとても歩けねえ道さ。十人の余もいたっけか。これだけいりゃあ、化けものもおそれをなして出ねえだろうと、景気づけに騒ぎながら、登ったものさ。しかし、難路だ。くたびれて、夜《よ》中《じゅう》じゃああるが、一休みしようということになった。おれもへたへたと坐りこんだのが盛土の上さ。

そのうちに、ここは墓場じゃねえかと言い出したものがいる。提灯をかかげて見まわすと、たしかに、卒塔婆《そとば》やら墓石やら、うすぼんやり見えるじゃねえか」

役者だったというだけあって、男の話しっぷりはなかなかうまく、おれんは、怪談話にきゃあきゃあ声をたてるほど、おぼこではなかったが、わざとしがみついて、男の軀の感触をたのしみなおした。

「そうとわかったら気色《きしょく》が悪くて、ことに、おれは年弱《としよわ》だったから、もう、怕《こわ》くてさ。お岩さんみたいなのが、ぼうっと立っているような気がして、ふるえてしまったよ。さて、出かけようというので、ほっとして立ち上がったら、着物の裾を、ぐいとひっぱられた。それでなくても怕くてたまらないでいるところだ。殺されかかったみてえな悲鳴をあげちまった。皆が寄ってきて、どうしたんだと訊く。だれかが裾をひっぱるんだと訴えたら、木の根にでもひっかけたんだろうと嗤《わら》われた。そうして提灯で照らしたら、おまえ、まっ青な死人が、おれの着物の裾をくわえているのさ」

おれんは、本気で悲鳴をあげた。

「おれは腰がぬけて、死人の上に尻餅《しりもち》さ。そうしたら口が開いて、裾ははなしてくれたんだが、だらしない話だがおれは気を失っちまってさ。大人におぶわれて、ようよう、峠を下りた」

「いやだ。おそろしい……」

男は、また笑った。くったくのない声だった。

「なに、おまえのからくり砂絵と同じことで、種が割れりゃあ、どうということアないのさ。身元のわからねえ、行き倒れのほとけだったんだそうだ。土地の者が埋めたんだが、心あたりのものがたずねてきたら、いつでも顔を見られるように、土を薄くかけておいたんだそうだ。そうとは知らず、おれが腰を下ろした。おれの臀《しり》の重みで、ほとけの口が開いた。そこに運悪く裾が入ってさ、立ち上がったら顎《あご》の蝶番《ちょうつがい》が閉まって、くわえこんじまった、というわけさ」

おれんは、男と声をあわせて笑いながら、

「やっぱり気色悪うござんすよ」と、男の胸に顔を寄せた。

「だれかいるのかい」

男は聞き耳をたてた。

「いいえ。鼠《ねずみ》じゃありませんか。どぶ鼠の大きいのが、ときどき、まっ昼間でも走りまわるんですよ」

病んでいる姉を他人目《ひとめ》にさらしたくなくて、そう言った。それなのに、姉のいるこの家に男を連れこむのは、吉六に知らせるのにつごうがいいからだが、もう一つの理由は、男とおれんの声をきくのを、姉が好んでいるからであった。姉のささやかなたのしみなのだと思うと、おれんは、蕭々《しょうしょう》とした淋しさをおぼえながら、拒《こば》めなかった。

しかし、この男を吉六の餌食《えじき》にしたくない。もうお帰りなさいと言おうか。吉六には、あまりおまえが遅いから、つなぎとめきれなかったと言えばいい。少しは折檻されるだろうが、知らせたのにすぐ来ない吉六が悪いのだ。——そんな理屈の通る相手ではないけれど……。いっときにせよ、吉六に溺《おぼ》れてしまったわたしが悪い。いまでも、溺れている、とおれんは唇を嚙みながら認めるのだが。

「おかしな話といえば、まだ、あるんだぜ」

おれんを笑わせるのが嬉しいらしく、男はまた話しはじめ、おれんは帰らせるきっかけをはずした。

「やはり、おれがまだゝ丸を名乗っていたころさ、村の世話役の息子がどうしても芝居に出たいという。演《だ》しものは忠臣蔵だから、大序《だいじょ》の半素袍《はんずおう》に出すことにした。ところが、出るだけじゃあつまらねえ、せりふが言いたいと頼む。粗略にはできない相手なんで、〝塩谷《えんや》殿の御内証顔世《かおよ》殿、公《きみ》の御召し、いそいでこれへ〟というやつを、口うつしで教えこんだ。喜んだのなんの、初日はもう、二刻《ふたとき》も前から楽屋に入って、判官か若狭之助《わかさのすけ》でもやるみてえに顔はまっ白《ちろ》、頭は紺足袋《たび》装みてえにまっ青に塗りたくってさ。板付《いたつき》だ。幕が開いて、見物がわっと声をあげたら、とたんに茫《ぼう》っとのぼせちまった。せりふを言う段になっても、こけみたいに口をわんぐりしたままだ。それ、呼び出しだ、と後見が立ち上がらせて腰を突いたら、そのまま花道を、ひょろひょろひょろと歩いていって、表へ出ちまって、蓮池にどぼん。あれ、泣いているのか」

「あんまりおかしくって、涙が出ちまった。お腹が痛くなりました」

「疝気《せんき》のすじか」

「ちがいますよゥ。あんまり笑わせるから」

――姉はこんな話がきこえても、おかしくはないのだろうか。くすりと笑う気配もしない。それとも、客のいるときは声をたてるなという吉六の命をすなおに守っているのか。眠っているのか……。姉もまじえて、三人でこんなふうに快く笑えたら……。

『狭間《はざま》』をやったときだったな。手が足りなくておれが女形の千里をつとめた。夫に〝未来永々縁切った〟と言われ、ハアァと泣き落とし、〽有あう矢の根とるより早く咽喉《のんど》へ、のチョボに合わせて、矢で自害しようとしたら、その矢が二重《にじゅう》の下に落ちていて、取れねえのさ、きっかけはくる」

「どうしました」

「しかたない。右の人さし指に袖を巻きつけ、自害して果てた」

ひとしきり笑ってから、

「どうして、役者をやめて渡世人に？」

「一座がつぶれたのさ。他の座に馳《か》け込みをしてもよかったのだが、親父の血だな。おれの親父という人も、もとは堅気だったのだが、やくざになった」

「お父っつぁんもおっ母さんも江戸の生まれだと言いなさったね」

「おふくろは本所の質屋の娘、親父は出入りの鳶《とび》だった。なかなかいなせな男っぷりでさ、おふくろの方がのぼせあがった。おふくろには親の決めた相手がいて、明日はいよいよ婚礼という晩に、駆け落ちをきめこんだ。親父が長脇差になったのは、それからさ」

3

おれが子供のころ住んでいたのは、さっきも言ったとおり、東海道の〝関〟という宿場町だった、と男は語った。江戸へ百六里二丁、京へ十九里半。東国往来、伊勢参りの旅人でにぎわい、女郎屋が軒をならべ、客をひく声がかしましい。

彼が住む家の前に、賭博《てなぐさみ》の小屋があった。上《かみ》の部屋、中《なか》の部屋、下《しも》の部屋と別れ、上は馬士《まご》の遊ぶところ、中は雲助ばかり、下はやくざのための賭場と、出入りの客もわけられていた。

彼の父親は、中の部屋の賭場をあずかっていた。

博奕小屋の三つの部屋はいずれも粗末な板張りで、出入口は三尺幅の引き戸一つという狭さだが、中はだだっ広かった。

中央に、幅一間、長さ八間の盆茣蓙《ぼんござ》を敷き、つきあたりは畳一枚ほど高さ三尺の台をおき、ここに彼の父親は座を占め、目をくばっているのだった。

父の座のうしろの板壁には切窓があり、これは役人に踏みこまれたときの逃げ道であった。

父があずかる中の部屋に集まる雲助——駕籠《かご》かきは、そう柄の悪いのはいなかった。人足元締めの問屋場に名をとどけてある男たちなので、客に恐怖心をもたせる刺青《もんもん》入りなどは、問屋場がゆるさないのだった。

中の部屋での賭博が黙認されていたのは、こうして一つところに男たちを集めておいた方が、問屋場としても都合がよいからであった。

中の部屋は、いわば、雲助たちの溜り場で、稼ぎが終わればこの部屋に来て、遊んだり酒をのんだり、ごろごろしている。問屋場も、駕籠かきに用のあるときは、探しまわらなくともここに声をかければ必要な人数はすぐに集められる。

男たちは、軀を酷使して稼いだかねは、あらかたここですってしまう。するものがいれば、勝って懐を暖かくするものもいるわけなのだが、とったりとられたりするうちに、なぜか、たいがいのものがすってんてんになっているふうで、もうけているのは胴元だけであった。

「もちろん、こんなことは、もっと年がいってからそうと知ったので、餓鬼のころァ、荒っぽい埃《ほこり》くさい賭場が、少し怕くて、少しおもしろくもあったよ」

と、男は言った。

「のぞくと、親父にてひどく怒鳴られはしたがね。親父はおれを渡世人にする気はなかったらしい」

父自身は長脇差稼業はたちまち身につき、性にもあっていたようで、彼の知る父は、いっぱしの小頭《こがしら》だったが、母は町娘の気風が抜けなかった。洗い髪に黄楊《つげ》の横櫛《よこぐし》、長火鉢の前で立膝、長煙管片手に子分ににらみをきかせる、というふうではなく、長火鉢の前に坐りはしても、手毬《てまり》の色糸をかがったりお手玉を縫ったりしていた。男の子の彼がそんなものを嬉しがるわけはなく、母は、三味線の稽古に来る女の子たちにやろうと、作り溜めているのだった。

質屋のお嬢さんだったころに身につけた絃《いと》を、宿場の女郎屋の子などが習いにくる。母は暮らしに困ってはおらず、いわば暇つぶしなので、束脩《そくしゅう》はろくにとらず、逆に、手毬やお手玉を作ってやって、いっしょに遊んでいるのだった。

父について駆け落ちしたのが十六、その翌年彼が生まれたのだから、彼が物心ついたころの母はまだ二十を少し出たばかりで、細い首に丸髷《まるまげ》が重そうだった。

ほとんど毎日遊びに来る彼より少し年上の女の子がいた。

つうちゃん、と呼ばれていた。

折鶴が好きな娘だった。懐にいつも、紙の折鶴を一つ入れてきて、小母《おば》さんにあげます、と、口上《こうじょう》もいつも同じ、母は、はい、ありがとうよと受けとり、ちょっと背のびして長押《なげし》に吊った神棚にのせる。鶴は紅いときも白いときもあり、白い紙で折ってくる方が多かった。

利発な子だねえ、つうちゃんは、と母はよくほめた。江戸にいたころは芝居が好きで、ちょくちょく見にいっていたという母は、つうちゃんと彼に口うつしで芝居のせりふを教え、見よう見まねの所作事を教え、二人におかる勘平の落人《おちうど》を踊らせたりした。

父には内緒の、母のたのしみであった。

父は、息子が賭場をのぞくのを嫌う以上に、芸事をならうのを嫌ったし、まして役者のまねなど、とんでもない話であったのだ。

父は、家にいることは少なかった。堅気に育った母が惚れて迷って親を捨てたほどの男前である。女たちが放っておかなかったのだと彼が知ったのは、これも後になってからで、そのころは、ほとんど母と二人きりの暮らしを、そういうものと思い、べつに不服はなかった。

留守がちといっても、父は、一日に一度は家に立ち寄った。父の仕事場といえる賭場と、母と彼がいる住まいは、道幅一つへだてただけの向かいあわせなのだから、ちょっと立ち寄るのは雑作ないことであった。

神棚にむかって、立ったまま柏手《かしわで》を打ち、また出て行くのである。母は、その背に切火を打つ。心のこもらぬ習慣的な仕草であった。
二、三度、母がむしゃぶりついて、家にいてくれと泣きくどくのを彼は目にしている。

父は手荒にはあつかわず、よしよしとなだめ、母を抱くようにして次の間に行き襖《ふすま》を閉める。その襖がすぐに細くあいて、母の手が鐚銭を敷居越しに放り、外で遊んでおいでと命じるのだった。

その銭を、彼は溜めておくことをおぼえた。父が知ったら、餓鬼のくせに銭に汚ないと顔をしかめたことだろうが。

「おまえもそう思うだろうが、実ァ、わけがあってね」

「何かよほど欲しいものがあったんですか。凧《たこ》かしら。独楽《こま》かしら」

「簪さ」

「おやまあ、ゆだんのならない。そんな年で、もう、いい女がいたんですか」

「他愛ない色恋さ。その、折鶴のつうちゃんてのに、買ってやりたくてさ」

「鶴の飾りのついたのを？」

「よくわかるな」

「たいがい、そんな筋道でしょう」

姉は聞き耳をたてているにちがいない。

綱がよじりあわされるみたいに、二つの生が、こんなに長い年月を経てよじりあわされることもあるものなのだ。

「つうちゃんも、兄さんを好いていたの？」

「さあな。むこうの方が、二つか三つは年上だったからな。女はませているから、七つや八つの餓鬼ァ目に入らなかったんじゃないだろうか」

「でも、いっしょにおかる勘平を踊ったり」

「人に見せる機《おり》ァなかったが」

「つうちゃんて、きょうだいはいなかったんですか」

「知らないな。いたかもしれねえが、おふくろのところに遊びに来るのは、つうちゃんひとりだった」

――わたしも、いっしょにいったことが何度かあるはずなのに。おれんは思った。おれんの記憶にはないのだけれど、姉は言っていた。おまえを連れていったこともあるよ。でも、おまえはまだほんとに小さくて、わたしが三味線をさらってもらっていると、すぐに倦《あ》きて帰りたがった。

姉さん、とおれんは呼ぼうとして、思いなおした。

「二文、三文の青銭をぽつりぽつりと溜めてさ、簪が買えるほどになるのに何年、十何年かかるとか、そこまで勘定ができなかったんだな」

「芝居だったら、こんなぐあいですよ。おまえさんは、大人になってからも稼ぎ溜めてさ、りっぱな簪をお江戸で買った。いつか、幼なじみのその娘にめぐり逢ったら、やろうと思って懐にいれている。さて、めぐり逢ったとしましょうよ、めったにあるこっちゃないが、そこはそれ、芝居ですからね。そのとき……どういう趣向にしましょうね。女は病気で死にかけていたとか」

「それは、しめっぽくていけねえな。女は玉の輿《こし》にのって、大家《たいけ》の奥さま。安っぽい簪なんぞ、みむきもなさらねえ」

「それじゃ、男が哀れじゃありませんか」

「こんなのは、どうだ。女は目明しの女房になっている。男は、家尻切《やじりき》りで、お縄になった。亭主が病気で、女房がかわりにお縄にした、ってのでもいいや。顔を見かわす。双方でおまえは！ってなもんだ。しかし、女としても、亭主の手前、世間さまの手前、男を逃がすわけにゃあいかない。双方とも、そ知らぬ顔だ。やがて、男が言うのさ。おまえさんは、おれが昔惚れた女にそっくりだ。その女にいつかやろうと思って持っている簪が、この懐に入っている。おれァ手を縛られているから、ちょっと出してやっておくんなさい。女が簪を懐から出してやると、その脚を横ぐわえにして、女の髪に挿《さ》す。惚れた女は死んじまった。そいつのかわりに、おまえさん、受けとっておくんない」

「チョンと柝《き》の頭《かしら》。おまえさん、立作者になれるね。いい生世話《きぜわ》じゃないか。本当に、その懐に鶴の簪が入っているのかい」

「そこまで芝居がかって暮らしちゃあいねえやな。簪は買わずじまいさ。ろくに銭が溜まらねえうちに、親父がお縄、賭場はつぶれ、おれとおふくろァ家を追ん出されの、それから、御難のはじまりさ」

「賭場がつぶれちまったんですか」

「手入れをくらったんだ。おれァ、後になっておふくろからきいたんだが、手入れの前には、あらかじめ、親父にわかる仕組になっていたんだ。ふだん、宿場役人の方には賄賂《まいない》をやって手なずけてある。手のまわる時分には、博奕小屋ァもぬけのからさ。手入れがあっても、捕手は小屋の外で声をかけるばかりで、なかなか踏んごまない。そのあいだに、うしろの切窓から皆逃げ出し、だれもいなくなったのをみはからって、捕手は躍りこむ、という寸法だ。双方怪我人も出ず、けっこうな案配だったんだが。役人の頭が、何かゆうずうのきかねえのに替ったんだな。寝耳に水の手入れで、親父はお縄。召し捕りのとき、あばれて捕手に傷を負わせたものだから、牢にぶちこまれ、親父の方も手傷を負っていた。牢内で破傷風か何かになって〝あえない御最期〟チリレン、ツン、だ」

「それで、兄さんは」

「つてをたよって、旅まわりの役者に弟子入りさ。弟子入りといやぁきこえがいいが、ろくな身《しん》上《しょう》(給金)もくれず、こき使われたっけよ。おふくろはお嬢さん育ち、旅まわりがきつくて、これまた」

はかなくなりにける、と、男はうたった。

――そのお手入れが、わたしたちにとっても、不運のはじめだった。

「兄さん、つうちゃんというひとの、お父さんは何をしていた人か、知っていますか?」

「問屋場の元締めか何かだと、きいたな」

お手入れのあと、おれんたちの父は、賭場に情報を流していたことが明らかになり、お咎めを受け、入牢させられた。その後、家財を没収され、土地を追われた。

大坂の親類すじをたよったが邪魔にされ、おれんと姉は奉公に出された。そのあいだに、父と母の消息は知れなくなった。

「つうちゃんは、どうなったんでしょう」

「さっきの芝居仕立てなら、玉の輿か目明しの女房か、だが、どうなったかな。この御一新で、思いもかけねえ境遇になった人も多い」

藤枝の宿で女郎稼ぎをしているとき、姉が吉六に目をつけられた。姉の方でも吉六に惚れた。吉六は姉に足抜けさせた。藤枝をはなれ、しばらく、いっしょに暮らしたが、吉六は姉を女郎屋に売り、しばらく稼がせては足抜けさせ、ほかの土地に移って同じことをさせる、という暮らしをはじめた。姉は、どんなときも、おれんを身近においていた。江戸に流れてきて、姉のおつなは、いつ、だれにうつされたのか、梅毒にかかっていることが明らかになった。吉六は、姉のかわりにおれんに稼がせることにした。

おれんは、子供のころから絵が巧みで、同じ長屋に住む砂絵師にちょっと手ほどきされると、じきに達者にこなすようになった。老齢の砂絵師が田舎にひきこもるというので、砂絵師が使っていた奥山の場所をゆずり受け、砂絵と美人局《つつもたせ》で稼ぐことにした。

おつなは、軀も頭の動きも、病毒にむしばまれ、おれんの目の前で、少しずつくずれた。病のために軀のふしぶしが烈《はげ》しく痛み、その痛みを感じさせなくする効きめのある薬は高価なので、おれんは吉六に教えられ、まんだらげの根を煮出して、姉に服《の》ませた。この煎《せん》じ薬は、姉の頭の動きをいっそう荒廃させた。しかし、おつなは、時にはひどく道筋のとおったことを言って、おれんを驚かせることもあった。


吉六は容赦なくおれんを抱き、抱かれていると き、おれんは吉六をいとしいと思った。

「兄さん、声色をきかせてほしいな。つうちゃんとよく遊んだ芝居は、何ですか」

「ただじゃあきかせられねえな」と男は冗談とわかる口調で言い、

「それよりおまえ、こうやっていると、またあじな気分になってきたじゃねえか」

と、おれんの胸に手をさしいれた。

おれんは、すうっと軀から力がぬけ、もう、どうなとしておくれ、という気になる。

「おまえ、折鶴のつうちゃんによく似ているぜ」

男は言った。

「おれァ、まさかと思ったが、念のため、おまえに折鶴を注文してみたのよ」

「似ているといったって、つうちゃんというのは子供でしょ。それに昔の話でしょ。気のせいじゃないんですか」

「そうさな」

「それに、つうちゃんというのは、兄さんより年上だったというんでしょ。かわいそうですよ、わたしはこれでも、兄さんより若いんですよ」

「おれの年を知っているのかい」

「見れば見当はつきます」

「いくつと踏んだ」

「そんなばからしい話はやめましょう。人の年なんざ、どうでもいい」

「折鶴か。考えてみりゃあ、あれは兇運のはこびてだったんだが」

「折鶴がですか？　どうして」

男は自嘲するような声で笑った。

「つうちゃんは何も知らなかったんだろうが、あの鶴が、役人の手入れのあるときを親父に知らせていた」

初耳であった。姉は、折鶴の思い出を口にはした。母親が、大事なものなのだから、落とさないように、必ず、むこうのおっ母さんに渡すのだよ、と、懐深くいれてくれる。一心に、母親のいいつけを姉は守った。

そこのうちに男の子がいてね、と姉は、大切なものを両手で抱くような口調でおれんに語ってきかせるのだった。そりゃあ、器量のいい、踊りのうまい子でねえ。せりふの凜とはった、きどりのいいこと。

問屋場の主人であったおれんたちの父親が、役人から流された情報を賭場につたえていた。絶対に人目にたたぬ方法として、おつなが使者に仕立てられた。紅い鶴は、明日、手入れがあるという合図。紅い鶴を手入れの前に渡すだけでは、他人に怪しまれるといけないから、ふだんは白い鶴。

その代償に、役人衆も、おつな、おれんの父親も、賭場のあがりで懐をうるおしていたのだろう。

眼裏によみがえってくる情景がある。ぬかるんだ道を、姉と手をつないだおれんが歩いている。おれんは足をすべらせてころんだ。おつなもつられてころび、そのはずみに、折鶴が落ちて、泥にまみれた。姉は困った顔をしていたが、泥水を吸ってぐしゃぐしゃになった鶴を丸めて袂《たもと》にいれ、懐紙で、いそいで替りの鶴を折った。

あのとき、丸められたのは、紅い鶴ではなかったか。おれんの記憶はたしかではない。瞼の裏に、懐紙で折った鶴が、青白く舞う――。

「兄さん、もう、帰ったがよござんすよ」

「なんだ、急につれないな」

「実は、こわい人が、そろそろ帰ってくるじぶんです」

「ひとりだと言ったじゃないか」

二畳間との境の襖が細くひっそりと開くのを、おれんは目にした。手がのび、畳にころがっている脇差の鐺《こじり》をつかんだ。鼠がひくように、ひきよせてゆく。

姉の身のまわりには、刃物はいっさいおかないようにしている。

おれんは迷った。

姉は男の話をすべて理解したのだろうか。

子供のときの、ほんのちょっとしたことを気に病むこたァないよ、姉さん。

そのことがなくたって、姉さん、おだやかな暮らしがつづいていたかどうかわからない。御一新で何もかも乱離骨灰《らりこっぱい》だ。

この男にしたところが、もともとやくざの倅《せがれ》だ。お手入れがなくたって、喧嘩《でいり》でいのちをなくしていたかもしれない。あれがきっかけで役者になって、いのちがのびたのかもしれないんだ。責めを負うのは、大事な使いを何も知らない子供に託した大人たちだよ。子供なら人目につかぬと企《たくら》んだのだ。

声には出さぬおれんの言葉をよそに、脇差は襖のかげに消えた。

次に起きることを、おれんは悟る。

しかし、軀は動かぬ。

いいじゃないか。姉さんの好きなように……。

姉さんは、辛《つら》い日を断ちきるきっかけを待っていたのだ。

おれんは、男にしがみついた。

襖に散るであろう紅いしぶきを視《み》ず、叫びを聴かぬために。

瞼の裏に、紅い鶴が舞った。

夜の舟

1

　えエ、お千代《ちよ》ォ。寄っていきねえなァ。

　濁《だ》み声が、部屋から洩れた。

　障子を指で突いて穴をあけようとすると、

「さしをつけるなんざ、お言いでないよ」女将《おかみ》が釘をさした。

　小春《こはる》は、かまわず、指を突きとおし、小さくあいた破れ穴に目をあてた。客の姿より先に、濁み声の主である男芸者が目についた。

　えエ、お千代ォ。寄っていきねえなァ。コウ、ぽちゃぽちゃのお千代だによォ。

　紙で作った苫舟《とまぶね》を、腰付馬のように腰に付け、裾をはしょって臀《しり》を丸出しにし、鉢巻しめた男芸者は、片手は櫓《ろ》を漕ぐふうに動かし、もう一方の手は、舳《へさき》に立たせたお多福人形をあやつる。

　コウ、ぽちゃぽちゃのお千代だによォ。

　さりげなく人形に淫《みだ》らなしぐさをさせ、そのたびに座が湧く。

「さ、いいだろう」

と女将は小春の肩をひきもどし、膝をついて障子戸を開けた。

　障子に穴を開けてのぞき見をし、初会の客が気にいらねば、〝さしをつける〟と称して、女郎《こども》の方で客をふって帰ることができるのが深川のならわしではあるけれど、女将としては、なるべくすんなりと座敷に入ってほしいと願うのも道理だ。

　小春についてきた軽子《かるこ》が、小春の夜具の大包みをはこび入れた。

「いよォ、天人の天下り。美印《びじるし》、美印。美をつくしても逢わんとぞ思う」

取り巻きが下手な駄洒落《だじゃれ》をとばし、

「床よしの小春さんの御入来だ。三味《しゃみ》はご用ずみでござんすね」

客の脇によりかかった芸妓は、そんなことを言いながら、三味線を爪弾きしつづける。

客が手招いたが、小春は川に向いた窓にもたれて片膝を立てた。

えエ、お千代ォ、と、男芸者はふたたび淫らな腰づかいをはじめる。

えエ、お千代ォ。

澄んだ空音《そらね》を、小春の耳はとらえた。男芸者の濁み声とは似てもつかぬ美声だ。

寄っていきねえなァ。

「ちょいと、小春さん、障子をお閉めな。風が入るじゃないか」

細めに開けた隙間から、小春は窓の外をのぞく。


川にはり出した座敷である。黒い水に座敷のにぎやかな灯影がうつり、揺れる。上《かみ》の方は濃い闇に溶けいり、川べりに軒をつらねる茶屋、子供屋（女郎置場）の灯も、そのあたりにはとどかない。

一点、かすかな遠い灯が川面にゆらぐ。ゆるやかに川を下ってくる気配……。二の節から先端を切り落とした小指に、小春はくちびるをあてる。

えエ、お千代ォ。

寄っていきねえなァ。コウ、投げ扇のお千代だによォ。

——一年前の、やはり冬であった。

川風にちぎられながら、声が、耳にとどいたのだ。

つきしたがってくる軽子のお半の、夜霜を踏む下駄の音がとまった。

小春はふりかえり、黒塗りの下駄の歯を鳴らして、いそごうと促したのだった。

「えェ、お千代ォ、寄っていきねえなァ」

闇色が濃くなりまさる夜を縫う、よくとおる男の声であった。門前仲町に沿った、大川の河口近くに注ぎ入る横堀を、声の主の舟は、蓬萊橋《ほうらいばし》の方に漕ぎ下ってくる。茶屋、子供屋の軒灯は、この夜も、黒い水面の小波をきらめかせていた。

「船饅頭《ふなまんじゅう》の客引きだろう。珍しくもない」

衿もとをなぶる風が冷たく、褄《つま》をとった指も塗り下駄をつっかけた素足も、冷え冷えとする。

小春のとがった声に、お半は夜具を包んだ大風呂敷をかかえなおした。包みに下げた〝湊屋《みなとや》 小春〟の名札の裾が、風にひらひらする。

二人が蓬萊橋を渡りかけるころ、舳に灯をともした舟は、橋の袂近くに漕ぎ寄ってきていた。弱い灯が、舳に片膝立てた人影を、か黒く浮き出させる。吹き流しにかぶった手拭が仄白《ほのじろ》い。女だ。

「コウ、寄っていきねえなァ」

うたうように呼びかけるのは、艫《とも》で櫓を漕ぐ船頭で、うたいながら、土手の杭《くい》に綱を投げた。

「コウ、そこに立っているとの、辻番から棒が出るによォ」

誘いかける相手は、もとより、小春やお半ではない。土手に、遊び人らしい男が佇《た》っていた。

「えェ、お千代ォ。寄っていきねえなァ。雨が降るか風が吹けばの、橋の下に着けるわなァ。えェ、お千代ォ。投げ扇のお千代だによォ」

コウ、土手のお人、と、船頭は名ざしで呼びかけた。

「扇三本で二朱だ。買わねえか」

「べらぼうに高えや」

土手に佇った男が手をふる。

「御旅《おたび》の銀猫やこの土橋の女郎《こども》なみにとろうってのか。舟饅頭は百が相場だ。高え高え」

「まったくだよ」小春は、思わず、腹立たしさを口に出した。「舟饅頭が二朱もとるなら、わっちら土橋の女郎《こども》は、一両もはりこんでもらわねば、あわないやね」

色のちまた深川の、数多い岡場所のなかで、土橋は仲町と並んで格が高い。世間流行の髪型風俗も仲町土橋から始まる。

小春のよそおいも、雪輪を染めぬいた紫裾濃《すそご》の縮緬《ちりめん》に、下着は白縮緬の三つ重ね、白綸子《しろりんず》の長襦袢、花色繻子《じゅす》の帯を結び下げ、髪に阿弥陀差しにした笄《こうがい》も本物の鼈甲《べっこう》。夜鷹よりはましといっても縞木綿の袷《あわせ》一枚に細帯を巻いた船饅頭風情が、二朱とはふっかけたものだ。

床《とこ》がいいのが誇りの土橋の女郎《こども》は、茶屋から呼び出しがかかれば、自前の夜具の包みを軽子に持たせて伴うのである。そのために、四月の朔日《ついたち》と九月の節句には、夏床冬床を新規にあつらえるのが苦労で、いい客がついていないときは気がふさぐのだけれど、仲町の女郎《こども》のように、茶屋にそなえつけの味噌《みそ》煎餅《せんべい》のような汚ならしい蒲団を客に使わせるようなまねはせぬと、意地をはる。

苫舟に茣蓙《ござ》の船饅頭とは、客あしらいの情がちがうのだ。

「投げ扇のお千代を、そんじょそこらの船饅頭と一つにするとは、目のねえお人だ」船頭と客引きを兼ねる男は、土手に集まりはじめた野次馬たちにむかって、「見なせえ。このあたり、苫舟は一艘もいやしめえが、お千代とはりあっても勝ちめはねえと、河岸《かし》を変えたものさ。しかも、場合によっちゃあ、二朱どころか、一文も銭いらずで、お千代と朝まで」

「聞き捨てならねえな。銭いらずだと」

「耳よりな話だろうが。扇三本で二朱だ。買うか」

「待て待て、さっきから、そいつが解《げ》せねえ。扇三本、扇三本というが、おめえが売るのは、そこにいる女だろう」

「だまされたと思って、扇三本、買いなせえ」

船頭は、半開きの扇を打ちふってみせた。橋の上から遠目に見ても、煽《あお》げばばらばらにこわれそうな安物であることは見てとれる。

「那須の与一は扇の的だが、深川名物〝お千代舟〟」

――いつから、そんな名物ができたのさ。小春は舌打ちする。

「的は、このお千代。橋の上から投扇興《とうせんきょう》とは、雅びな趣向じゃあねえか。しかも那須の与一はただ一本の矢。お千代の投げ扇は、三本に一本でも当たりゃあ、二朱はそっくりお返し申しやす。その上、お千代は、思し召しのまま」

「橋の上から扇を投げて、三本のうち一本でもその船饅頭に当てたら、二朱を返してよこした上で、ただで女を抱かせるというのだな」

客の呼び出しがかかっているのだ、早く茶屋に行かなくてはと思いながら、小春は、その場を立ち去りかねた。

何が投扇興だ。船饅頭が、わっちらと同じに二朱もとるとは、面憎《つらにく》い。二朱の値打ちがあるものか、見届けてやろうじゃないか、という気になる。お半を横目で見ると、これは手すりから身をのり出さんばかりなのだ。ただの好奇心にしては、その表情の真剣さは異様であった。そう、小春には感じられた。

「しかし、当たらなんだら、丸損か」

「さあ、そこがそれ、投げ扇は目の法楽とは、このこと。的はお千代の剝《む》き身《み》だよ」

「脱ぐのか」

「ためしてごろうじ」

「よし、買った、と言いてえが、二朱は法外に高えや」

「何だねえ、しみったれな。土橋、弁天、仲町、御旅、新地、裾継、櫓下。総ざらいにしたって、お千代ほどの女はいないよ。よし、負けやしょう。一朱」

「高え」

「これよりは、びた一文、負からねえ。ああ、いやだ、いやだ。深川で、こんなしみったれた言葉を聞こうたァ。お千代の御開帳を拝むだけでも、二朱や一朱は安いものだに」

「垢離場《こりば》のそれ突けでも、百とはとらねえ。一朱はべらぼうだ」

「あんな腐れといっしょにしてもらっちゃあ困る。お千代、しかたねえ。ほんのちょいと、拝ましてやりな」

舳の女は立ち上がり、細帯をすらりと解きながら、土手の方に軀をむけた。川風にめくれあがった裾を、片手ですぐにおさえた。

「暗くて見えねえ」

「買ってくださりゃあ、灯を増やします」

女が、はじめて口をきいた。少し嗄《しわが》れた、小春でさえ気をそそられるような声であった。口にくわえていた手拭のはしが落ち、顔があらわになった。

「買った」

土手の男はどなった。

男は土手を下り、野次馬たちにみせびらかすように、船頭から安扇を三本受けとった。

「橋のまん中に立ちなせえ。風は海風、送り風だ。これで当たらなけりゃあ、よほど腕が悪い」

扇を握り、男は気負って橋に踏みこんできた。勢いにおされ、小春は一足二足脇にのいたが、歯ぎしりしたいほど腹が立った。一目で土橋の女郎《こども》と知れるわっちがここにいるのに、目もくれず……。

小春と軽子のお半は、男を間にはさむ形になった。

芝居小屋の舞台の端に並べる灯のように、舟べりに蠟燭《ろうそく》が立てられた。ゆらめく灯は女の軀に翳を這いのぼらせる。

両褄をとった手を重ねあわせ、女は舳に立つ。

「胸でも腹でもおそそでも、好きなところを狙いなせえ。言っておくが、剝き身に当てなくちゃあいけねえよ。着物の上だの手だの顔だのは、だめだよ。三本、払いのけられたら、それでおしまいだ」

船頭の声は、艫の闇のなかから聞こえる。

女は、上前の褄をゆっくり開いた。ついで、下前を開く。一瞬、無防備になった裸身に、扇がとんだ。翼をかえすように、褄をとった手がひるがえり、扇は川面に落ちた。

女の手の動きは、再び緩慢になる。優雅な鳥か巨大な火取り蛾《ひとりが》のように、着物の前身《まえみ》を楯にした女の手は、左右交互に、開き、閉じ、そのあいまに、瞬時、裸身をさらす。

後の二本も、苦もなく叩き落とされたが、そのころは、橋にも土手にも、人だかりができていた。

「くそッ」

男は罵《ののし》ったが、白い夕顔が灯に焙《あぶ》られながら闇にみえかくれする風情を堪能した顔つきでもあった。

「えエ、お千代ォ」

船頭の声は、水の上を流れ、そのとき、水音があがり、高くはねたしぶきが舳の灯を消した。

お半が落ちた！　とっさに、小春はそう思った。しかし、お半は、橋の上に茫然と立っているのだった。落ちたのは、夜具の包みで、茫《ぼう》っとなったお半が手からとり落としたのだ、と悟り、小春はお半の傍に走り寄って、平手を鳴らした。

「ばか、なんてことをしてくれたんだよ。早く拾い上げなくちゃ」

お半の手をつかんでひきずるように、下駄を鳴らして、走る。土手を下りた。夜具の包みは、水を吸ってゆっくり沈もうとしている。

「だれか、手を貸しておくんなさいよ。あれ、あれ、沈んじまうよ」

小春が呆れ、ついで怒り猛ったことに、土手や橋の上に集まった男たちは、だれ一人、夜具の包みが落ちたことに気をとめていないのだった。

舟の上では船頭が濡れた蠟燭をとりかえ、火をつけなおしている。女は舳に立ち、着物の前をかるく重ねあわせ、さあ、次はだれだい、と挑戦するふうだ。

そうして、男たちは、一朱払おうか、やめようか、迷ったり、だれかが試みたら、それに便乗してお千代の裸身を眺めようと、迷っている男をけしかけたり、橋の上からお千代にからかいと讃嘆の混った声を投げたり、そんなことに夢中で、沈んでゆく夜具包みは眼中にないのだ。

「姉ちゃん、顔ぐらい、ただで拝ませろよ」

手拭を吹き流しにかぶりなおした女にせがむ。

「べっぴんじゃの」

と、あまりにまっ正直な嘆声は、こっけいなほどだが、小春は嗤《わら》っているゆとりはない。

「沈んじまうよ。手を貸しておくれってばよ。これだけ男が雁首《がんくび》そろえていて、ちきしょ」

船頭が、ついと竿《さお》をのばし、沈みきる寸前の包みの結び目にひっかけた。たぐり寄せ、岸の方に突きやった。

「早く拾うんだよ、気がきかないったら」

小春に剣突《けんつく》をくわされ、お半は、うろたえながら包みに手をのばした。かがみ込んで包みをひきあげ、顔をあげた眸《め》が、船頭を見た。

「兄ちゃん……。やっぱり……」

軀が前に泳ぐ。その帯に手をかけて、小春は前のめりに水に入りそうになるお半をひきもどした。

ええ、お千代ォ。三本で一朱。

買った。

歓声があがる。

濡れた包みをかかえたお半を伴に、子供屋に引き返してゆく小春に、気をとめる者はほとんどいない。

　災難だったな。おざなりな声が二つ三つ、耳にとどいただけだ。

　包みは薄氷がはるほどに冷たいのだろう。お半は、たえず歯を鳴らしてふるえている。

　とんちき。まぬけ。ぶま。いくらののしっても、小春は腹がいえない。好かない客にもさしはつけず、ようやくととのえた緞子《どんす》の夜具なのだった。

「何てことをしてくれたんだよ。粗相しましたじゃ、すまないよ。芯まで水を吸っちまった。三日や四日じゃ乾きゃしない。そのあいだ、わっちに鳥屋《とや》につけというのかい。さしあたって、今夜の首尾はどうするのさ。夜鷹のように莫蓙で寝ろというのか。ええ、じれったいねえ。何とかお言いなね。おまえ、耳が無いのか。口ってものがあろうじゃないか。申しわけござんせんの一言も、言ったらどうなんだい。地べたに手ぇついてあやまってもらっても、不首尾が首尾にかわるわけではないけれど、石の地蔵か何ぞのように黙りこくっていられちゃあ、わっちの腹がおさまらねえ。よォ、お半、軽子が夜具の包みを水にぶん投げて、あやまり降参のあいさつもなしにすますのかェ。それとも、おまえ、あの船饅頭に肩入れし、わっちに恥をかかせる腹か。土橋で一といって二とは下らない、湊屋の小春の顔をつぶして、おまえ、あの船饅頭と船頭と三人で、わっちを嗤う気か。……そういやあ、おまえ、あの船頭を兄さんと呼んでいたっけが、ありゃあ、おまえの身内なのか。船饅頭の妓夫が、おまえの兄さんかい、それなら、おまえも、舟か莫蓙で稼ぐがいいやな。兄さんに客を引いてもらうがいいさ」

　腹立ちまぎれに、ののしりはじめたら、とめどなくなった。お半はうなだれて、すんません、すんません、とつぶやいているのだが、いっこうに実《じつ》のこもらぬ、上の空の声と、小春にはきこえる。

一足歩いては立ち止まり、二足歩いては吐息をつくお半の足の重さも、小春をいらだたせる。

黙ると寒さが肌を刺すので、せめて口に火をつけていなくては、こらえられず、

「ああ、埒《らっち》もねえ。荷をぶん投げる軽子なんざ、深川七場所、開闢《かいびゃく》このかた、聞いたこともねえわな」

とめようもなく、言葉が大仰になる。

思う存分ののしって、根がさっぱりした気性だから――というより、腹に毒がないのが俠《きゃん》で鉄火な深川っ妓の望ましいありようとわきまえているから――いいかげんで許してやるか、と思ったとき、お半は、またも荷をぶん投げた。

すんません。声を放つと同時に、濡れとおった風呂敷包みを地面に投げ出し、川の方にむかって走りだした。

身投げ。とっさに、小春は思いちがいし、うろたえて後を追った。

からだを丸め、ころげるように走るお半を、裾を乱し、臑《すね》から腿《もも》までのぞかせて、しなやかに小春が追う。お半は下駄を脱ぎ捨てた。走る足が速くなった。小春も下駄を脱ぎ、鼻緒をつかんで、

――何とあられもない――ふと、おかしくなる。

追いついて、お半の衿がみをつかみ、ひきずり倒した。いつのまにか、雨が降りだしていた。

雨が降るか風が吹けばの、橋の下に着けるわなァ。

船頭の売り声が耳によみがえり、あの舟は、橋の下に漕ぎ入ったか……。お半をひき据えながら、思った。髷《まげ》の根のくずれた髪をとおして、雨つぶが地肌まで濡らす。

ええ、強情な。辛気《しんき》くさいといったら、ない。その船頭とやらを知っているのか。お千代とやらいう船饅頭と昔なじみなのか。たずねているの

は、たったそれだけだ。いえ、とか、あい、とか、答えたらよかりそうなものじゃないか。みかけが牛に似ていると思ったら、性根のしぶとさも牛並みだ。

言いつのるお蝶を、

「もう、いいやね」

小春は、とめた。

お半は、うつむき、黙りこんでいる。

「これだから、在郷者はいやだよ。おまえ、深川にきて何年になる。ちったァ、この土地の気っ風に染まるがいいやね」

お蝶は、煙管《きせる》の首を灰吹きのへりに叩きつけ、その甲高い音にも、お半は肩をびくっと動かしただけだった。

子供屋『湊屋』の二階の溜《たま》りに、客のつかなかったお蝶は自堕落に寝そべり、退屈まぎれに、お半をいたぶりつづける。

濡れそぼって帰ってきた小春は、着物をきかえ、すぐにも出直す算段で、

「お蝶さん、おまえの夜具を、わっちに貸しねえな」

たのみこんだのだが、お蝶は、

「まずは、事のいりわけをきこうじゃないか」

と悠長にかまえ、それから、お半いびりが長々とはじまったのである。

お千代舟のことだの、お半が船頭を兄さんと呼んだことだの、そんなことまで話すんじゃなかった。お半が石につまずいて、荷物を川に落としてしまったと、ひとまず手短に話しておいて、くわしい話は客づとめが終わってから、明日の昼間にゆっくりと、暇つぶしに喋ればよかった、と、小春は、気がせく。

いつまでも客を待たせておいたら、さしをつけたと思われ、ほかの子供を呼ばれてしまう。

今夜の客は、初会ではない。金の切れはなれのよい大店の息子で、裏を返しにきてくれたのだ。

逃したくない相手である。

投げ扇などと他愛もない客寄せに、つい足をとめたのが、まずかった。

あのていどの見世物は、少しも珍しいことじゃない。両国広小路や東両国の垢離場、浅草の奥山へでも行けば、もっといかがわしいやりかたで男の気をひくのは、いくらでもいる。

土橋の子供の縄張りうちで、人もなげな客引きが、目にあまったから、そうして、わっちに目もくれず、お千代とやらにうつつをぬかす男どもが腹立たしかったから……立ち去りかねた、と思う耳の底に、〝お千代ォ、寄っていきねえなァ……〟、船頭の澄んだ声が尾をひいた。

濡れた着物を衣桁《いこう》にかけ、乾いた長襦袢を肩にひっかけ、炭火のよく熾《お》きている角火鉢に身をのり出し、熱気を胸乳のあいだに入れながら、

「コウ、お蝶さん、もう、よかろ」

「いんにゃ、このままじゃあ、わっちの腹がおさまらねえよ」

何、退屈しのぎ、暇つぶしなのだと、小春は察している。

行灯《あんどん》を一つともしただけの室内は暗く、柱に掛けた三味線だの、文箱をのせた棚だの、その下にわたした竹竿に無造作にひっかけられた着物だの、化粧鏡だの紅白粉をおさめた手箱だの、すべて薄闇のなかで輪郭を失い、脂粉の香ばかりが、きわだつ。この部屋一つが、子供たちの、化粧部屋、寝所、納戸、厨《くりや》を兼ねる。

「おまえは、どこの在から来たえ」

お蝶は、お半をまだ手放さない。

「在郷者は好《す》かねえの。石の地蔵も三年めにゃあ笑うというに。コウ、小春さん、おまえ、このまま黙ってひきさがるつもりかェ。たかが船饅頭に土橋を荒らされ」

「客のすじが違わァな。船饅頭を買おうってなァ、茶屋にあがれねえ文無しさ。わっちらの客

ア、船饅頭など目もくれねえお人さ」
「その船饅頭が、一朱とふっかけたというじゃあないか」

「まあ、いいわな。船饅頭の詮議は後のことさ。まず、さしあたっては、夜具の算段さ。よう、お蝶さん、貸しておくれな」

「いやだね。おことわり申しやす。おまえ、床《とこ》は、わっちら子供のお宝さ。ほかの女の匂いをつけたら、わっちの客が気色が悪かろうじゃないか」

「そうかといって、ほかの子供衆はみな買込みだもの」

「暇でいる子はわっちばかりと、いやみかえ」

「頼みんす、拝みんす」と、小春はふしをつけた。気心の知れたお蝶だ、何のかのと言っても、結局は貸してくれるとたかをくくっている。

「軽子も出払って、ぶん投げのお半のほかにはだれもいない。わっちの夜具まで水浸しにされたのでは、かなわないやね。それに、雨だろ。いやだね」

「濡らさぬように、油単《ゆたん》でくるみ奉っていくからさ」

喋りながら、火に焙って火照りのきた軀に、すばやく白ちりの下着と越後あいさびを重ね着て、七子の帯を結び下げ、小杉の紙を紙入れに巻いて帯に縦にはさむ。

「よう、貸しておやりなね」

「貸してもいいが」と、お蝶は上目使いになった。「お半は、ここへ置いておいき。わっちがちっと折檻してやらざァ」

〝湊屋　てふ〟の名札の下がる大風呂敷包みを油紙でくるみ、背に負って、傘に高下駄、裾をからげ、片手に提灯《ちょうちん》という姿で、小春は茶屋にいそいだ。みすぼらしく見えようと、客への心意気、心づくしがあればこそ、冬の夜寒、雨をついてと、客はほめてくれよう。

蓬萊橋を渡るとき、橋板の下から、小春の耳になじみ深い、男の悦びの声が洩れた。高下駄の歯を思いきり踏み鳴らし、脳天にひびきやがれと、渡った。

茶屋で、客はとうに、ほかの妓《こども》を呼んだと知らされた。

2

「小春、軽子に商売替えしたそうだの」

客に嗤われたのは、次の夜、茶屋に呼ばれたときである。

「船饅頭とはりあって、たいせつな夜具の包みを川に落としたとやら、舟の船頭に頭をさげて、包みを拾いあげてもらったとやら、あげくは、雨のなかを、軽子まがいに荷を担いで茶屋に行ったなれど、濡れた夜具では役にたたず、客にふられて帰ったと」

「いえ、それが小春さんの、よみの深いところでござんすよ」

男芸者が、小春をかばうというよりは、酒の肴にして笑おうというつもりらしく、

「いやな客でも、さしをつけて帰るは気の毒と、夜具を川に落としてみたり、軽子をまねてみたり、言うなれば、客の口からあいそづかしを言わそう魂胆。諸葛孔明《しょかつこうめい》はだしの悪知恵」

「小春さんが川にはまったときいたが」

「わたしがきいたは、軽子に祝儀をやらなんだため、軽子に逃げられ、ひとりで荷を担がねばならなんだという話だったがの」

芸妓だの廻し方だのが、わいわいと好き放題に言い散らす。

本人のあずかり知らぬところで、一夜のうちに、噂は手のつけられぬぶざまなひろがりようだ。まあ、きいておくんない、実情はこれこれ

と、説明するのも面倒なほどだ。

どう弁解しようと、本人が自分の不為になることを言うはずがないと、聞き流されるのがおちだろう。

それでも一通りはと、口をきりかけたが、どのように話しても、お半一人に責めを負わせるようになる。たしかに、お半のせいにはちがいないのだが、他人を讒訴《ざんそ》する小春が、何か浅ましいもののように、一座の人たちには感じられるだろう。

小春は、下木場の川並鳶《かわなみとび》の娘で、幼いころは柾《まさ》木《き》の葉でこしらえたぴいぴいを吹き、雑草で島田髷《まげ》を結って遊び、舟虫の這ううどん屋のかけうどんで腹をみたして育った。生粋の深川っ娘《こ》であった。あれやこれやと、みじめったらしい弁解は、根っから性にあわない。

何でわっちがこのように嘲られねばならないのかと、半ばうんざりしながら、「まあ一つ、さしてくださんせ」と盃をとると、

「私ァ、軽子を座敷に呼んだおぼえはないがな」

客はそうつぶやいた。

芸妓の一人が、座の空気を変えようと、三味線をかかえなおし、撥《ばち》をあてる。

冬の木場には雁落ちて、類《たぐい》なずなの春景色、あれ見よさんさ、これ見よさんさ、さんささんやで走る笹舟……。

すかさず、一人が立って扇をかざす。

秋も短き夜半なりと、思い合うたる仲町の、そもや土橋の渡り初め、逢い初めし夜が縁じゃもの……。

皮肉や悪口をまともに浴びせられるより、芸妓のさりげないいたわりの方が、小春をみじめにした。

羽織と呼ばれる深川の芸妓と、女郎《こども》は、たがいにはりあっている。芸妓は芸を売り、女郎《こども》は色を売ると職分が決まっていても、色で稼いで子供と客の奪いあいになる芸妓も少くない。土橋の子供

は、床《とこ》一すじさ。三味《しやみ》の踊りのと、よけいなもので男の気をそそりはしないのさ。そう誇っているのに、羽織に哀れまれたとあっちゃあ……と、さんざめく騒ぎのなかで、小春はくちびるを嚙む。

心と心が合点なりゃ、指切り髪切り入れ黒子《ぼくろ》。

えェ、お千代ォ。寄っていきねえなァ。お千代舟は、毎夜、蓬萊橋の傍にもやい、投げ扇のお千代だによォ、客のつかない夜はないらしい。いい商いだと、子供たちのあいだでも、とかく話のたねになる。

船饅頭を一朱出して買えといったら、だれでも呆れて相手にもすまい。しかし、投げ扇という賭けが伴い、うまくゆけばただ、となれば、話はちがってくる。しかも、投げ扇のあいだ、きわどい裸身をたのしめる上に、同じ客が二度つづけて試みれば、二度めにはお千代の方でも手加減し、当たるようにしてやるという。好ましい客と思えば、一度めに当たりも出る。いやな客はふりとおす。

一夜に一人、一朱だけであっても、船饅頭としては法外な収入《みいり》であった。吉原の大籬《おおまがき》の花魁《おいらん》は三分とるが、そのほとんどは楼主のふところに入る。節季節季に花魁が自前でととのえねばならぬものも数多く、そのすべてが花魁を縛るかねの鎖となる。

船饅頭のお千代は、収入《みいり》を船頭とわけるだけなのだろう。花魁衆のように、新造や禿《かむろ》の身のまわりのものまで面倒を見てやることもない。

お半が、暇さえあれば、船饅頭のところに入り浸っているとよ。

小春にその噂をつたえたのは、お蝶であった。

夜っぴて客の相手をする子供たちは、朝、子供屋に帰ってくると眠りこけ、その後も、自堕落な時をすごす。軽子の様子に目をむけたことは、小春はなかったけれど、

「軽子にそんな暇のあるものか」

言いかえしたとき、噂の主のお半が二階に顔をのぞかせ、洗いものがあったら出してくんないと言った。お半の指はしもやけでふくれあがり、筋が割れて赤い肉がのぞく。

「お半、おまえ、平井新田でも洗いものをしているそうじゃないか」

寝そべったままお蝶が言うと、お半は顔を赤くし、押し黙った。

「平井新田に、お半の情人《いろ》がいるのかえ」

子供の一人が、文をしたためる手をとめて訊く。

お半は洗いものをかかえて走り下りていった。

風が吹きぬける井戸端で、足駄の一方を臀《しり》の下に敷き、たらいの前にかがみこんでいるお半に、

「お千代とあの男は、平井新田に住んでいるのかい」

小春は声をやわらげて話しかけた。

「おまえ、よく、あんなところまで行く暇があるねえ」

「木場に」と言いかけてお半は咳こんだ。

「木場に用足しに行って……そのついでに」

「前からの知りあいかい」

お半はうなずいた。

「兄さんと呼んでいたっけが、実の兄さんじゃないんだろ。そうだろうね。まるで似ていないもの」

無言で布を絞りあげて、お半はたらいをかたむけて水を流した。

ばかげている、と思いながら、小春は入舟町を過ぎ、おびただしい材木を水に浮かべた木場を左手に、枯れ芒《すすき》がなびく洲崎の土手を行く。ちょいと弁天さまに願かけに。見世の主人にはそうことわった。日暮れどき呼び出しがかかるまでは、軀はあいている。

船饅頭がどこでどんな暮らしをしていようと、

気にかけることはない。放っておけばいいのさ。

　気にすまいと思っても、毎夜茶屋に行く道すがら、蓬萊橋をわたるとき、えェ、お千代ォの呼び声は、いやでも耳につき、ときには薄闇に羽搏《はばた》く鳥のように着物の前をひるがえす女、翔ぶ白扇を目にすることもある。そのたびに、屈辱はよみがえるのだ。土橋で一の湊屋の小春が、軽子になったかと客に嘲けられたのも、もとをただせば、お千代と男だ。

　憎い、と小春は思うのだけれど、いつも半ば闇の中にいる〝えェ、お千代ォ〟の声の主に、何か甘やかに惹《ひ》かれるものもあるのだった。

お高祖頭巾《こそずきん》に、小春は顔をつつんでいた。

　——どれほど責めても、なだめすかしても、お半は、男とのかかわりを話さなかった。

　何、よほどかくさねばならぬことがあるのではない、幼い子が、他愛もないものをたいせつに秘めかくし、周囲の目にさらすまいとするように、仰々しくかくしだてしているのだ。小春に絞りあげられ、ようやく一言二言洩らす言葉から、小春はそう察した。昔、ちょっと知りあっていた。お半はあの男に片想いしていたのだ……。

　木場を過ぎると、草ぼうぼうの新田に出る。ひょろりとした雑木を防風林に、間口二間の掘立小屋。投げ扇の女が、家の前を流れる細流《ささ》れのへりにしゃがみ、米をといでいた。男の姿は見えない。油障子を閉ざした小屋のなかにいるのだろうか。

　夜の川に舟を浮かべ投げ扇の的になる女がうつつなら、つつましい家女房のなりで米をとぐ女は幻。それとも、これがうつつで、夜の舟は水が描いた幻か。

　小春は、声もかけず、踵《くびす》をかえした。

　寄っていきねえなァと、商いののどをきかせる以外の男の姿を見たのは、その数日後であった。

　氷雨が降っていた。小春は、白粉を買いに見世を出たところだった。小間物屋が荷をかついでまわってくるまでにまだ日があるというのに、白粉をきらしたのだ。

屋台よりはいくらかましという饂飩屋《うどんや》の縁台で、男と女が丼をかかえていた。二人のあいだは、二、三人腰かけられるほど、あいていた。話もかわさない。だが、その、あいた距離と無言のさまが、寄り添いあって睦言《むつごと》をかわすより、はるかに緊密な結びつきを、小春に感じさせた。煮汁のにおいが雨にまじった。見世先は暗く、うつむいた男の顔立ちは、やはりさだかではないが、あいまいなだけに、凄みのある美しさがかえってきわだつと、小春には感じられた。

3

一朱、小春はさし出した。けげんそうに、男は小春を見た。


「買うのさ」

男は、小春の手から一朱銀をとり、三本の白扇をその手にのせた。紬から、女が目をむけている。

扇と呼べるしろものではない。竹ひごの骨が五本。安物の障子紙を貼り、要《かなめ》は竹釘を打ちつけ、いっぱいにひろげることもできない。

蓬莱橋のまん中に、小春は立った。野次馬は一人もいない。そういう時を、小春はみはからったのだ。

いやだよ、と女が男に言っている様子だ。男の客を相手にならば、むしろ誇らしげにさらす裸体も、相手が同性では、辱《はずか》しめられていると感じるのだろう。辱しめてやるさ。

しぶしぶ紬に立った女は、着物の前身ごろを、ゆっくり開いた。右手と左手を交互にひるがえし、一瞬、無防備に両手をひろげる。

二本、小春はしくじった。三本めも、だめだろう。それでも、いいさ。女を的にして嗤ってやったのだ。これでいくらか気が晴れたさ。

女も、ふと気まぐれを起こしたらしい。故意か、それとも間合をあやまったのか、小春が投げた最後の一本を、払いそこねた。

女の胸に白い蝶が羽をやすめ、それから、はたりと落ちた。

「女が女を買ったところで、味気ないやね。コウ、船頭さん、かわりにおまえを抱こうじゃないか。一朱は進呈するよ」

この男は、私が選んで買ったのだ。そう思うと、小春はいっそう、陶然とする。苫舟のなかであった。女は舟を下り、外で時をつぶしている様子だ。

「おまえに惚れた」

小春はそう口にした。

「お千代は、お前の女房かい」

男は答えなかった。

小春が自儘《じまま》に使える時間は限られている。茶屋から呼び出しがかかる刻限までには、見世に帰っていなくてはならない。その短いあいだに、男の目を小春の方にむけさせたい。男をあの女から奪ってやりたい。それが、人もなげなふるまいをするお千代への仕返しになる、と、最初から計《はか》ったわけではないが、男と抱きあいながら、小春は、その思いつきが気にいった。はじめは、一朱払って扇を求め、女に同性の前で裸身をひらかせ恥ずかしい思いを味わわせる。それだけのつもりだったのだ。けれど、心の底に、ひょっとして扇が当たったら……男を買えたら……という願望が、たしかに、あった。

男は無言でいることで、小春が彼の心に侵入するのを拒むかにみえた。お半に共通した態度であった。しかし、男の軀は、意志を裏切って、小春に烈しく応えはじめていた。

舟を下りる小春に、おめえは、きれいだ、男の声が小さくきこえた。勝てる、と小春は思った。

小春が船饅頭の妓夫にいれあげていると、噂はひろがらないではいなかった。

「ばかだねえ、情人《いろ》を持つにこと欠いて、苫舟稼ぎの牛太郎を」

と呆れるお蝶に、

「なに、あの小面憎《こづらにく》い女から、男を奪ってやるだけさ、おまえも力を貸しねえな。土橋のわっちらの膝元で、船饅頭をのさばらせておけるものか。あの男、骨抜きにして放り出してやるわけさ」

そう言いながら、まだあの男の名も知らない、と小春は思った。

三度、四度、と、小春は扇を求めた。

払えば払いのけられる扇を、女は、三本めを必ずあてさせる。当たればかねは返しますというのが決まりだが、小春は、払った一朱はそのままくれてやる。それなら、投げ扇など抜きにして、最初から男を買っても同じようなものだけれど、投げ扇は、儀式のようにつづけられた。三本とも払いのけれれば、かねはただ取りできるのに、女は三本めには隙をみせた。

言葉には出さぬ闘いがあった。

好きにやってみるがいい、と、女は言っているようだった。かねとひきかえに男は躯を売るけれど、おまえさんに惚れはしないさ。奪《と》れるものかね。

男に対する、女のひそやかな嗜虐《しぎゃく》、被虐もあるのかもしれなかった。女は男のために躯を売りつづけてきているのである。男の心のなかは、小春には、はかりかねた。二人の女のあいだで、単純に、その躯をたのしんでいるだけなのか。お半もまじえて、三人か……。

客が女を抱くあいだ、男がどういう気持でいるか、それを女が味わうのも悪くはないとでも思っているのだろうか。

じりじりと身と心を灼く火の縄が、男と女、小春の三人をからめとっているようで、苦痛と快さの深みに、小春は浸りこんでゆき、もしかしたら、男も女も、同じ苦痛、同じ陶酔を味わっているのかと思った。小春を拒否するのは、むこうにはたやすいことなのだ。川筋を変えればいいだけのことなのであった。小春は遠出はできない身なのである。

逢いを、重ねた。見世の主人から厳しい叱責を受けた。

何という馬鹿なまねを。おまえの名に傷がつく。あの男に船饅頭を棄てさせてみせますさ。それだけが、わっちの目当て。このままひっこんだのでは、わっちの意地が立ちやせん。

小春が言いきった言葉は、すぐに、噂になってひろまった。

美《い》い男だから、と納得するような声もあった。

人目のないときを見はからっているのに、かぎつけて見物が集まってくるので、三人は、言わず語らずのうちに示しあわせ、あちらこちら場所を変えた。どこと、男も女も小春に告げはしないのだが、小春がそこに行きつけるのは、お半の手引きがあったからである。

お半は、泣きそうな顔で、小春を導いた。

お半もまた、奇妙な関わりの持つ毒に、しびれはじめていたのだろう。

投げ扇の場に、案内役のお半も居合わせることになった。

男と女の素性を、お半は知っている。三人とも無言をとおすことで、小さい垣をつくり、小春をしめ出している。

その垣を、案内の道すがら、お半は少しずつ破るようになった。小春に、自分の優位をみせびらかしたかったのだろう。

宿場で稼いでいたのだ、と、ぽつりと言う。どこの宿場？　と訊くと、意固地に唇を結んで、首を振った。

宿場女郎が、見世の若い衆と駆け落ちして、食いつめ、船饅頭とその妓夫になった。

つづめて言やあ、そんなところだろう。珍しくもない。人を傷つけるとか、かねを盗み出したとか、そのくらいの悪事もやっているかもしれない。人殺しはしていまいね。役人に追われる身であれば、投げ扇なんてはでなことで人目は惹くまい。

過去など知りたくもない。いま、あの男を、女を捨てるほどに私にのぼせあがらせれば気がすみ、意地も立つのさ。

深川の女郎屋に、強敵があらわれたのは、年の瀬も近いころである。吉原が大火を出して全焼し、深川に移ってきて仮宅をかまえたのである。華美をつくした吉原の花魁衆が、見世格子のあいだから嫣然《えんぜん》と誘いかけ、妓夫が腕のかぎりに客をひきずりこむ。

白徳利みてえに塗りたくりやがって、野暮に髪を光らせて、と、水髪、薄化粧の深川の女郎《こども》たちは悪口を浴びせ、客をとられまいと勇みたった。

銭がなきゃ質《しちょ》おけ、質おいて酒のめ、あまりで女郎買え、ソレソレソレと、男芸者が陽気にはやしたて、座をにぎわす。

「小春、おまえ、おかしな間夫《まぶ》を持ったそうだな」

なじみ客にいやみを言われ、「あい」とうそぶいているわけにはいかぬ。さんざんきげんをとり、あげくのはてに入れ黒子《ぼくろ》までして実《じつ》のあるところを見せ、お千代舟を訪う暇がなくなった。

えェ、お千代ォの声は、蓬萊橋の袂から流れる。小春の足がとだえると、お千代舟は、何事もなかったように男をひき、扇を買わせている。深く切りつけたつもりが、細い傷の痕さえ残っていない。

子供屋の二階で茶屋からの呼び出しを待つひとき、小春は、袖をまくり、二の腕を眺めた。そのときそのときに、実意を見せねばならぬ客の名を彫り、薄皮をそいだり灸をすえたりして消し、また彫っては消した痕が、てらてらと火傷のようだ。切髪、放ち爪は毎度のことだし、誓紙も何枚書いたかしれぬ。背にも入れ黒子がある。客と抱きあい、指先のあたるところに黒子をいれた。これはまだ、他の客に見とがめられぬので放ってある。手管の痕が、満身を花と飾っている。

お半は、時折、二人と会っている様子だ。しもやけがくずれた指は、たえず血を吹いている。

「おまえも宿場女郎だったのかい」

お半は意味のない笑顔でこたえただけだった。

いったい、この女はいくつなのだろう。小春はこれまで、お半の年も顔立ちの美醜も、意識にとめたことはなかった。

「下女奉公をしていたのかい、宿場の女郎屋に」

何かたのしいことを一人で思い出すように、お半は目もとを和ませた。その追憶のなかに、あの男と女がいると、小春は察した。自分のなかにたのしいことは……と思い返してみる。辛いことばかりではなかった。あれ、これ、と、たのしかったことを一つずつ拾いあげることもできる。しかし、絹でくるんでつつみかくしておきたいほどのことではなかった。

これから……と思ったとき、えェ、小春ゥ、寄っていきねえなア、男の声が浮かび、冗談じゃないよ、と頭をふった。船饅頭に身を落としてなろうか。

4

土手を、小春は下りた。夜具の包みをかかえたお半が、危っかしい足で、したがう。

もやっているお千代舟の男に、小春は手をさしだした。空《から》の手である。男は、けげんそうにしたが、すぐに察したとみえ、手をつかんだ。その力をささえに、小春は舟べりをまたいだ。まだ細帯をしめたままの女が目をむけた。舟べりにたてた蠟燭の火影が、奇妙な光の縞《しま》をつくる。

「わっちァ、おまえが思いきれなくてさ」

小春は、男をみつめて、言った。

「どうにも、思いきれない。今日は、わっちの真意《まこと》を見てもらいに来やしたのさ」

男は煙管の先を蠟燭にのべ、火をつけようとする。女はその煙管を、すいと取って、吸いつけて返した。

「女郎の口節《くぜつ》にも真意《まこと》があると、おまえさんなら知っていよう。湊屋の小春が、しんじつ、おまえさんに惚れやした。おまえの名も知らない。身《み》性《じょう》も知らない。おまえも気づいていようが、最初《はな》は達引《たてひき》から近づいたものの、意地も張りも、捨てやした。この十日、十五日というもの、おまえに逢えないでいたら、どうにも苦しくて淋しくて、生きた空もごぜえせんでした。湊屋の小春の心中立て、兄さん、受けてやっておくんなさいよ」

くどきながら、小春は左手を舟べりからのばし、川の水に浸していた。薄氷もはりかねない冷たさである。水に浸した指は、みるみる感覚を失ってゆく。

髪や爪は切ってものびる。入れ墨、入れ黒子は消すことができる。起誓文を焼いて灰を飲むなど、たやすいことだ。ただ一つ、指切りだけは、一度切ったらとりかえしはつかぬ。身を痛めるほかに、女郎は真実の証しようがない。

懐から剃刀《かみそり》を出して、ぴたりと、坐った膝前においた。

男もお千代も、野良猫でも眺めるような無感動な目なのが、小春には、あてはずれであり、何か不気味でもあった。髪を切るだけでも、たいがいの男は、情にほだされてくれるのだ。薄刃庖丁で髷の根を切り、ああ、じれったいと頭を振ると、ばさりと髪の束が落ちる。さあ、どうぞ、勘忍してこれをとってくんねえ、と涙ぐんで男にしがみつけば、この美しいしゃっ面《つら》が憎いの、と男も抱きしめかえし、金の無心にも応じてくれたものだ。

用意してきた紙縒《こよ》りで小指の根を巻き、はしを口にくわえてきりきりと結びあげた。背後でお半が息をのむ気配がつたわる。

小指を結えて錫《すず》の香箱、古い手だの、と笑いながらでもとめてくれることか、男はくわえ煙管だ。

凍えきって感覚を失った小指の二の節に剃刀の刃をあて、お半、そこらにある石ころで、叩き切ってくんな、と命じた。

お半は石を握って舟にのりこんできた。苫舟は大きく揺れ、灯影がゆらめいた。

石をふりあげたお半の目に、憎悪の色を見たように感じ、ああ、憎まれて切られたんじゃあたまらない、と思ったとき、衝撃とともに、血が噴き上がった。一瞬、くらりと前にのめった。やさしいいたわりの手は期待できないと、ぞっとする思いで察し、必死に、とんだ指を探した。拾いあげたのは、お半だった。投げ捨てられる前に、小春はとり返し、男の前においた。男を見上げた。

「小春さん、おまえの心意気は、そればかりかい」

嗄れた声とともに、お千代の手が剃刀をとった。首すじにあて、引き裂いた。血しぶきは、火明りに花火のようにきらめいた。

お半が、蠟燭の火を苫にうつした。舟が火に包まれる寸前、小春は悲鳴をあげて、岸にとび移った。

男が、突っ伏しているお半を見下ろし、苦笑をうかべたようにみえた。男はもやった綱を、ふところから出した小刀で断ち切り、竿で岸をついた。

燃えあがりながら、舟は川を下りはじめた。

5

なぜ……と、小春は思う。

冬の魔に惹きいれられたようないっときであった。

男とお千代は、いつ死んでもみれんのないような暮らしだったのだろうか。私はただ、きっかけを与えただけだったのか。

岸に逃げた小春を嗤うように、火の舟は川を流れ下り、やがてゆるやかに沈んでいった。

舟の上の三人は、寄り添いもせず、ばらばらだった。しかし、一つの大きな塊りのように、小春には見えた。

〝お千代舟〟が座敷ではやり出したのは、この夏ごろからである。だれがはじめたのか、紙舟を腰に付け、櫓を漕ぐまねをしながら、えェ、お千代ォ、と売り声をあげる。

舳においたお多福人形になぞらえ、

ぽちゃぽちゃのお千代だによォ、と呼ぶ。

投げ扇のお千代は、とうに忘れられてしまったのだろうか。

お多福は、お千代とは似ても似つかない。

お千代の顔を思い浮かべようとする。ついに名を知らなかった男の顔も、お千代の顔も、闇の薄布が目鼻をおぼろにしている。お半の顔さえ、今は思い出せない。

川面を、灯影をゆらめかせながら、幻の舟は漕ぎ下ってくる。

えェ、お千代ォ。コウ、投げ扇のお千代だによォ。

声は明晰にきこえる。

やがて、障子のかげから見下ろす小春の眼の下を、苫舟は通りすぎる。死者たちの、何とたのしげなことか。お半の子供のような笑い声をきく。
毎夜のならわしだ。
小春は障子を閉め、むきなおった。
芸妓の手から三味線をとり、潮来節《いたこぶし》を弾きはじめた。
飲めよ騒げよ、今宵が限り。あすは逢うやら逢わぬやら。
ヤレコリャどっこい。芸者たちが合の手をいれる。

風供養

大屋根の正面の櫓《やぐら》にはりわたされた櫓幕を、引き裂かんばかりに師走の烈風が吹きわたる。

板囲いをめぐらし絵看板をかかげ、にぎやかな音曲《おんぎょく》の流れるそこが、芝居小屋だということは、江戸の華美を知らぬ彼にも、すぐにわかった。

櫓幕に染めぬかれた丸に橘《たちばな》の座紋が、市村座のそれだとまでは知らなかったが。

彼の知っている江戸といえば、十三年前——元禄十六年二月から四月二十六日まで入れられていた揚屋と、霊岸島の船着場、それだけであった。

どこといって行くあてもない足をふと止めたのは、小屋の看板に記された役人替名（配役）に、大岸宮内《おおぎしくない》の名が目についたからである。つとめる役者の名は、松本幸四郎とあるが、これは、彼にはどうでもいいことだった。

狂言の外題《げだい》は『大系図繋馬』。これも、彼にはなじみがない。

もっとも、彼は芝居の外題など、ろくに知らぬ。ただ一つ記憶に灼きついているのが、『鬼鹿毛無佐志鐙』。これとて、舞台を見たわけではなかった。

六年も前になる。彼はそのころ、参州刈谷で、病床の母をみとっていた。

大坂の篠塚庄松座で興行中の芝居の評判が、参州にまで、つたわってきていたのである。

噂を彼や母のりんにつたえたのは、寺坂吉右衛門の女房であった。

「たいそうな人気なのだそうでございますよ。それと申しますのも……」

寺坂の女房は、鼠《ねずみ》のような黒い小さい目をきらきらさせて、膝をすすめた。

「あの……わたくしどもの仇討ちを、芝居に仕組んだものなのだそうでございます。われらが頭領大石さまを、大岸宮内とやら、主税《ちから》良金さまを、力太郎とやら、名は変えてございますなれど、まぎれものう、赤穂《あこう》の仇討ち」

寺坂の女房の話は、りんを昂《たかぶ》らせた。

「芝居にのう」

折にふれて、りんは、床に伏せったまま、「見たいものやの」と、つぶやくようになった。もとより、大坂まで芝居見物など、軀が達者でも叶わぬ贅沢《ぜいたく》な望みであった。

よけいなことをお耳にいれたと、女房は夫の寺坂吉右衛門から叱言《こごと》をくった。

吾妻三八という作者が書いたという『鬼鹿毛無佐志鐙』は、大石内蔵助に擬した大岸宮内の茶屋での放蕩《ほうとう》の場面が、ことに人気を呼んでいるということであった。

御城代さまが、と、りんは、とうに剝奪された役職名で内蔵助を呼び、「御城代さまのだだら遊びがのう」と、小さい吐息をつく。

無佐志鐙の人気があまりに高いゆえ、大坂では榊山座、岩井座、京でも万太夫座、夷屋座が、それぞれ外題こそちがえ内容はほとんど同様な狂言を出し、どれもが大当たりをとったという話も、その後つたわってきた。

そのことを、彼は思い出した。『大系図繫馬』と耳なれぬ外題ではあるが、大岸宮内の名があるからは、やはり父たちの仇討ちを芝居に仕組んだものであろう。

好奇心と不愉快さが、同時に彼の心に生じた。

幕はとうに開いているらしく、鳴物音曲やら見物がわっと沸き立つ声やらが木戸口に佇《た》つ彼を誘う。彼は木戸銭を払った。払ってしまうと、財布のなかはほとんど空《から》になった。

屋根のあるのは舞台と楽屋、桟敷の上ばかり。おおかたの見物席は、吹きさらしの芝土の上である。蓆《むしろ》は敷いてあるが、泥に汚れている。八分どおり埋まった土間の空隙に、彼は膝を割りこませ、あぐらをかいた。

舞台は華やかな座敷で、浪人風の男が着飾った女を罵倒し、衿がみつかんで打擲《ちょうちゃく》している。

「よいところに、まにあいましたな」と、隣の男が膝をくりあわせながら、なれなれしく小声で言った。何度も見て、筋も見どころも心得ているらしい。

彼がこの芝居について何も知らぬと見てとると、いささか得意げに、

「都倉屋という女郎屋の場でな」と、小さい手焙《あぶ》りを、少し彼の方に押しやった。

「あの女郎は、お菅といい、もとをただせば、ほれ、あの鎌田惣右衛門の女房でな。惣右衛門はいうまでもなく、塩冶《えんや》の浪人。この塩冶というのが、赤穂の殿さまになぞらえたのだ。夫に金を貢ぐため、お菅は女郎に身を落としたというに、それとは知らぬ惣右衛門、女房によく似た女郎がいるときいて、座敷に呼んだ。似ているの段ではない、正真、我が女房じゃ。腹をたてるも道理なれど、女房どのは、夫のためを思うての身売りじゃ。あのように折檻せいでものう」

見物が、ふいに歓声をあげた。

本舞台の下手、橋掛りの端の揚幕をかかげ、大《たい》身《しん》の武士のこしらえの男が、ゆったりとあらわれたのである。

「大岸宮内さまじゃ」

隣の男は、敬愛する人を呼ぶように、〝さま〟をつけた。

「即ち、赤穂の浪人がたの頭領、大石内蔵助さまじゃ」

彼の知る城代家老とは、似ても似つかぬ大兵の

男であった。

大岸宮内が惣右衛門に、お萱は一党の仇討ちの資金のために身を売った次第を告げ、惣右衛門は感泣し、お萱ともども奥へ去る。いれかわりに遊女たちがあらわれ、宮内にじゃらじゃらたわむれかかる。

――大石さまのだだら遊び……。

大石内蔵助が一味の頭領なら、彼の父吉田忠左衛門は、副頭領といえた。

彼の家は代々浅野家に仕え、父忠左衛門は足軽組頭と郡奉行を兼務し、禄高二百石、役料五十石を給せられていた。

内蔵助が京の島原、伏見の撞木屋《しゅもく》でだだら遊びに時をすごし、二条寺町の二文字屋次郎左衛門の娘おかるを妾にし色にふけっているあいだ、忠左衛門は、江戸と国もとを往復し、同志の連絡に奔走した。

そうして、そのあいだ、彼は、母の実家のある播州亀山に、母、妹とともに移り住んでいた。母と十六歳の妹は、当時二十四歳の彼の手に託されたのであった。

収入の道はなかった。手もとの一時金は、ほどなく底をついた。元禄十四年四月のお家断絶から、十五年十二月の吉良家討入りまで一年九カ月。浪士の家族は、大半、窮乏におちいった。

十六年二月四日、討入りの浪士が切腹の処分を受けた後、二月六日、彼を含む、一党の遺子十九人が、父たちの罪に連座し、遠流《おんる》の刑に処せられた。

ただし、刑の即時執行は、十五歳以上というのが、昔からの掟《おきて》である。その年齢にみたないものは、十五歳になるのを待って、服刑させるのである。

十九人の遺子のうち、この年、十五歳を越えている者は、四人であった。

彼――吉田忠左衛門次男、伝内。当時、二十五歳。

松村喜兵衛次男、政右衛門。二十三歳。

間瀬久太夫次男、定八。二十歳。

そして、中村勘助の長男忠三郎は、ちょうど十五歳であった。

揚屋で流刑船の舟出を待たされているあいだも、流刑地大島にむかう船中でも、彼は、最年長者であるという気負いから、三人の仲間に、つい説教口調になった。

討入りの詳細な様子を知っているものも、四人のなかで彼をおいてはいなかった。

足軽組頭であった父忠左衛門の組下に、寺坂吉右衛門という男がいた。三両二人扶持の小者で、討入りの年、三十一歳の壮年であった。この男が、父を慕い、討入りまで行を共にした。討入り後、寺坂吉右衛門は泉岳寺にむかう一行と別れ、播州亀山に母と彼をたずねて来た。お勇ましゅうございました、おみごとでござりました、と、討入りの模様を告げ、そのまま、母のもとにとどまった。

流人船の船中で、彼は、三人の年下の仲間に、吉右衛門からきいた話を、更に誇張して伝えた。亀山に来てから、吉右衛門は、ときどき一人で放心したように暗い眼を地に落としていることがあったのだが、その姿を彼は心の隅に押しやった。

我らの父たちは、忠節を全うしてお果てなされた。我らの遠流も、父たちの義挙と等しい忠義なのだ。

船の流人たちは、日中は交替で甲板上に出ることをゆるされる。汐風を受け、船べりに打ちつけるしぶきを浴びながら、彼は、仲間たちにそうさとした。間瀬定八はすなおにうなずき、十五歳の中村忠三郎は、不安を押しころして、彼の言葉を受け入れようとつとめているふうにみえた。彼より二歳年下の松村政右衛門だけが、彼の方を見むきもせず、黙りこんでいる。無礼なやつだ、と彼は不愉快になった。

二百石の大目付である間瀬定八の父は、百石書物役の中村忠三郎の父の叔父にあたる。つまり、定八にとって忠三郎は、従兄の子という関係で、しかも年は五つしかちがわないから、平生から親しくしていた。

彼、吉田伝内の父も二百石。

三人は高禄取りの息子である。

松村政右衛門の父だけが、二十石五人扶持と、禄高が低かった。

身分からいえば、政右衛門は、彼に対して丁重であらねばならぬのに。

年は二つ下でも政右衛門の体軀は彼を凌いでたくましく、彼はいささか威圧された。

甲板に出ているときは気もまぎれ、昂然としていられたが、船底の船牢に戻されると、気持が萎えた。

船牢は長さ三間、横幅六尺、高さ四尺、そこに彼らばかりではない、十数人の流人が押しこめられているのであった。夏であれば臭気で失神したことだろう。

舞台では、大石内蔵助に擬した大岸宮内が、女たちとたわむれている。

船牢のなかでは、身分が通用しなかった。牢内に作られた三尺四方の便所は、形ばかりの板囲いで、なかは丸見えであり、彼は、甚しい羞恥《しゅうち》と屈辱に耐えねばならなかった。


浜には島役人や村組頭が若者組の男たちをしたがえ流人の請取に出張《でば》っていた。砂利の上に流人は平伏させられ、役人が長々と申し渡しを述べるあいだ、顔を砂利にすりつけたまま身動きをゆるされなかった。

これも忠の道なのだ、と、彼は己れに言いきかせた。しかし、華々しく仇討ちをとげ、熊本藩細川家高輪下屋敷にお預けのあいだは敬意のこもったもてなしを受け、みち足りて腹を切った父にくらべ、何と、この忠のみじめなことか。

そう思ってはならぬ、と彼はいましめる。わたしが不平不満をわずかなりと抱いたら、幼い忠三郎などは、この扱いにがまんができなくなるだろう。平伏したまま、彼は横目で仲間の様子をうかがった。ひれ伏した彼らの表情はわからなかった。

海風が吹きつけた。島に着いたら四人で辛苦を共にしよう、一心同体として生きぬこう、船の甲板で、彼はたびたび、年下の仲間にそうさとした。しかし、流人は籤《くじ》で各村にふりわけられるということが、申し渡しによってわかった。流人の到着前に、割りふりはすでに決まっていた。四人のうち、伝内、政右衛門、定八の三人は同じ村だが、忠三郎一人が別になった。

組頭に引率され、それぞれの村にむかった。

寺にひとまず落ちつき、次の日から、自分たちの住む小屋を作らねばならなかった。

長らく住みついている流人のあいだから選ばれた流人頭が、新しく到着した流人たちに、小屋を建てる場所を指示する。

三人は一つ小屋に住もうと伝内は提案したが、政右衛門は、寝小屋は別にしたいと言った。彼は、わけもなく不愉快になった。我らの父、兄は、団結して大事を成しとげた。我らもまた、助けあいはげましあって、これから先の長い島の暮らしに耐えていこう。ただ耐えるばかりではない。さすがは忠臣の子弟よと讃えられるよう、島人たちを善導しようと意気込み、船中でも仲間にそう語っていたのである。その気負いは、島人はむろんのこと、仲間の政右衛門にさえ通じなかった。

海をのぞむ崖下の窪地に、伝内は定八と共に掘立小屋を建てた。政右衛門はその隣に、柱を据える穴を掘りはじめた。別に住むといっても、遠く離れるつもりはないようであった。さしあたっては、四本柱に屋根は草葺《くさぶ》き、三坪ほどの、雨露さえしのげればよいというものを、どうにか作った。隅には石を並べて竈《かまど》にした。小屋を作るあいだは、三人とも手を貸しあった。

「これで一国一城の主だ」と、政右衛門は、ゆがんだ小屋を満足げに眺め、はじめて笑顔をみせた。

定八は、年弱の忠三郎がどのような小屋を建てたかと、案じたが、様子をみに行くことはできなかった。村を離れるには、一々、組頭の許しを得ねばならないのである。

多少の金子《きんす》と米は持参してきていた。金なら二十両、米は二十俵を限りとして、持参を許可されている。しかし、主家の滅亡後、たくわえはほとんど使いつくした。父忠左衛門が江戸と国もとを幾度となく往復するにも多額の金が必要であったし、困窮している同志の家族も援助せねばならなかった。母と妹の暮らしの資に手をつけることもできぬ。伝内が身につけて持参した金子は、十両ほどであった。親類縁者が合力《ごうりき》してくれたのである。米も七俵ほど持参した。米は、流人頭の家であずかった。島暮らしが十二年になる流人頭は、農民の家を借り受け、島の女を水汲女としてやとい、雑用をさせ、なかなか豪勢な暮らしである。

定八、忠三郎も同じくらいの米と金子を持ってきていたが、父が小身の政右衛門は、米一俵、金子二両が、ようやくととのえられたすべてであった。

三人の米と所持金は一つにし、共有して使おうと伝内は言ったが、政右衛門はことわった。

小屋を建てるために軀を動かしているあいだは、よけいな事を考えずにすんだが、屋根葺きが終わり、土間の床に草を敷いてほっと一息つくと、これから先の暮らしの虚しさに、気が滅入《めい》った。

「明日は、床《ゆか》をはりましょう」定八が言った。

夜になると、草葺きの屋根のすきまから星が見えた。雨が降ったら大事《おおごと》だ。風が吹いたらひとたまりもなく潰れるだろう。なに、潰れたらまた建てなおすまでだ、暇だけは、ありあまるほどあるのだ。耳の中に波が打ち寄せるような潮騒に眠りを妨げられながら、彼は、しきりに己れを奮《ふる》いたたせた。

前髪立ちの若衆が、下手の揚幕から舞台にあらわれた。おどけた隈《くま》取《ど》りの男を伴っている。若衆は大岸宮内の一子、力太郎。即ち大石主税であった。力太郎は、父の放蕩を責め、仇討ちの覚悟はどうなったのだと嘆く。力太郎といっしょに来た男が、さてこそ、塩冶の一党に仇討ちの志ありと知れた、さっそく師直公に御注進、と、走り去る。その背に見物が、総立ちになって悪罵を浴びせた。

いや、案じるな、力太郎。

大岸宮内は、息子と見物、双方を安堵させるように、思慮深い声で言う。

あの男が高家の廻し者であることはわかっていた。だが、あの男は、仇討ちの志あることも告げるだろうが、同時に、宮内の放蕩も、師直方に通じるだろう。首領の宮内が放蕩三昧であれば、一味の結束は破れ、仇討ちの企ては瓦解する、そう思って高家では警戒をゆるめるにちがいない。

舞台に目をむけながら、大岸宮内のせりふは彼の耳を素通りした。荒々しい海鳴りが耳の奥でひびいていた。

海の荒れる日は、魚を獲ることも海藻採りもできず、難渋した。

島は、畑が少々あるだけで、水田は皆無である。海の幸は豊富に獲れそうなものだが、漁具が貧しく、漁船もほんの沿岸を漕ぐ小さなものしかない。まして、流人は、舟など持たぬ、耕す畑もない。島民の畑仕事、魚獲りを手伝って、ほそぼそと、礼物をもらうだけである。しかも、その手伝いも、本来は島民だけで十分なのであり、人手を必要とするほどの仕事はない。それを、無理にたのみこんで手伝わせてもらう。持参した金子が少々あるといっても、島民も食物は乏しい、金を積まれても売るものがないのであった。

島民は無情ではなかった。畑の作物をひととおり収穫した後、最後の一日、流人がかってに畑に入り、穫り残したわずかばかりの芋を掘るのを大目に見てくれたりした。

大岸宮内は、息子力太郎に、本懐とげた後は、切腹する身、年若く女を知らずに死ぬのは不びんと、遊女と存分に遊ぶことをすすめる。

流人は、島で妻をめとることは許されなかった。しかし、島に女がいないわけではない。

島の女たちは働き者ぞろいであった。顔立ちも、不思議なほど、美しいものが多かった。

こちらが不自由な境遇にいたから、ことさら美しく見えたのであったろうか。

島は水が乏しかった。湧き水の出る場所は限られている。狭いけれど起伏の多い、石くれだらけの島である。女たちは、水桶を天秤でになったり頭にのせたりして、石の多い坂道を上り、水を汲み、運び下りるのである。

その甲斐甲斐しい、そうしていたいたしい姿に、彼は目を惹かれずにはいられなかった。

国もとに、二百石の足軽頭、郡奉行の子息としてあった時ならば見向きもせぬ漁師・百姓の娘だ。だが、今は流人の身であれば、賤《しず》の娘に心惹かれても、咎められることはないだろう、と、彼は己れに言いわけした。

流人の多くは、博徒や百姓である。町人も多少はいる。彼らのように武士の、それも年若い者は、ごく稀であった。島の若い娘たちも、彼らに熱っぽい目をむけた。

頼まぬのに、彼らの身のまわりの世話に手を出す娘たちがあらわれた。

ある者はおずおずと遠慮がちに、ある者は大胆に、近づいてきた。
仄《ほの》かな華やぎが、荒れた暮らしに加わった。海藻を手ぎわよく採る法を、すり寄るようにして教えてくれたり、衣服のほころびを縫おうと申し出る娘たち。

ふえは、彼の日常のことに手を貸そうとはしなかった。直截に、軀を求めてきた。

深夜、小屋に入りこんできて、彼におおいかぶさったのである。彼は、ためらうことなく、抱いた。弾力のある肉であった。闇のなかでは見さだめようもなかったが、内からの力で張りつめたような皮膚、その下で脈打つ蜜のような血は、彼を兇暴にした。

隣に横たわる定八の荒い息づかいを聴いた。

彼が欲望を果たし終えるのを待たず、女は彼の軀からひきはがされ、黒い二つの軀がからまりあい、のたうつのを、闇に馴れた彼の目は、ようやく見わけた。その塊のあいだに、彼は割り入った。女の髪は磯のにおいがしみついており、肌は汐の味を彼の舌に残した。

そうして、汐がさし、またひくように、悦びは軀のなかで昂まり、鎮められ、再び煽りたてられた。女はときどき、小さい声でたのしそうに笑った。それから笑い声は、苦痛の呻きに似た快楽の声にかわった。

暁け方近くまでたわむれ、眠った。

彼が目ざめたとき、女は定八の腕のなかで眠っていた。定八も眠りこけていた。屋根や壁のすき間から陽の光がさしこみ、二人の寝顔に縞をつくっていた。

彼はしばらく、呆《ほう》けたように二人を眺めていた。嫉妬はすぐには湧いてこなかった。

夜の持つ魔魅の力が白昼の光のなかで薄れ去ったとき、武士の家の子弟として躾《しつけ》られた分別がよみがえってきた。

定八とともに岩場で海藻を採りながら、彼は定八の顔を見るのがいささか面映ゆかった。定八も同様であるらしく目をそらし、どうでもいいようなことを、ときどき、ぽつりと口にした。女は少し離れたところで岩の上に海藻をひろげていた。

政右衛門も、その傍にいた。あいつに、ゆうべの騒ぎを聞かれたと彼は思い、恥ずかしさに全身が熱くなった。

女の名や身性《みじょう》は、島のものの口から、すぐにわかった。

名はふえ。流人と島の女のあいだに産まれた娘だという。

流人は妻をめとってはならぬと定められていても、男と女がいれば軀の悦びを持ちあうのは自然の成りゆきである。

男に抱かれても、女はみごもってはならぬ。

これが、さだめであった。

みごもってしまったら、産んではならぬ。

島の食物は乏しい。

どうしても流れず、産まざるを得なかった場合は、産声もあげさせず、間引け。

ふえの母親は、ふえを産み落とすと同時に死んだという。難産であったのだ。

母親の死によって、ふえの生存は黙認された。

野良犬の仔が育つように、ふえは、育った。ふえのささやかな盗み食いは、大目に見られた。

ふえは、そういう娘であった。

政右衛門が、ふえからは目をそらせ、ほかの娘に関心をむけているのに、彼は気づいた。

政右衛門は、ひとりでしばしば組頭の住まいを訪れ、雑用をつとめていた。

政右衛門が目をつけたのは、組頭の娘であった。組頭の娘と結ばれれば、島での暮らしは、たいそうしのぎやすくなるにちがいない。

政右衛門の打算の正確さ、したたかさに、彼は驚き呆れ、感嘆した。

組頭の娘は、ふえのような魅力は持っていなかった。おとなしい不器量な娘だった。流人を正式に入り婿にすることはゆるされないけれど、組頭が政右衛門を気にいれば、婿同様の扱いをすることはできる。

政右衛門の下につくようになるのは、彼は、耐えられないと思った。

娘との仲がうまくゆかぬことを彼は念じたが、あくどい中傷などの手段はとれなかった。不愉快さと政右衛門への反感が、心の中にひそかにつのった。

政右衛門と、ちよというその娘は親しさを増し、組頭にも目をかけられはじめた。

自分こそ、その地位にふさわしいのだと、彼は思った。思いながら、とってつけたように、政右衛門を押しのけ、ちよのきげんをとることは、彼の矜持《きょうじ》がゆるさないのだった。

彼は焦ったけれど、汐風にさらされたふえとの性の快楽は、その焦りを忘れさせた。

広々とした海、頭上の広大な空、そのあわいで、彼は勢力争いにこせこせし、ふえが彼よりも定八に親しみを見せると嫉妬に腹が灼ける思いがし、時たま、自分が卑小になってゆくのに気づいて愕然とし、日をすごした。

ふえは、みごもった。流す気はないようであった。少しずつふくらみを増すふえの腹を、彼はもの珍しく眺め、自分の子という実感は湧かなかった。定八はとまどいながらも、子を欲しがっているようにみえた。島では、自分の持物といえるものはほとんどない。子を、定八は〝所有〟したいのかもしれなかった。生きている確実な証し、と感じたのかもしれない。

子を産むときは山にかくれる、とふえが定八に話しているのを、彼は耳にした。ふえは子に冷淡な彼より、定八を子の父と思いさだめたようであった。産むのを島の婆さまたちに知られると、濡れ紙で間引かれてしまう。婆さまたちに知られぬところで産む。定八が世話をし、食物もはこぶ。二人はそんな相談をしていた。

しかし、ふえは、二人の小屋にいるとき産気づいた。山に逃げる暇はなかった。どのようにしてかぎつけるのか、老婆たちが、影のように集まってきて、定八と彼を追い出した。お題目をとなえる声が草壁から洩れた。

ふえの切迫した呻きが断続してきこえ、とだえた。お題目の声がひときわ大きくなって止《や》み、老婆たちは出てきた。一人が小さい布包みを持っていた。

ふえは蒼黒い顔で仰のいていた。翌日、ふえは、股間から血の糸をひきながら、烈風の吹きすさぶ荒磯に這い出ていった。彼は、それを目にしながら動かなかった。外に出ていた定八が、もどってきて血の痕を見、ふえを追った。

二人は戻ってこなかった。

彼と政右衛門、定八、忠三郎、四人の赤穂の遺子に赦免状がとどいたのは、半年ほど後、宝永三年八月二十四日である。浅野内匠頭《たくみのかみ》の後室、瑤泉院《ようぜいいん》から幕府に願い出ていた恩赦がききとどけられたということであった。

中村忠三郎と、久々にいっしょになった。三年ぶりである。三年という歳月は、ほんのつかの間ともいえるが、十五歳だった少年は、何か兇悪な気配をたたえた男に変貌していた。

ちよが政右衛門にすがって泣いたが、政右衛門は、無感動であった。

彼も、政右衛門も、忠三郎も、どこか壊れていた。赦免を知っても、狂喜するでもなかった。三人は、無表情に、黙々と船に乗った。

母は、彼の姉の嫁ぎ先に、妹娘とともに身を寄せていた。姉の夫は、姫路藩主に仕えていた。この家には、討入りの同志の一人貝賀弥左衛門の妻子や寺坂吉右衛門夫妻も寄り人になっており、たいそうな負担をかけていた。そこに、彼が加わった。母は、姉の夫やその親類一統に気兼ねして、身を細めていた。

藩主が国替えになり、参州刈谷に移ったので、姉の夫にしたがい、彼や母たちも、みな、引き移った。

母は、その地で病没した。

彼は、ひとりとなり、江戸に出てきた。

仕官の口をさがすつもりであったが、やとい入れてくれるところはなかった。

島の暮らしを思えば、人足でも何でもして、かつがつ生きてゆくことはできる。

しかし、それは、ようやく抜け出したあの猷めいた暮らし——奇妙ななつかしさと、深い嫌悪感のないまざった——に、ひきもどされることであった。

そうまでして生きてゆくこともない。仕官ができたとしても……そうまでして、生きてゆくことは、という思いが、うっとうしく心を侵す。

舞台では、討ち入りを果たし、高師直の首級をとった塩冶の浪士たちが、かちどきをあげた。

——このあと、父たちは、泉岳寺に行き、おあずけとなり、そうして、腹を召す。

島から帰った彼は、赤穂の浪士が義士とたたえられ、世評高いことを知った。しかし、残された母や妹たちの困窮は変わらず、彼の先行きも、白い霧のなかにあるのだった。

潮騒を、彼は聴いた。

腹召した父たちは、徳行高き人々として、世に仰がれ……。彼は目の前に流れる霧を見た。舞台も役者たちも、彼の周囲の見物も、霧に包まれはじめた。小屋の外も、おそらく、厚い無明の霧だろう。

彼の手が、脇差の鯉口を、切った。

美童

青葉して細うなられし若衆かな　乱歩
夜な夜な蛙《かわず》きいて伽する　準一

1

わずかに自由のきく首を仰のかせると、目の上に高いまばゆい空がひろがる。金色の蜜《みつ》をまぶした陽光が瞼《まぶた》を縫う。黒い鱗片《りんぺん》が空に波立ち、螺旋《らせん》を描く。兇悪な鴉《からす》の群れだ。

深い谷間《たにあい》に、ただひとり、彼は佇《た》っている。胸のあたりまで大小の石塊に埋もれ、身じろぎもできぬ。睫毛《まつげ》を、つぶてが掠《かす》めた。

2

強い手で、やさしく揺り起こされた。

「藤乙《ふじおと》」

と、相手は彼の名を呼んだ。野太い声に、せいいっぱいのいたわりがあった。

「うなされていた。よほど悪い夢を見たのか」

石が……と、彼は答えた。

反射的にこぼれた言葉であった。

石がどうしたのか？　と問いかえされたら、答えようがない。夢は、醒《さ》めたとたんに、忘れた。

石が……。

ぎい、と軋《きし》む音がする。水音がたえまない。少し間をおいて、また、ぎいと軋む。

頭上の闇を針で突き破って向うの明るみが洩れるように……あれは、星だ。

我が身は野宿か、と思ったとき、あたりの様子がおぼろに輪郭をみせはじめた。

梁《はり》が頭上にある。星は、屋根板のすきまからのぞいているのだ。身は土の露《あら》われた床に横たわり、一枚の布子が、彼と、彼に添い伏した男の軀をおおっている。

壁から突き出た腕木に垂直にとりつけられた杵《きね》が、ぎいと軋む音とともに上がり、打ち下ろされる。しかし、下に臼《うす》は据えてないので、虚しく宙を打ち、また上がってゆく。

かつては籾米《もみごめ》か蕎麦《そば》でも搗《つ》いていたのだろう。廃《あ》れた水車小屋のなかなのだ、ここは。

軀のふしぶしが痛む。

「石か。そうか、そうか」

共寝の相手は、彼を胸に抱きこんだ。

土の床に横たわるのは、彼とその男ばかりではなかった。彼のような年弱《としよわ》から四十近いものまで混えた男たちが、歯ぎしりし、騒々しい寝息をたて、安らかに眠りをたのしんでいるものは一人もいないようだ。

極度の疲れは、彼らに、熟睡のかわりに悪夢を与えているようであった。

「眠れ」

男――弥平次は、彼を抱く腕に力をこめた。

「睡《ねむ》るのがおそろしい」

「主《ぬし》の夢は、おれが喰ろうてやる。怯えるな。眠れ。朝の出立は早い。眠らねば、歩むに難儀だ」

他のものをめざめさせぬためだろう、弥平次は、彼の耳に口を寄せた。息が耳たぶをくすぐった。

夜がしらむまで、彼は、睡りにひきこまれまいと気をはった。屋根板の細いすきまが、漆黒《しっこく》から藍《あい》にかわり星は消え、浅葱色《あさぎいろ》になった。

だれかの手が頭のうしろを摑んで夢にひきもどそうとする感覚があり、彼は強引にそれをふり払って、起き出てゆく弥平次の後を追った。

ぎい、ぎいと、朽ちかけた水車が、川の流れにもてあそばれ、虚しい回転をつづけていた。

金剛《こんごう》の弥平次は、川べりにしゃがみこんで、笊《ざる》にいれた米をとぐ。九人の男の朝餉《あさげ》にはとても足りそうにない米の量だ。薄い粥《かゆ》にして、いっとき、腹を保《も》たせようというのだろう。

もう一人の金剛、平八は、枯れ枝を集め、火をおこす。

筋骨のたくましい弥平次にくらべ、若いころは藤乙たち同様飛子《とびこ》をつとめたという平八は、骨のしんなりした小男であった。弥平次は三十七、平八は四十と、年は三つしかちがわないのだが、平八の方は白髪が混り、肌は揉んだ薄紙のようで、五十も半ばにみえる。

藤乙に、お前の生業《なりわい》は？　と問う人があれば、彼は、飛子とは答えず、役者だと言うだろう。たしかに、旅で色を稼ぎながら、時には舞台に立つこともあるのだ。旅の一座が興行するときはこめば、宰領は、座元にたのんで配下の飛子たちを腰元役などにやとってもらう。もっとも、太夫元が支払うかねは宰領が懐にいれ、飛子たちの手にはわたらない。舞台は、いわば、彼らの張り見世、そこで客の目をひき、夜の稼ぎにもちこむのが目的であった。

色稼ぎは役者にとっては当然のつとめで、三都で世にときめく若衆形、若女形も、昼は舞台、夜は色でつとめる。舞台には立たず色のみ売るのを蔭子と呼ぶ。

舞台子、蔭子よりいっそう品の下るのが、宿もとから旅に出される〝飛子〟であった。

舞台子、蔭子に付添って万事の世話をやく男衆が〝金剛〟である。飛子にも、金剛が付き添う。

飛子のなかには、都で芸拙《つたな》いままに年長《た》けて舞台に立てなくなった役者くずれや、客のつかないひねた蔭子、いろいろな事情から都落ちせねばならなくなった役者など、三十、四十の者もおり、髯《ひげ》の剃り痕を白粉で塗りつぶし、少年のような大振袖で客の相手をする。

藤乙は十四、そもそもは、役者に仕立てるという口約束で、五歳のとき、貧農の実家から子供宿に銭三貫で売られてきた。

当初は走り使いばかりさせられていた。つぎはぎだらけの布子を着せられ、酢を買ってこいの豆腐を買ってこいのとこき使われ、宿もとのおかみの赤ん坊を幼い背にくくりつけられ、薪割り、味噌すり、飯炊き、そのあいまに、竈《かまど》の灰に火箸で手習いをしこまれ、みち足りるほど寝る暇もなかった。

やがて、少しこざっぱりと身づくろいさせられ、宿の太夫子たちが楽屋入りするのに、弁当捧げて供をいいつけられる。

舞台子のうちでも格の高い太夫子は、もとは次郎吉だの三次だのと、名も卑しげであったのだろうが、小太夫、多門などと、ゆかしく名乗り、白小袖に紅紫の縮緬の二枚重ね、白羅紗《らしゃ》の羽織に萌《もえ》黄《ぎ》の柄糸を巻いた脇差、あるいは、定紋つきの緋《ひ》無垢《むく》の下着に藤色裾濃《すそご》の振袖、いずれも紫の野郎帽子で額をかくした華やかないでたちで楽屋にむかう。

その美々しさを羨んだり、いずれは自分もあのようにと気負いたつには、彼はそのころはまだ稚《おさな》すぎ、心づけにもらう菓子の方がよほど嬉しかった。

八つになると三味線の修業をはじめさせられたのは、宿もととしては約束どおり、いずれは舞台子にという心づもりであったのだ。子守や走り使いの用は減ったが、三味線、座敷芸の稽古はきびしさを加えた。

それと同時に、肌のきめをととのえさせられた。柘榴《ざくろ》の皮を米のとぎ汁につけては陰干にすることをくりかえし、干しあげて粉にしたものを袋にいれ、それで丹念に顔、手足、軀を洗い磨くのである。口ににおいがあってはならぬ、皓歯《しらは》美しくと、淡竹《はっちく》の葉の灰で歯を磨き、鼻すじをすんなりと高くするため、夜寝るとき綿を巻いた檜《ひのき》の小片で鼻柱を挟まれた。寝苦しくて辛い思いをした。

十二で座敷に出された。匂やかな前髪、裾ひきの振袖の褄をとり、艶やかな姿だが、客をとるのにそなえて、胆礬《たんばん》（硫酸銅）を塗った棒薬で局所の内側は腐蝕させられていた。感覚を鈍らせるためである。

腰に脇差一振り、その脇差は宿もとの主人から貸し与えられたもので、中身は木作りである。客に、なぜ木刀をと問われたら、本身の刀が欲しいなれど、高うてもとめられませぬと、哀しげに訴えよ、必ず高価な刀を買ってくれよう、また、買って贈らせるようしむけねばならぬ、と主人に教えこまれた。もちろん、刀は主人にとりあげられ、次の客のもとへは、また木刀を差しておもむくのである。

付添いの金剛が、弥平次であった。

たくましい弥平次が、彼の目に、どれほど頼もしくうつったことか。

いやな客に飲みつけぬ酒を強いられ、気分が悪くなっても客に悟られぬよう笑顔を作らねばならず、苦痛をこらえていると、みはからったように弥平次は、次の座敷がかかっていると呼びに来てくれるが、実はさだめの時刻には間《ま》があり、しばらく身を休めることができた。吐けば楽になるからと、額をささえ背を撫でて、吐物が散るのもいとわなかった。

はじめて床《とこ》のつとめをさせられ、その不快さに、座敷を出てから泣きくずれた彼に、相手をごまかすすべを教えたのも弥平次であった。

これ、このように、と言いながら弥平次は彼を抱き、その腕には、客にはおぼえぬ暖かい快さがあった。

粗い布子は肌が痛い、絹物でのうては着られませぬ、だの、歩くと足に肉豆《まめ》ができる、駕籠を呼んでくださらねばいやじゃ、だの、客にはわやくを言って甘えろ、その方が客はよろこぶのだ、と教えこんだのは宿もとの主人である。ついこの間までぼろを着て、子守、走り使いをさせられていたことは、そぶりにも出すな、生まれついての高貴な御落胤《ごらくいん》のようにふるまえ。しかし、馴染客に無心の手管、かねまきあげる工夫は忘れるな。主《あるじ》の教えが少しずつ、身にしみこみはじめたころ、弥平次が、暇を出されることになった。

酒と博奕《ばくち》。たいがいの金剛は、この二つに溺れる。弥平次は、酒も好きだが、ことに博奕に目がなかった。主の銭箱に手をつけ、蔭子の客からも金銭をだましとって博奕で使い果たすことをくりかえし、それが露見してくびになったのであった。

兄《あに》さんがいなくなったら、わたしはどうしよう。心細さに、彼はそう言って泣いた。

真実、おれと別れたくないか。その言葉にいつわりがないのなら、おれといっしょに来い。

ほとんどためらわずに、彼は弥平次にしたがった。宿もとへの借金が残っている身である。夜なかに、弥平次の手引きで、こっそり抜け出した。

弥平次がつとめ替えした先は、もっとも格の落ちる浅草馬道の子供屋で、舞台子はおらず、蔭子と飛子ばかりをおいていた。彼は旅稼ぎの飛子として、弥平次とともに江戸を離れさせられた。逃げてきた見世の手前、江戸にとどまって稼ぐことはできなかったのである。宿の主は彼の器量を惜しみ、足抜けのほとぼりがさめたら、旅に出ずとも蔭子で稼げるようはからってやると言った。

旅をみじめとは、彼は思わなかった。連夜、いくつもの座敷をかけもちで使いまわされる蔭子より、いっそ気楽とさえ感じられた。

もとより、物見遊山のたのしい旅とはことなり、道中の費用を節約するため、ずいぶん無理な行程を強いられもしたが、弥平次が常にかたわらにいてくれた。

阿漕《あこぎ》な主ではあるけれど、最初から、水車小屋に泊まり薄い粥《かゆ》をすするような節倹を強いられたわけではなかった。

北越路を行く途中、金剛の弥平次は、賭場が開かれているときけば、足をはこんだ。好運に恵まれもしたが、結局、路銀も、それまでに飛子たちが稼いだかねも、洗いざらい捲《ま》きあげられる羽目になったのであった。

皆に非難を浴びせられ愚痴をこぼされても、弥平次があやまらなかったのは、言葉で詫びたところで事態が好転するわけではないと、腹をすえていたからだろう。

そうして、皆も、責めても詮ないことというあきらめを、心の隅に持っていた。

投げやりな気分は、最初から、だれの心にもあった。旅に、希望も目的もあるわけではない。稼いだかねは、いずれ宿の主にとりあげられるだけのことだ。

弥平次の賭場通いは、はじめのうち、彼らにわずかな夢さえ持たせてくれたのだ。

何度か、弥平次は小金を稼いできた。

もっと資本《もとで》があれば、でかい勝負ができるのだ。はる金《かね》が乏しいから、けちなもうけにしかならぬ。弥平次の言葉が、彼らを酔わせた。宰領が保管するかねに弥平次が手をつけるのを、皆は、見ぬふりをした。一行を統《す》べる役目の宰領も、知らぬふりをとおした。弥平次がかねを盗む気配に気づきながら、わざと座をはずしたのである。

あわよくば、思いもかけぬ大金を手にし、そのときは飛子稼業から足を洗うことができるかもしれない。

いや、それよりも、これだけ頭数がそろっているのだ、弥平次の稼ぎを資本《もとで》に、街道すじに膏薬《こうやく》屋をひらくのも悪くない。

などと、弥平次の帰りを待ちわびながら、語りあう。

道中、膏薬屋が繁盛しているのを目にした。

何軒も軒を並べ、膏薬召せ、本家はこちら、元祖はこちら、と、かしましく呼びたてていた。その口上もききなれて、口をついて出るほどだ。

代々の名方万能紫金膏と申す膏薬、紫はむらさき、金はこがね、かようにのばせば金の口、切口は紫、さるによって紫金膏と申す。能毒申し上げるに及ばねど、あらあら申し上げる。根太《ねぶと》、腫物《はれもの》、るいれき、瘭疽《ひょうそ》……、道中にては二十文なれど、万人のお手へ入れんため、半貝はただの六文で売りひろめます。うろんなことは、おりない……。

黒い格子に行灯《あんどん》ともし、呼び立てているのは、振袖裾模様、前髪だちの少年ばかり、すなわち、膏薬売りは表向きの看板で、宿場女郎と同じく若衆が色を売るのが、街道すじの膏薬屋であった。

藤乙という美しい玉も我らが手にあることだ、同じ稼ぎなら、浅草馬道の親方にまきあげられるより、我らのみで見世を持とう、と、目算ばかりが酒の勢いもあって途方もなくひろがり、大尽になったような景気のよさだったが、戻ってきた弥平次の懐には一文も残っていなかった。その上、持ち出したかねだけでは足りず、弥平次についてきた賭場の男たちが、残りのかねから衣裳葛籠《つづら》まで、借金のかたにと、持ち去ろうとした。

衣裳と化粧道具はなくてはならぬ商売道具ゆえ、かんべんしてくれと宰領はじめ皆が頭をさげたが、通用することではなかった。

平八は、焚火を踏みにじって消した。

薄い粥でどうにか空腹をごまかし、さて、と腰をあげたものの、この先、どうやって旅をつづけたものか。江戸へ戻ろうにも路銀がない。

弥平次は、うっそり歩きはじめる。藤乙は、そのかたわらに寄り添い、弥平次の大またな歩みにあわせて小走りぎみになる。

他の者たちが、のろのろとあとについてくる。

藤乙はほとんど不安はおぼえなかった。

弥平次と共に歩いている。それだけで十分だと彼は感じていた。どのように華やかな未来も思い描くことはできないと、とうから身にしみている。ただ、今のひととき、心がみちている。その余のことは望んでもむだなのだ。

せせらぎに沿って、弥平次は考えこみながら歩いて行く。捨てられた仔犬が、拾ってくれた者に無心にまといつくように、藤乙は弥平次の帯に手をかけて歩く。

「のう」

宰領が、足を早めて追いついた。

「弥平次。何とする。せめて、小袖さえあればの。このままでは、色売ろうにも」

言いながら、振りむく。

陽の光は、若衆たちの薄あばたやら青髯面やらを無残にさらけ出している。身にまとっているのは、継ぎのあたった垢《あか》じみた布子だ。京白粉で塗りつぶし、ぞべぞべした縮緬まがいの小袖、色ばかりけばけばしいのを着け、仄暗い物陰に佇《た》てば、爛《ただ》れた色気はにおい出るのだけれど、このままではどう化けようもない。

「化粧せずとも素のままで客をとれそうなは、藤乙ひとり。なんぼ藤乙に稼がせても、ひとりでは、皆の食い扶持稼ぎ出すは、ちと難儀だろうの」

宰領は、そう言って、弥平次を見た。

「おまえさんの腹はわかっている」

弥平次は答えた。

「とる手段は一つしかあるまい。おれの口から、それを言わそうというのか」

「はて」宰領は、あいまいに笑った。

懐のあたたかそうな旅の者とねんごろになれ、と弥平次は彼に言った。

彼は弥平次の顔から目をそむけた。

弥平次の表情が、いつもと微妙にちがっているのを感じたからである。そのちがいは、好ましいものではなかった。

そのとき、昨夜の夢が鮮明に思い出された。

彼は谷間に佇《た》ち、大小の石つぶてが、彼めがけて投げられる。石は彼の軀を半ば以上埋め、身動きもならぬ。

石子詰の刑にあっていたのだ。

なぜ、そのようなおそろしい刑を受けることになったのか、事の成りゆきまでが、鮮明にわかる。まるで、彼が現実に体験したかのように。

夢のなかで時はさかのぼり、彼は、肥前の国千千岩の僧房につとめる稚児《ちご》であった。

彼の親は、先に札の原の僧房に彼を渡す約束をしたのだが、それを破り、千々岩に売り渡した。札の原の僧房は違約を責め、彼をゆずり渡すよう談判してきた。双方とも、美しい稚児を我が方へとゆずらず、武器をとっての闘いにまで争いは大きくなった。

戦火のさまが彼の眼裏によみがえり、彼は弥平次の手を握りしめる。骨太の大きい手が、力強く握りかえした。

ずいぶん、なまなましい夢を見たものだ。思い返すと、石詰めにされた軀のふしぶしの痛みまでがよみがえる。

なぜ、石子詰の刑に……。

僧房同士の争いに、何か偉い人が仲裁に入ったのだった。そうして、彼こそが争いの原因であるからと、すべての責めを負わされたのだった……。

だれかに、この話をきかされ、それが心の底に残っていて、夢となってあらわれたのだったろうか。

「兄《あに》さん、寺の稚児が石子詰になったという話を、わたしにきかせてくれたかの」

「はて」と、弥平次は、彼の問いをうわの空で聞き流した。


彼は、道ばたにうずくまった。せせらぎに青葉が影をうつし揺れているのを、伏せた目のはしに見る。

草鞋《わらじ》の紐をわざとひきちぎった。

椋鳥《むくどり》になりそうな旅の者に、弥平次が目星をつけ、ここで待ち受けろと指示したのである。ただ金があるだけではいけない。色子の色にたやすく溺れそうな男。それを嗅ぎわけるのも、弥平次の嗅覚であった。


足音が近づいてくるのを待ちながら、藤乙は、足もとの踏みにじられた草の上に静止する蜥蜴《とかげ》を見ていた。金緑色の背が鏡面のように光り、葉洩れ日をちらちらとうつしていた。

「どうした……」

声とともに、息が首すじにかかり、鳥肌がたった。男になぶられることに何の感覚も起きぬほど馴れきっているはずなのに、やはり、弥平次に命じられたことが心を重くしているからだろう、と彼は思った。

「草鞋の紐が切れまして、難儀しております」

声がふるえるのを、相手は可憐と感じたようだ。

「おお、ふびんな。どれ」

薬の行商人だろうか、角ばった荷を背負っている。四十か五十か。背丈は低いが肩幅がひろい角ばった男だ。

彼の手から草鞋をとり、仔細に眺め、男の唇のはしに薄笑いが浮かんだ。

「飛子だの」

男は、指摘した。

「みえすいた手で、たぶらかそうてか」

紐がはずみで切れたのではない、わざとひきちぎったものであることを、男は見抜いていた。

旅なれているのだろう。色で仕かけた企みにも、何度かあっているのかもしれぬ。

「まあ、よいわ」

男は草鞋を投げ捨て、あたりを油断なく見まわした。

「飛子なら、金剛がおろうが。どこにいる」

「はぐれました」

心細く、藤乙は答えた。弥平次に教えこまれたせりふではない。とっさの判断であった。

飛子と正体を悟られるのはいっこうかまわぬが、かげで金剛があやつって、ありがね残らずまきあげる算段と気取られてはならぬ。

藤乙一人と思えば相手も気をゆるす。宿をとってからでは仕事が面倒になる。人気のない野っ原で色事に誘いこみ、そこに金剛があらわれて、商売物に手を出したと難くせつけ、相場はずれの値をふっかけて、はては力ずく、金を奪おうと、そういう企みであった。

「はぐれたか。草鞋の紐を切ったのは、おまえ一人の才覚か。わたしに近づこうための」

「はい」と、藤乙は答えた。

「はぐれたと申しましたが、ありようを言えば、捨てられました」

薄く涙が浮かんだ。くさぐさの辛いことを思い出せば、涙ぐらい、苦もなく溢れる。

これほどの手管が、いつのまにか身についていた。たいしたものじゃあないか、藤乙、と、心のなかで己《おの》れに言う。

「わたくしの金剛は、わたくしとの旅歩きにいやけがさし、これまでの稼ぎを握って、去りました。一人では旅もおそろしく……。はるか、あなたさまをみかけ、お声をかけ道連れになっていただこうか、あつかましいと思《おぼ》されるやもしれず……、とつおいつ迷いまして、一か八か、申しわけないことながら、このようなことをして、あなたさまをお試し申しました。難儀しているわたくしに、声かけてくださるなれば、やさしいお方。この先、おすがり申してみよう、もし、黙って通り過ぎて行かれるなら、御縁のないこととあきらめよう、そう、あさはかに思ったのでございます」

ようまあ、口が達者に動くことだ、と我ながら驚く。

「殊勝なことだ」

男の手が藤乙の肩にかかった。

軀のふるえと首すじの鳥肌だったさまに、男が気づかねばいいが、と思うと、いっそうふるえる。

「安堵いたしました」

藤乙はしなだれかかり、

「お情けをいただけますか」

と流し目に見上げ、はかなげに男の腕に身をあずけ、少しずつ草むらの方に男を誘《いざな》う。

「安堵いたしましたら、何やら気がゆるんで」

足が萎えたふりをして、よろよろとうずくまり、そのあいだも男の手を離さぬ。男は、藤乙の上におおいかぶさって膝をついた。

眼の隅に、弥平次の姿を藤乙はとらえ、本心から安堵の吐息が洩れる。

弥平次は、大またに走り寄り、抜き身を男につきつけた。

「わりゃア、俺の弟《おとうと》に何をする」

ほかの仲間はだれ一人姿を見せぬ。宰領は、弥平次がしくじれば知らぬ顔、うまくゆけば、成果はとりあげるつもりなのだろう。かねを失ったのは弥平次の責任なのだから。

男は、呆けた目で、刀をつきつけている弥平次を見上げた。それから、目に力がこもってきた。男としてもあるていど予想していたことではあったのだ。

男は、弥平次にしたがうとみせて、ふいに藤乙を抱きしめ、その太い腕をのど輪にかけ、力をこめた。

「おまえたち、悪事には狎《な》れておらぬな。わしの言うとおりにしろ、逆らえば、この童《わっぱ》ののど仏をつぶす」

男はそう言って、弥平次の動きを封じた。

「細い首だ。もう一つ力をいれれば、ひとたまりもあるまい」

男は嗤《わら》い、弥平次に、我が親指を我が手で断ち落とせと命じた。

「その刀で切れ。さすれば、当分悪事はできまい」

弥平次は、地に手をつき、刃先を指の付根にあてた。目は藤乙をみつめていた。

骨を断つ鈍い音につづき、藤乙は目の前に血しぶきを見、全身が激しい痛みでしめつけられた。

3

めざめた。一瞬の間の失神であったのかもしれぬ。

目の上に高いまばゆい空がひろがる。金色の蜜をまぶした陽光が瞼を縫う。黒い鱗片が空に波立ち、螺旋を描く。兇悪な鴉の群れだ。

深い谷間に、ただひとり、彼は佇っている。胸のあたりまで大小の石塊に埋もれ、身じろぎもできぬ。

転生の未来《さき》の世を、つかのまに夢見た。そう、彼は悟る。僧の色の相手をさせられる稚児の身が、来世も、色売るみじめな飛子か。

しかし……と、彼は、昂然とする。

札の原三百房、千々岩七百房、千を越える大の男たち、仏に仕える僧たちが、我が身一つが因《もと》で血で血を洗う争いをおこしたのだ。

この身が美しいゆえだ。

来世でも、あの金剛は、男を殺しかねを奪うこともできた。わたしの命とひきかえなら。そうはせず、おのれの指断ち切った。わたしが美しいゆえだ。

未来《さき》の世で、あの金剛と逢えるの。

藤乙は、微笑した。

睫毛を、つぶてが掠めた。

寺の名も朽ちて髑髏のひとり棲み　準一
おどろの闇に冴ゆる振袖　乱歩

舞衣

1

立ち並ぶ店の前で、紺の法被《はっぴ》の男たちが松飾りを取りかたづけている。藁屑《わらくず》が木枯しに舞う。足にからまる縄の切れはしを、お菅《すが》は爪先で払いのけた。両手は唐草の大風呂敷の包みでふさがっている。

上方では松納めは十五日なのか。江戸では——いいえ、江戸とはもう呼ばない、東京と名が変わったそうな——六日の夕暮れに取り払ったものだけれど……。持ち重りのする平たい包みを片手に抱え直し、暖簾《のれん》をくぐり引戸を開けた。

仄暗《ほのぐら》い店の奥から、華やいだ光が眼を射抜いた。

手招くように揺れたのは、吹き入った烈風のしわざだ。

「早よ、閉めてんか」

小さい手焙《てあぶ》りをかかえこんだ店主が、お菅を一《いち》瞥《べつ》し、尖った声で咎《とが》めた。買いに来た客ならお世辞たらたらだろうが、売ろうという客には冷淡でこすからいのが古道具屋の常だ。まして大坂の商人である。儲けにならぬ相手と一目で見抜いたようだ。

お菅の目は衣桁《いこう》にかけられた衣裳に吸われる。

蜀紅錦《しょっこうのにしき》に枝垂桜《しだれざくら》と糸巻の箔縫《はくぬ》いをほどこした裲襠《うちかけ》であった。

ああ、と思わず声をあげてよろめきかけ、そのまま框《かまち》に腰を落とした。

「その、裲襠……」

「たいした値打物やで」

おまえさん風情には縁のないものだよ、と言外に、店主はつけ加えた。

「それを売りなさったのは……」

店主が聞き流したので、お菅は、少し声を高め、同じ問いを繰り返した。

「そんなん、言えまへん」

店主は突き放し、包みのなかは売り物だろう、さっさと用をすませろというふうに、皺《しわ》に埋もれた小さいが抜けめなさそうな眼が促す。

お菅は風呂敷を解きながら、つい、裲襠に気をとられがちになる。

畳紙《たとう》をひらく。

五色の練糸に金を混えて縫いとった唐織の壺折《つぼおり》である。きらびやかさでは、衣桁の裲襠にひけをとらない。

「何や、お能の装束かいな」

ぼろ雑巾でも見たように、店主は「あかんな」と言い捨てた。

「この手のもんは、近頃、売り物ばかり仰山《ぎょうさん》出よって、買手はあらへん」

「でも小父さん、これはたいそう由緒のある……」

「みな、そない言うて持ち込むんや。あかん、あかん」

「買いとってもらえないんですか」

「まあ、せいぜい気張って、二分やな」

「二分……」

どれほど安く叩かれようと、三両や四両にはなると心づもりしてきた。本来の値打ちからいえば、金銭では購《あがな》いようのない品なのだ。

「二分でも、こっちは溝《どぶ》に捨てるようなもんや。捌《さば》けへんよってな」

いやなら持って帰れというように顎をしゃくる。

去年の夏、露路裏で、その日稼ぎの男たちが、大名の持物だったらしい麻の長袴を穿《は》いて縁台将棋をたのしんでいるのを見かけた。古着屋で十数文で買え、蚊除けに具合がいいというので流行った。高貴な衣裳や道具が二束三文で叩き売られているのは承知だが、この壺折が、二分とは……。

「どこの店なりと持ちこんでみ。引きとるところはあらへんで」

「その裲襠は？」

「値ェか？　二十両や」

「それが二十両で、この装束が二分だと言いなさるんですか。裲襠は色売る女郎が着た古着。この能装束は、世が世なら」

「やめとき、やめとき。その、世が世なら、いうせりふは聞き倦いとる」

「そりゃあ、今はね、お能方は微禄しています。能の大夫も狂言方も、息絶え絶えさ。だが、このままじゃあいませんよ。公方さまは身を退《ひ》きなさった。そのかわり、天子さまとやらがいるじゃありませんか。天子さまやらお公卿衆やら、いまは世のなかを鎮めるのに手がいっぱいで、お能どころではないのだろうが、あと二年か三年もしてごらんな。お能はまた式楽《しきがく》として」

「おまえさん、いやにお能の肩をもつの。見たところ、町女房。能狂言にかかわる人とも見えへんが」

「そうなったら、この壺折なんざ、さしずめ、五十両、百両と値がつきますね。先の公方さまから、さるお流儀の若大夫に下し賜った装束なのだから。おまえさんだって、近々、お能再興の兆しがあるくらい、見とおしていなさるでしょう。だから、今のうちに、安く買い叩いて集めておこうというのだろうが、二分とは阿漕《あこぎ》じゃありませんか。そうしてまた、あの裲襠に二十両とは、呆れたものだ。女郎の裲襠なんぞ、だれが買いますか。花魁《おいらん》衆は、古着なんざ買いませんよ。旦那にねだって、しつけのかかったまっ新《さら》なのを作ってもらいまさあね。世のなかがもうちっとおさまってごらんな。ちょいと物のわかったお人なら、どちらが真の値打物か、一目で見分けがつきましょうよ」

「江戸の女は、口が達者なことやな。立板に水か油紙に火か知らんが、ようまあ、ぽんぽんとまくしたてられるもんや」

「これでも遠慮して喋っています」

「何年か後には値の出るものなら、それまで持っとったらええやないか」

「持ちこたえられないほど手もとがつまっているから、売りたくもない大切なものを」

「ちょっと待ちいな。おまえさんのような町女房が、何でまた、公方さまからの賜《たば》り衣裳たらいうたいそうなもんを持っとるんや。盗品か」

「どういたしまして。わたしは使いのものでね、さるお方から言いつかったんですよ」

「さるお方ねえ。どこのどなたさんやな」

「さるお流儀の若大夫ですよ」

「さる、さる、と、大そうに言いいな。仕手方なら、観世、金春、宝生、金剛、喜多の四座一流。脇方であれば、春藤、福王、進藤……」

「数えあげてくださらなくとも、よござんす。御《お》主《しゅう》の恥になることゆえ、名前をあげるわけにはいきませんが、仕手方の若大夫と思ってください。ほんとに、世が世ならと言いたくもなるじゃありませんか。売らずにすむものなら、売りたかあありませんよ」

ところで、とお菅は一膝すすめた。

「小父さん、あの裲襠とこの能装束、とりかえる気はありませんか。いえね、五両、こちらは添えます。小父さんにとって、損な話じゃありませんよ。二十両と値をつけたって、めったに売れる品じゃない。売れたにしてもずいぶんと値引きしなけりゃならない。それを見越して、二十両とつけてあるんでしょう。壺折は、二、三年先にはまちがいなく、引く手あまたで値が上りますよ。それに、五両上乗《うわの》せしようというんです。損な話じゃないでしょう」

「与太話もたいがいにしておくれ。暮らしに困って大切なものを手放そうというのに、五両の金がどこから出てくるちゅうんや」

「ここからです。小父さん、ちょいと鋏《はさみ》を拝借」

店主が手渡した鋏で、お菅は、前帯の縫い目を解いた。縫いこんであった小判を、五枚、店主の前に並べた。

「まるで、文七元結《もっとい》だね。小父さん、よく数えておくれ。はい、一枚、二枚、三枚、四枚、五枚。正真正銘、混りけなしの山吹色だよ。これは最後の頼みの綱、どうにも食べていかれなくなるまで手放すこっちゃないと思いきわめていたんだが、その裲襠には、ちょいとわけがあってね」

「よほどの値打物やな」

「いいえ。小父さんは商売人だから、人の言葉の裏を探ろう探ろうとしなさるんでしょうが、はばかりながら江戸っ子、かけひきや肚《はら》のさぐりあいは性にあいません。その裲襠には、わたしとわたしの御主にとって、深い因縁があるんです。本来なら、この二品、ただとりかえたって、そっちの得。ただでとりかえてくださるんなら、こんな嬉しい話はないが、こう見たところ、因業《いんごう》……いえね、商売は商売、そちらの顔も立つようにと、虎の子の五両を添えたんでござんすよ」

「どうも、口がよく廻ることや。その因縁たらいうのんを、とっくりきかせてもらいましょ」

「あんまり他人さまには言いたくない話……。もったいぶっているわけじゃありません」

「しかし、話もきかんで、はあ、さよか、ほな取りかえまひょ、とはいかんがな」

「話すとなったら、若大夫の身性《みじょう》も知れてしまうしねえ」

2

風呂敷包みを抱えて、お菅は帰途をいそぐ。

一石橋畔の小間物屋の娘だったお菅が、はじめて能を観たのは、弘化五年、筋違橋御門外の明地で行なわれた、宝生大夫弥五郎の一世一代の勧進能の舞台であった。

勧進能は、本来は、寺社の堂塔建立や橋梁の建築などのために喜捨を集める方策だったというが、このころはもう、大夫の懐を暖めるための興行となっていた。一興行催せば、大夫の収入《みいり》は莫大なもので、ことに、一世一代と銘打つのは、大夫一代に唯一度を限り許され、晴天十五日という大がかりなものであった。

九つのお菅は家族に連れられ、見物に行った。

五月晴れの朝であった。

二千坪を越える明地に、塀をたてめぐらし、木戸を設け、太鼓櫓《たいこやぐら》を揚げ、幕をひきまわし、舞台をのぞんで桟敷、畳場、入込み場など見所がととのえられ、舞台からのびた橋掛りの奥に鏡の間、そうして仕手方楽屋、脇方、狂言方、囃子《はやし》方などの楽屋がずらりと並び、わずか十五日で取り払うには惜しいような宏壮な普請だ。

上桟敷の一番見よい場所には、麻裃のお大名方と女中衆が、遠目には一文人形のように首を並べている。ほかは町方の者で埋まり、侍衆も混る。木綿布子の在郷者、前垂掛けの町屋の女房、馬乗袴長刀革の下緒に右京柄ぶっ裂き羽織の武家衆、菖蒲《しょうぶ》革の足軽、いなせな袢纏《はんてん》の鳶の者、洗髪の町女、それらが入り混って酒を飲みかわし、肴を食べ散らし、早いうちからずぶろくに酔って、酒樽を枕に寝こんでしまったものもいる。

喧騒は舞台がはじまってもいっこう鎮まらず、お菅は舞台に近いところにいるのだが、謡の文句は騒ぎに消され、一言もききとれない。

評判が高いのは、大夫弥五郎の次男石之助の演能であった。六年前、六歳で、江戸城本丸奥で初舞台をつとめ、それ以来、父と共に幾度も本丸や西の丸の舞台を踏んでいるという。長男は夭逝《ようせい》し、石之助は次男とはいっても、後継者と目されていた。

あれが、その若大夫？　お萱は、舞台を指さして、家人にたずねた。吉野静のシテを舞っているのは、お萱といくらも年のちがわないような子供にみえた。

若大夫の弟の重次郎というお子だ、と教えられた。

増女《ぞうおんな》の面に顔をかくした重次郎は、子供にしては危げのない技倆《うで》をみせ、前シテ、後シテを舞い納めた。

その後に、狂言が演じられ、見物は能よりはいくぶんおもしろがって、舞台に目をむけた。

続いて、石之助の出となった。演目は善知鳥《うとう》である。鳥獣を殺すことを生業《なりわい》とした猟師が、死後の苦しみを描いた曲であった。

十二という年のせいか石之助の前シテの老人役は、いささか無理が目立った。後シテ、猟師の亡霊となってあらわれ、善知鳥を捕える様子を物語る件《くだ》りになったとき、翔《かけり》の最中に、すいと、燕《つばめ》が舞台に舞い入った。あとを追うかのように、もう一羽。橋掛りにいた石之助は、すり足で舞台に来るや、燕の一羽をさっと打ち落とし、水衣の袖にかくした。残る一羽が、友を探すようにキキと啼き声をあげる。石之助は、袖ひるがえして床に臥し、持った杖で燕を指し、〝親は空にて血の涙を……〟と、謡い上げた。そのとっさの機転は、舞台に、生き生きとした躍動感を与えた。見物は沸きたって、少年の機知をほめたたえた。

神田旅籠町の、宝生大夫の屋敷にお萱が行儀見習のため奉公するようになったのは、その三年後、お萱が十二になった年である。

大夫の妻女の実家が、お菅の家にほど近い一石橋袂の呉服屋なので、家同士知らぬ仲ではなかった。妻女の口ききで、お菅の奉公話はまとまったのだった。

宝生家の拝領屋敷の豪壮なことに、お菅は、まず目を奪われた。

鉄鋲《びょう》打った長屋門、広い式台を持った破風《はふ》造りの玄関は、大名の館にひけをとらない。御切米百俵、御扶持方二十三人、配当米百石という決まったお手当てのほかに、将軍家からも大名方からも、十分な下賜品がある。諸侯からの祝儀だけでも月に百両を越える。お菅は後に知ったのだが、正月の謡初式《うたいぞめしき》の拝領品はことに結構なもので、時服などは、その中に縫いこまれた真綿だけでも、一年分の必要な量を賄って余るほどだ。

大夫の家族は、大夫夫妻と長女、石之助、重次郎の三人の子供の五人で、あとのおびただしい人数は、弟子や使用人である。

奉公するうちに、お菅は、石之助、重次郎の兄弟が、親から偏頗《へんぱ》な仕打ちを受けているのに気づくようになった。

金はありあまるほどに豊かで、贅沢の仕放題な暮らしだが、能役者としての修練の厳しさもまた、並ではない。幼いころから稽古《けいこ》をはじめ、十五歳になるまでに二百番の曲を諳《そら》んじねば、ひとかどの大夫にはなれないのだと、お菅は朋輩《ほうばい》からきかされた。

奉公にあがったときは、丁度、寒稽古のまっ最中であった。

寒気凜烈《りんれつ》の早暁、お菅は、謡の声にめざめさせられた。一人や二人ではない、十数人がいっせいに、ワキ、シテをわけず連吟しているのであった。

連吟は一刻《とき》ほど続いた。あらん限りの声を高く張った謡いぶりであった。薄い白粥を喫して少憩した後、舞の稽古になる。装束を着けても舞うが、素裸でも稽古する。裸ならごまかしがきかぬからだろう。裸体に汗をしたたらせ舞う男たちの姿は、お菅の眼には眩しかった。日が落ちてからまた一刻、謡の稽古は続けられた。一日じゅう、謡の声がお菅の耳にあった。

石之助と重次郎の技倆の差は、単に年の違いによるだけのものではないと、お菅にも感じられた。石之助が舞うとき、すっくと立って一足踏み出しただけで、何か並の人間とは違ったものがそこに出現した。石之助には天与の才があり、重次郎は凡庸だった。稽古の量は、むしろ、重次郎の方が多いくらいであった。重次郎は、三つ年上の兄を追い越せないまでも、少しでもその差を縮めようと、苛酷な稽古を自らに課していた。

三十日間の寒稽古が終わった後も、重次郎は、早暁深夜の独り稽古を怠らなかった。薄く雪が吹き込んだ舞台で、素裸で舞っている重次郎を、お菅は見ることがあった。

両親の寵愛は、技《わざ》秀れた兄ではなく、劣る弟の方に注がれていた。

それも無理からぬことと、お菅にも思えた。

石之助は、自らの才を識っていた。そうして、自分より劣るものには決して頭を下げぬ傲岸《ごうがん》な気性の持主だった。石之助から見れば、高弟はもちろんのこと、父弥五郎でさえ、すでに対等以下なのであった。

子供らしい愛らしさは、気性ばかりではなく風貌からも欠落していた。面長で額が張り長い顎がすぼまり、両端の下がった唇は、みるからに不遜で、お菅が古株の朋輩からきいたところでは、石之助は幼いころから、まったく可愛げのない子供として、両親から疎《うと》んじられていたということだ。

それでも、弟が生まれるまでは、女児の後に生まれた男子として、慈《いつく》しまれたらしい。長男を失った後でもあった。

重次郎は、愛くるしかった。だれもが一目見るなり、抱きあげて頬ずりしたくなるような赤ん坊だったという。

お菅は、六人兄妹の四番めである。親に可愛がられるも疎まれるもない。親のことなどあまり気にせずに育った。だから、他家に奉公に来ていても、かくべつ家が恋しい親兄妹が恋しいと思うこともないのだが、石之助が淋しさを傲岸不遜の棘《とげ》に変えて己れの身の護りとしていることはわかるような気がした。

そうわかってもなお、お菅もまた、重次郎に贔《ひい》屓《き》したくなる。年が同じで親しみやすくもあったし、重次郎は、幼いときの愛らしさをそのままに、素直で初々しく、きまじめだった。

お菅の見るところ、宝生大夫の家で、だれよりも権勢をふるっているのは、妻女のお道であった。

実家の呉服屋後藤は、世に知られた豪商である。橋をへだてて、金座の後藤と向かいあっているので、五斗（後藤）と五斗（後藤）をあわせて一石と、一石橋の名がついたと言われている。お道は妾腹だが、それでも嫁入仕度は豪勢なもので、嫁入り荷物の行列は一石橋から旅籠町の宝生屋敷まで、切れめなく一続きになったと、話が残っている。

妾腹であったから、なおのこと、権勢欲が強く権高《けんだか》になったのかもしれないと、お菅は思ってみる。昔受けた何がしかの屈辱感を、ここで晴らそうというのだろうか。

大夫の弥五郎は、穏やかな人柄であった。妻の言いなりになっているふうだ。お菅も大夫に荒い声で叱られたことはない。

その大夫が、石之助に対しては、嫌悪感を剝き出しにする。血のつながった息子だろうに……。顔立ちは、石之助は父親とよく似ていた。不義の子などという疑いは持ちようもないほど。重次郎はお道の美貌を受けついでいるのだった。しかし、気性は、石之助は母に似、重次郎は父の仏性を受けついだのかもしれない。

おそらく……と、お萱は思う。大夫と石之助の不和は、一つには、お道が原因なのではないか。お道が大夫に石之助のことを悪しざまに吹きこみ、親から疎じられていることを鋭敏に察した石之助は態度がふてくされ、大夫は、妻の言葉をもっともだと思うようになり……。

弟子たちは、お道の気に入られれば出世も早いことをわきまえていた。しかし、大夫の後継者としては石之助は重次郎とは比べものにならぬ技倆の持主である。弟子たちが二派にわかれはじめる気配は、何かにつけ、感じられた。

お萱が奉公に来たその年から、石之助は吉原遊びの味をおぼえ、廓に通って流連《いつづけ》することが多くなった。顔が不細工でも、宝生の若大夫、金はふんだんに持っている。茶屋でも妓楼でもちやほやする。

江戸城に呼ばれ演能をすませた後、熨斗目《のしめ》のまで吉原に繰り込み、七日も八日も帰ってこない。大名方の屋敷に呼ばれると、弟子に道具を持たせ、自分は廓から四手駕籠に乗って伺候する、というようなことをやるようになった。十五歳の少年にしては大胆なやり口であった。

お道は石之助に金を持たせまいとしたが、親からは小遣いをもらわなくとも、石之助は、大名方からじかに祝儀をもらうので、懐はいつも潤沢なのだった。

石之助がわたしに何か特別な目を向けているのだろうか。お萱は、ふとそう思うようになった。あからさまに言いよるわけではない、相手は若主人、お萱は奉公人である。もっとも、行儀見習いだから、ふつうの奉公人よりははるかに上の扱いで、いくらか娘分というふうではあったけれど、石之助がまともに自分に好意を持っているとすぐに信じるほど、お萱はうぬぼれてはいなかった。

しかし、吉原で遊びをおぼえ女のあしらいも知ったはずの石之助が、不器用なやり方でお菅に関心を示した。肩に糸屑がついている、と手をかけたり、お屋敷でもらったからと菓子の包みをくれたりした。花簪《はなかんざし》をくれようとしたとき、お菅は押し返した。菓子はいかにも子供じみた贈り物だから気楽に受けたけれど、高価そうな花簪となると、気軽に手が出なかった。お菅が受け取らない簪を、石之助は庭の池に捨てた。銀色の脚がちらりと光り、水に華やかな色を滲《にじ》ませて、簪は沈んだ。その翌日、石之助はまた吉原に行き、若い者と大喧嘩をした。万事おさまってから、お菅の耳にもその話はとどいたのだが、丁度、花の季節であった、仲之町に、みごとに咲き揃った桜の枝を酔った石之助がへし折ったのだそうだ。若い者が見咎め、この花は、只で咲かせているわけじゃあない、大金がかかっているのだと威勢よく啖呵を きった。金で折らせる花か。それなら、悉皆《しっかい》折ってやろう。石之助は、持ち金を地にぶちまけ、たわわに咲き誇る桜の枝をかたっぱしから折りはじめ、止めようとする若い者と乱闘になった。金を持っている客だから廓の者もひどい扱いはできず、じきに仲裁が入り、事を納めたのだそうだ。

重次郎は声変わりの時期であった。そのためか、稽古を積めば積むほど、声は出なくなった。深夜、ほとんど息ばかりの声をふり絞って謡っているのが聴こえると、お菅はせつなくなり、こっそり起き出して、稽古場に近い廊下の隅に坐っていたりした。坐っていたからといって、何の役に立つわけでもないのだけれど、蒲団の中にぬくもっているより、自分の気持が楽になる気がした。

夏場の大暑中、三十日の間つづけざまに毎日七番謡う土用稽古が、まもなくはじまろうという夜、突然、朗々と、重次郎の声がひびいた。破れ障子を風が鳴らすような声だったのが、丹田から出る太い声に変わった。お菅は思わず立って駆け寄りたくなったが、耐えた。部屋に戻ろうとしたとき、別の廊下を走る足音がきこえ、重次郎、と、お道の声がお菅の耳にとどいた。

おまえ、声が、声が出るようになったね。

お内儀さまも気にかけて、毎夜耳をすませていなさったのだ、とお菅は知った。

一門が、重次郎をたてようとするお道と大夫に追随するもの、石之助を擁立しようとするもの、二派にわかれての闘争は、次第に表にあらわれてきた。弟子のなかでも、流儀の先き行きを慮《おもんぱか》るものは、石之助を樹《た》てようと画策していた。長子亡き後、石之助は嫡子であり、その上、若年にして技倆は父大夫をさえ凌ぐのだから、本来なら何のいざこざもなく、後継者として認められるべき立場なのだが、お道は、何とかして石之助を失格させようと試みているかにみえる。

石之助が継子だとでもいうのなら、石之助としても気持に救いがあるだろうと、お菅は思う。親に疎まれるのは、彼のせいではないからだ。しかし、実の親にこれだけわけへだてされたら、石之助は、無念のやり場があるまい。

お菅の推測を裏書するように、石之助の行状は荒れていた。あれでは、跡を継がせても宝生家を持ちこたえきれるかどうか、と大夫弥五郎は心底案じ、芸は拙くとも素直でまじめな重次郎に跡を、と、いっそう気持が傾くようだ。

しかし、芸の拙いものを総帥に樹てたのでは他流から侮《あなど》りを受ける、公方様、諸侯のおぼえも悪くなろう。流儀の興隆のために是非石之助を、というのが、石之助派の言いぶんで、これは主だった高弟に多かった。

年が明けて二月、夜半から雪が舞った。窓の隙間から降り込む雪は舞台を濡らし、それが薄氷となった。

舞台の拭き清めは弟子たちの仕事である。女が触れることは許されていない。しかし、重次郎が、舞の独り稽古をはじめようとしているのに、門弟たちはだれも気づかぬらしく、舞台をととのえる者はいなかった。

お菅が門弟に差出がましくあれこれ言うわけにはゆかぬ。重次郎も、まだ陽も昇らぬのに門弟を起こして掃除させる気はないらしく、薄氷が光る舞台に立とうとする。

お菅は影のように這いつくばり、舞台を拭いた。

重次郎と眼があった。叱られるかと思ったが、重次郎は無言であった。その頬に血がさすのを見たような気がした。

ひきさがるとき、廊下で石之助とすれちがった。陰鬱な眸《め》がお菅を見すえた。一部始終を見られた、と思い、身がすくんだ。石之助はそのまま通り過ぎた。

その日石之助は吉原に泊まり、数日帰宅しなかった。後で、彼の廓での遊びようが、お菅にもきこえてきた。お菅が知ったくらいだから、むろん、大夫とお道の耳にも入っている。錫《すず》の大鉢に油をみたし、その中に小判だの一分金、二分金を大量に投げ入れ、幇間《ほうかん》や女郎に竹の箸ではさませ、うまくはさみ取った者にはそれを与え、大散財をした。女も幇間も、油まみれになって目の色を変え、騒ぎは狂躁的になり、しまいには畳に油をぶちまけ、部屋も居並ぶものの着物も油浸しになった。その損害も、石之助がきれいに弁済した、ということであった。

大夫は勘当するとまで言い、高弟たちのとりなしで、一応はおさまった。

大夫は、石之助の廃嫡を皆に認めさせる手段として、江戸城西の丸の演能で、石之助をしくじらせようとした。お菅はもちろん目撃したわけではなく、人づてにきいた話である。二人は共に舞台に立ったのだが、石之助が橋掛りに引込もうとしたとき、大夫は、その道すじに立ちふさがり、邪魔をした。知らぬ者は、石之助の一瞬のためらいを、舞の振りを忘れた不覚と見た。石之助は、ぶざまにうろたえはせず、白州《しらす》にいったん飛び降り、幕に近いところから橋掛りに飛び上がって、幕に走りこんだ。

お内儀さまが大夫に悪知恵をつけたのにちがいない、と、石之助派の門弟は取沙汰した。

重次郎にとっての不運は、大夫弥五郎が、翌年の初冬、卒中で倒れたことである。

身動きならぬほどではなかったが、舞台はつとめられなくなった。

石之助派の高弟は結束し、弥五郎を隠居させ、石之助に跡目を相続させた。嘉永六年、石之助は十七歳だった。幼名石之助を、九郎知栄と、このとき改めた。

石之助改め九郎は、実権を握るや、親に報復の態度に出た。

弥五郎とお道は、長女を伴い、加賀にひきこもった。冷遇にいたたまれなくなったのだろう。

重次郎は残った。

大夫職を継いだ九郎と部屋住みの重次郎では、その暮らしむきは雲泥の差がある。

九郎は、父の禄をそのまま受けつぎ、切米百俵、扶持方二十三人、配当米百石を拝領するのに、三歳年下の重次郎は、十人扶持を受けるだけである。そのお扶持も、二年前から下賜されるようになったばかりであった。九郎は幼少時から諸侯から受ける祝儀だけでも相当なものであったが、重次郎は、その点でも兄にはるかに劣っていた。

重次郎が十七になった年、お菅は、重次郎とひそかな軀のちぎりを持った。

そのころ重次郎は、芸の未熟さをことごとに兄にあげつらわれ、憔悴《しょうすい》しきっていた。

江戸城中奥の能をつとめるため兄と共に伺候した日、重次郎は、鏡の間で面をつけようとして、動けなくなった。面の裏をみつめたまま蒼白になって慄《ふる》えているばかりなので弟子の一人、矢田八太郎が、替わって舞った。

重次郎は急病ということにして、演能の終わるのを待たず、一人駕籠で帰宅した。

平生は、言葉をかけることさえできぬ相手だったが、このときは、九郎をはじめ門弟衆は皆出払っている。残っているのは使用人ばかりだ。お菅は心ゆくまで重次郎の世話をし、重次郎は、お菅を床《とこ》にひき入れた。

面の裏が恐ろしくてたまらなくなったのだ、と重次郎は、呟いた。面をつけようとしたのだが、裏を見せて両手の上にある面、その裏の顔が、何とも恐ろしい形相に見えた。お菅、おまえは能面の裏をつくづく見たことがあるかえ。あの美しい高雅な孫次郎の面でも、その裏側に、不気味な黒い顔がへこんで貼りついているのだよ。お菅は重次郎の華奢《きゃしゃ》な背を撫でていた。

それから二年ほど、重次郎は、ほとんどまともに舞台をつとめられなかった。

加賀の御両親さまのところにおいでなさったら、と、見かねてお菅はすすめたが、母こそ、面の裏のひとなのだと重次郎は言い、その自分の言った言葉で、何かふっきれたようだった。心のなかのしこりの正体が視えたのかもしれない。

稽古を再開した。

お菅との仲は、はじめは秘し隠していたが、次第に人の口の端にのぼるようになった。

九郎が酔いにまぎらせてお菅を力づくで抱こうとし、辛うじてお菅は逃れた。追い出されはしなかった。お菅の実家では、重次郎との噂をきいたのか、帰ってこい、どこぞに嫁入らせねばと言いはじめたが、お菅は拒んだ。敵のなかにただひとりいるような重次郎と別れることはできなかった。しかし、九郎もまた、ただひとり佇《た》っているようなものだと、お菅には思えた。重次郎にはお菅がいたが、九郎にはそれすらいなかった。弟子たちは、九郎の技倆に従ったが、人柄を愛してはいなかった。

この時期、重次郎は、めざましく進歩した。堰《せ》きとめられていた水が、堰を破り奔《ほとばし》り溢れたかのようであった。

お菅には、芸の停滞や進歩の理由はまるでわからなかった。本人にもわからないことなのだろう。お菅にわかるのは、重次郎に対する九郎の態度は、これまでになく陰湿な悪意が加わったということである。

九郎は、弟に決してやさしくはなかった。父母から受けた冷ややかな仕打ちへの口惜しさが、弟に対するとき、反映した。しかし、芸を仕込む厳しさは、師として当然の埒《らち》を越えたものではなかった。

重次郎が芸に開眼したとみると、九郎は妙に辛辣《しんらつ》に意地悪くなった。

迫ってくるものの脅威。それを九郎は感じたのだろうか。

弥五郎が九郎に冷たかったのも、一つにはお道のさしがねもあっただろうが、息子に嫉妬と脅威をおぼえたためかもしれないと、お菅はこのときになって、気がついた。

重次郎は、芸は伸びたが、兄の圧迫をやすやすとはねのけるほど強靭ではなかった。

せっかく技が冴えはじめたのに、九郎に少し意地悪く出られると、萎縮した。

父に幕入りを妨げられ、白州にとび下り橋掛りに飛び上がって危急を脱した兄の度胸と機知は、重次郎にはないものだった。

九郎が、強引に重次郎とお菅の仲を裂こうとしないのが、お菅には少し不思議だった。九郎がわたしに手を出そうとしたのは、ほんのたわむれだったのだ、と、お菅は思おうとした。しかし、直感が、九郎の並ならぬ執心を感じとっていた。遊びの相手にする女に、九郎は不自由しない。吉原には、馴染みの女もいるときく。黛《まゆずみ》という全盛の花魁《おいらん》だそうだ。そういう女にくらべたら、わたしは器量も、そうして男をそそる色気も、劣るにちがいないのに。重次郎とわたしのあいだに結ばれた絆が、九郎の妬心を煽りたてるのか。

九郎に足をすくわれながら、重次郎は、どうにか宝生の若大夫の面目を保っていた。

蜀紅錦に枝垂桜と糸巻の箔縫い。みごとな壺折装束が誂《あつら》え上がり、重次郎のもとに届けられた。江戸城中奥で催される能の御用に、重次郎は道成寺をつとめることになり、その前シテ白拍子の装束を新たに誂えたのである。

以前、急病を申し立てて欠場した不始末以来、奥の能をつとめるのは遠慮していた。久々の奥勤めであった。

それを眺めていた九郎が、重次郎を吉原に誘った。

重次郎の装束の織や意匠を九郎が承知しているのは当然だった。九郎と相談の上で誂えたものだったからである。

吉原から駕籠をとばして帰宅した重次郎は、自室にひきこもった。内側から心張棒でもかったのか、お菅がひき開けようとしても、板戸は動かなかった。血相変えて駕籠に乗った若大夫の後を追って帰ってきた若い弟子が、気まずそうに花魁の道中があったのだ、と言った。その花魁の裲襠が、若大夫の道成寺の装束と、そっくり同じ蜀紅錦に枝垂桜と糸巻の箔縫いだったんです。

若大夫、若大夫、とお菅は板戸を打ち叩いた。

中奥での演能の当日、重次郎は、欠勤した。吉原の遊女が用いた裲襠と、同じ意匠の装束で能の舞台をつとめることは、重次郎にはできなかったのだ。道成寺前シテの白拍子は、つまりは遊女である。舞台で遊女を演じはしても、実の世界の遊女は、重次郎にとっては、賤しいものなのだった。

九郎は、弟子や脇方、囃子方、狂言方共々、城中に伺候した。美々しい行列であった。

重次郎は、自室で縊死《いし》をはかった。装束のことばかりが原因ではなかった。兄の憎しみに圧《お》し潰されたのだ。そう、お菅は思った。

兄の憎しみの根には、愛らしく生まれ育った弟がいた。橋掛りに立ちはだかった父、立ちはだからせた母が、いた。

お菅の発見が早かったので、重次郎は、命はとりとめた。二人は荷物をまとめた。だれも知ったもののいない土地を重次郎は望み、上方に向かった。

お菅の仕立物の賃仕事で、二人の生計をたてた。能をはなれた重次郎は、日常の暮らしにはまったく役に立たなかった。美しい人形のように、ひっそり籠っていた。しかし、重次郎に愛撫されると、お菅は、その此の世のものならぬ美しさが、自分の身にうつるような気がした。

縊死未遂の後遺症か、滋養になる食物が足りないためか、重次郎は、急に視力が衰えはじめた。

やがて、世の中に大変動が起きた。不滅の大樹と思われていた幕府が倒れ、新政府ができた。

幕府と大名の庇護のもとに豪奢な日々を送っていた能役者は、船が転覆して荒海に投げこまれたようなものであった。

こうなるまでの能役者の権勢は、たいしたものだった。大名のほかは許されぬ径一尺以上の箱提灯や軽輩なものは着用できぬ長合羽や夏足袋を許され、屋敷も大名並み、火事といえば、能装束を焼かぬよう、高張提灯を立てて群衆に道を開けさせ運び出すというふうで、金銭の勘定など、まるで無頓着、衣食住に心をわずらわすことなく、ひたすら芸の修業にはげめばそれですんでいた。

突然禄を失った江戸の能役者たちのうろたえぶりと転落のさまは、上方にいるお菅にもつたわってきた。観世宗家は静岡に落ち、若大夫はやがて上京して司法省の小使いになったとか、太鼓観世の嫡流元規はやはり静岡で炭の小売で糊口《ここう》をしのいでいるとか、松本金太郎は竹笠編みの内職、名人のきこえ高かった松田亀太郎は赤坂溜池の渡し守、幸清次郎は人力車の車夫、などと信じられないような話をきいた。

重次郎が江戸で勤めおおせていても、結局は今と変わらない境遇になったのだろうか、ともお菅は思う。しかし、そのように思ってみても、晴れの装束を兄に踏みにじられた重次郎の屈辱は、消えはすまい。

九郎は、あの花魁黛をその後落籍《ひか》せ、囲いものにし、後に籍を入れたともきいた。御一新の後、九郎は隠居願を出し、蠟燭屋をはじめたとかきいている。算盤《そろばん》の二一天作の五もできないのだから、とても商いにはならないらしい。しかし、近々、能が返り咲くのではないかという噂も、かなり真実味濃く、つたわってきている。御一新で天下をとった公卿などのなかには、能を自ら舞う者も多いとかいう話だ。

3

暮色が濃くなった空に、火の粉が舞い散る。注連縄《しめなわ》や松飾りの枝が、とんどの焚火に投げ入れられ、その度に、火勢が強まる。

お菅は、重次郎と並んで、火の傍らに立つ。

「見ていてください。燃しちまいますから」

幾つにも切り裂いた蜀紅錦の裲襠、みじめな布片となったそれを、お菅は火に放る。

炎が重次郎の顔に翳を作る。見ていてくださいと言ったが、重次郎は視力をほとんど失っていた。明暗はわかる。

「袖を燃しているんです。今度は、衿。身ごろ。きれいさっぱり。何だか、これで、けりがついた気分です。ああ、せいせいした」

「そうかえ」

重次郎は言った。

「焼いたおかげで襦袢は、わたしの眼から消えなくなった。わたしが死ぬまで滅びないものになってしまったよ」

重次郎は、微笑んでいた。少し悲しげな微笑は、九郎に向けられたものだと、お菅は思った。

「そろそろ、やらかすか」

「何、まァだ、早かんべい」

駕籠《かご》の外から声が聞こえたような気がして、朝吉《あさきち》はどきっとした。

彼自身が、そろそろやらかすかと思っていた。その心の中が声になって聞こえ、まだ早いと誰かに止められたような錯覚を、一瞬持ったのだ。

止めたのは父親であったような気もした。しかし、考えてみれば、荒っぽい関東のべいべい言葉を父親が口にするわけはないのであった。

うんざりするほど長い道中が、ようやく終わりに近づいている。

京を発ったのが四月一日、暁け七ツ（午前四時）。

守山、番場、加納、御嶽、中津川、須原、奈良井、下諏訪、望月、坂本、玉村、と泊まりを重ね、今日の昼の休みは木崎の宿でとった。今夜は天明、そうして、鹿沼、今市、と三夜過ぎれば、いよいよ日光に入る。十五日という長丁場の旅も、先が見えてきた。

生まれてこの方乗った事もなかった駕籠におさまり、しかも、烏帽子直垂《えぼしひたたれ》というとんでもないいでたちである。窮屈なことといったらない。徒歩《かち》の方がよほど気楽だ。

天明の宿に入るまでにやらねば、と思うと気が重くなる。

たいした事ではない。あっさりやってしまえばいいのだ。他の者もすでに、巧みにやってのけている。

「玉村から天明の間、八木いう村が、わしとこのパタリ場所やで」

父親に言い含められていた。

朝吉が気が重いのは、よい事ではないと承知しているからでもあるけれど、その上、去年、兄がこの道中の間に行方知れずになったという事があるからだ。兄ばかりではない、ここ数年、誰かしら一人は行方がわからなくなっている。

「朝吉、兄ちゃんの事なあ、あんじょう探して来たってや」

出立の前に、母親に泣きつかれた。

父親の稼業は、豆腐屋である。禁裏と仙洞御所をかこんで公卿《くげ》屋敷が建ち並ぶ一画にほど近い行願寺の裏手に、小さい店を出している。甘露寺《かんろじ》さまだの梅園さまだの堀川さまだの、裏松《うらまつ》さま、今《いま》城《き》さま、四条さま、久世《くぜ》さま、方々の公卿屋敷の厨《くりや》に出入りしているのだが、公卿は、顧客としては実に始末の悪い相手である。いばりくさって、けちで、勘定はなかなか払ってくれない。何しろお公卿はんは貧乏で、無い袖《そで》は振れぬという事なのだろうけれど。

ほな、何であないいばるんや、と、朝吉の父親ばかりではない、青物屋、米屋、炭屋、その他出入りの小商人《こあきんど》は皆、かげで文句たらたらなのである。

その青物屋やら米屋やら何やらが、三月も半ばを過ぎると、

「さあ、レイヘイシや」

と勇み立つので、朝吉は子供のころ、レイヘイシて何やろ、とけげんに思っていた。

「今年は、甘露寺さまや」

「今年は、久世さまや」

と、毎年、公卿の屋敷にぞろぞろ出向いて行く。

そうして、四月一日の早暁、屋敷の前には駕籠がずらりと並び、豆腐屋、八百屋、その他もろも

ろ、屋敷に出入りの小商人や職人が、衣冠束帯の公卿姿で駕籠に乗り込む。

装束は、公卿屋敷で貸してくれるのだが、よれよれの古物である。

朝吉の父親も、何度かそれに加わっている。京に戻ってくるのは、一月あまり経った五月の初旬に入ってからであった。

去年、父親は出立まぎわに腰を痛めた。

「むりやろ。わしが代わろ」

と、近所の誰かれが申し出たが、父親はとんでもないと手を振り、

「弥市がわしの代わりをつとめるわい。よけいな世話は焼かんでもらお」

と、にべもなくことわった。

「あんじょう、パタってくるよってな」

兄は意気込んで言った。

「そやけど、去年、紺屋の千さん帰って来なんだやないか。一昨年は、大工の留はん、帰らなんだやんか」

母親が案じ顔で、やりともないなあと、小さい吐息をついた。

「長旅や。一人や二人、怪我人やら病人やら出るわい」

父親が笑い捨てたが、その声に、ほんのわずか、虚勢の翳《かげ》を朝吉は感じたのだった。

「怪我人や病人なら、案じはせんけどな、行方知れんいうのが、何や気がかりやなあ」

「宿の飯盛女にひっかかったんやろ」

「そないええ女いてるんか」

母親はいっそう不安そうになった。

「あんた、飯盛抱き寝したんか」

「するか。レイヘイシの宿には、飯盛はよせつけんのや」

「ほな、千さんや留はんは、何で来もせん飯盛にたぶらかされたんや」

「ごたくさぬかすな」

「なあ、家も女房子供も忘れて帰って来いへんようになるほど、飯盛て、ええのんか」

「あほ」

「そやかて、弥市が飯盛にうつつぬかして帰って来んようになったら……」

取越苦労する母親を、弥市は、

「大事《だん》ないて」

と、なだめたが、どうやら宿の泊まりに期待を持っているようだと、朝吉は見てとった。

腹下しの薬やら風邪薬やら取揃えて母親は弥市に持たせ、小遣銭まで渡そうとするのを、父親がとめた。

「銭稼ぎに出るのに、我《わ》が銭はいらんわい」

「そやけど……」

「公卿はんからお手当はもらえるんや。その上、パタリのもうけは腕次第や。そやけどな、弥市、稼いだ銭は、家に持て帰るんやぞ。日光の帰り、江戸に立ち寄るがな、そこで阿呆な銭使うたらあかんぞ。江戸の女ははしこいよってな。賭場にも顔出したらあかん。ええな。大切に持て帰るんやで」

兄は、帰って来なかった。

追分で昼の休みをとり、沓掛、軽井沢と過ぎ、坂本に泊まったのだが、そのとき、いないのがわかったのだそうだ。しかし、わかったときには、望月の宿から駕籠をかついで来た土地の人足はすでに散ってしまった後で、調べようがなかったし、役人も、公卿の伴廻りではあっても素性はとるに足らない小商人と承知している。身をいれて探してくれなどしなかったらしい。それどころか、出奔は不届きと、消えた弥市は逃亡の罪人扱いさえされた。慣例だから狎《な》れ合いで黙認されているけれど、町人が身分をいつわって公卿の伴廻りをつとめているのである。騒ぎたてる事はできないのであった。

——聞きしにまさる……。

荒っぽく揺れる駕籠に身をゆだねながら、朝吉は、京を発って以来ここ十数日の旅を思い返す。

子供のときは何の事やらわからなかったレイへイシが、字で書けば例幣使と、いつのころからか朝吉もわきまえるようになっていた。事改めて父などにたずねなくても、周囲の大人たちの話が自ずと耳に入ってくるのである。

日光の東照宮さまに、勅使が毎年下向する。禁裏さまのお使いだ。例年、御幣を奉納するから、例幣使というのだそうだ。

勅使はお公卿さんが一人、選ばれる。

貧乏公卿にとっては、たいそうもないほまちが手に入る又とない機会なのだ。幕府から、装束料の名目で、千四、五百両贈られる。その他に道中賄料もくれるし、日光廟参向の後は江戸に出府し、将軍に挨拶すると、たっぷり饗応があり、更に莫大な贈り物を受ける事になる。

旅の費用を差し引いても三、四百両は手もとに残る勘定なのだそうだ。

お公卿はんは、ほんま商売人やなあと朝吉が呆《あき》れ、かつ感心したのは、毎年京より持参して奉納する金幣の扱いである。

新しい品を奉納するから、前年の御幣は不用になる。これを細かく切り刻んで、一片ずつ奉書に包み、『東照大権現様御神体』と表に記し、帰途江戸に立ち寄ったとき、江戸在府の大名たちに配るのだという。大名の方では、禄高に応じた金品を初穂料として、勅使に差し上げる。

屑《くず》みたいなもんで金もうけしはるんやな。

まだ、ある。

正月三ガ日、禁裏さまにお供えした御膳飯を洗《あらい》干《ぼし》して、奉書に包み、一包ごとに菊の御紋を捺《お》し、もったいをつける。これを八万包も用意して下り、宿々の払いの一部にあてるのだ。

欲しがる者には代価をとってわかち与える。

道中、朝吉は自分の目で見たのだが、御供米を求める人々は大勢いる。よほど有難いものと思われているらしい。恭々《うやうや》しく押しいただいている人々を見ると朝吉はおかしくなる。

驚いたのは、勅使が本陣に泊まっていると、外に置いた輿《こし》の下を、土地の人々がぞろぞろくぐっていた事だ。病気が軽くすむ呪《まじな》いになるのだそうだ。

親玉がこうやって金稼ぎにせいを出すのだから、伴廻りの者も、当然、あの手この手を考え、代々それが伝わって慣習になっている。

公卿に貸しのある小商人は、例幣使下向となったら、早速供奉《ぐぶ》を申し出る。そのかわりに貸金を棒引きにしてもお釣が出るくらい、例幣使のお伴は儲けが大きい。

〝パタリ〟ができるからだ。

つまり、道中、駕籠から落ちるのである。〝落ちる〟なんてものではない。わざわざ、ころげ出る。

例幣使さまのお伴つかまつる者に、何たる粗相。例幣使さまは、禁裏さまより東照大権現さまへの御使者であるぞ。そのお伴廻りへの無礼は、権現さまに御無礼申し上げる事であるぞ、このままにはすまされぬぞ、と脅《おど》しをかけると、人足どもは恐れ入り、宿場役人を通じて心付けを差出す。

人足は大体、臨時に徴発された土地の百姓であった。

数百人から成る大名行列ほどではないが、例幣使の一行も、五、六十人から年によっては百人近くつらなる。

お伴は、ここが稼ぎどきとばかり、あちらこちらでパタる。勝手にやると不公平になるので、事前に話し合い、ここは誰それのパタリ場所、と決めておくようになった。それでも、早いもの勝ちという事はあって、気おくれしたり、ぐずぐずしたりしていると、要領のいいのや押しの強いのに先にパタられてしまう。

宿場役人の方でも、度重なる事だから心得て、前もって心付けを渡してくれる場合もあるようになった。金額が十分なら、おとなしく通るが、不足であればパタリやら何やらいろいろな手でいやがらせをし、金品を巻き上げる。

朝吉たちのような臨時の偽伴廻りばかりではない、正規の家来衆にも、落ちなく心付けを渡さねばならないから、宿場ではこれを入魂料《じっこん》と呼んで、用意しておく。

というような事も、道中のあいだに、朝吉はわかってきた。

父親が今年も腰の具合が思わしくないので彼がつとめる事になったのだが、つい、気おくれしておとなしくしているものだから、まだ入魂料は手に渡ってこない。みるからに破落戸《ごろつき》めいたもののの方が、得なのだ。

八木村は、わしとこのパタリ場所や。他の者に先を越されんよう、きばらなあかん。

今年は、東照大権現さまの二百回忌とあって、行列の人数も常より多いという事だし、諸事大がかりなようだ。

勅使は、梅園宰相さまで、普段のお膳は豆腐《おかべ》と油揚げ、ひじきぐらいの粗末なものだと賄方からきいているけれど、本陣でのお膳ときたら、朝も夕も二の膳つき。厨で用意している夕餉をのぞき見たところ、本膳は、うどの辛子和《あ》え、豆腐と鮒《ふな》の汁、長いもと椎茸《しいたけ》と干瓢《かんぴょう》のお平《ひら》、鯉の刺身、二の膳は竹の子の椀《わん》と、玉子、うどの白和《しらあ》え、蓮根の木の芽合わせ、と、なかなか豪華なものだった。ところが、朝吉たちのような下っぱの伴廻りは蕗《ふき》と焼き豆腐の汁と香の物の沢庵、それだけで、これはどこの宿場でも似たような待遇だ。

「去年よりひどなったな」

青物屋の与八が沢庵をねぶりながらぼやき、空《から》になった小皿を手拭に巻きこんで懐《ふところ》に入れた。

道具や食器をうまく盗み出すのも、役得のうちである。しかし、朝吉たちの部屋は什器《じゆうき》もほとんど置いてないし、あってもろくなものではない。皿小鉢も、古道具屋に持ち込んでも値のつかないような安物ばかりだ。身分の高い家来衆は、蒔絵《まきえ》の重箱だの盃だの、手燭、燭台、まことに巧みに長持の中などにかくす。蒲団まで、持ち出す事もある。大切な金幣を納めた御幣長持の他に、長持十五棹《さお》も運んでいるのだ。しかも勅使の荷物である。蒲団が一組紛失したからといって、役人も軽軽しく開けて改める事もできない。開けてみて盗品が出てこなければ切腹ものだ。それに、盗まれたと判明するのは、一行が出立した後の事が多い。

朝吉は、与八たちを見ならって、下諏訪に泊まったとき火箸を一組ちょろまかしてみたのだが、その後の怕《こわ》かった事、出立してからも追手がかかりはしないかと、びくびくしどおしだった。今でも、まだ怕い。

「こんな紙切れ拝領してもなあ」と、どこだかの宿の本陣でお内儀《かみ》らしい女が亭主らしい男にぼやいているのを、朝吉は耳にしている。

泊まり客の方から宿に心付けを出すしきたりがあるのだが、お公卿はんが賜るのは、色紙だの短冊だの、例の米包みだの、銭は百文からせいぜいきばって五百文、吝《しわ》いといったらない。

「お大名であれば、一両、二両と包んでくださるのに。尾張中納言さまなどは銀十枚も」

お内儀の声が高くなるのを、亭主がおさえていたっけな、と朝吉は思い出す。

駕籠に揺られながら、そろそろパタリせんならんな……と朝吉は気が重くなる。

駕籠から転げ落ちるだけでもずいぶん痛そうだ。それに、ただ落ちただけではだめなので、その後の凄み方が大切なのである。痛い痛いとべそをかいているだけでは、銭はとれない。

兄ちゃんは、あんじょうパタらはったんやろか。その銭で、宿場の飯盛とねんごろになって、足抜け手伝うて、どこぞに逐電《ちくでん》しはったんやろか。

——さて、そろそろ……。

と身がまえたとき、駕籠が大きく揺れ、彼の軀《からだ》は宙にとび出した。

目の上に青空がひろがり、下には竹藪《たけやぶ》と草の茂った空地と雑木林があった。

いきなり放り出された場所は、崖《がけ》の上であったのだ。

地に叩きつけられるまで、瞬時の間であったはずだが、朝吉は、底無しの闇に墜ちつづけるような恐怖をおぼえた。

彼の墜落を待ち受けるように佇《た》っている数人の男の顔が、ぐんぐん彼の眼に迫った。

墜ちた彼の軀の上に、男たちがおっかぶさってきた。

うしろ手に縛り上げられた。

彼は抗議の声と苦痛の声をごっちゃに上げたが、男たちは黙々と、彼を縛る作業をつづけ、縄尻をひったてて立たせた。

歩け、と言わんばかりに腰を蹴り上げる。

農夫の風体であった。顔は手拭で包んでいる。

ありふれた、のどかな田舎の景色がつづいていた。

れんげ畑の間を小川が流れ、ぺんぺん草の生えた土橋がかかっている。

そうやろなァ……と、何となく彼は納得してしまう。

彼の目にも、例幣使とその伴廻りのやりようはひどすぎる。向うも、仕返しの機会を狙っていたのだ。

これと目星をつけた者をのせた駕籠は、皆より遅れ、人目のなくなったところで、崖から投げ落とす。

下で待ちかまえていた仲間が……。

どうするつもりなのだろう。

殺されるのか。

わしは、まだ、火箸とっただけや。パタリもやってへん。これで殺されたら、間尺に合わへん。

彼が何をしたかは問題ではないのだ。例幣使一行の、全員の代表として、彼が槍玉にあげられただけの事なのだ。

そう、察しがつくから、抗議の声も弱まる。運《ふ》の悪いこっちゃ。

男たちの無言が不気味であった。罵《のの》しられたりどづかれたりした方が、まだましだ。

「すんまへん。かんにんしておくんなはれ」

例幣使もあくどいかしれへんけど、殺されるほどの事はないわなあ。銭かねの事やないか。銭かねで何とか話しあいつかへんのかいな。

といっても、朝吉には身代金を払うてだてなどなかったのだけれど。

うららかな春の日ざしの下を、お召捕りになった大罪人のように縛り上げられ、どのような刑が宣告されるのかわからぬまま、引立てられてゆく。

そんな自分の姿が、信じられない。まるで、悪夢だ。

有罪か、無罪か。自分一人の事であれば、無罪だ、と叫びたい。おかした罪は、たかが火箸の窃盗。盗みともいえぬささやかな行為だ。

しかし、その火箸盗みの背後にある事を思えば、たしかに、有罪であった。

揚雲雀《あげひばり》の声がのどかだ。水車が悠長な音をたてて廻る。

道をそれ、竹藪《や》の中に連れこまれた。

——ここで殺られるのか……。

男たちは、武器は持っていなかった。刀はもちろんの事だが、鎌や鉈《なた》も手にしてはいない。

しかし、素手であろうと、こちらは縛られて抵抗できないのだ。手拭一本でのど首を絞め上げる事もできる。

そう思うと足から力が抜け、坐りこみそうになる。縄尻をひかれた。

竹藪の、かすかな葉ずれの音を、彼の耳は捉えた。やがて、群生する竹が少し疎《まばら》になり、陽のささぬ崖下の窪地に立つ茅屋《ぼうおく》の前に出た。

竹の四本柱に破れた網代《あじろ》壁、草葺《くさぶ》きの屋根は傾き、柱もゆがんでいる。

扉はなく、入口は開いたままで、床も土が露わだ。

中に、獣が黒くうずくまっていた。

薄闇に眼が馴れたとき、それが人だとわかった。うずくまったまま、顔だけ、それは上げた。蓬髪《ほうはつ》と髯の間から、力のない眼が朝吉をわずかに見上げた。

兄だ、と朝吉は思った。

しかし、確信は持てなかった。男は、鎖で柱につながれていた。下帯一つの裸で、痩せこけた胸や背に無数の傷痕が走っていた。

「あほ」

と、男はすすり泣くような声を出した。

「かわりが来よったら、わしゃ殺されるやないか」

一年間、繋《つな》がれていたのか。彼は目をそむけたが、一度見てしまったものは瞼《まぶた》の裏から去らない。

例幣使の旅の咎《とが》ばかりではない、百姓たちが身に受けるすべての理不尽、苦痛、悲嘆、その代償として、男はここに繋がれていたのだ、と、朝吉は理解した。百姓たちが耐えてゆくために選ばれた犠牲なのであった。

ひと思いに殺された方がましだ、一年、こんなざまになるまで繋がれていなくてはならないのなら。そう朝吉が思ったほど、男の姿は凄まじかった。村の者が、上からの理不尽なやりように、腹にすえかねる事があるたびに、この男は叩かれ、蹴られ、半殺しの目にあわされたのではあるまいか。

そうに違いない、と、誰に言われたのでもないのに、彼は確信した。まるで、以前からそうと知っていたかのように、明瞭に心に浮かんだ。

百姓たちは、怒りを爆発させれば、直ちにお仕置にあう。例幣使の一行に何をされようと、頭を下げてこらえねばならぬ。例幣使ばかりではない、あらゆる事に。取り返しのつかぬ爆発を起こさぬための贄《にえ》なのだ、この男は。

「兄ちゃん」

朝吉は呼びかけたが、男は答えなかった。

柱に巻きつけた鎖のはしを、百姓の一人が解いた。縛られた男は、歯をむき、猛々しい眼になった。身をひねって走り出そうとしたが、よろめいて膝をついた。その脚は骨に皮をかぶせたようで、皮膚はぼろ布のように破れていた。外にひきずり出されながら、男は掠《かす》れた声で喚き、呪いめいた言葉を吐き散らした。

朝吉の軀に、鉄鎖が巻きつけられた。鎖のはしは柱に結ばれた。

一暴れしたら、この貧弱な柱は抜けるか折れるかするだろう。

彼はそう思い、少し気が楽になった。体力には十分ゆとりがあった。

男たちは、彼を残して立ち去った。誰もいなくなったとみて、彼は柱に体当たりをくらわせた。細い柱はわずかにゆらいだだけであった。幾度かこころみ、彼は気づいた。柱は、地下に根をはった竹をそのまま利用しているのだった。

網代壁は破る事ができそうだが、柱が動かなくては逃げる事はできず、壁に穴があけば雨露をしのげなくて苦痛が増すばかりだ。

幽閉の暮らしが始まった。
彼は次第に、自分が人間ではなくなるような気がした。

村の女が、しのんでくる事があった。彼は女の気をひき同情を買い、逃亡を手伝わせようとつとめたが、どの女も彼の軀を無言でもてあそぶだけであった。

彼は、飢え、渇いた。辛うじて死なぬだけの食物と水が、あてがわれた。

肉体の苦痛は、それほどひどくはなかった。言いようのない陰鬱《いんうつ》な脅えだけが彼を鷲《わし》づかみにしていた。

目ざめたとき、その陰鬱な気分が、尾をひいていた。

彼は、太い吐息をつき、自由な手で軀を撫でた。

駕籠は揺れながら進んでいた。揺られつづけて腰が痛い。身じろぎしたとき、

「そろそろ、やらかすか」

駕籠の外で、野太い声がした。

「よかんべい」

もう一つの声が、応じた。

「秘め絵燈籠」あとがき

初めての、時代物短編集です。

死人がふわりとあらわれてくれるので、楽しんで書きました。

「秘め絵燈籠」に登場する金蔵は、幕末に実在した絵師です。泥絵具による芝居絵の迫力に魅せられ、高知まで、祭りを見に行きました。絵金の絵の実物が、祭りのとき、飾られるからです。そのとき、絵金の白描も目にしたのですが、なかに、愛らしい猫の絵がありました。凄まじい血みどろ絵を描く絵金に、こんな猫の絵がある。強く印象に残り、触発されて、この物語が生まれました。

「小平次」は、芝居好きなかたなら、おわかりのように、鈴木泉三郎の傑作「生きている小平次」をふまえています。南北の「解脱衣楓累《げだつのきぬもみじかさね》」と結びつけたのはわたしの恣意によるものです。「解脱衣楓累」は、せっかく書かれながら上演できなかったいわくつきの芝居で、近年、前進座がとりあげ、話題になりました。

死者・生者、入り乱れましてあい勤めますれば、ごゆるりとお遊びくださいませと、まずは、口上。

一九八九年十月

皆川博子

化《け》蝶《ちょう》記《き》

PART 2

化蝶記

1

蝶が舞う。川面を。

珍しくもねえ。

だが、つもってもみねえ。如月《きさらぎ》だぜ。毛虫になって這《は》い出るにも早すぎら。それも、並みの蝶じゃねえ、巨《おお》きいんだ。夢か幻かというふうに、うっすらと、目をこらせば、ふっと消える。

衝立《ついたて》越しの高声が、聞こえた。如皐《じょこう》は思わず聞き耳をたて、同時に連れの鶴十郎《つるじゅうろう》の顔を見た。

空《から》になった銚子を、鶴十郎は、土間を通りかかった少女にわたし、

「熱いのを頼むよ。さっきのはちっと、ぬるかった」

鶴十郎の馴染《なじ》みの店だという。如皐ははじめてだ。若いころは如皐も小汚い呑み屋に入りびたりもしたが、立作者の地位に上って十二年、齢も五十七、鶴十郎から話を聞き出そうという魂胆《こんたん》がなければ足を入れる店ではなかった。

鶴十郎の父親は、如皐と同じ狂言作者、年は彼より一つ上だが、立作者になったのは十年前。二年、彼に後れをとっている。しかし、彼にとって、もっとも油断のならない同業者だ。新作に、いつも奇抜な工夫をこらし、見物を手玉にとる。一昨年、女房の亡父の名跡をつぎ、四代目鶴屋南北《つるやなんぼく》を名乗る男である。女房の亡父は、道化方の役者だった。

鶴十郎は父と同じ狂言作家の道をえらばず、祖父と同じく役者になった。門閥《もんばつ》ではないから、中

通り――うだつのあがらない大部屋である。

正月明けあたりから、鶴十郎は、何かと彼に近づきたがっている。如皐にとっても都合のよいことであった。父の南北は立作者になりながら息子を引き立てる様子が見えない。それが不満で、彼の援助がほしいのではないか。そう、如皐は察した。

誘いにのる顔を彼が見せると、師匠のお口にあうような店じゃあないんですが、と、いきつけの店に案内した。彼が応じたのは、南北の新しい工夫を盗めないかと期待したからである。洩《も》らしてくれれば、弥生狂言によい役をつけてやる。そう、匂わせた。

年若なだけに、鶴十郎は父親よりよほど扱いやすい相手だ。若いといっても三十三になるが、彼から見れば、息子のような年である。おやじの南北に向かい合ったときのような威圧感はまったくおぼえない。

役者の似顔絵で破れをつくろった衝立で仕切った小間に、客は数人。

「住吉町裏河岸の、竈河岸《へっついがし》の先だと思いねえ」

衝立越しの声はつづく。

「あのあたりは、おっかねえや。瘡《かさ》だらけの姫御前《ひめごぜ》が……」

「怖え話ってのは、その先だ。こう、聞きねえ」

声が沈む。

運ばれてきた銚子を鶴十郎が酌しようとするのに、盃を突き出しながら、耳をすませた。

「蝶は二羽だ。夜だぜ。暗闇にぼうっと、このくれえはある蝶が……」

「夜じゃあ見えめえが」

「それが、見えるから、けぶだ」

「蝶の亡霊というなァ聞いたことも見たことも」

「そいつを見たというよ」

「だれが」

「おれが買った夜鷹《よたか》がさ」

「ほんにか」

「そればかりか、聞きねえ」

短い間をおいて、

「蝶が舞い狂うそのなかに、女があらわれる。足がねえ」

声は凄みをきかせた。

「これか」

相手はたぶん、胸の前で手をだらりと下げてみせたのだろう。

「しかも、顔が半分、こうだというよ」

「それじゃあ、まるで累《かさね》だ」

「その、累よ」

「市村座じゃあねえんだ。川っぷちに累が出るか」

「路考にそっくりだという。路考は、川に落ちて溺れ死んだ。化けても出ようじゃないか」

「何だって花形役者が、おまえの前に姿を……」

「路考の幽霊が出たと言っていますね」


鶴十郎も聞いていたようだ。

「顔が半分こうだ、というのは……。腫《は》れ上がっていたというのでしょうか。くわしい話を聞いてみますか」

如皐の返事も待たず、

「兄さんェ」

鶴十郎は声をかけた。如皐は衝立を少しずらせ、のぞいた。

銚子を五、六本並べ、男がふたり、湯豆腐の鍋をつついている。ひとりは、五寸だるみの股引き、腹掛けの上に裏襟のかかった小袖、革羽織、職人らしい。

もうひとりは、襟のすりきれた薄汚れた着流し、無腰だが、根っからの町人ではなさそうだ、と、如皐は見当をつけた。御家人の倅が、放埒《ほうらつ》のあげく、勘当され、無頼に身を投じたか。

「路考の亡霊を夜鷹が見たって?」

気さくに、鶴十郎は話しかける。

「夜鷹の話を聞いたというのは、どちらの兄さんだえ」

「おれさ」

後家人くずれふうのが、しゃくれた長い顎をむけた。その面を、如皐は鯉に見立てた。

もうひとりは、きりりと小さい顔の、敏捷《びんしょう》そうな小男だ。こっちはむささびか。

「竈河岸と言いなさったな。で、ほんに、路考の幽霊だったのかえ」

「夜鷹はそう言っていたよ」

鶴十郎は、如皐の意向もきかず、衝立をとりのけ、

「まあ、こっちにきて、話を聞かせな」

誘った。

「そっちが、参上したらどうだ」

鯉は、頭《ず》が高い。

「まあ、いいから、きな」

鶴十郎が誘い、職人ふうのは手に呑みさしの猪《ちょ》口《こ》を持ったままにじり寄る。鯉も、不精たらしく臀《しり》でにじった。

「ちっと熱すぎるかな」

鶴十郎が新しく燗のついた銚子をふたりの猪口についでやる。

「こいつァ、かたじけなすびだ」

職人は口から迎えにいった。

「おれの話が耳に入ったか」

鯉が言う。

「この衝立のさ、わたしの側に貼ってあるのが、豊国描く猿屋路考——去年の暮に死んだ四代目瀬川菊之丞——の役者絵さ。何気なく眺めながら呑んでいるところに、路考の亡霊を見たと、衝立越しに聞こえたじゃないか」

鶴十郎が、役者のはしくれ、しかも狂言作家鶴屋南北の息子と素性をあかさずしらばっくれているのは、男から話をひきだすつもりなのだろう。

「去年の夏、路考がとんだことになったのは、知

ってか」

むささびが言った。

「累のたたりで、顔がどうとか」

「おや、おまえさん、幕内にくわしいのか」

「まあな」

問答は鶴十郎にまかせ、如皐は無言で聞く。

「わっちの女房の親類すじに長谷川のがいてさ」

少し自慢げに、むささびは言う。

長谷川勘兵衛は、大道具の棟梁である。その配下が身内にいれば、芝居の内情を耳にすることも間々あるのだろう。他人の知らぬ内輪話をひけらかすのは、気分のいいものだ。

「路考がとんだことになったのは、南北の新作の稽古中だ。知っているか」

「はて、南北の累なら、『法懸松成田利剣《のりかけまつなりたのりけん》』……」

鶴十郎はわざと無知をよそおって間違えたことを言い、

「そりゃあ三年も前のやつだ」

むささびは反《そ》り身になった。

「わっちの言うのは、新作さ。だれも見たことはねえのだ。舞台にのせる前にお蔵入りになったのだから」

「まあ、もちっと膝をいれねえな、そこじゃ話が遠すぎら」

気前よく、鶴十郎はふたりについでやる。むささびは、如皐に遠慮がちな目をむけた。こんな店にくる人柄ではないと察したのだろうと、如皐は思った。

「去年の夏芝居に南北が、『解脱衣楓累《げだつのきぬもみじのかさね》』というのを書きおろしたのだ。知るまい」

むささびに説明されるまでもない、如皐も充分承知の話である。鶴十郎にしても、よく知っていることなのに、感心した顔をつくってみせる。

「おまえは、ほんに詳しいの」

鶴十郎はおだてあげる。

「これが、流れたのだ」

「どうりで、去年の夏は南北の芝居がかからなかった」

「南北も、落ち目だ」

鯉が言い捨てた。

「作者でうまいのは、なんといっても、二代目如皐」

如皐は心地好い笑みをもらした。まさかわたしを狂言作者の瀬川如皐と承知で、ごまをすっているのではあるまい。わたしが、その如皐、と名乗ろうかと思ったが、それも大人げないかと、思い直した。

「落ち目かの、南北は。あの男は下積みが長かったゆえ、これからが腕の見せどころと思うが」

鶴十郎が言う。

「ところが、このところ、けちのつきどおしだ。市村座の去年の座組みは、幕内のものしか知らぬことだが、顔見世以来、もめごと続きだったというよ」

むささびが、得意げに言う。

「ほう、そうかい」

「紀伊国屋は病いがちで、番付に名はのっても捨て役ばかり。去年の暮に、路考のあとを追うように、あの世にいっちまった。弟の田之助は、また、なかなか役が納まらない名うての奥役泣かせ。いつも役不足を言いたてて、ごねるのだそうだ」

紀伊国屋沢村宋十郎の弟、二代目沢村田之助は、年は路考より六つ若く、格も下だが、美貌も才気も、若女形では一番だ。鯉に言われるまでもなく、手におえないわがままは、如皐も承知している。舞台では愛嬌があるが、陰では露骨に仲間の足をひっぱる。

「そのうえ、法度《はっと》にふれてお上から興行差止めをくらったり、いまも言った新作の累は、舞台にのるまえにつぶれたり。なぜつぶれたか、知るまい」

「知らないねえ」

「路考が、初日を前に、顔にひどい腫れ物ができた。累ものを出すのに、お祓いをしなかったたから、崇《たた》られたのだろう」

「それじゃあ、その路考が去年の霜月に死んだのも、やはり累の崇りかねえ」

「おおきに、そうだろうよ。あの世にひっぱられたのだろう」

「路考の幽霊を、おまえ、竈河岸のどのあたりで見たえ」

如皐は、問うた。我知らず歯が鳴るのを悟られまいと、苦笑でかくした。

「路考さんの幽霊に見参しませんかい」

店を出ると、鶴十郎は言った。

「よしにしておこうよ」

如皐は身震いし、空咳をして、寒さにふるえたようにごまかした。

「ぞっとするように美しゅうござんしょうねえ、路考さんのなら。幽的でもいいからもう一目あいたいという女子衆は多うござんしょうね」

「まあな」

「女子とはかぎらねえや。男だってねえ」

「そうだな」

「あの若さで死んだんだ。さぞや未練があるんでしょうねえ、成仏できねえってのは」

「そうだろうな」

彼の返答がはかばかしくない。

「恨み言を聞いてやろうじゃありませんか」

「よけいなことを」

「路考さんを殺したやつの見当は、わたしはついているんです。幽霊にあえたら、たしかめたい」

「殺した……」

「累の崇りなんぞじゃあない」

足をとめた如皐に、

「あれは、珠助《たますけ》のしわざと、わたしはにらんでいます」

鶴十郎は言った。

「珠助……」

「はい」

「そりゃあ」

一息ついて、如皐はうなずいた。

「珠助なら、路考には、怨みが深かろうな」

「累の芝居の稽古で顔が腫れたとなれば、だれでも、累の祟りと思いましょう」

芝居にしばしばあげられる累は、実際におきた話にもとづいている。

承応から寛文のころというから、百五、六十年も昔、下総の国、羽生村、鬼怒川のほとりで、嫉妬に狂った醜婦の累が、夫・与右衛門に殺され、怨念が一族に祟るが、回国中の祐天上人の祈念で解脱したという法蔵寺の因縁譚《いんねんたん》が、法蔵寺の開帳だの、『死霊解脱物語』だので、世間に知られ、芝居や浄瑠璃にも取り入れられるようになった。


かれこれ八十年ほど前の『大角力藤戸源氏』が、芝居に仕立てられたはじまりで、四十七年前、初代桜田治助と笠縫専助が合作で『伊達競《だてくらべ》阿国《おくに》戯場《かぶき》』に伊達騒動と絡ませて以来、その綯《な》い交ぜが多くなった。

去年の夏芝居に南北が書いた『解脱衣楓累』の、台帳の写しを、如皐は舞台にかけられる前に手に入れた。南北の新作ぐらい、彼にとって気がかりなものはない。

一読して、これは、必ず大当たりをとると、胸をつかれた。

寛延二年に刊行された書物『新著聞集』にある、大坂上町に住む僧・空月が、お吉という女と不義をはたらき、ともに首をはねられ、千日前にさらされたという実話を、累・与右衛門と綯い交ぜてある。

南北は、下積みが長かった。

狂言作者を志し、桜田治助の門に入ったのは二十二の時だと聞いている。

はじめて立作者として筆をとった時は、人の常命といわれる五十歳に達していた。

如皐も、出世は早くはなかった。二十三で狂言方となり、立作者にのぼったのは、四十五歳である。金井三笑だの桜田治助だの並木五瓶など、権勢をふるう長老が立作者の地位を占め、弟子の台帳をはばんでいた。六年前、六十七で死んだ三笑などは、二十九で立作者となり、その後芝居国に君臨してきた。五瓶にしろ治助にしろ、長生きしすぎだよ、と、如皐は思う。おかげで、わたしも南北も、残りの寿命をかぞえる年になるまで、下働きに甘んじねばならなかった。

役者の身分が名題と名題下に厳然とわかれ、名題下は人あつかいされぬように、作者部屋に入って狂言方となっても、〃作者〃と呼ばれるのは、立作者のみ。ようやく番付の作者連盟に名をつらねられるのは、二枚目、三枚目。これとて、立作者が筋のあらましを決め、その腹案にしたがって、あまり重要でない場を台帳の形に書き改めるだけである。四枚目以下は、書板つくりや清書、衣装や小道具を役者の家にとどけに行ったり、柝《き》を打ったり、舞台にたった役者のうしろで科白《せりふ》をつけてやったり、台本の創作とはまるで縁のない仕事ばかりさせられる。その下の見習いとなれば、雑用にこき使われるだけで、給金も出ない。

如皐は、最初、河竹新七の門に入り、文治と名乗った。河竹門下となったことが、自分の出世をおくらせた原因だと、彼は思っている。河竹新七は、立役者中村仲蔵と縁続きなのだが、この仲蔵と三笑が、もめごとをおこし、仇敵のあいだがらとなった。三笑が没し、文治もようやく芽が出た。先代菊之丞にとりいり、名跡が空いていた如皐の名をつぐことができた。初代如皐は、先代菊之丞の実の兄で、浜村屋のためにもっぱら筆をとった。二代目如皐を名乗り、ようやく地歩をかためたが、わずかなあいだをおいて、南北が追い上げてきた。

三十年近い雌伏の後、南北がはじめて立作者として筆をとった『天竺徳兵衛《てんじくとくべえ》韓噺《いこくばなし》』は大当たりした。如皐にとっては気がもめることであった。しかし、つづく『四天王《してんのう》楓《もみじの》江戸粧《えどぐま》』では、重要な幕の大部分を書いたのは、座頭男女蔵のひきでスケに加わった立川焉場《えんば》であり、南北は立作者とは名のみの屈辱を味わわされた。男女蔵と、南北を贔屓《ひいき》にする松助との確執、勢力争いの、とばっちりであった。南北は内心にたぎりたったであろう怒りや屈辱感をいささかも表にあらわさなかった。そうして、この芝居で見物に大受けしたのは、南北が書いた五建目の小幕であった。小幕というのは、本筋とはあまり関わりのない、おどけた軽い短い幕である。公家を辻君《つじぎみ》にたたせるという意表をついた幕は見物を爆笑させた。悲惨を滑稽化することで世の地獄相をいっそうきわだたせる手法を、南北は身につけており、それは、如皐がどうまねしようにもできないものであった。そのあと、また数年、南北は、立作者の地位から落とされ、二枚目やら客座におかれた。冷遇は、あまりの才気と、自負、傲岸さ、それらが、上に立つものに不快感をあたえたためかもしれぬ。

五年前、再び立作者となり、その地位はゆるがなくなった。

それまで押さえられていたものが一気に噴出するように、『伊達競阿国戯場』『彩入御伽艸《いろえいりおとぎぞうし》』『時《ときも》桔梗出世請状《ききょうしゅっせのうけじょう》』『阿国御前《おくにごぜん》化粧鏡《けしょうのすがたみ》』『貞操花《みさおのはな》鳥羽恋塚《とばのこいづか》』……と、たてつづけに大当たりをとり、如皐としてはみとめたくないが、人気は最高となった。それが、一昨年から、衣裳、小道具法度やら糊紅の使用禁止やら、お上の芝居にたいする締めつけが厳しくなり、『謎帯一寸徳兵衛《なぞのおびちょっとくべえ》』は、法度に触れて興行停止の処分をうけた。それまで勝俵蔵と名乗っていたのを、女房の亡父の名を継いで、去年の十一月、鶴屋南北の四代目を名乗った。

　その十一月の顔見世狂言は当たったが、お上の禁令はいっそう厳しく、『色一座《いろいちざ》梅椿《むめとしらたま》』は狂言差し止め、そうして、『解脱衣楓累』が、舞台にのらぬまま中止になった。

　お吉、累、二役をつとめるはずの路考が、立ち稽古もおわり、初日を目前にして腫れ物をつくり、二目とみられぬ化け物顔になったためであった。路考にあてはめた役である。他のものではつとまらぬ。

　南北の芝居は、心の虚ろが人のかたちをとったような、これまでにない極悪人を、舞台に現出させる。

『解脱衣楓累』にも、出世の欲望と愛欲しか心中にない破戒僧が描き出されている。

破戒僧、空月は、交情を持った女お吉を捨てて、旅に出る。

　追ってきた女は男の目の前で自害しようとし、とめるはずみに短刀がお吉の腹を裂く。助からぬとみて空月は、

〝かならず迷うな。とても破戒の身になって、二世を誓いし空月なれば、そなたとともに〟

〝あの心中にわたしといっしょに〟

〝死んで未来の〟

〝蓮の台《うてな》で〟

〝ともに成仏〟

〝エエ、嬉しゅうござんす〟

お吉の髻《もとどり》をひっつかみ、首かき落とす。

その切り口から舞い上がる、幻の蝶。

おりしも、激しくとどろく雷鳴。とたんに、空月は気がかわり、生きながらえて立身出世を、と心を決める。

　かき切った女の首を仏壇におさめ、その仏壇を

背負って旅をつづける破戒僧の姿は、なんとも滑稽で不気味なものとして、舞台に出現するはずであった。
死んだお吉は執念深く空月にまといつき、祟り、空月が心を移した女――お吉の妹・累――に怪我をさせ、あげくのはては、累にとりついて、恨みをはらそうとする。
腹を裂かれて死んだお吉の傷口から生まれた赤子を累は育てていたのだが、累にとりついたお吉は、わが子ではあるけれど、
〃憎しと思う空月の胤《たね》に違いのなきおさなご、この絹川の底のもくずと〃
と、川の深みに投げ込み、
〃これで心もはればれと〃
と、にっこり笑う。
累の夫の与右衛門は、空月の家来すじにあたる。お主《しゅう》の子を殺した狂乱の妻を、
〃いかに死霊のわざなりとて、かくわきまえなき、このふるまい〃
空月の悪業は承知ながら、主人からあずかった赤子を、女房が殺したとあってはいいわけがたたない。
〃もうしわけには累が一命、不憫《ふびん》ながらも殺さにゃならぬ……〃
鎌で惨殺する。
〃殺さば殺せ、与右衛門どの。累が一念この途にとどまり、とり殺さいでおくべきか……〃
お吉と累、二役を路考がつとめることになっていた。
実悪《じつあく》では他に類のない幸四郎が空月をつとめ、三津五郎の与右衛門、若女形の田之助が脇役の小さんと、人気役者をそろえた座組みであった。
去年の霜月、三十一の若さで他界した路考は、先代――三代目瀬川菊之丞の養子であった。木挽町の芝居茶屋の息子で、すでに桐座の座元の養子

になり、子役をへて娘方にすすみ、清楚な美貌と踊りの達者で、たいそうな人気を得ていた。菊之助、と、名付けられた。

三代目瀬川菊之丞は、極上上吉の位にある、女方の最高峰であったが、実子はなかった。養子の菊之助は、養父菊之丞が仙女と改名したのを機に、俳号を路考と名乗り、四代目を継いだ。先代は、一昨年、没した。

「立ち稽古のあとで、路考さんは、半面腫れ上がり、あの花の顔がひどい御面相になりましたでしょう」

鶴十郎が話しかける。

「ああ」

如皐の返事は、言葉少ない。

「おかげで、累は舞台にのせられなくなった」

「そうだった」

「珠助が、小屋から消えたのは、そのすぐ後でした」

「路考の、血はつながらないが、いっとき弟だったな、珠助は。先代も、罪なことをしたものだ」

狂言作家では実力者のひとり、福森久助の、珠助は、弟子のひとりであった。

顔立ちはすぐれて美しいが、陰の薄い、陰気な若者で、いま鶴十郎に名をもちだされるまで、如皐は、存在もわすれていたほどだ。あれでは、先代が見放したのもむりはないか。

「珠さんが、先代浜村屋の養子にむかえられたのは、路考さんよりずっと早かった」

「葺屋町の蔭子だったというな、珠助は」

六つか七つのころ、蔭間の下地っ子として葺屋町の子供屋に売られてきた。幼いあいだは、子守、走り使い、薪の小割り、味噌すりとこき使われ、八つになって絃《いと》の道を仕込まれ、霜の夜の寒弾き、土用の大ざらいと、芸をたたき込まれ、客とるわざも教え込まれて、ようやく座敷に立ったとき、美貌ではあるし芸も先行きのびそうだと菊之丞に見込まれ、養子にされた。路三郎と名も与えられた。

蔭間も、天明のころまでは、舞台子と蔭子にわかれ、舞台子は、小屋抱えで、女方として舞台に立てたのだが、舞台に立てば、客の招きに応じる時間が少なくなる——つまりは稼ぎが減るし、衣装代もかさむため、舞台子は次第に数を減じ、ちかごろは、蔭間といえば色売る蔭子ばかり、末路のみじめさも最初から見えている。

実子がない先代が、養子にしたのは、路三郎にゆくゆくは四代目を継がせる心づもりと、周囲も承知していた。

路三郎は子役として舞台に立ち、芸事もきびしく仕込まれたが、若女形に転じ十六になった年、菊之丞は、もうひとり養子をとった。路三郎より二歳年上の少年、すなわち、去年死んだあの路考である。

その四年後、路三郎は、舞台を退き、狂言作家・福森久助に弟子入りし、玉巻珠助と名乗った。

後から来た養子菊之助が、若女形として絶賛を浴びているかげで、柝を打ったり科白をつけたりする珠助に目をとめるものはほとんどいない。華やかに可憐にかがやく菊之助の光は、珠助を闇に塗り込めたかのようで、珠助がひところ菊之丞の養子であったことや、後継ぎと目されていたことは、人の記憶から薄れた。

「累は、顔を醜く見せる半面を、左目の上につけますでしょう。立ち稽古のとき、路考さんはそれをつけた。そのあとですよ、顔が腫れたのは。裏に漆が塗ってあったのだと思います。塗ったのは、珠助」

「なるほどの。漆を塗った面をつければ、あとはかぶれてひどいことになろうが、だれも気がつかなかったのかねえ、面のことを。あとで調べればすぐわかるだろうに」

「調べましたんですよ。しかし、面の裏は、なんともなかった。でも、幕内のものなら、塗ってないものとすりかえて戻しておくことはいくらでもできますからねえ」

そうして、と鶴十郎は言葉を継いだ。

「あとで、路考さんは気づいたんじゃないでしょうか。漆の細工に。だれがやったかも、見当がついた。それで、殺された」

「おそろしいことを考えるの」

「まことに、おそろしいやつで」

「いや、おまえもさ。そんなことを思いつくとは」

語りあいながら、足はいつか、竃河岸にむかっているのに、如皐は気づいた。

あらわれるだろうか。

なぜ、縁もゆかりもないであろうあんな男に姿を見せたのか。あらわれるなら、わたしの夢枕に……。

いや、路考の夢なら、死後、幾度も見た。ようやく、このごろは忘れているときを持てるようになったのだ。

招き寄せようというのか。河べりに。わたしを水に引き込むつもりか。

じわり、と、足が河のほうにすすみそうになる。強引に踵《きびす》をかえし、逆のほうに歩こうとするが、連理引《れんりび》きにでもあったように、からだは河にむかいたがる。

彼は、道端にうずくまった。

なんというざまだ。

——酔いもたしかに回ってはいた。

ほんとうにわたしは聞いたのだろうか、路考の亡霊が出たなどという話を。酔ったあまりに幻聴ではないのか。しかし、鶴十郎がいっしょだ。聞きもしないことを錯覚するほど酔いは深くはないと、わかっている。あの鯉に似た男は、はっきり言ったのだ。

しかし……と思いなおす。鯉が、真実を語ったかどうか。酒の座興に、作り話をしたのかもしれないし、夜鷹が戯言《ざれごと》をいったのかもしれない。何かを幽霊と見まちがえたということもありうる。

いつか、河岸に近づいていていた。


流れの上に、仄白い、輪郭のさだまらぬ影が、浮かび上がった。

彼は立ち竦《すく》んだ。

影は、ゆらゆらと舞いながら、次第に、蝶の形をとりはじめた。

二羽の蝶が、舞う。開いた扇子ほどの大きさはある。

やがて、その中央に、白い霧の柱のようなものが立ち、それが、女の姿となった。

女の手には、刃先の光る鎌があった。半顔腫れ上がり、残る半分の顔は凄絶に美しい女は、ゆっくりと、鎌を持った手をふりあげた。その顔は、たしかに路考だ。

夢中で踵をかえし、逃げ走ろうとすると、目の前に、幽霊は、早くも居場所をかえており、行く手をふさいだ。

鎌をふりあげ、彼にせまった。

手から落ちた提灯が燃えあがり、その火が、路考の亡霊をいっそうくっきりと浮かび上がらせた。鶴十郎が失神して倒れるのが見えた。身をひるがえせば、路考の幽霊は川面に立ち、手招く。逆に逃げようとすると、立ちふさがった路考の手の、鎌の刃先がぬめりと光って、彼の咽《のど》もとにせまった。

2

丸めた筵《むしろ》をかついで、夜鷹たちが、柳の根方に鴨を待つ。

旦那、遊んでおいきな。すさまじく嗄れた声が、木枯らしに騒ぐ葉擦れに似る。

ひとりが手をのばし、南北の袖をひいた。

おそらく瘡《かさ》だらけであろう顔を、薄闇と、吹流しにかぶった手拭いがやさしく隠す。袖にからめた手をぐいと引く。あいた手は彼の腰にまつわりついた。

「おまえ、蝶の亡霊というやつを、見たことがあるか」

問いかけると、

「あい、見たよ」

夜鷹は、あっさりうなずき、

「どうで今宵は帰すものか。寝物語に蝶でも蛇《じゃ》でも話してやるから、おれと寝な」

しゃにむに、かたわらの掘っ立て小屋にひきずりこもうとするのを、とんと突いて離した。

痛え、痛え。地面に転げた夜鷹はおおげさに騒ぎたて、仲間たちが寄ってくる。

「腰の骨が折れた。この旦那が、哀れな女をこづきまわして、とんだ怪我をさせなすったよう」

脅しにかけてあわよくば治療代の名目で銭をせびりとろうという魂胆はみえすいている。生きながら腐臭をただよわせる、女とは名のみの夜鷹、からだを売るより恫喝《どうかつ》のほうがてっとり早く銭になると踏んだか。

蝶の亡霊を見たものはいるか。そう問えば、どの女もが名乗りでるだろう。こちらの興味をそそるようなことを、でまかせ放題。堕ちるところまで堕ち果て、銭のためなら閻魔《えんま》の庁も足蹴にしようという相手だと、知りつくしているのに、闇を頭巾に面を包んだその夜鷹の、姿ばかりは楚々とやさしげなのに、つい気をゆるし、うかつな問いをなげてしまった。

「堪忍しな」

と、地獄の底を這いずるものに彼の声はやさしい。

「なんでえ、ひやかしで素通りか。そうはさせねえよ。葛城山じゃあねえけれど、わが背子が、くべき宵なりささがにの、蜘蛛のふるまいかねて知る、我が身の上のやるせなや」

「世にも名を知る女郎蜘蛛、か」

浄瑠璃の先を彼がつづけると、夜鷹は、手拭いを被衣《かずき》がわりにきっと見得をして、

「つきぬ恨みの心の錆や、怨念力の張り弓に、射て落とされん連理の枝」

「気に入ったよ」

南北は言った。

「一夜流れの仇夢といこう」

「お恥ずかしゅうござんす。師匠」

「やはり、わたしを知ってか」

「途中で気がつきました」

提灯の明かりから顔をそむけて、

「このからだ、師匠に買っていただけますか。果報でござんすね」

そう言いながら、寄り添ってこない。

「からだはいらない。話を聞こう」

「何も話すことといって」

「わたしのほうでは、おまえの名も身上も知らないのだよ。しかし、どこか覚えのあるような……。さっきの浄瑠璃が、素人のすさびとは思えなかった」

「手拭いをとってご挨拶すりゃあ、師匠もまんざら……」

「知らぬ顔ではないと?」

「決心がつかないんでございます。このままお別れいたそうか、それとも、これこれと、身の上など聞いていただこうかと……」

「話しておしまい。わたしは底無しの沼のようなものだ」

「存じております。極楽、地獄、まことの恋に浮いた色。何もかも沼に吸いこんで、師匠は、しん

と静かな顔をしていなさる」

小さい呻《うめ》きを、夜鷹はもらした。

「行こうか」

「どこへ」

南北はうながした。

「おまえの話を聞けるところへさ。筵の上では寒すぎる。わたしもからいくじがなくなってねえ、夜寒は身にこたえる。わたしの家においでと言いたいが」

「おかみさんがいなさいます」

夜鷹の声が少し笑みをふくんだ。

「忘れてくださいまし。やはり、お別れいたしましょう」

こんどは、彼が相手の腕をにぎった。

「顔は見まい。だが、話は聞こう。おまえの住まいに案内しな」

「殺生な。師匠が足をおはこびになるような御殿じゃあござんせん」

「地獄の底も見つくしたと言っただろう。御殿は御殿でも、相馬の古御所が、わたしには似合いだよ」

おまえ、女房子供はいるのかえ、と訊ねた。

「やはり、あたしを野郎とお見通しでしたね」

夜鷹は苦っぽく笑い、

「気楽な独り身でござんすよ。根太《ねだ》の抜けたあばら家ですが、足踏み抜いて怪我をしなさらなけりゃあ、ご案内してもよござんす」

声はすっかり男になっていた。

行灯《あんどん》に灯が入る。それでも、白壁のような厚化粧、唇に紅を小さく点じた顔から、もとの男顔を浮かび上がらせるのはむずかしかったが、夜鷹が彼の前に膝をただしてかしこまり、

「師匠、面目も」

言いかけたとき、わかった。

「路さんか。それとも、珠と呼ぼうか」

「おひさしゅうございます」

「たいした役者だよ、おまえ。見物衆を手玉にとるわたしの目を、よくもくらましてくれた」

「ちょいと、顔をおとしてまいります」

「そうだな。その面と差し向かいは、気色が悪い」

土間で顔を洗い、寒そうに肩をすぼめてもどってきたときは、炭を入れた十能《じゅうのう》を手にしていた。彼の前に手焙《てあぶ》りを据え、埋み火をかきたて、炭をつぎたし、ひとしきり唇をとがらせて息を吹きかけ、火を熾《おこ》す。

軒が下がり、根太のゆるんだ裏長屋ではあるが、こざっぱりとかたづいていた。手焙りを彼の前におしやり、また立ってゆく。七輪の火を熾しているようすだ。

「珠、こっちにきて、少し臀《しり》を落ちつけな」

「御酒《ごしゅ》を熱くと思いまして」

「まあ、いいから、ここへ坐りな」

こうやって見りゃあ、見間違えようもない珠だが、と、彼の声に苦笑がまじる。

「久助さんのところから姿を消したおまえが、小屋とはつい目と鼻のあんなところで、男夜鷹に商売替えとはな」

「とんと、師匠が書きなさった『四天王楓江戸粧』の五建目、お公家の辻君で」

珠助が口をきるのを、彼は無言で待った。

芝居に登場させる人物には饒舌にしゃべらせる。怒り、憎しみ、情、執着、恋着、妬み、凝り固まった怨み。

日常の南北は、感情を顔にも仕草にも、めったにあらわさない。沼は哮《たけ》りたつ嵐にも、波逆巻くことはないのだ、すべてを、泥土の底に抱え込む。

「おまえ、夜鷹に身をやつしたのは、どういう趣向だえ」

ほんのわずか、珠助はみじろぎした。

「あの、おまんまをいただきますために」

「ほかのものなら知らぬこと、わたしにはそのせりふは通用しないねえ。客がつかねば、色の稼ぎはできぬ。おまえのその容色なら、化粧しだいでどのような美しい女にも化けられよう。先代の浜村屋が惚れ込んで」

言いかけて、言葉をきった。珠助は、その先代に、いったん拾われ、捨てられたのだ。

「おまえがそのような、ぶざまな厚塗りの化粧……化粧というよりは化け物の化性だ、わざわざ醜く拵《こしら》えていなければ、一目でわたしだって気がついたところだ。おまえ、いくつになったたっけね」

「明けて三十路《みそじ》に足を踏み入れました」

そう言ったきり、目をふせて押し黙っている珠助に、

「久助さんは知ってか、おまえがこのような」

南北は問いを重ねた。

「うちの師匠には不義理をしてしまいました」

「おまえが小屋から姿を消したのは、浜村屋が、面体《めんてい》腫れたおかげで『解脱衣楓累』が幕をあけられなくなったあのすぐ後だっけな」

「師匠」

珠助は、話をそらした。

「幻の蝶のことをさっきおたずねでしたね。わたくしも見たんでございますよ」

「このあたりだと聞いたが」

「もう少し上のほうでございます」

「案内してもらおうか」

「明夜でもよろしければ」

珠助は言った。

「いま、これからで、どうだえ」

「今夜は少々差しが」

「夜鷹にも、つごうがあるのかねえ」

「そりゃあ、ございますよ」

淋しいような微笑を、珠助は浮かべた。

3

「親父さまに、会ったって？」

「驚いちまった」

「素知らぬふりでやり過ごせばよいものを、おまえのほうから、ちょっかいをかけたというじゃないか」

なじる鶴十郎に、顎を襟に埋め、珠助は目をそらせた。

「そのうえ、親父さまに、路考の出るところに案内すると約束したと？　幽霊なんざ知らないと、しらをきればすむことを」

「あのお人は、ごまかせない」

「馬鹿なことをしたものだ。だいたい、おまえは、よけいなことをするよ。川面の亡霊は、おまえと相談ずくの計りごとだ。ところが、うしろにまで幽霊をだしやがった。おかげでわたしは、気を失っちまった。あんな肝をつぶしたことはない。おまえ、本気で如皐を殺すつもりだったのか」

「いえ、殺したら、鶴さんに疑いがかかるかもしれない。幽霊が殺したなんて、見たものでなくては本気にしてくれませんものね。おどしつけるだけのつもりだったんだが、つい、はずみで、傷を負わせてしまった」

「うしろの幽霊は、おまえか」

「そうですよ。川面の幽霊だけでは、効き目が少ないと思ってね」

「それじゃ、風呂をあやつったのは、だれなんだ。おまえがやるはずだったんじゃないか」

「あの、藤吾さんに頼みました。どうせ、あのお人も、一味さ」

「ばか。あいつの口からもれたらどうする」

「大丈夫ですよ」

珠助は、上目づかいに微笑んだ。ふいに濃密な色気が、こぼれた。

「怪我などさせるから、ことが大きくなって、親父さままで興味を持って御出馬となっちまったじゃないか。親父さまはかかわり合いにしたくなかったのだ」

「あれだけおどしつけても、白状しないというのは、如皐じゃなかったんですかねえ、下手人は」


…………


鶴十郎が、男夜鷹に身を落としている珠助に出会ったのは、一月《ひとつき》ほど前だ。

夜道を歩きながら、提灯の灯が消えたので、火を無心できるところを探した。

あたりは、草原で、安達ヶ原の一軒家のようなあばら家に、弱い明かりが見えた。

立ち寄って声をかけ、のぞいてみて、鶴十郎は、腰を抜かしそうになった。

暗い中に、ぼうっと、女が立っている。それが、死んだ路考であった。

だれだい、と、声がし、灯が揺らぎ、路考は消え、手燭が近づいた。

手燭の明かりの中にうかんだ顔は、半面、腫れ上がっていた。

「なんだねえ、鶴さんじゃないか」

女姿が、男の声で言った。

「この顔じゃあわからないかねえ。珠助ですよ」

「珠助……」

「以前は作者部屋にいた狂言方のさ」

「おまえか。あの、そこに、路考さんが……」

声をわななかせる鶴十郎に、

「いやだねえ、鶴さん、おまえが、こんな仕掛に……。阿蘭陀《オランダ》エキマン鏡の写し絵、鶴さん見たことはないのかえ」

エキマン鏡は、風呂と呼ばれる木箱のなかに灯心を入れた油皿をおき、ビードロの板に彩色した絵を種板にはめ、風呂の眼鑑をとおして障子の裏側から投影する、さして珍しくはない幻灯の見世物である。鶴十郎も、浅草などで目にしたことはある。

「しかし、おまえ……いま見たのは、絵じゃあねえ、正真の路考だった」

「もういちど、兄さんをよびだしましょうか」

くすりと笑う珠助に、

「ほんとうに、あれは、写し絵か」

「さあ、ひょっとすると」

珠助は、また忍び笑いした。

闇になれた鶴十郎の目に、障子紙をはった衝立がぼんやりうつった。

珠助は、衝立のうしろに、身をかくした。やがてあらわれた映像は、どう見ても、絵とは思えぬ、生身の女に見えた。

「わたしを贔屓にしてくれる客に」

写し絵を消し、手燭の火を行灯にうつしながら、珠助は言う。部屋はようやく物の文色《あいろ》がさだかになった。

「阿蘭陀絵の心得があるのがいてさ。そりゃあ、そっくりに描きます。浮世絵とちがい、まるで生きているようだよ」

「昔からの馴染みかえ」

「いえさ、夜鷹にも、贔屓はつきます」

そう言いながら、種板を見せた。小さい硝子に描かれた画像は、生身の女を極小化したもののように精緻《せいち》であった。

障子のむこうからうつせば、光のいたずらで拡大され、等身大の女になる。

「なるほどなあ、阿蘭陀絵か。たいしたものだの」

「わたしが、兄さんそっくりに顔をつくって、その絵師に描いてもらったのだよ」

「なんのために」

「さっき鶴さんが見たように、うつして兄さんをしのぶためにさ。あたしは、こうやって、夜毎、兄さんに逢っていますのさ」

「おまえ、どうして、狂言方から身をひいたのだえ」

たずねる鶴十郎に、

「何をするせいもなくなっちまいましたもの」

珠助は言った。

「いつか、兄さん付の狂言作家になるというのが、あたくしの……」

「知っているよ、おまえは、そう言っていたっけな。だが、だからといって、なにも」

「なにより楽なんですよ。わが身を痛めつけているのが。忘れていられますもの」

珠助は、肩をほそめて、

「あたしは、人様が目をそむける夜鷹。そう思い込めれば、忘れていられるんです。先代に見込まれ、色子の身からたいそうな身分にひきあげられたことも、兄さんのために、狂言作家になろうと夢見たことも」


でもね、鶴さんと、珠助は、顔を寄せた。

「わが身を痛めつけているうちに、見えなかったことが見えてきた。兄さんをあんな目にあわせたのは」

如皐にちがいない。そう、珠助は言った。

「漆を使えば、顔を腫れ上がらせるのはたやすいことでしょう」

「そりゃあ、できるが」

すぐに、鶴十郎も、思い当たった。

お吉の恨みから累の顔がみにくくかわるとき、半顔に作り物の半面をつける。立ち稽古のさい、「その裏に漆を塗ったものとすりかえる。ことが終わったら、また、もとのものとかえておけばすむことだな」

「その手を、如皐は使ったんだよ。あたしは、それに気がついて、自分でためしてみました」

「ためした？」

「漆を左瞼の上あたりに塗りました。ひどい面相でしょう」

「その顔は、漆かぶれか。だが、なにも、おまえ、ためしてみるまでもない。漆を塗ればかぶれるのは知れたことだ」

「実のところを言えば、兄さんがどれほどの思いをしなさったか、それを、わが身に思い知らせたんだ」

珠助の執念ぶりは、いささか、不気味なほどであった。

しかし、如皐と言われれば、なるほどと納得がいく。

如皐が、南北にことごとくはりあい、南北の工夫を盗み、蹴落とそうとはかるのを、鶴十郎も気づいてはいた。南北のほうでは、いっこう気にとめてはおらぬふうだったが。

「そもそも、如皐は、浜村屋とは、ゆかりが深うござんしょう」

珠助に念を押されるまでもない、鶴十郎も充分承知だ。

今の如皐は、先代如皐とは血のつながらぬ他人で、名跡を継いだだけではあるけれど、路考を立女形とする座組みの立作者の地位を南北に奪られたのは、口惜しいかぎりであったにちがいない。

路考の顔がくずれ、出勤できなくなったため、『解脱衣楓累』はつぶれた。

かわりに『菅原伝授手習鑑』を出したが、不入りで、一か月しか興行できなかった。

十一月の顔見世に、顔の腫れがひき美貌をとりもどした路考は、中村座に出勤したが、その立作者は、如皐だった。路考が、縁起をかつぎ、また、なにかの崇りがあってはと、南北の狂言に出るのをきらったというが、

「如皐がたきつけたのですよ、おそらく」

この中村座の顔見世では、松助の息子が父親ゆずりのけれん、早変わりで、評判をとった。

「如皐が、南北師匠のけれんをまねたんです。才

のあるものは、人まねなんざしやしない。人が目をつけないことをやる。紛《まが》いものは、その後を追う。でも、世間はだまされますからねえ」

「世間さまだって、そうそう捨てたものではあるまい。まことの才のあるものと紛いものは、じきに、見分けがつかァな」

「やがて、漆のからくりに、兄さんは気がついた。だから、如皐は、兄さんを……」

「証拠もないのに、めったなことを」

そう、鶴十郎は言ったが、如皐のところに、路考の亡霊が出たら、と、そのとき、思いついた。

「ふるえあがって、白状するだろうな」

「見せてやりましょう」

珠助は言った。

「しかし、阿蘭陀エキマン鏡の写し絵と、すぐに、見抜かれるんじゃないでしょうか」

「その阿蘭陀絵なら、エキマン鏡を百も承知のおれもだまされた」

「どうやって見せましょうか」

「障子にうつしたのではおもしろくない。なにもないところ……路考さんは水死した。それゆえ……」

川面に、幽霊を出そう。

そう、思いついた。

写し絵は、障子がなくてはうつらない。それが、なにもない水の上に浮かんだら、

「これァだまされるぜ。しかも、蘭画であれば」

「そんなことができるのかえ。何もない水の上に……」

「おめえ、その阿蘭陀絵描き、なんという名だ」

「藤吾さん。本職の絵描きじゃあありません。もとをただせば、両刀《りゃんこ》の三男坊さ。ぐれてね、いまは、男夜鷹の色」

しんなりした指が、おのれの胸をさした。

「なんだっていいや。その絵描きに、いまのおまえの顔を描いてもらいな。路考の累にそっくり

だ。累をつとめる路考の幽霊を出そう。絵ができあがるまでに、川面に幽霊を浮かばせる思案をするよ」

仕掛けを考え、それをつくるのに、一と月近くかかった。思いつけば、いたって簡単な仕組みだ。そのあいだに、路考の累に似た珠助のお化け顔の阿蘭陀絵も描きあがり、珠助の顔は、腫れがひいて美しさをとりもどした。

藤吾という男に、鶴十郎はひきあわされた。長い顎が少ししゃくれた、鯉に似た男であった。

なるほど、このようすなら、珠助の不為になるようなことはすまい、そう、鶴十郎は思った。藤吾が珠助に溺れ込んでいるさまが見てとれた。

如皐を竈河岸におびき出す企みに、藤吾は手を貸した。知り合いの職人を呑み屋に誘って亡霊の噂話をし、そこに鶴十郎が如皐を誘い入れる。南北の悪口やら、如皐への追従やらをまじえ、下手人は珠助とにおわせ、如皐を露疑わぬふりをしたので、如皐は気をよくし、話にのってきたのだった。

4

「わたしなら」

南北は言った。

「竹筒をつかうな。細く割れ目を入れる。湯をわかし、熱湯を竹にとおす」

「わたしが何日もかかった思案を、親父さまは、即座に見とおしてしまったな」

いささかがっかりして、鶴十郎は言った。割れ目からたちのぼる湯気を障子のかわりに、向こう岸からうつす。そう、鶴十郎は工夫したのであった。

「なに、わたしは、水の上に幽霊が出ると聞いてから、考えた。あとを追うほうが、楽なものだ」

「親父さまにほめられたのは、へその緒きってはじめてだ」

「ビードロ板の絵を、手の部分だけ二枚つくれば、幽霊の手を動かすことはできるの。蝶を舞わすには……。これは、おまえの思案を聞こう」

花をもたせてくれる気だなと思い、それでも、この工夫は、自賛できると、鶴十郎は、

「紙のように薄いビードロ板をまるく切り、蝶の絵を描いたものを二枚の種板のあいだに仕込みました」

と説明する。

「風呂を動かせば、蝶のビードロ板も動くというわけか」

うなずく南北の表情は、闇にまぎれてさだかではないが、声はきげんよさそうだ。根っから、仕掛けの好きな親父さまだ。

南北の足元を、鶴十郎は提灯で照らす。

ここまで仕掛けの種が割れては、いまさら亡霊を出してみせても、しかたないのだけれど、どれほど巧みにできているか、まあ、見てみようよ。

南北は言い、ふたりで竈河岸に足をむけた。

「如皐は、とんだ災難だったの」

「如皐さんではなかったのですかね」

「漆面とすりかえたものを、わたしは知っている」

川べりで亡霊の出現を待ちながら、南北は言った。

「知っていなさるなら、どうして……」

「黙っているのか、と?」

「はい」

そのとき、昏《くら》い流れの上に、仄白く影が浮かび、蝶の姿を結びはじめた。

二羽の蝶が舞うなかに、半顔くずれた女があらわれる。右手に鎌が光る。向こう岸で藤吾が風呂をあやつると知らなければ、だれでもだまされよう。

鎌の先は少しずつ上がり、

「これも誰ゆえ……」

どこから聞こえる声か。

鎌の先は鶴十郎の胸をさすかに見え、鶴十郎は思わず鳥肌たった。

悪い冗談だ。父の眼が、鶴十郎にむけられた……ように思ったが、鶴十郎の頭をこえ、父は、背後をふりむいた。つられて、鶴十郎もうしろをむく。

そこに、生身の路考が立っていた。

その手にも、鎌があった。

路考ではない。珠助だ。

珠助の右手の鎌が、じりじりと上がった。珠助は身悶え、咽をめざすおのが鎌の刃先から逃れようとする。

鎌の刃は、珠助の咽にふれた。

「兄さん……」

恐怖の絶叫があがったが、鶴十郎は、まだ、珠助の芝居かと思っていた。いや、判断の力を失っていた。


かっ裂かれた咽から噴き上がる血を、ただ、眺めていた。

風が提灯の火を吹きけし、闇がすべてを包んだ。

路考の死霊に珠助はとり殺された……。鶴十郎は闇を手さぐり、父の軀《からだ》の温《ぬく》もりをもとめた。

ぎいぎいと、櫓のきしむ音が近くなった。小さい灯が、鶴十郎のほうに近寄ってきた。

死者の陰火かと思え、鶴十郎は、ぞっとしたが、足音が聞こえた。

ぶら提灯を持ったのは、藤吾だった。

「悲鳴が聞こえて……」

「蘭画の絵描きさんか」

南北の声を、鶴十郎はたのもしく聞いた。

「なんで、珠助を殺したね」

提灯を地におろし、珠助のかたわらに跪《ひざまず》いて抱きしめた藤吾に、南北が、言った。

「惚れかえしてくれなんだゆえか」

長い沈黙の後に、南北は、言葉をかさねた。

草むらに炎が燃えあがった。

提灯の火が枯れ草に移ったのだ。

炎のいろに染め上げられた視界に、藤吾がわずかにうなずいた、と、鶴十郎は見た。

「おれが下手人と言ったら、何とする」

ほどんど昂然と聞こえる声で、藤吾は言った。

「わたしは帰るが」

南北は、そう言った。

「それなら、珠助の首を、わたしはもらって行くか」

藤吾は言った。

「首を、どうする」

「朝に夕に、膳の前において眺めていれば、首は、溶けくずれ、醜くなって、煩悩を消してくれるだろう」

南北は、踵をかえし、歩きだした。

鶴十郎は、父の後を追った。


鎌が咽を裂く寸前、ええ、兄さん、おまえがわたしを。珠助の声を、鶴十郎は聞いた。満ち足りて笑っているような声であった。

「あのまま、放っておくんですか」

「見物させてもらった。それでよかろう」

藤吾は、向こう岸からではなく、鶴十郎たちの背後から、風呂をうつしていたのだったのか、と、そのくらいは、鶴十郎にもわかった。櫓を漕ぐ擬音も、芝居ではよく使う。

闇に身を消し、刃物を持った珠助の腕をうしろから摑み、力ずくで操った。

あのようにして殺せば、珠助は死霊にとり殺されたと、南北と鶴十郎、ふたりが証人になると思ったのか。

「血糊はよいが、現《うつつ》の血は野暮だの」

父は言った。

鶴十郎が声を出せたのは、町並みが近くなってからであった。

「漆面とすりかえたものを、親父さまは知っていなさると言いなさったが……」

「わたしは、見たのでね」

「すりかえるところを」

「立ち稽古の後だ。もしや、すりかえた面をもとにもどしているところだったのではないかと、浜村屋の顔が腫れてから、疑った」

「なぜ、それを」

「証拠のないことだ」

「浜村屋の水死も、その人が……」

「観ていようよ」

南北は言った。

「人は、かってに踊り、かってに滅びる」

その後、藤吾の消息を、鶴十郎は知らない。

紀伊国屋二代目沢村田之助が、江戸をはなれ、大坂にのぼったのは、それからほどないころであった。傷を得て舞台を休み、自害しそこねたのだと風評がつたわった。江戸にもどってきたが、錯乱して舞台には立てず、御殿山のあたりに保養していたが、やがて、没した。

——参考資料・『傀儡師一代』結城孫三郎

月琴抄

1

「その窓の下をさ、ときどき舟が通るんだ」

病人がつぶやいた。

「思ったより元気そうで、安心した」

彼が言うと、

「なに、そうでもない」

窓際の寝台に腰掛けた病人は、青白い顔のそこだけやけに紅いくちびるに、自嘲めいた笑いをみせた。

壁も天井も、端によせたカーテンも、もとは白色なのが、黄ばんだ灰色に変色し、健康なものでもこんな柩《ひつぎ》のような部屋に四、五日もいたら憂愁にとりこめられよう。

唯一、外界に開けた窓の下は大川が、さっき一《いっ》時《とき》降りしきった豪雨のため泥色に濁り、水位があがって、手をのばせば水面にとどきそうだ。

「いいときはいいんだけど、妙に頭が重くって、むやみに気が滅入る日もある。ことに、さっきみたいな大雨がいけない。なにしろ、浮島みたいな中洲だろう。男橋と女橋と、通い路は二つだけだ」

その橋も、手摺りが朽ち、板に穴があき、臆病ものなら足がすくみそうなやつだった、と彼は思ったが、病人の前で口にするのはひかえた。

「橋が流されたら、どうしようもない」

と、病人は、少し憤然としたような語気で、

「孤立無援。中洲が舟になって漂いだすんじゃないか、なんて妄想も湧く。雨ってば、嘘みたいに

上がったな。困らなかったのかい。傘は持ってないようだけれど」

「雨宿りしていた」

「中洲には、ミルクホールも何もないだろう」

「それが、いささか奇妙な家で」

真昼間だというのに、橋の手前の停留場で下りたら、いきなり闇を刷いたように陰ったのだった。

「掘割沿いにくだって女橋をわたるころ、ざあっときた」

乾いた土が、雨粒に打たれて土煙をあげ、みるみる雨染みひろがり、土砂降りになった。

遠音に雷が聞こえ、風が強まり、肩を叩く雨は、痛いほどだった。

紺飛白《こんがすり》の単衣《ひとえ》も袴も、たちまち、濡れとおった。

「鼻緒のゆるんだ下駄をひきずり、仕舞屋《しもたや》の玄関口の軒下に身をよけていたら、気配を感じとったのか、ならびの櫺子格子《れんじごうし》の窓が細くあいて、『おあがんなさいましな』それが、ひどく掠《かす》れた声で『書生さんが、そんなわびしい格好で雨宿りなんざ、情けないじゃありませんか』そう言ったんだ」

2

彼はどぎまぎした。適当な応対をするには、彼はまだ若すぎた。同年輩の友人にはすでに女買いの味を熟知したものもいるけれど、彼は遊里に遊ぶどころか、姉妹さえいない。

「いえ、ここで結構です。暫時《ざんじ》、軒下をお借りします」

「いけませんよ、あなた。知らぬうちならともかくも、困っていなさるお姿を見てしまったのですもの。吹き降りがひどくって、いくら軒の下でも、立っておいでになるだけで、それ、袴の裾が」

檽子格子の奥は外よりいっそう暗く、声の主の顔もさだかではない。

「どうぞ、お入んなさいまし」

それとも、と、声が笑いをふくみ、

「お出迎えにあがらなくちゃあ、若様、ご入来《じゅらい》あそばしませんか」

子供あつかいしてからかう口調に、それなら、と、むきになった。不謹慎と思わなかったのは、彼が初《うぶ》にすぎたからだ。

「お邪魔いたします」

格子戸に手をかけると、不用心なことに鍵はかかっておらず、苦もなく開いた。

二畳ほどの取次があって、その右手が、茶の間か。

常の心遣いか、足拭きの雑巾が、絞ったのとかわいたのと二枚、上がり框《かまち》の隅においてある。

「こっちにお入んなさいまし」

「いえ、こちらで結構です。土間で、雨の上がるまで待たせてもらいます」

「そんな、あなた。実を申しますとね、恩着せがましくお誘いするのじゃございません。あの、雷が怖いんでございます。さっき、遠いのが、聞こえましたでしょう。いつ、ぐゎらぐゎらとくるかと思ったら、もう、生きた心地もありゃあしません。後生ですから」

立ってくる気配に、

「まいります。そちらに参上しますから、どうぞ、そのまま」

後生とたのまれると、俠気が出る。雑巾で足をぬぐい、取次にあがった。

「失礼します」

境の襖を開けた。

六畳に猫板をかぶせた長火鉢。会釈を返したのは、嗄れ声も道理、女形の成れの果てというようなな……。

浴衣の衣紋をぐっとぬき、すじばった頸が浮き、はだけた衿元からのぞく胸はあばらが浮いている。髪をざっくり根元近くで散切《ざんぎ》りの法界坊は、男か。……いや、女か。見当がつかない。

釉薬《うわぐすり》をかけた陶器のような艶をもった眼、つんむりした鼻、おちょぼ口。目鼻立ちは悪くはないのだが、肌に艶がなく、痩せすぎている。

いささか気落ちしたのを、顔色にあらわすまいと、彼はつとめた。もう少し美しい女が待ち受けているのを、ひそかに期待しないではなかったのだ。

「お袴を、お脱ぎあそばせな。まあ、ぐしょ濡れ」

あまりに不躾な気がするけれど、濡れた袴はいかにも気色悪いし、これで坐ったら畳が汚れる。向こうの迷惑を考えて、袴の紐を解いた。

「こちらに、お貸しなさいな」

と、相手の口調がくだける。

「ひろげておけば、雨がやむころは、些《ち》っとは乾きましょう」

まめまめしく受け取り、裾の水気を手拭いで拭き取って、衣桁《いこう》にかける。

「心強うござんすねえ、殿方がいてくださいますと」

彼は、手持ち無沙汰をまぎらすために、ふところから敷島の箱をだしたが、これがぐっしょり濡れている。煙草が好きなわけではないが、少しでも大人ぶりたい気があって、友人にならい、いつも懐中している。

中のを抜いたら、紙が破れた。

「お煙草？　刻みしかござんせんのですけどねえ。それに煙管《きせる》があいにくこれだけで」

猫板の上に、女持ちの細いのが一つ。

「いえ、けっこうです」

茶を淹《い》れようというのか、茶簞笥の方にからだをねじったので、

「どうぞ、おかまいなく」

彼はとめたが、喉の渇きに気づいた。相手も、

茶の接待ぐらいしなくては、間がもたないだろう。

通りに面して檽子格子の窓、その反対側、開け放った襖の向こうは、座敷と三尺の縁側をへだてて、狭いながら植え込みをととのえた庭。

つくばいの脇の、八手花の葉叢がはげしい雨にゆれる。

薩摩切子のコップを出し、盆にのせて台所に立った。その後ろ姿は、女だ。腰にふっくらとやわらかい色気があった。しかし、散切り髪は、いかにも奇妙だ。戻ってきたとき、コップは冷えた麦茶で琥珀色になっていた。

「ご雑作をかけます」

「なにもお愛想がなくてねえ。そうそ、葛桜があったっけ。甘いのは、お口にあわないかしらんねえ」

「いえ……」

女はこまめに台所に立つ。

半透明の皮に餡が薄く透けたのを白い皿にのせ、すすめる指に、胼胝《たこ》がある。何の胼胝だか、彼には見当がつかないが、遊び馴れたものなら、三弦の撥《ばち》胼胝を即座に連想するところだ。

「これですか?」

彼の視線をたどって、指の胼胝に目をやり、その目が笑いをふくんで部屋の隅に移り、あれ、と目顔で教えたのは、茶箪笥の脇にたてかけてある月琴《げっきん》だ。

「あなたが?」

「お恥ずかしゅうござんすわ」

女は、竹の楊枝立てを出す。楊枝は、辻占の紙を巻きつけたものだ。

「一本、おひきなさいな。何とありまして?」

紙をひろげる彼の手もとを、向かい側から痩せた頸をのばし、のびあがって覗く。

「まあ、大吉。いいことがおありなさるよ」

独り言のように言う。

「大吉は大凶に通じると聞きましたが」

うろおぼえの知識を、彼は口にした。

「小吉ぐらいがいいとか」

「何ですねえ。若い書生さんがそんな、小吉でいいだなんて、いじけたことを言いなさっちゃあいけません」

山嵐が散髪したというふうな頭の、五、六分から一寸ほどのびた髪は、間近に見ると漆黒で、これで丈長ければ、よほど美しかろう。

つい、まじまじと瞠《みつ》めていると、その視線に気づいたふうに、うなじにちょっと手をやった。

「色気がありませんねえ」

声音はさっぱりしている。

紫の閃光が、そのとき、瞼を裂いた。

つづいて雷鳴。家鳴りするほど大きい。

相手は肩をすくめただけで平然としている。彼と目があい、

「ばれてしまった」

と笑った。いつぐゎらぐゎらとくるかと思ったら生きた心地もない、は、彼に気楽に雨宿りさせるための口実と知れた。

「退屈だったんですよ。話し相手がほしくて」

「お一人ですか」

「姪《めい》と二人暮らしなんですけど、ついそこまで使いに出したらこの俄雨《にわかあめ》で、姪もどこかで雨をしのいでいるかもしれません」

まるで、〝姪〟と名のでたのがきっかけのように、玄関の戸を開け閉《た》てする音が雨音にまじって、

「叔母さん、叔母さん、ちょっと着替えを持ってきてちょうだいよ。もう、からだの芯まで水浸しだわ。これじゃ、家にあがれやしない」

若い張りのある声だ。

「あら、お客さま？」

彼の下駄に目をとめたのだろう。

「お玄関の雑巾を、私が拝借したので、汚れてい

ます。お嬢さんがお困りでは」

「叔母さん、着替えを早くってばよう」

「おまえ、勝手口から入ればいいものを」

「どぶが溢れて、勝手の方までまわれやしないのよ。早くよう」

女は座敷に行き、簞笥を開けているのだろう、襖の陰から、

「湯文字もかい」

「骨まで濡れちまったもの。何もかも一揃いよ」

その一揃いを持って、玄関にはこぶ。二人の話し声が、彼の耳にとどく。

「かみが降ったわよ」

そういったのは、若い方だ。はりがあって、トーンの低い声だ。

意味がわからない。幕末に神社の札が降る騒ぎがあったと話に聞いたことがあるが、まさか、明治も終わり大正と年号がかわった世に、お札騒ぎでもあるまいし。アクセントは、神ではない。紙か、髪か。

「叔母さん、また、切ったでしょう」

〝叔母さん〟が切ったのは、髪だろうから、降ったというのも、やはり、髪か。

髪が降るわけはない。

女のざくざくと切り落とした後のような頭を思い、彼は何か居心地悪い。

「あらあら、雫が垂れるよ。これじゃ、盥《たらい》でも持って来なくては。思い切って濡れたものだねえ。雨宿りさせてくれるところはなかったのかい」

「だって、楽しいじゃないの。せっかくの土砂降りだもの」

女は茶の間をぬけて台所に行き、また茶の間を通って、

「ごめんなさいよ、騒々しくてねえ」

彼に声を投げ、小盥を玄関に運ぶ。

「ちょいと、おまえの髪、絞らなくてはだめだよ」

陽気なお喋りが聞こえてくる。

「シャボンをつけて歩いたらよかったわね。ついでに洗えたところだわ」

「不精なことをお言いだよ」

「単衣はこれじゃ、乾いても縮んでしまってだめだわね。解いて洗い張りかしら」

「自分でおやりよ。わたしをこき使うんじゃないよ」

「叔母さんのほうが、ずっと器用だもの」

「おだてても」

だめ、は、襖を開けてこっちに入ってきながら、玄関に投げた。

こざっぱりした単衣に半幅の帯を気楽にしめた姿に、濡れ髪を手拭いでターバンのように巻いたのが亜刺比亜《アラビア》の王子かなんぞみたいで、ずいぶんちぐはぐなのだが、眉のきりっとした小づくりの顔とうなじの細さをきわだたせ、よく似合った。上背があって胸が薄く腰もまだ小さいのに、妙に熟れた色気があって、成熟した女が少女のからだのなかにいるようだ。

玄関では威勢よく喋っていたのが、いくぶん人見知りするのか、茶の間に入ってくると目をそらせ、濡れた衣類を束《つか》ねた盥を彼の目から隠すように抱いて、台所に消えた。

「おまえね、不精して束ねたまんまにしておくんじゃないよ」

長火鉢の前に落ち着いた〝叔母さん〟が、台所のほうにふりむいて、呼んだ。

「始末がすんだら、こっちにおいでよ。おまえも葛桜を食べるんなら、蠅帳《はいちょう》の中だよ」

3

「この近くにお住まい？」

最初に聞いたらよかりそうなことを、今ごろになって、女は口にした。

「いえ。家は……といっても自分の家ではありませんが、根津片町です。たまたま、こっちの病院に入院している友人に届け物があって」

頼まれた書物は大事にふところにいれておいたので、雨からは守られたようだ。濡れ具合をたしかめるのを忘れていた。

しかし、二人の女の前でものものしく本をだすのも気恥ずかしい気がして、ふところにいれかけた手をとめた。

「病院？」

と女はひどく驚いたふうに目を見開き、

「入院ですか？　それはいけませんねえ。中洲でなくたって、東京にはもっといい病院がいくらでもあるでしょうに」

「最初に診てもらった近所の医者の紹介とかいうことで」

「それじゃあねえ」

と納得したふうにうなずき、

「あなたは、根津の方に下宿しておいでなの」

「はあ」

「お郷里《くに》は東京じゃないんだわね」

「金沢です」

「御両親は、そちら？」

「叔母さん、それじゃ、まるで、区役所の戸籍係じゃないの」

姪は、葛桜の葉を剝きながら言う。

「だって、だんまりも、あんまり愛想がないじゃないか。初対面のお人には〝お郷里は〟というのが、一番、さしさわりがないんだよ。〝金沢〟〝おや、そうですか、あそこはいいところだそうですねえ。一度は行ってみたいものだと思っているんですよ〟こう、とんとん、話がはずむだろうに」

「片親です」

彼は言った。

「ほら、ごらんなさい」

と、姪が、

「叔母さんが、よけいなことを訊くから、言いたくもないことを、喋んなさる羽目になるじゃないの」

「ほんとうに、悪いことを訊いてしまったねえ。どちらをお亡くし？」

「ほら、また、詮索する」

「母です」

「まあ、まあ、おっ母さまをねえ。それは、いけなかったねえ。いつごろ」

「六つでした」

「きれいなおっ母さまだったんだろうねえ」

「さあ、どうなんでしょうか」

いっそう激しい雨脚の音に、彼は耳をかたむける。

光った。しかし遠鳴りであった。

「じきに、止むよ」

女は予言するように言い、

「ほら」

と庭に目をむける。

叩きつける雨が、水桶が底をついたというように、名残の雫をこぼして、不意に上がった。

眩しく陽が射して、植え込みの葉がこの世ならぬ艶を持った。

「とんだご雑作をかけました。ありがとうございました」

腰を浮かすのを、

「あなた、悪止めするわけじゃございませんけど、まだ、お袴が湿っていますよ。これじゃ、お召しになれません。おまえ、火熨斗《ひのし》をかけてさせしあげな」

姪に命じる。

「いえ、そんな……」

「粗忽な子じゃございますけれど、まさか、大事なお召し物を焦がしもしますまい。おまえ、気をつけてね。わたしは、ちょいと出るから。いいえね、あなた」

と、彼をおしとどめ、

「出なくちゃならない用がありましてね。弟が待っているので。ぼちぼち支度をしようかと思っていたら、いきなり、雨でしょう。出そびれたんですよ。晴れたからには、ちっと、行ってこなくちゃあ」

座敷に行って、身支度する模様だ。

「私も、おいとまを」

と、言いながら、立ち去るに未練は残る。

姪は、衣桁にかけた袴に手をふれ、

「まだ、着られたものじゃないわ」

ひとりごちる。

「それじゃ、おまえ、火熨斗をね」

ゆっくりしておいでなさいましよ、と、彼に、言い、女は出ていった。

「病院に行ったんですよ」

姪が言うので、彼はいささか驚き、

「実は、私も……」

「あら、どこか、お悪くて？」

「いえ、友人が入院していて」

「それじゃ、同じ病院よ、きっと。中洲に、ちゃんとしたのは、一つしかありませんもの。あとは、たよりない町医者ばかり」

「叔母さんは、具合が悪いんですか。元気そうにみえたけれど」

「元気も元気。からだでしたらね、大元気よ」

「からだが元気なら、病院に行くことはないではありませんか」

そう言ってから、〝弟が待っている〟と女が言っていたのを思い出し、

「入院しておられるのは、叔母さんの弟さん？」

「どうして、そんなことをおっしゃるの」

「さっき、叔母さんが、弟が待っていると」

「あの人に、いまは、弟なんて、いやしないわ。あの人は、病院の賄い婦なんですよ、通いの」

こっちの病院に友人がと彼が言ったそのとき、

あの女は、なぜ、自分がそこで働いていることを告げなかったのだろう。〝出なくちゃならない用事〟というのが、病院の通い賄いだと、どうして言わなかったのだろう。

言いそびれたのか。後で病院に来た彼を驚かすつもりか。たぶん、後の方の理由だろう。

彼があれこれ思っている間に、姪は、台所に立って、がさがさしている。七輪の火種に炭をつぎたしているのだ。火熨斗に入れるためだろうと、

「けっこうです。どうせ、もとから皺だらけなんですから」

「遠慮することたなくってよ。いばってそこにかまえていらっしゃい。そのほうが、立派にみえてよ」

でも、と、炭火をいれた火熨斗を手にもどってきて、金属の台の上においた。

「叔母さんの言ったとおり、わたし、ほんとうにそそっかしいったらないんだから、焦がしてもしらなくてよ」

「焦がされては困るなあ。着たきり一張羅だ」

同じ年頃の相手なので、彼の口調もくだける。

「それじゃ、このまま、すっかり乾くまでお待ちなさいよ」

「夜になってしまう」

「そしたら、泊まっていったらいいじゃありませんか」

蓮っ葉なことを口にしたが、深い意味はないようで、無邪気な顔だ。

「ほんとうのこと言えば、わたし、袴に火熨斗をかけたことなんぞないのよ。せいぜい浴衣ぐらいで、それもじきに焼け焦げをつくっちまうんですもの。いつかなんか、自分の腕に焼け焦げよ」

「つまり、火傷かい」

「右手で持っているのに、右の腕に火傷したんですから、不思議だわ。器用でなくちゃできない芸当よ」

「このうちに、叔母さんと、君と、ふたりだけで住んでいるの？」

「こんだ、あなたが、戸籍調べね。はいはい、女ふたりの不用心な暮らしです。だから、袴なんて、あつかったことがないのも当たり前でしょう」

女の飲み残しの麦茶に指をひたし、雫を火熨斗に垂らすと、じゅっと音をたてて一瞬に消えた。

「熱くなりすぎちゃったわ。これで布にあてたら、いっぺんに穴が開いてよ」

「そう、えらそうに言うことはないじゃないか」

彼は、娘との距離をはかりかね、ちょっとなれなれしくなりすぎたかなと、自重して、

「叔母さんて、賄い方なんですか」

少しかしこまった口調で、話題を前に返した。

4

「それじゃ、何か。僕は、その女のつくった食事を食べているわけか」

寝台に腰掛けた病人は、口をはさんだ。

「どうも、そうらしい。散切り頭の賄い婦が、いるかい？」

「賄いの顔までは知らんなあ」

「ここの食事は、うまいか？」

「とりたてて、可もなく不可もなしだ。こっちの気分にもよるが。どうせなら、姪の手作りのほうがありがたいな。姪というのは、居候で、叔母さんに食わせてもらっているのか。若い娘とふたりで、ままごとでもしていたのか」

からかう病人は、彼より世慣れている。学校は同期なのだが、途中一年、肺尖炎《はいせんえん》で休学したことがあるので、年は上だ。休んでいるあいだ、郷里

に帰らず、かかわりを持った女給と同棲し、世話をしてもらっていたという話だ。少しよくなると、その女の家にいながら、他の女のところにも通い、復学するころは、どちらとも手を切って、彼と同じ下宿に移ってきた。

そう、彼は本人から聞いている。どこまで本当かはわからない。彼が目にするかぎりでは、女にそれほどもてているふうでもなかった。

今度入院したのは、前の病気の再発と、神経衰弱もあってのことだ。

「名前ぐらいは訊いたんだろう」

「〝たまえ〟だって。こう書く」

指で窓枠に珠江としるす。

掃除がゆきとどいていないとみえ、埃のなかに、文字が残った。

「口は吸ったか」

「馬鹿な」

「吸いたいと思っただろう。思わなけりゃあ男じゃない。せめて、手ぐらいは？」

Y＊＊というその友人の声音に、彼は刺《とげ》を感じた。

苛立ち、意地悪くなるのも、神経の病気のせいだろうと、彼は思う。

皮肉な口調は持ち前のもので、たぶん、頭がよすぎて、まわりのものが愚昧《ぐまい》に見えるのだ。彼は、Y＊＊に、幾分の畏敬と幾分の憐愍《れんびん》を感じている。周囲のものがみな低くみえるというのでは、ずいぶん生きにくいことだろう。その上、自分の能力が周囲に十分に認められていないという不満がY＊＊には常にあって、病気の進行につれて、いっそう不満はまさり、苛立ちと皮肉の刺は研ぎすまされる。

知己が次々にはなれてゆくなかで、彼との親交がつづいているのは、彼が、Y＊＊の皮肉にいちいち腹をたてず、のんびり聞き流しているせいだろう。

年上のY＊＊の口調に、彼は、もたれかかってくる甘えさえ感じるのだ。

頭が重いの、微熱がとれぬのと、始終彼に言ったのも、医者に行くように彼の口からすすめられるのを待っていたようだ。

たいしたことはないのに、君が大騒ぎするから、と恩着せがましく言い、医者に入院を言い渡されたとたんに、重病人の顔になったその変化も、彼には少しおかしかった。

実のところ、Y＊＊が下宿を出たので、いくぶんうっとうしさが薄れた気味もあり、そんなふうに感じる自分を、薄情かなと、思いもした。

Y＊＊からは、差し出し人の住所に病院の所番地をしるした葉書がときどき届いた。

忙しいだろうから、見舞いになどこなくていい、だの、やつれたところを見せたくないから、見舞いにはくるな、とか、くりかえし書いてあるのを真に受けて、足をはこばず、見舞いの品どころか葉書一通出す才覚もなくていたら、また葉書がきて、下宿の自分の部屋に、どうしても読みたい書物がある、忙しいだろうが、なんとか届けてはくれないか、と、懇願調は、遠慮ではなく厭味のあらわれと、さすがに彼にも察しがついた。

肝心の用を思い出して、

「少し濡れちまったかもしれないけれど」

ふところから、小ぶりの洋書を出した。

「これで、よかったんだよね？」

「ああ」

と、おざなりに手にとって、かたわらに置く。

その仕草から、やはり、たいして急を要するものでもなかったのかな、とわかった。つまりは呼び寄せたかったのだ。

Y＊＊は、ふと耳をかたむける仕草をした。

「何だい？」

「舟が」

と、Y＊＊は眉をしかめた。

「櫓の音がうるさい」

彼は窓辺に立って見下ろした。

川は上流から押し流される泥と、豪雨にかきまわされた底土の濁りがまだしずまらず、岸の草がなびきたおれ、舟は一艘も浮かんでいなかった。

「空耳だな」

Y＊＊は自分から言った。彼の表情から、舟はいないと知ったのだろう。

「幻聴ってわけじゃないぜ」

と手をふったのは、神経衰弱が嵩じておかしくなったと本気でとられては困ると思ったのか。

「ときどき、嫌な舟が通るものだから、気になって、つい、空耳なんか……」

「嫌な舟って、どんな」

「舟の中でいちゃついていやがる。で、珠江さんとやらに袴に火熨斗をかけてもらったのか。それにしちゃあ、皺だらけだ」

「あっちがあまり大儀そうに言うから、遠慮したんだ」

「ほんとうに、いたのか？」

「どうして？」

「君がそんな美人に恵まれるとは信じがたいからなあ」

「そう言われると、僕までなんだか、あやふやになってくる」

でも……と、彼は、耳の奥に残っている旋律を口にした。

「今日まで、僕はこんな曲は知らなかったのだから、やはり、珠江というのはいるんだ」

「珠江に教わったのかい、その歌」

「月琴《げっきん》で弾いてくれた」

わずかな時が経っただけで、もはや、珠江の顔だちさえ朧《おぼろ》になってきたが、旋律は、消えない。

「叔母さんというのが、一時、月琴で身をたてていたこともあったというよ。珠江は、正式に習ったことはないが、見よう見まねで、おぼえたという。ぼくも習おうかしらんと思ったくらい、魅力のある音色だった」

「月琴で身をたてていたというのは、門付けかい？」

「よくわかったな。そうなんだって。僕はまた、弟子をとって教えてでもいたのかと思ったんだが」

「月琴といやあ、当然、門付けじゃないか。もとは明国の楽器だ。だから、わが国でも、明清楽の演奏には、もちろん使うけれど、どっちかってば、門付け芸人が愛用しているって。ていのいいお菰《こも》だ。金沢には、月琴を弾く門付けはいないのか」

「門付けなら三味線だと思っていた」

「病院の賄い婦のほうが、門付けより実入りがいいのかな」

「よくないんだそうだ、月琴は」

「よくないって？」

どういう意味だ、と聞き返された。

「もちろん、僕は、そんな話、信じちゃあいないんだけど」

「何だい。言えよ」

「髪が、動くんだって」

5

「嘘だと思うのなら、それだって、よくってよ」

珠江は、そう言ったのだった。

「でも、叔母さんが髪を切ったのは、そのためなんですもの」

そう言いながら、珠江は月琴を膝にのせ、弦を鳴らした。

「大丈夫よ。わたしの髪は、動きゃしませんから」

単調な哀しい旋律をくりかえし聴かされているうちに、彼は、からだのなかがうるおって騒ぎたつような奇妙な心地に引き入れられた。

「他人様の家の軒先で、押しつけがましく弾くんですものね。うるさがられて、追い払われて、ずいぶん悔しい思いもしたのよ。伎倆《うで》はいいのよ、叔母さんは。あなた、本当のことを言いましょうか。以前ね、奥様のある人に慕い寄られて、叔母さんも、まあ、ほだされて、いったん、心もからだも許したら、もう、叔母さんは、本気よね。ところが、男のほうは一時の遊びでしょう。よくある話だわね。切れてくれ、と男に言われる、叔母さんはいい気《き》っ風《ぷ》だから、承知したわ。それで、最後だからって、男の前で月琴を弾いていたら、髪が——叔母さんの髪ったら、そりゃあ綺麗で長くて、腰のあたりまでありましたって。それがすらすらのびて、男の首にまきついて。叔母さんは、どうしようもなくて、手近にあった鋏で、髪をざくざく切り落としたって言いますよ。ああ、あなた、笑っていなさるわね。嘘だと思っているんでしょ。ええ、よござんす。嘘だと思ってお聞きなさいな。それでも、髪は強情に巻きついたままでしょう。まあ、どうにか男は助かったんですけど、警察は、髪がかってになんて話を信じちゃあくれないわ。ずいぶんひどい調べを受けて。でも、男の方で、スキャンダルは困るって思ったのね。もみ消しになって、前科はつかないですんだの。髪は、切っても、のびますもの。それから、何度かねえ、好きな男ができたり、よほど悔しいことがあったりすると、髪が動きますって。月琴の音にさそわれて。だから、叔母さん、髪を切るんです。好きな人ができると。切った髪がねえ、雨といっしょに降って。いいのよ、無理に信じた顔をしなくたって。暇つぶしの馬鹿話とお思いなさいな」

そう語るあいだも月琴を珠江は弾きつづけ、彼は、自分の髪がぞわぞわ根元から動くような気がした。幸いというべきか、彼の髪はうなじまでしかないので、珠江の方にのびはしなかったが、抱

き寄せたいと思う気持ちが顔色に出たのか、珠江はふいに苦笑し、

「わたしは、男はきらいなんだ」

野太い声を投げた。その語気は、娘のものではなかった。

「お里が出ちまった。男でも物好きに、野郎のわたしを買おうってのがずいぶんいるけどねえ。叔母さんと呼んじゃあいるけれど、わたしはあの女の商売道具さね。世間様の目をはばかって、女のなりをしています。年若に見えるだろうが、これで、二十に手がとどくよ」

喉仏の低いたちなのか、すらりとのびた喉頸は、とても男にはみえない。

「叔母さんがおまえさんを家に呼び上げたのは、商売抜きだろうよ。銭のないのは目に見えているもの。狒々《ひひ》じじいや後家の相手ばかりでは、わたしも嫌気がさすもの。叔母さんが気をきかしてくれたとみえる。おかげでわたしも、楽しかった」

眩暈のなかにたたずむ心地で茫然としていると、珠江は、頭をつつんだ手拭いをはらりととい た。長い髪が肩から背に流れた。

「もう些《ち》っと遊んで行くかい」

珠江の言葉を背に、まだ湿っている袴を彼は穿いた。

ざくりと、髪を断ち切る鋏の音を背後に聞いた。ふりむかず、彼は、玄関を走り出たのだった。

6

「惚れられちまったのか」

Y**は言って、水をふくんでふくれた書物を、彼に示した。

言われるまで気がつかなかったのだが、書物に髪の毛が数本、まつわりついている。

あのとき、背後で珠江が断ち切った髪が、追ってきたのか。

『叔母さん、また、切ったでしょう』そう、珠江は言ったんだったな」

Ｙ＊＊は言う。

叔母さんが髪を切ったのは、彼を知る前だ。珠江は彼のために切ったが、叔母さんは……。

「それは、僕のためさ」

きっぱり、Ｙ＊＊は言った。

「僕に、惚れたのだ。自惚れだってかい。この病院に、若い綺麗な男は僕ひとりだもの。あとは爺《じじい》や婆《ばばあ》ばかりだ。今日の夕飯には、〃叔母さん〃の切った長い髪がまじりこんでいるだろうよ」

Ｙ＊＊は、彼の肩から長い髪をつまみあげた。

「君も、こういうものを見ちまっちゃあ、もう、この病院から出られないな。だれにもおそらく、この髪は見えないよ。僕と君と、それから、賄いの〃叔母さん〃だけだ。これを見るのは」

「それと、珠江」

彼はつぶやいた。

「僕もね、通りもしない舟の櫓の軋みが聞こえなくなるまでは、退院はできないんだそうだ」

Ｙ＊＊は言い、少し声をはずませた。

「君、この部屋にもう一つ寝台をいれてもらおう。一人では、広すぎるんだ」

ぎい、と軋む音を彼は耳にした。

ぞっとして、窓の外をのぞこうとすると、

「あれは、廊下を通る台車の音だ」

Ｙ＊＊は言った。

「夕食をはこんでくるんだ。君の分も追加を頼まなくちゃ」

言いながら、Ｙ＊＊は、彼の肩からとった珠江の長い髪をもてあそび、その端を、彼の指に結びつけた。

橋姫

周囲は、セピアがかったモノクロームである。川が横一直線によぎり、中央に手すりの朽ちかけた橋。土手の向こうは軒のさがった古い家並。

手前の擬宝珠に、これだけは極彩色の布がひっかかって、わずかに揺れている。

クローズアップされると、着物の片袖だとわかる。ひきちぎられたのだろうか。

花柄の友禅縮緬《ちりめん》の振袖。

わたしは踏み出した足をとめる。艶やかな片袖に、薄墨で何か書き流してあるのだ。

「この橋を渡れば、魔になる」

広い川は、中洲によって二筋に裂かれ、また一つになる。こちらの岸と中洲を結ぶのは、この橋だけだ。

わたしは橋の袂《たもと》で立ち止まり、幼いわたしが、恐れげもなく跳ね飛びながら橋板を渡ってゆくのを視る。

幼いわたしは振袖の着物に金糸雀《カナリヤ》色のしごきをしめている。蝶結びにして垂らしたしごきの房が、歩くにつれて腰のあたりで踊る。

手箱のなかみをぶちまけて、母はたかぶった声をあげた。

「よこしなさい。ぜんぶ焼くから」

朱、縹《はなだ》、藍、薄紅、浅葱《あさぎ》、色とりどりの布切れが、畳のうえに散乱している。

花模様、波に千鳥、七草、雪輪《ゆきわ》、布地も錦紗やら縮緬やら魚子《ななこ》やら、さまざまだ。

「焼かないで」

わたしは布の上にからだを伏せてかばったが、母の力にはかなわなかった。

母の語気のあまりの強さに、

「ごめんなさい」

と泣きじゃくっていた。

中洲にある〝ろくどばさん〟の家に行くごとに、持ちかえった裁ち屑であった。

何の役にもたたない切れ端だけれど、大きな一枚布より、裁ち落としのほうが、わたしには魅力があるのだった。

意味もわからぬまま、〝ろくどばさん〟とわたしはその人を呼んでいた。その人が、わたしに自分のことをいうとき、〝ろくどばさん〟と言うのだった。

〝ろくどばさんはちょっとでかけるから、留守番していておくれね〟というふうに。

たずねてくる人は、〝ろくどさん〟と呼んでいた。

〝六度さん〟だろうと、わたしは思った。それにしても、奇妙な苗字だとは思ったが。

ろくどばさんの家に行くということが、そもそもうしろめたいことであった。

父や母は、〝中洲〟と、住んでいる土地の名で、その人を指した。

父の従妹《いとこ》だか再《また》従妹ぐらいの遠縁にあたる独り者の中年の女で、産婆を職業にしていた。父はその女性を別に毛嫌いしてはおらず、つきあいを禁止するなどということはなかった。だから、母は父に知られないように気づかいながら、わたしが中洲に行くのを禁じたのだった。

夕飯までに帰れば、昼間わたしがどこで何をしていようと、母は無関心なのだが、ろくどばさんの家に行ったとわかると、ひどい折檻を受けた。

わたしは市電に乗るのが好きだったし、中洲のろくどばさんの家も好きだったから、どれほど母が禁止しようと、行かずにはいられないのだった。知らない大人のそばにいると、車掌は連れだと思い違いして、切符を買わなくても見逃した。大人といっしょなら無賃乗車のできる年齢だった。

わたしの父は銀行員で、わたしが生まれる前に、上海支店の支店長をつとめたこともあり、いくらかハイカラな雰囲気があった。兄と三人の姉は上海の生活を知っている。末っ子のわたしだけが、東京勤務になってから生まれた。すぐ上の姉とも七つ年がはなれており、上海の話になるとわたしは取り残された。一番上の姉は、結核で死んでいる。そのせいではないだろうが、母は、いつも苛立っていた。末っ子なのに、わたしには母が甘えさせてくれた記憶がなかった。

中洲にわたると、あたりの様子は一変する。陰気でごみごみしていた。溝板が腐り、羽目板に黴《かび》が生え、その湿った陰気さが子供には少し怖くて、しかも惹きつけられた。

そうして、おばさんの家は、わたしにはさらに奇妙に感じられた。

天井の低い中二階のある造りで、入口の引き戸を開けると、土間に続いて板敷の間と六畳の座敷が並び、台所は土間の隅にある。階下の部屋はそれだけだった。板の間と中二階をつなぐ階段は、簞笥型で大小の抽斗《ひきだし》がついていた。

板の間の向こうに狭い庭があった。奥行きは一間もないのだけれど、そのせせこましいところに、いつ行っても、山茶花だの白玉椿だの都忘れだの水引草だの、夏なら朝顔だの松葉牡丹だの、何かしら花が咲いていた……と思う。松葉牡丹の盛りには、狭い庭は振袖をひろげたようになった。

おばさんは家にいるときは、たいがい、板の間に薄べったくなった座蒲団を敷き、膝のまわりに布切れを散らしていた。

「何」とたずねたわたしに、「袖」とおばさんは布に片腕を通してみせたことがある。

袖口に袘《ふき》をのぞかせた、それはたしかに、着物の袖であった。

おばさんの着ているものは地味な縞木綿だから、片袖だけが妙に華やいだ。

袖だけで、襟や身頃はおいてないのだった。

男物の袖もあったが、孔雀の群れにまじる烏のようにくすんでいるので、わたしはあまり興味がなかった。

裏地と合わせた縫い目をおばさんは丹念にほどき、袖の形をしていたものを一枚の布にする。そうして、折り畳まれた篦板《へらいた》をのばし、その上にひろげて、竹の物差しをあて、きゅっきゅっと篦《へら》でしるしをつけ、頑丈な握り鋏で裁ち切ってゆく。

幾つもの布片を、おばさんの手が縫い合わせると、小さい着物になるのだった。

身丈でいえば六寸ぐらいだったろうか。六畳の間はふつうなら仏壇をはめこむための場所に、白木の神棚がすえてあり、縫い上がった着物は三方にのせてその前におかれる。

そのとたんに、わたしは小さい愛らしい着物から関心が薄れるのだった。わたしには無縁のもの、別の世界のものになってしまった、そう思えてくるからだ。

裁ち屑を、おばさんはまとめて紙の函《はこ》にしまった。

もらってもいい？　その簡単な質問が、わたしは口にできなかった。

だめ、と言われるかもしれないと心配だったのだ。それほど、欲しかった。いけないと言われたらそれで終わりだ。訊ねなければ、可能性は残されている。そうして、わたしは、函の中の布切れを少しずつくすねることをおぼえた。

飴やチョコレートの包み紙とか、夜店で買ってもらったぬり絵とか、大切に溜め込んでいる細々としたものはあったけれど、布切れが特別な物に思えたのは、それが〝本物〟の一部分とわきまえていたからかもしれない。

チョコレートの包み紙は金紙、銀紙、深紅色、碧と、きらきらして綺麗だし、ぬり絵も気に入ってはいたけれど、縮緬や綸子や錦紗やそれぞれ独特の感触のある布の手触りにくらべたら、ずいぶん安っぽく感じられた。

産婆という職業がら、おばさんはときどき、呼び出された。

そういうとき、やりかけの仕事はきちんとかたづけてゆくのだが、しまい場所を知っているわたしは、押入から函を出し、こっそり布切れをもらった。減ったことが目立たないていどに、少しだけ、罪悪感と喜びを等量に感じながら。

手箱にしまい溜めた小切れを、銭をならべて恍惚とする守銭奴のように、わたしはときどき取り出しては眺めているのだった。

それほど大切にしていたものを、母に取り上げられ焼き捨てられてしまった。

黙って持ち出したということと、母に禁じられているおばさんのところに行っていたという二つの負い目から、わたしは、おおっぴらに泣きわめくこともできず、次の日、また市電に乗り橋をわたって中洲のおばさんの家にでかけた。

おばさんの顔を見るなり、わたしは盛大に泣き出し、おばさんを驚かせた。

絶対に、叱らないで、と指切りをさせてから、わたしは小切れを無断で持ち出したことを打ち明け、母に怒られ取り上げられ、焼かれてしまったと訴えた。

焼くというのはあまりにも理不尽だ。そうわたしは思い、おばさんはわたしに味方してくれると期待した。母がおばさんに悪意を持っているから、取り上げるだけでは足りず、焼き捨てたのだ。幼い頭で、わたしはそう考えたのだった。

「そうかい」

と、おばさんはちょっと眉をひそめた。

「切れ、もらってはいけなかったの？」

「かまわないけれどね」

と、おばさんは言い、わたしをほっとさせた。

「残り切れなら、ほしければあげるけれど、うちに持って帰るとまたお母さんに叱られるだろう」

「みつからないように、大事にかくしておく」

わたしは目をいっぱいに見開いて、誓った。

おばさんは、縮緬を張った小箱を、階段簞笥の抽斗からとりだし、

「これをちィちゃんにあげるから、布はこの箱に入れよう。そして、ここにしまっておこう」

と、抽斗をさした。

「ここにきたとき、いつも、出して遊んだらいい」

家に持ち帰れないのはつまらないけれど、焼かれるよりはいいし、無断持ち出しをおばさんに怒られなかったのも嬉しくて、新しく貰った小切れを、わたしはきちんと箱におさめたのだった。


それから何日か、あるいは何か月か――どのぐらい後のことだっただろうか。性懲りもなくわたしは中洲のろくどばさんの家を訪ねたのだが、格子戸の前に立ったとき、中から鍵をかけるような音がした。わたしはあわてて戸に手をかけ、がたがた鳴らして、おばさん、と呼んだ。

引き戸が開いたが、おばさんは少し困った顔をした。それだけで、わたしはべそをかきそうになった。ここだけは、いつもわたしを暖かく迎え入れてくれると思い込んでいたのだから。

「今日はね、大事なことをするから」

と、おばさんは言った。

「入っちゃいけないの？」

帰れというのも可哀相だと思ったのだろうか。

「うちの中、暗くするよ。平気かい」

と言いながら、おばさんはもう、わたしを土間

に引き入れていた。

「平気」

一生懸命、わたしは言った。

「おばさんが仕事をする間、口をきいてはいけないよ」

「大丈夫」と言って、その後一言もしゃべるまいと、わたしはくちびるを引き結んだ。

引き戸の捻じ鍵をしめ、それから、おばさんは板の間の電灯をつけ、座敷の雨戸を閉めはじめた。一枚一枚、雨戸が敷居をすべるたびに、家の中は昼の気配が薄れ、電灯の黄色みをおびた弱い光が目立った。

雨戸を閉め終わると、蠟燭《ろうそく》をたてた燭台を二本、板の間にもちこみ、いつものように座蒲団に坐った。わたしはかたくなって、その脇にかしこまり、おばさんの動きを目で追った。

蠟燭の光で、おばさんは仕事をはじめたが、膝のまわりにあるのは、白い布や綿などだった。紙を棒状にして幾重にも糸を巻き、固くした。それに綿をかぶせて丸く形づくり、白い布でくるんで、首の部分を糸でくくった。その間、何かご詠歌のような歌を小声でくちずさんでいた。

——なんだ、照る照る坊主をつくっているのか……。

目鼻を墨で描き、唇にちょんぼり紅をさす。稚拙な顔であった。もう少し可愛い顔の描きようもあるだろうに、とわたしは思った。

照る照る坊主のような人形を二つ作り、頭に紙を綴じつけた。本物の毛髪のような気もするが、黒の木綿糸だったのかもしれない。束にしたものの中央を結び、それを頭の頂点に縫いつけるという粗雑なやりかたで、一つの人形の髪は長く、もう一つは短く、違いをつけた。

人形を捧げ持っておばさんは座敷に行き、神棚に灯明をともしてから三方をおろした。

いつもなら、おばさんにまつわりついて行くのだけれど、このときは、身動きしてもいけないような気がして、わたしは板の間に坐ったまま、首だけまわしておばさんを見ていた。

三方には小さい着物が二枚のっていた。一枚は花模様、もう一枚は地味な男物なのだけれど、灯明のかすかな明かりの下では、どちらも墨色の濃淡のようにしか見えなかった。

おばさんは柏手を打ったり何かとなえごとをしたりしてから、粗末な人形に着物を着せた。その後、人形を三方にのせて神棚にそなえ、ひとしきりまたとなえごとをした。

おばさんの背は黒々と大きかった。骨太の大柄な女であることを、いつもはわたしはそれほど意識しなかったのだけれど、そのときだけは怖いほど巨大に見えた。

灯明を手であおぎ消し、雨戸をおばさんが開け始めたとき、わたしはちょっと泣きそうになり、いそいで涙を内側にひっこめた。

昼の光が室内にしらじらと射し、燭台の蠟燭も消された。

座敷の隅の鏡台の前で、おばさんは髪に櫛をあて、白い着物を肩に羽織り、そのかげで身につけていた普段着をするりと落とした。

側に行って腰紐を渡してあげようかとわたしは思った。母が着替えるとき、いつもねえやか姉か、だれかが側に膝をついて、腰紐、伊達締め、帯と次々に手渡すのを見ていた。

しかし、そのとき引き戸ががたがたと鳴り、

「ろくどさん、ろくどさん」

切迫した男の声が呼んだ。

「留守かい。始まったんだよ。すぐ来ておくれ」

始まったのは、お産だ、これまでにもときどき、人が呼びにきたことがあるから、わたしもすぐにわかった。

「困ったねえ。今日はこれから」

いったん脱いだふだん着をいそいでまとい、戸

口の鍵を開けてから、おばさんが言うと、

「あっちのほうだろう。あっちは待ってくれるだろうが、こっちゃあ待ったなしだ。頼むよ」

「でも、約束を……」

「礼をはずむからさ。死人より、これから生まれるほうが」

「死んだ人を軽く見てはいけないよ」

おばさんはたしなめ、

「いいよ。そっちを先にしよう。ちょうどいい。ちィちゃん、留守番していておくれ」

おばさんに言われ、わたしははりきって、大きくうなずいた。

「お客さんがくるからね、そうしたら、ろくどさんは、お産に呼ばれて出かけたので、しばらくお待ちください、って、そう言ってね、待ってもらうんだよ。わかる?」

わたしは、

「ろくどさんは、お産に呼ばれて……」

と復唱させられた。

「どっちの部屋で待ってもらうの? こっち? それとも、あっち」

と座敷を指すと、

「ああ、ちィちゃんは賢いね。こっちで待ってもらい。それじゃ、おとなにしているんだよ。神棚のものをいじってはいけないよ。おばさんが出たら、鍵をしめておくれ」

言い残し、風呂敷包みをかかえて出て行った。

階段箪笥の抽斗《ひきだし》から、わたしは縮緬を張ったわたしの小箱を取り出し蓋を開けた。

おばさんのように小さい着物を縫えたらと思ったのだけれど、大きい握り鋏は、わたしの手にあまった。洋鋏はおばさんの針箱にはなかった。

両手で鋏の根元を握り、床においた布に刃先をあてたが、失敗したらもったいないと、切るのをやめた。

おばさんが残した綿をまるめ、白い布をかぶせ、糸でくくって、どうにか人形らしいものをつくった。それにもらいためた小切れを着せ、別の切れを帯にして結わえたけれど、布が皺になるのが惜しくて、すぐにほどいた。それでいて、せっかくもらった布で何かをつくりたいという欲求もあって、わたしは二つの気持ちの板挟みになりながら、布切れをひろげたり並べたりしていた。

お客さんがきたら、おばさんの伝言をまちがわずにつたえなくては、と思うと、落ちつかず、物音がするたびに腰を浮かせた。

座敷には入っちゃいけないんだ、と心の中でくりかえしながら、所在無くて、階段を三、四段のぼったり下りたりした。

中二階にのぼったことは一度もなかった。禁じられてはいなかったけれど、何となく恐ろしく、上ってみる気にならないのだった。

上り口から見上げると、上の方は真っ暗で、その暗闇が少しずつ下りてくるので、わたしはだれもいない家の中で小さい悲鳴をあげた。

引き戸の外で、

「ごめんください」

と声がしたので、わたしはようやく、安心した。

鍵をはずし、戸を開けると、四人の男女がいた。

「ろくどさんは、お産に呼ばれて出かけたので、しばらくお待ちください」

目を宙に据え、わたしは懸命に暗唱した。

「留守?」

女の一人が尖った声を出した。

四人とも、礼装であった。男は二人とも黒の紋付きに袴、女たちはこれも紋のついた無地の着物。一人は庇髪、一人は丸髷に結っていた。男の一人は鼻下の髭の先を油で練り固めてとがらせ、小鼻のわきにはねあげていた。

「けしからんですな」

と言ったのは、その髭の男だった。

「こちらが先約なのに」

庇髪の女がわたしを見下ろした。

「困るじゃないの、いつごろ帰るの？」

たぶん、わたしはきょとんとしていたのだろう。

「子供じゃ怒っても仕方がない。お待ちくださいというんだから、あがって待ちましょう」

髭のない小男がとりなした。

わたしは座敷との境の敷居の前に立って、四人が座敷に入るのをさまたげた。

板の間で待てというのか、失礼なと、庇髪と髭が腹をたてるのを他の二人がなだめ、

「でも、板の間にじかに坐るのは冷えますね。おい、座蒲団はないのかい」

小男はあたりを物色し、おばさんがいつも敷いている座蒲団を裏返して髭にすすめた。

時がたつにつれ、だれより露骨に苛々しはじめたのは、小男だった。

わたしは敷居の前に坐りこみ、四人を眺めていた。

「人をじろじろ見るものじゃない」

そう叱ったのも、小男だ。

「ろくどさんに、子供がいたんですかね。独り者だと聞いたけれど」

庇髪がだれにともなく言うと、小男は丸髷にむかって、

「おい、おまえは何か聞いているか。ろくどさんは子持ちなのか」

「さあ、わたしは何も……」

丸髷は肩をゆらしながら、口重く答えた。

「お産なんて、どのくらいかかるか、見当もつきませんわねえ。難産のときは、二日がかりということもあるっていうじゃございませんか」

と、庇髪。

「まことに、けしからん話です」

小男が応じる。

眺めているうちに、髭と庇髪、小男と丸髷がそれぞれ夫婦らしいと、わたしにも察しがついてくる。

「帰っちゃいましょうか」

「いや、こういうことは、何度も出なおすというのも……」

「あの、いっそ縁起がよいのかも……」

と、丸髷が小声で小男に、

「なんといっても、嬰児《やや》さんが生まれるのはおめでたいことですもの」

と言いながら、懐から懐紙をだして、ちょっと目のふちにあてた。それに誘われたように、庇髪は手布で顔をおおい、しゃっくりのような声をあげた。大人が泣くのは、子供を困惑させ、同時にいささか軽蔑の念を持たせてしまうのだ。

おばさんが帰って来たので、愁嘆場は終わりになった。

いつも、産婆の仕事をすませて帰ってきたときのおばさんはちょっと異様なにおいを身にまといつかせていたと思うが、それは後にわたしが得た出産に関する知識によってつくられた偽の記憶かもしれない。

「すみませんでしたね。お待たせしちまって」

あまり恐縮したふうでもなくおばさんは言い、四人の苦情を聞き流して、

「ちィちゃん、留守番ご苦労さん。お土産だよ」

と、駄菓子の入った紙袋をくれた。座敷の隅で、白い着物に着替え、紫の袴をつけた。奇妙なかっこうをしたおばさんを見たのはそのときが最初であり最後であった。

ふたたび雨戸が閉ざされ、神棚の前には蠟燭を立てた金物の大きい鉢がすえられた。

それから行われた儀式は、わたしの目には、人形遊びのように見えた。

おばさんのつくった人形を、男姿のほうを髭の男が膝にのせ、女の人形は丸髷の人が同じように

膝に抱き、雛道具のような、三段重ねの朱色の小さい盃におばさんが酒を注ぎ、二つの人形の口にあてがって何度も飲ませるまねをしたのだが、その前後に、おばさんは、何かとなえごとをしていた。

人形は、蠟燭の火で焼かれた。その燃えがらを包んだものとひきかえに、客は熨斗袋《のしぶくろ》をおばさんに渡し、帰って行った。

その日、おばさんがわたしを橋の袂《たもと》まで送ってくれたのをおぼえている。

「おや、袖つけがほころびているよ」

ろくどばさんは言って、わたしの袖に手をふれた。

袖つけの糸を抜き取り、身頃から離れた片袖を、

「おばさんにくれるかい」

「あげる」

母に叱られるなあと思いながら、わたしは言った。

案の定、帰宅したら母に問い詰められた。

どこかにひっかけてちぎれた、と言うと、

「捨ててきてはだめじゃないの、拾ってきなさい、縫いつけるから」

「犬がくわえて持っていってしまった」

幼稚な嘘はすぐに見破られた。

「まさか、中洲に行っていたんじゃないね」

「ちがう」

「なぜ、中洲を持ち出すのだ」

と母を咎めたのは、父だった。

「袖がどうかしたからといって、中洲と結びつけることはないだろう」

「あんな、懲役にいったことのある人……」

「おまえは何かというと中洲を目の仇にするが、美代のときは中洲に頼んだではないか」

美代というのは一番上の姉の名である。結核をわずらい、十七で死んだ。

「それは、だって、美代はあんなに若くて死んで、かわいそうだったから……」

「ろくどばさんに、袖、あげた」
わたしがとっさに白状したのは、死んだ姉とおばさんがどういう関わりがあるのかを知りたくなったからだ。折檻と引き換えに、おとなたちは語ろうとしないことが明らかになる、と、理屈で考えたわけではない、子供の直感であった。そのあとは、母が激怒のあまり言葉が混乱したり父が母を怒ったりでめちゃめちゃになり、筋道のたった話はきかずじまいであったが、おばさんは若いとき服役したことがあり、嫉妬から男を刺したためだ、という意味のことは聞き取れた。

橋を守る神は、かならず、女神だという。鬼女であるともいう。世に名を知られた宇治の橋姫は、もともとただの女であったが、恋しい男が他の女に心を寄せるのを知り、我が身を生きながら鬼女となし、かの女を取り殺させよ、と、宇治の川瀬に二十一日の間、身を浸して貴船明神に願った。明神は祈願をききいれた。

『今昔物語』には瀬田の橋の袂に鬼女があらわれた話がのっているし、近江の安義橋の鬼女は、蓬髪を振り乱し、目一つ、肌は緑青色で目は琥珀の煌《かがや》きを持っていたと伝えられる。

そんな話をわたしが知るようになったのは女学校に通うようになってからで、そのころは、〃ろくどばさん〃の消息は絶えていた。

幼いころは、意味もわからず〃ろくどばさん〃と呼んでいたが、〃六道おばさん〃というべきところを、子供の舌足らずで訛《なま》ったのではないだろうか、と、そのころから思うようになった。〈衆生が善悪の業によっておもむき住む六つの迷界、すなわち、地獄・餓鬼・畜生・修羅・人間・天を六道と呼ぶ〉などという知識は、幼児のころは持っていなかったから。

訪ねてくる人たちも、六道さんと呼んでいたのではなかったか。おばさんの仕事の性質を思うと、六道の呼び名はいかにもふさわしい。

産婆ではない、もう一つの仕事のことである。

こころみに、六道とつく言葉の意味をさぐっても、〈六道四生〉は、六道における胎・卵・湿・化の四生をいい衆生の生まれかわり流転している世界・状態をさし、〈六道能化〉は六道の衆生を教化する者、すなわち地蔵菩薩の異称であり、〈六道絵〉は地獄草紙・餓鬼草紙などのように六道の世界を描いた浄土教の絵画、〈六道輪廻《りんね》〉は六道の間を生まれかわり死にかわりして、迷いの生をつづけること、とあるだけで、別段、おばさんのしていた仕事をさす言葉はありはしないのだけれど……。


母に禁じられるまでもなく、わたしは、その後中洲には足を向けなくなった。

おとなたちがまじめな顔で人形遊びをしているのがわけもなく不気味に思えたのだ。子供が玩ぶのであれば何ということもない、稚拙な人形であったが。

母の前では〝ろくどばさん〟も〝中洲〟も禁句であったし、奇妙な人形遊びの意味をだれかに訊ねるということも思いつかず、小学校に入ってから、ある日、突然、あれは三々九度ごっこではなかったかと、思い当たった。たぶん、結婚式の様子の挿絵が入った物語でも読んだのだろう。


わたしがおぼえているろくどばさんのことは、それだけだ。

わたしは独り身のまま三十をすぎ、恋をし、裏切られ、おばさんの家に行く道筋さえ忘れた。老いたおばさんが今もそこで、死者が生前愛用した晴着の袖から小さい着物をつくり人形に着せて、死者同士を結婚させてやっているのかどうかも、知らない。

わたしはこのごろ、獄屋のなかで、しきりに夢を見る。変心した男をわたしが刺したのは事実だから、わたしは抗弁も何もせず、従順に服役している。家族から縁を切られたのも当然と受け入れている。

ただ、夢を見るのがおそろしくてならない。何も怖い夢ではないのに。

いつも、同じ夢だ。

周囲は、セピアがかったモノクロームである。川が横一直線によぎり、中央に手すりの朽ちかけた橋。土手の向こうは軒のさがった古い家並。

手前の擬宝珠に、これだけは極彩色の布がひっかかって、わずかに揺れている。

クローズアップされると、これが、着物の片袖だとわかる。ひきちぎられたのだろうか。

花柄の友禅縮緬の振袖。

わたしは踏み出した足をとめる。艶やかな片袖に、薄墨で何か書き流してあるのだ。

「この橋を渡れば、魔になる」

水の女

日が落ちると、月の下で、木蓮《もくれん》はいっそう白くなった。昼の光の中でも、盛りの花はきわだっていたし、日没のころになると夕明かりをうけて葩《はな》びらはわずかに色をふくみ、数えで十三の彼は、せつないほど艶《えん》な……と感じたが、薄明も消え、夜が深くなるにつれて、月を浴びた葩びらの白は悽愴さを増した。彼は、黄泉《よみ》の鳥……と、ふと思い、それらがいっせいに羽ばたいて漆黒の空に翔《と》びたつさまを思ったりした。

隣家の裏庭の白木蓮であった。

ゆるい傾斜地なので、伯父の家の敷地は隣家よりやや高く、二階にある彼にあたえられた部屋の窓から裏庭はつぶさに見下ろせた。

白木蓮の根方の釣瓶《つるべ》井戸は、夜の闇よりいっそう暗い水をたたえ、その面に、木蓮の影が仄白かった。

勝手口の戸が開き、手燭の小さい灯がゆらめいた。

片手に桶をさげ、手燭で足元を照らしながら、井戸の方にくる。素足に下駄の鼻緒がかるくかかっていた。鼻緒の色は、月の光に黒く見えたが、女物だ。

井桁に手燭を置き、女は井戸をのぞきこんだ。手拭いを姉さんかぶりにした髪の下の顔は、二階からは見えない。

水に映っているであろう顔を、彼は想ったが、目鼻立ちは想像がつかなかった。

やがて、女は釣瓶の縄をたぐりはじめた。

襷《たすき》でくくりあげた袖口からのびた青白い腕が、力をこめて綱をたぐるとき、薄墨をさしたように昏《くら》むのは、血の色が透くせいか。月は、色を奪い、すべてが黒と白の微妙な諧調になる。

汲み上げた水を手桶にうつし、手燭で足元を照らしながら、家に入ってゆく。すぐに出てきて、同じことが何度もくりかえされた。

水をみたした桶はいかにも重たげで、女は少しからだをかたむけ、足をよろめかせた。

手を貸したくなったが、彼は、この日、伯父の家に居候になったばかりだ。それでなくても人見知りな彼にできることではなかった。

水汲みは、いくどとなくくりかえされた。

何十回女は往復したことだろうか。

風呂の水汲みか、と彼は思い当たった。

もう一度でてきた女は、今度は桶は持っていなかった。

戸口の側に、背をむけてしゃがみこんだ。そこが風呂の焚き口なのだとわかった。中の風呂場に五右衛門風呂でも据えつけてあるのだろう。

焚き口に粗朶《そだ》をさしこみ、丸めた紙屑《かみくず》をのせ、燐寸《マッチ》をすって火をつける。渋団扇《しぶうちわ》であおぎながら、粗朶を足し、炎が彼の目にも見えるほどになると、薪をくべ、はたはたとあおぐ。

焚き口の上の小窓が少し明るんだ。窓が細く開いた。女は立ち上がり、窓に顔を寄せた。やがて、女は家に入っていった。視野はもの淋しくなり、木蓮の白がくっきりした。

翌日、伯母は彼をつれて近所の家々をまわり、ひきあわせた。

隣家には勝手口から声をかけた。

顔をだしたのは、彼より幾つか年上の娘で、雑巾がけをしていたのか、濡れて赤らんだ手を前垂《まえだれ》で拭きながら、愛想のない顔をむけた。

肌が浅黒く、濃い眉の下の眼は睫《まつげ》のふちどりが墨でくまどったようだ。きつい顔立ちを、目尻の泣き黒子がやわらげていた。

「先生か奥さん、おいでなさるかしら」

うなずいて、娘は奥に入った。

娘の取次でこの家の内儀らしい女が出てくると、伯母は彼を前におしだし、

「これは、うちの良人《やど》の甥《おい》なんですが、父親をなくした後、母親が具合が悪くなりましてね、しばらく入院するんで、あずかることになりましたんですよ。なにかとお世話かけると思います。よろしくお願いしますよ」

彼の頭に手をのせて、前に下げさせた。

「春の休みがおわったら、新しい学期から学校もこっちに移らせるんですけど、うまくなじめますかねえ」

女と、その背後の娘を彼はそっと見くらべ、昨日井戸の釣瓶を汲み上げていたのは、どっちだったのだろうと、思った。

女は、娘とは対照的に色白で、襟元からのびた頸は細く華奢なのだが、半幅の帯の上の胸が丸みを持っていた。

二人の足に、彼は目を落とした。

娘は素足だが、女の足の指は足袋にかくれていた。

「子供さんですもの、じきになれますよ。美代だって」

と、女は、後ろの娘にやわらかい目をむけ、

「初めはねえ。でも、もう、すっかりなじんで」

女は、他の家の女たちのように、「何のご病気?」だの「いつごろまでこっちに?」だのといった詮索がましいことをたずねはしなかった。

「少しお待ちになって」

と奥にひっこみ、小さな和紙の包みを持ってきて、

「あの……坊ちゃんのおやつにね」

恥ずかしがっているような小声でそう言って、彼の手に持たせた。

その背後から、男があらわれ、

「奥さん」

と、彼の伯母に、

「そういうご用事なら、玄関からおいでにならなくちゃいけません。出世前の男の子さんを、勝手口からなんて、そりゃあいけませんよ。おまえも」

と、あとの言葉は女に、

「こんなところでご挨拶をうけては駄目じゃないかね」

咎めながら、女にむける目はやさしかった。やさしいと、彼は感じたのだった。

「いえ、そんな仰々しい。やんちゃ坊主で、これからご迷惑をかけるかもしれません。いまからお詫びしておかなくては。奥さんにさっそくいただき物までして。すみませんねえ」

「あの」

と、女は男に目をむけ、

「金沢の……ちょうど到来物がありましたから」

「気がきかないな」

と男は苦笑した。

「子供さんの口にあう菓子じゃないよ。もっと何か、ドロップとか、なかったかな」

「何も……」

ひどくすまなそうな顔をみせる女に、伯母は、

「いえいえ」

と手をふったが、本心から恐縮しているようではなかった。

「ちょっとお上がりになりませんか」

男は、すすめた。

「いえ、そんな」

伯母は口だけ遠慮したが、

「まあ、そうおっしゃらず」

男が言葉をかさねると、

「それじゃ、お言葉に甘えますか」

下駄をぬぎかける。

「ここからじゃいけません」

男はとめた。

「玄関におまわりになってください」

「いつだって、こっちからお邪魔してるじゃございませんか」

「今日は、坊ちゃんをお連れだから」

「おやおや、ずいぶん待遇がちがうこと」

伯母は皮肉っぽく言い、建物に沿って表にまわった。

唐破風《からはふ》の屋根をもった来客用のいかめしい玄関と、家族用の内玄関がならび、伯母は内玄関の引き戸を開けた。娘が、先に来て待っていて、座敷に案内した。

紫檀の座卓がすえられ、男だけが着座していて、伯母と彼に座蒲団をすすめた。

「まあ、お師匠さん。お座敷はあんまりですよ。肩がこりますよ。お茶の間でよござんすのに。こんな上座じゃ困ってしまいます」

と言いながら、伯母は物珍しげに辺りを見まわす。隣に住んでいながら、座敷にとおったのははじめてなのだろうか、と彼は思った。

伯母の家とはまるで趣が異なっていた。伯母の家の床の間には、瀬戸物の布袋《ほてい》がおかれ、長押《なげし》にはお多福の面をまんなかにつけたお酉様の熊手がかざられ、軸は七福神というめでたさだ。伯父は土建屋で、このあたりの家は、伯父が建てて売ったものが多い。伯母は以前は伯父に囲われていたが、本妻が死んでから後添えに入ったのだという。

この座敷は何一つ余分なものがなく、冷やかなほどだ。

床の間の掛軸も壺も、厳しい風格があった。縁側に張り出した付書院に、裏庭から切ったのだろうか、古びた青銅の筒に挿した木蓮の一枝が、さりげないようで、余分な小枝や花が払われ、鋭い形を持っていた。

違い棚におかれた能面に彼は目をひかれた。この静かな部屋に不似合いなほど強い印象をあたえる鬼女の面であった。

「この坊ちゃんは、骨董に目がおありなのだろうか」

男が言い、

「めっそうな」

伯母は大袈裟な身振りで手を振った。

「まあ、失礼なことをしまして。しゅう、よそさまのお部屋をじろじろ見たりするんじゃないよ」

男が咎めているのではないと感じ、彼は顔を伏せないでいた。

「しゅう君というんですか」

「まあ、まだ名も申しませんでしたかね。舟也《しゅうや》というんです。舟という字を書きましてね」

「舟也君、その筒は珍しいでしょう」

男は一人前の大人を相手にするように、彼に言った。

「平安のころの経筒なんですよ」

「まあ、そりゃあお値打ちものですねえ」

伯母は頓狂な声をあげた。

「こちらさんはお仕事がら、よいお品をお持ちとは思っていましたが、平安時代ねえ。何だか気の遠くなるような昔ですねえ。その鬼のお面なんぞも、ずいぶんお高いんでしょうねえ」

茶をはこんできた女に、男は、

「この坊ちゃんは、目利きのようだよ。おまえ、お薄をたててあげたらいい」

「いえいえ、困りますよ。お師匠さん、奥さん、わたしもこの子も、茶の湯の心得なんてからきしなんですから」

「なにも、作法なんかいりません。陰でたてますから、ふつうのお茶をあがるように、気楽にあがってください」

「もう、こちらをいただきますから」

盆にのった煎茶茶碗に、伯母は手をのばした。

男は悪強いはしなかった。

そえられた菓子は、儚いほど薄い紙にくるまれた落雁《らくがん》だった。

「なるほど、この坊ちゃんなら、ドロップじゃなくても大丈夫だな」

「お師匠さんは、ずいぶん、買いかぶっていなさいますよ」

伯母は笑った。

「お道具のよし悪しなんか、わかっちゃいませんものの珍しくて見まわしていただけですよ」

「おうちの方が、道具を集めておられるとか？」

「いいえ、これの父親は、つまり亭主《うち》の弟なんですけど、中学の教員でして、お道具なんて、お師匠さん、とてもですよ」

「ご兄弟で、ご職業がずいぶんちがうんですね」

「はい。これの父親は、何ですか、子供のころから学問好き、本好きだったそうで、うちのが、学資の面倒をみて、師範まで進ませましたんですよ。これの父親は、趣味といったら本を読むぐらいのもので。まあ、うちじゅう本だらけでした。それにまた、これの母親が、おひきずりって言っちゃ何ですけど、だらしがなくて、掃除をしない人ですから、これの父親が死にましたときね、お通夜だ、葬式だといったって、あなた、部屋のかたづけようがないんですよ。困っちゃいましたっけ」

伯母の讒訴《ざんそ》をさえぎるように、男は落雁の薄紙をむき口に運びながら、彼にも食べるように目顔ですすめた。

舌の上で静かに溶ける菓子の味は、それを包んだ薄紙のように、あわあわと儚かった。

煎茶の淡い苦さが、菓子の名残の味をゆっくり消した。

「それにしても、お師匠さん、どうしてまた、この子がお道具に目があるなんてお思いになったんですか」

「床の軸、焼物、そして木蓮の投げ入れ、違い棚の能面、と、むける目が、子供の目ではなかった」

「こちらのお師匠さんはね」

と、伯母は彼に教えた。

「お謡の先生なのだよ。お仕舞いも教えていなさる。奥様は鼓をなさる」

「習ってみませんか」

男は、彼を見つめ、誘いかけた。

彼はいそいで首を振った。何か、怖い気がした。

この冷厳な気配がはりつめた座敷で、男と差向いで謡の声をかわすことを想像しただけで、息苦しさが予感される。

男の口調はものやわらかく、彼にむける目もむしろやさしいほどなのに。

「稽古ではなくても」

と、男は言った。

「ときどき、ひとりで遊びにいらっしゃい」

「そうなさいな」

かたわらから女が口をはさんだ。

「お弟子さんたちのこない日に、おいでなさいな」

そう言ってから、

「うちには男の子がいないから、退屈なさるかしら」

「わたしが、はらはらしちまいますよ」

と、伯母が、

「なんといっても、やんちゃ盛りですから、襖を破きはしないか、お道具を傷つけやしないか、と、気がもめます」

「やんちゃなら、うちにも、おりましてよ」

女は微笑した。

そうして、奥にむかって、

「美代さん、ちょっといらっしゃいな」

と呼んだ。

水仕事を終えたとみえ、敷居際にひざまずいた娘の手から、もう赤みは消えていた。

「舟也さんといいなさるんだって。旦那様が、この坊ちゃんをたいそうお気に入ってね。ときどき遊びにきなさるからね」

それで引き合わせはすんだというのか、目顔で娘を去らせた。

薄荷《はっか》のようなにおいが、かすかに残った。娘のからだのにおいなのか、彼の錯覚か、わからなかった。

「能面が気になる?」

男は、彼の視線の先をたどって、そう言った。

ああ、肩が凝った、と伯母は家に帰りつくなり、大袈裟に吐息をついた。よそゆきの着物を普段の銘仙に着替えながら、真顔になって、

「おまえね、隣に遊びに行くんじゃないよ」

と命じた。

なぜ? と目をあげる彼に、

「子供は、あれこれ聞くんじゃない。隣だから、あいさつ抜きってわけにもいかないから、連れていったけれど、遊びにきなさいっていうのは、口先だけだからね。大人にはね、社交辞令ってものがあるの。わかったね」

押しつけるように強く言った。

「伯父さんだって、聞いてごらん、いけないと言いなさるよ」

その日も、空が暗みを帯びてから、彼は二階の自室から隣家の裏庭を見下ろした。

月の下に木蓮が白く浮きだし、小鳥の群れのように羽ばたいていた。

水汲みに女があらわれるのを彼は待った。昨夜、釣瓶井戸の水を汲み上げ、風呂の火を焚きつけたのが、美代と呼ばれた娘のほうなのか、主の妻のほうなのか、もう一度見れば、見当がつくのではないかと、彼は思った。

美代という娘は、下働きなのか、内弟子なのか。

呼び捨てではなく、美代さんと、さんづけで呼んでいたのだから、親類の娘でもあずかっているのだろうか。彼が伯父の家にひきとられているよ

うに。

どちらにしても、風呂の水汲みといった力仕事は、若い美代がやらされているのだろうと思うが、昨夜の女の影は、美代よりもう少しやわらかい輪郭を持っていたような気もした。

やがて、伯父さんが帰ったから夕食にすると、階下から伯母に呼ばれた。

十代の半ばから土木業の現場でたたき上げた伯父は、大柄ではないが筋肉の盛り上がったからだつきで、鼻の頭や頬は、風に吹かれた子供のように赤く艶があった。

長火鉢の脇に卓袱台をすえ、和物の小鉢や焼魚の皿がならび、伯父は晩酌を始めていた。

銅壺から燗のついた徳利をとり、猫板に肘をついた片手で伯父の猪口《ちょこ》に注ぎながら、

「今日、しゅうを連れてご近所回りをしてきましたよ」

伯母は告げた。

「お隣にも行ったんだけど、初めて、座敷にあげてくれましたよ。いつも、勝手口なのに」

伯母の早口のお喋りを、伯父は聞き流して猪口をはこんでいたが、

「あそこの旦那さんが、しゅうをいやに気に入って、稽古をしないかとか、遊びにこいとか」

そう伯母が言うと、彼に目を投げた。底に力のある目だった。

彼は、何も悪いことはしていないのに、うしろめたいような気がして、目をそらした。

「遊びに行くんじゃないってわたしが言ったら、この子ったら、なぜ？　って口答えするんだから。言ってやってくださいよ、だめだって」

「伯母さんがいけないということは、するんじゃない」

でも……と、彼は口ごもった。

なぜ、いけないのか。

男に誘われたときは、何だかぞっとして、いそ

いで首をふったけれど、その誘いは、後で思い返すと何となく甘美だ。

ことわったのが惜しくもなる。せめて、遊びにいってみたい。

古い青銅の経筒にさりげなく投入れられた白木蓮の一枝は、花が三輪ついていた……と、彼は眼《まな》裏《うら》に思い描いた。

伯母は、彼が道具を傷つけたり襖を破いたりしては困ると言っていたけれど、禁止の理由はそれではないと、彼は直感していた。

それでも、探り針をいれるように、

「道具をこわしたりはしないけれど……」

小声で言った。

「何をぐちゃぐちゃ言ってるんだよ。言いたいことがあったら、はっきりお言い」

伯母の言葉に、伯父も、

「男は、大きい声で、はっきり物を言わなくてはいかん。何だ」

と顎をしゃくる。

ささやくような声で喋るようになったのは、母が突然無口になって以来だ……と、彼は思う。子供にはわからないと気を許していたのだろう、彼の前で、父と母は、ずいぶん激しい言い争いをした。言い争いと言うよりは、母が一方的に父をなじっていた。父がよその女と関わりをもったのを母が責めているのだった。そうして、父は病んだのだが、母は看取りを放棄した。父の容態が急変したとき、医者の往診を頼むことをしなかった。

父の死後、母はまったく言葉を発しなくなった。動作も緩慢になって、雨戸を閉ざしたきりの家の隅にうずくまっていることが多くなった。彼は、母の静寂さを乱さぬよう、声をだすのを控えた。大きい声をだすと、母がびくっとおびえた様子をしめすからだった。

母はこころの療養のために病院に送られた。

「隣……。行ったら、静かにしているけれど……」

「まだ、そんなことを言ってるのかい」

伯母の声が甲走《かんばし》り、彼はおし黙った。

「うちの躾が悪かったんだねえ。教わらなかったかい。大人に口答えするんじゃないって」

口答えをするなと父にも母にも言われたことはなかった。

する必要もなかった。というより、何をもって口答えというのか、それすら、彼にはよくわからないのだった。

「いいかい、大人がだめだと言ったら、だめなんだよ。子供にはわからないいろんなわけがあるんだからね」

いま、隣家の裏庭では、女が、釣瓶で水を汲みあげているだろうか。彼はそのさまを思い描くことで、伯母の小言を素通りさせた。

「あそこんちは、ふうきが悪いんだから」

という言葉が耳をかすめた。

「ふうき？」

空気の聞き違えか、と彼は思った。

家の中の空気は、この家よりよほどすがすがしかった。

「わからなくていいんだよ、子供は」

伯母は叱り、

「あんな人と知っていたら、売るんじゃなかった」

と、伯父にきこえよがしな独り言を言った。

「買う前に、一通り見て納得して買ったんだろうに、雨が漏るの建てつけがどうの、苦情ばかり持ち込んできて」

隣家も、伯父が建てて売った家なのだとわかった。

「自分たちは何をやっているんだか。上品ぶっているくせに、とんでもないひとたちだ」

腹立たしげに、伯母はつけくわえた。

一膳だけ食べて箸をおき二階に行こうとすると、

「一膳飯はいけないよ」

伯母はとがめ、

「お父さんは学校の先生だったんだろう、何を教えたんだか」

不機嫌な声を投げた。

「男の子は、たくさん食べなくては強い兵隊になれん」

伯父が言った。

月が雲にかくれ、闇に溶け込んだ白木蓮は空間に朧《おぼろ》な靄《もや》を刷くばかりだった。井戸のあるあたりは、深い闇だ。風呂場の灯も消えていた。
彼は、父の遺品である分厚い辞書をめくり、〈ふうき〉の意味をしらべた。
風気――気候。風の吹くけはい。感冒。風邪。保元「春宮大夫宗能卿は……―とて参内せられず」
風紀――風俗・風習についての紀律。日常生活のきまり。特に男女間の交際の節度。
風鬼――風の神。〔仏〕利欲・名誉・苦楽などが人心を動揺させ正法に安住させないことをたとえていう。
富貴――富んで貴いこと。財費が多く位の高いこと。ふっき。本朝文粋「―を浮雲に喩る」↕貧賤。――ぐさ【富貴草】――らん【富貴蘭】

禁断の場所となったために、隣家は、魅力を増した。

翌日、新学期がはじまるまで、彼は空虚のなかに宙吊りの状態である。家にいたころは父のおびただしい蔵書のおかげで、退屈を知る暇はなかったのだが、伯父の家には書物といったら古い読物雑誌が一、二冊あるだけで、じきに、広告の隅々まで読み切ってしまった。

門の外回りの掃除を、彼は自分から申し出て受け持った。

「おや、えらいね」

伯母は単純に機嫌をよくした。

隣家の住人が外に出てくることがあるかもしれないと思ったのだけれど、ひそかな期待はかなわなかった。

建売で買った家の造作に難癖をつける。伯母が隣家を嫌うのは、そのためだけではないと、彼は感じていた。

ふうきが悪い。

辞書でひいた言葉で、〝悪い〟にむりなくつながるのは、〝風紀〟だと、彼は思ったのだった。

それも、日常のきまり、という意味の風紀なら、隣家は、だらしなさなど、毛一筋もない。

彼は、父の蔵書を読みあさったせいで、実際にはおくてなほうなのに、知識は年のわりにませていたから、〝風紀が悪い〟の意味を、漠然と感じとりはした。だが、具体的にどういうふうなのか、見当がつかないのだった。

しかし、何となく恐れを持った。近づいては行けないのだけれど、目を離しがたい。

昼過ぎ、謡の声、そうして鼓の音とかけ声が隣家から流れてきた。

唸りとも叫びともことなる、腹の底からつかみだして長くひきのばすような、一人の声なのに低い声と高い声がよじれあったような、不気味なかけ声に、彼は鳥肌立った。そのあとに、鋭い音がつづいた。

さらに地底からわきだすような謡の声が、彼の耳の底にとどいた。

その声に、音に、彼は浸った。

日が落ちると、井戸の水を汲みに女があらわれるのを待った。

妻のほうだと、彼は確認した。

一昨夜の姿と重ねあわせ、どちらも同じだ、つまり、水汲みと風呂焚きは、若い美代ではなく、妻の仕事になっているらしいと思った。どちらにしても、痛々しい。伯母の家では、風呂の水汲みは彼の役割になったが、台所に内井戸があり風呂場は台所の隣なので、苦労は少なかった。

視線というのは不思議なものだ。見つめられていると、それと知らなくても、痛いようなものを感じることがある。

女もそうだったのだろうか、綱をたぐる手をふととめて、二階を見上げた……ように、彼は思った。

しかし、彼と目があうことはなく、女はまた水を汲み上げにかかった。

焚き口にかがみ、火をつけ、やがて風呂場に黄ばんだ灯がともり、女は窓に顔を近づけた。

窓が少し開いた。

のぞいた顔は二人だったように、彼には見えた。

根がお喋りな伯母は、彼を焦らすように少しずつではあるけれど、隣家の事情を語った。

美代は、内弟子なのだが、主が可愛がるようになった。


「その当座は、大変だったんだよ。奥さんが、あんなしおらしい顔をしているけれど、美代ってのとつかみあいの騒ぎで、あげく、煮え湯がね、どっちがどうしたんだかたしかなところは知らないけれど、奥さんにかかって。かつぎこまれた医者の看護婦の口から、話がみんなにひろがっちゃってね。胸からおなかにかけて、ひどい火傷だって。着物を着ているからわからないけれど、すさまじい痕だってよ。蛇の鱗みたいな。しゅう、おまえのところも、お母さんがおかしくなったのは女のせいだろう。それでも、お父さんは、女を家にいれたりはしなかったよね。あそこんちじゃさ、そんなみっともないことがあったのに、美代ってのを追い出さないんだからね。けろっとして、いっしょに住んでいるんだから」

始業式の前日、隣家では葬式が行われた。

弔問には伯母が行き、彼は伴われなかった。

二階から、彼は見下ろしていた。裏庭にも人の出入りがあり、いつもよりざわめいていた。伯母の話から、亡くなったのは謡の師匠である主であること、心臓発作による急死であったことなどを知った。

男が死んだら、風呂はどうするのだろう、と彼は思った。

女が水を汲み、風呂を焚き、男が美代さんといっしょに入る。

彼にはそれは、何だかたいそう甘美なことに思えたのだった。

あの人たちも、彼が見ていることを承知だった。彼にはそう思える。

見られることを、嫌がっていなかった。むしろ、積極的に、窓をあけ、外の女と中の二人が顔をよせるさまを、彼に、見せていた。

見ることで、彼は、三人の甘やかな秘事に参加し、三人も、それを彼に望んでいた。

妻である女の心の中は、彼にはわからなかった。彼が大人であれば、女の修羅を思ったかもしれないが。

焼場にむかう柩を見送った伯母が帰宅し、玄関口で彼に塩を喪服の肩に撒かせた。

葬列は、二階の彼の部屋からは見えなかった。

その夜、彼は、見た。

木蓮がいっそう白くなった。

振袖の女が、井戸の端にあらわれた。男物の紋服に袴をつけた人影を伴っていた。

ふたりは、井戸をのぞく。水にうつる影に目を落としているふうだ。

そうして、二人は、声なく、舞った。

月に色を吸われ、墨色の濃淡となった振袖は、隣家の女であった。男姿は、美代さんだと、彼は思った。

袖をかさね、二人は、舞っていた。

翌日、彼は新しい学校に行った。

転校生は何かといそがしく、とりまぎれているうちに隣家は空き家となった。

木蓮は花が落ち、さかんに葉をしげらせた。

子供だった彼の目に映じたのは、それだけだ。

妾に死んだ夫の衣を着せて連れ舞いした女のこころは、ついに、彼にはわからぬままだ。わからないけれど、惹かれた。

母が退院し、彼が母のもとにもどることになったのはその年の夏で、結局、一学期しかこちらの学校にいかなかったことになる。

彼を迎えに来た母が彼の衣服を行李につめているあいだに、空き家のままの隣家に入ってみた。

伯母に禁じられて以来、初めてのことだ。

井戸は、井桁の枠だけを残して、土で埋められていた。

釣瓶は乾ききって、綱はささくれ桶はひび割れていた。


彼は、井戸枠をまたぎ、中に入った。

土に腰をおろし、見上げた。

水に、わたしの影をうつしては、汲みこんでいたのですもの。あの人がはいったお風呂は、わたしの化身の水ですもの。

二人を、わたしは抱いていたのですもの。

女の声が、彼のこころの奥に聴こえた。

彼は、ふと視線を感じ、中腰になって、伯母の家の二階に目をあげた。窓から、母が見下ろしていた。

あのようにして、ぼくはここを見ていた……。

ぼくの影も、水にうつった。

いっしょに、ぼくも、お風呂にはいったのですね。

そうですよ。女の声が微笑をふくんだ。

うちのひと、あなたが気に入ったのですもの。

真昼の光が翳《かげ》り、木蓮の葉叢《はむら》が、白く翔びたつ鳥にかわった。

「ええ、太夫のおそいことだ」

男たちの一人が、苛《いら》だった声をあげた。

「途中で酒でもくらい酔っているのか」

「今年の市は、もう、おしまいかな」

心細く、一人が応じた。

「さっき茂助を買った、あれが今年最後の太夫さまだったのだろうか」

「いいや。彦太夫さまが、まだ来ねえ。この次も伊三《いさ》よ、おまえを見立ててやろうと、彦太夫さまは言わしゃった」

伊三という男は、太夫たちの三河なまりを、ちょっとまねた。

昼ごろから降りだしたみぞれは、ほとんど波紋も描かず、薄墨色の川面に溶けいる。まだ陽が落ちるには間《ま》があるはずなのに、河岸に並ぶ蔵も町《まち》家《や》も、みぞれに色彩を洗い流され、たそがれのなかに沈んでいるようだ。

濡れた枯れ葦がなびき伏し泥をかぶった河岸にたむろする七、八人の男たちは、水をふくんだ蓑《みの》の重さをふり落とそうというように、小きざみにからだを動かしている。寒さをまぎらすためもあるだろうが、期待と焦燥がしだいにふくれあがり、荒々しい力をはらみ、男たちを内側からつき動かしているふうに、弥太《やた》にはみてとれる。

弥太は、群れから少しはなれて佇《たたず》んでいる。

俺がこたア、今年はだれも買いには来ねえのだなア。

淋しさに、弥太は涙ぐみそうになる。

十五の年から去年まで四年、大節季《おおせっき》ともなると、弥太は安房の在から江戸に上り、ここ日本橋四日市の河岸に立つ「才蔵市」に加わってきたのだった。

――めでたい尽しでやろかいな。めでたい尽しでやるならば、当家の旦那さまがはるばると、お伊勢まいりのその折に……。

口のなかで、弥太はつぶやいてみる。

――朝熊山《あさまやま》の中腹で、はるか向こうを眺むれば、大波小波を打ちわけて、大船六隻あらわれて、これは何よと思うたら、七福神の舟遊び……。

一夜明ければ、明日はめでたい正月、お元日。大晦日の今日、この河岸に、安房、上総、下総、そして野州あたりの在から集まってきた男たちは、朝のうち四十人あまりもいただろうか。遠州三河や相州から、江戸の新春を祝福してまわるためにやってくる太夫たちは、ここで相方をつとめる才蔵をやとう。もっとも、大名屋敷や豪商の家家を回勤する格式の高い太夫は国もとから才蔵を伴ってくるので、河岸にはあらわれない。

昼前は、まだみぞれは降りだしていなかったが、腹に濡れ雑巾をあてられたような底冷えは、かえってきびしかった。胴震いがやまず、声もふるえがちになるのだが、太夫に、まずはうたってみろと声かけられたものは、ここをせんどと身ぶりおかしく、

あら楽しやな。鶴は千年の名鳥なり。亀は万年の齢を持つ。鶴にもすぐれし、亀にもまさる、千代を経て千代の、へへ、コレワイ……。

と、ひとふし、うたいあげるのだった。

買いましょう。ついておいで。

いや、その才蔵、わしが欲しい。

と、たちまち買い手がつくものもいたけれど、もはや、太夫たちの足もとだえた。それでも、男たちは待ちつづける。

「やあ、俺が太夫さまだ」

伊三の声がはずんだ。しかし、すぐに萎れた顔になり、肩を落とした。みぞれのむこうに薄黒く立った影は、いそがしげに遠い橋を渡り、家並のあいだに消えていった。

去年、小七《こしち》に肩入れしてやりさえしなければ……。

いまごろは、多紋《たもん》太夫さまと連れ立って……と、弥太は、幾度くりかえしたかしれない繰り言が、また、くちびるにのぼる。

弥太がはじめて河岸の才蔵市に立ったときから、多紋太夫は、毎年、彼を見立ててくれたのだった。

五年前の年の瀬、はじめて加わった河岸の市を、弥太はいま、まざまざと思い出す。

今日のようなもの淋しいみぞれ空ではなかった。かんと青い氷をはりつめたような空の下で、かわいた馬糞をまきあげるから風に吹きさらされ、十五歳の弥太は、気負いと心細さが半々に、男たちに混って立っていた。

稽古は十分に積んであった。弥太の村にも、毎年冬場を才蔵で稼ぐ男たちは何人かいて、彼らは弥太に、おまえは才蔵にうってつけだ、というのだった。才蔵がどういうものか知らぬころから、「ぼんとした面《つら》が才蔵市で売れ」とは弥太がことだ、とか、「つごもりの市にかかえる広小路顔のまどりののびた才蔵」とやら「古鼓《ふるつづみ》しらべゆるみてしまりなき　顔がねのする才蔵の市」とやら、とんと、おまえが面のことだ、などとからかわれた。眉と目尻のさがった愛嬌のある丸顔が、才蔵役にむいている意味だと、なかなかわからなかったのは、弥太は鏡などめったに見ず、自分の容貌にたいして関心もなかったからである。まだ、そのころは色けづいていなかったのだ。

小さいころから言われつづけ、才蔵とは何だと問いかえすほどに弥太が興味を持ちはじめると、男たちは彼を仕込むようになった。彼らは太夫の役分も見よう見まねで身につけていたから、口うつしに、江戸城や江戸の町をほめ繁栄をうたう御城万歳、普請を祝う地割万歳、くだけた門付万歳から、回勤先の産物を祝福する入り込み、おかしみのある福倉持倉《ふくらもくら》、と、弥太に教え込んだ。

才蔵となることに、弥太は何の感慨も持たなかった。芸能を演じることに伴うある種の陶酔感、誇らしさ、などは、弥太はまだ知らず、教えられるままに、ややこしい詞をおぼえこみ、鸚鵡《おうむ》がえしに唱えていた。彼の感情はごく凡庸な働きしかしていなかったのである。それゆえ、彼の日常はおだやかだった。

才蔵たちが集まるのと前後して、太夫たちも次次とやってくる。最初、弥太には、どの太夫も同じような顔にみえた。正月から春先まで江戸とその近在を祝福芸を演じてまわる時期のほかは、三河で米を作り畑を耕す農家の人々なのである。才蔵たちもまた、農民だった。どの男も似たような土臭い顔だった。

弥太がほかの男たちと異なるところといったら、とびぬけて年が若いということだったろうか。

あまりに若いので、芸も未熟と思うのか、相方を物色する太夫たちは、彼に一瞬目をとめても、声もかけず、ほかの者に目をうつす。

気ぜわしい大晦日ではあるけれど、市のまわりには、見物の野次馬が半円を作っていた。

弥太の前に、中背で骨ばったからだつきの太夫が立ちどまった。四十代のはじめぐらいか。顔だちにきわだった特徴はないが、深い眼窩《がんか》の奥の眼に、弥太は惹《ひ》かれた。

「これはのヤーレ才蔵や」

いきなりうたいかけられ、反射的に弥太は応じた。

「太夫さまが万歳なら、かように申す才蔵は」

「尾張の国や三河の国、若狭の国なら八百比丘《びく》、
白髪が小股に生えるまで」

「ごしゃごしゃとさくまで万歳」

「正月にとりては」

「恵方棚のまん前に……」

調子のよいかけ合いがすらすらと続き、

「松や竹を賑やかに、年の初を祭る」

「正月のことなれば」

「そこらのソレソレ娘さんたち
手毬《てまり》の拍子がストトコ　トン
おや、ストトコトンと
はやしこんでまいる」

手渡された鼓を打ち鳴らし、うたいあげるうちに、いつか、弥太は、快い酔い心地になっていた。

「一《ひ》や二《ふ》や三《み》や四《よ》、五《い》や六《む》や七つ、七つ何事ないように、西の宮の御大将、だれだ、どなただ、恵比須三郎ではないか」

「その又お次がだれなれば」

太夫が煽るように合いの手をいれる。

弥太は陶酔感が深まり、

「お色の黒い大黒さま、だれだ、どなただ、大黒どのじゃないか」

「その又お次がだれなれば」

呼吸のあい具合のよさは、まるで女と肌をあわせているときのようだと、弥太は思った。弥太の倍も年上の後家のところに夜這いに行ったことがある。いや、後家を抱いたときより、はるかに深いよろこびがある。七福神の名を次々うたいあげる彼に、その又お次はだれなれば、と、さびのある太夫の声が、すいと寄り添う。たのもしく、力強く。長年、雨風にさらされて鍛えあげられた声である。そのとき彼は、己れが女身と変じたような錯覚を持った。それと自覚する前に錯覚は消え、彼自身の打つ鼓の音が、彼を浮きたたせた。

周囲に群れる人々を、彼は忘れた。うたい踊

り、うたいつのる弥太を、途中で太夫は手をあげて制し、買いました、とうなずいて、先に立って歩きだした。

無口な太夫であった。神田の旅籠《はたご》に着くまで、ひとことの褒めことばもなかったが、気にいられたと、弥太は確信した。彼が感じたほとんど性的ともいえる感覚を、太夫も共有したはずであった。

わらじの紐は足にくいこんでいた。かじかんだ指でようやく紐を解いた。太夫は手早くわらじを脱ぎ、宿の女中がはこんできたたらいの湯に、埃にまみれた足を浸している。足を脇に寄せ、弥太を目で招いた。あいたところに、弥太も足をいれた。指先がじんじんと痛み、その痛みは、すぐに快いぬくもりにかわってゆくのだった。

太夫は前日江戸に着き、荷はこの宿においてあった。竈《かまど》をきずいた土間につづく板敷きの部屋で、太夫は包みを解き、彼に才蔵の衣裳をためしに着させた。素襖《すおう》をつけ、侍烏帽子をかぶっていると、宿の女中が通りすがりに、よくお似合いだよ、と愛想を言った。素襖は色が褪《あ》せ、袖口はすりきれていた。これまで、どんな才蔵がこれをつけたのだろうと、弥太は思った。烏帽子の紐を太夫は結んでくれたが、その指は、あかぎれに土がしみこんでいた。衣裳を脱いで、弥太はたいせつに畳んだ。

夕餉《ゆうげ》のあと、明日は早いからと、二階の十人ほどの相部屋に敷き並べられた蒲団に、太夫はからだを横たえた。弥太は、太夫の腰をさすり、固いふくらはぎを揉みほぐした。三河から江戸まで長い道中である。旅の疲れがからだの芯にこりかたまっているにちがいなかった。

親の腰も揉んだことはなかった。弥太には父親も母親もいることはいたが、彼の名前さえ、親たちははっきりわかっているかどうか、疑わしかった。八人きょうだいの末である。おまえは間引かれそこなったのだと、兄たちに教えられていた。

はい、おめでとうございます。祝いこみます御万歳とな。御家も栄えています。千代も栄えて万年の御祝い、申す……。

獅子舞いだの太神楽だの同業の万歳だのがゆきかうあいだを風が走りぬける正月の江戸の町を、風折烏帽子に大紋の太夫のあとについて、弥太は歩いた。門々に立って、はい、おめでとう、と、ひとくさりうたい踊り、お初穂を受ける。大店なら、米一升に銀一匁とか、銀だけ二匁とか、はずんでくれる。せせこましい裏店も小まめにまわり、わずかなお初穂もありがたく受けて、弥太が肩にした長袋におさめる。一日まわると、袋はずしりと肩にくいこむ。米は、食べしろをとりわけて、大部分はかねにかえた。万歳の米は縁起がいいと、穀物商などで、よろこんでひきとってくれるのだった。

七草を過ぎ、江戸の町々を祝福し終わると、朱引きの外に出て、地方を回勤する。江戸市中では足まかせの門付けだったが、地方には、きまった檀家があって、太夫の訪れを待ちうけていた。

多紋太夫の懐は、分厚い檀家帳でふくれていた。毎年訪れる檀家の名を書きつらねた帳面で、

「これが、わたしらの財産だよ」

口の重い太夫が、弥太に、このことだけは念を押すように何度も告げた。

檀那場の権利を保証するものである。いわば、万歳の株であるから、太夫の資格とともに売買したり、質に入れることもできる。人気のある太夫の檀家帳に記された名は数多く、しかも、年々、書き加えられて数を増すのだった。

二人きりの、長い旅であった。多紋太夫の檀家帳には、「水戸より磯ノ浜より土浦、夫《これ》より片野町と聞くべし。夫より下妻へ。西町と聞くべし、……」と、百十八か村、千二十九軒の檀家がしる

されてある。

どこの家でも、心をつくしてよろこび迎えてくれた。そして、太夫から江戸の正月の模様をきき、更に、心配事を話して太夫の助言を求めたり、相談にのってもらったりもするのだった。

すべてを回勤し終わるころは、五月も半ばを過ぎ、川の水がぬるみ、草が青みを帯びはじめていた。高崎から、太夫は江戸に入らず三河に戻る。苗代の仕事がはじまる時期であった。

この次もまた、わたしを見立ててくださいませね。

弥太は声には出さずに言った。口にすると、鼻の奥のつんとした痛みが涙になって溢れそうなので、気恥ずかしかったのである。

お父っつぁん、と、心のなかで呼んだ。肉親の父親に対してなら感じようもない妖しい思慕《しぼ》を、彼は認めようとはしなかったけれど。

もらいためたお初穂は、太夫が十、才蔵が一の割り合いでわけるのがならわしだというけれど、多紋太夫は、少し余分に色をつけてくれた。そうして、翌年もまた、太夫は弥太を買った。その次の年も。


小七をせめて荷物持ちに、などと、なぜ、おれは言ってしまったのだろう……。

しかし、ことわっても、弥太が黙っていれば、小七は執拗にせがんだであろうし、もし、強引に振りきったとしたら、その後弥太は、何かうしろめたく胸がうずいたことだろう。

幼なじみであった。小七の方が二つ年長である。子供のころは、親やきょうだいといっしょにいる時間より、小七と過ごす時間の方が多かった。遊ぶというより、一方的に、弥太が小七にいびられ、からかわれる関係であった。たとえば、夏――。空をうつした川で泳いでいる弥太の足を水中にひきずりこむ河童《かっぱ》は、小七であった。弥太が耐えきれなくなる間合いを小七は十分に心得ていて、その寸前で、ぐいと抱えあげて浮き上がらせ、かっかっとたのしそうに大口を開けて笑う。すると半泣きの弥太の顔が、いつか、つりこまれて笑っているのだった。

ほかの子供たちとおだやかな平板な遊びより、弥太は、小七に荒々しくかまわれる方を好むようになっていた。小犬をもてあそぶように、小七は弥太を扱った。愛情に残酷さがない混ぜられていた。弥太はまた、小犬のような無邪気な信頼感を、いつも、眼尻の下がった丸っこい眼に、こめていた。その哀しいほど透明な眼が、いっそう、小七の残酷さを駆り立てるとは、気づきもしなかった。しかし、小七の粗暴さが愛情の深さに比例していることは、直感で感じとっているのだった。小七に足をつかまれ水中にひきずりこまれるのは弥太だけであり、弥太は、咳こんだり水を吸いこんだり鼻の痛みに涙をこぼしたりしながら、ほかの子供たちのいくぶん羨ましそうな視線を浴びた。小七は、大人たちからは警戒の目で見られ、子供たちには畏敬されていた。

弥太は心の奥底で、ほんの少し、小七を哀れんでいた。小七のからだのなかにある名づけようのない烈しい力は、他人に嫌われるような形でしか発散されない、つまり、小七は、自分で自分を制《せい》馭《ぎょ》するすべを知らないのだということを、弥太は、感じていたのである。

村に三曲万歳が訪れてきたことがある。弥太が十二の年だった。弥太たちにとって、たいした事件であった。そのずっと以前から、農閑期を才蔵で稼ぐ慣わしはつたわっていたが、それは太夫と才蔵、二人だけで組むものであった。数人が一団となって、鼓、三味線、胡弓を奏で、歌舞伎をまねた衣裳をつけ、芝居のさわりを掛け合いできかせる三曲万歳は、地芝居もなければ旅芝居のまわってくることもない村の人々にとって、息をのむ華やかな興行であった。

　三曲万歳が去った後、子供たちのあいだでは、しばらく、そのまねがはやった。子供たちばかりではない。若い衆さえ、声色つかいに興じた。仮名手本忠臣蔵三段目の、鷺坂伴内と家来のおどけた掛け合いが、そこここで見られた。

「待て待て待て、家来ども、お軽一人と見たならば、すぐさま我が家へ連れ帰り、土鍋へどんと刻みこみ、醤油をさして水をさし、上からグッタグタ、下からグッタグタ、グッタグタと煮かわかし……」

「食ってしまってござります」

「食ってしまったら参れ参れ」

　役者になるわいと、小七が村をとび出したのは、そのすぐ後だったが、ものの三月《みつき》とたたぬうちに、舞い戻ってきた。その三月のあいだ、どのような日を送ったのか、小七は口をつぐんでいた。親たちはいっそう小七を警戒し、子供たちを小七から遠ざけたがった。

　遊びほうけてはいられない年ごろに、弥太もなっていた。田の仕事がいそがしく、以前のように小七と共に過ごすことは少なくなった。遊ぶかわりに、夜這いに小七は弥太を誘った。

　小七が目をつけていたのは、ちいという若い愛らしい娘だったが、弥太は、夜這いの相手だけは自分の好みをとおし、小七の指図にしたがわなかった。濡れた紙が二枚合わさったように緊密に結びついていた小七から、少しずつ、弥太はひき剥がれていた。

　去年の暮、小七が、おれも才蔵市に出るといって弥太と連れ立ったのは、その隙間に気づいたからだろうか。鼓もうたも、小七はまともに稽古したことはなかった。それでつとまるのかと弥太が言うと、小七は器用にひとくさりうたってみせた。二十一の小七は、上背があり、たくましかった。

三曲万歳とはちがう、じみな辛い旅だと、弥太は言った。おまえは役者になりたいと言っていたではないか。

姿を消していたあいだ小七はさいころいじりをやっていたのだという噂を、弥太は思い出した。

おまえの血は冷えてよどんでいるのだな、と小七は言った。おれの血はしじゅう煮えたぎってからだのなかを荒れめぐっているから、熱くてならねえ。弥太の言ったことばとは関わりのないことを、小七は口にしたのだった。

それなら、熱い血が満足するようなことをしたらよかろうに、と弥太は思ったが、黙っていた。弥太が何を言おうと、小七はまともに受けこたえはせず、自分の言いたいことだけを言うのが常だったからだ。

市に立つと、ほどなく弥太は例年どおり多紋太夫に見立てられた。

すぐに連れ立って去ろうとする多紋太夫に、

「少しばかり待ってやってくださいませ」

弥太はたのみこんだ。小七がどうなるか、気にかかるのである。

小七には、だれも声をかけないのだった。

その理由が、弥太には察しがついた。才蔵役は、刃物のようにぎらぎらしていてはいけないのだ。おっとりとのどかで、太夫に扇子で頭をはられても人の好い笑顔を絶やさず、しかも、芯からまぬけではつとまらない、機敏な才覚が必要なのである。もって生まれた顔だちで、弥太はずいぶん得をしていた。これは才蔵さんに、と、きまったお初穂のほかに、彼に余分な銭や米、餅、菓子などが手渡されることがあるほど、行く先々でかわいがられるのも、愛嬌のある顔のせいだと、弥太は思っている。

無視されとおして苛だったのか、だれに命じられもしないのに、小七は、凜々《りんりん》と声をはりあげてうたいだした。

「やや勘平勘平、うぬが主人の塩谷判官高定公と俺の旦那の師直公と、何か殿中で、ベッチャクチベッチャッチと争ううちに、小さい刀ちょいと抜いて切ったとがによって、屋敷は閉門、網乗物にて、エッササエッササと、ぼかえてしもた。いやさ、さあ。お軽をこっちへ寄こさばよし、嫌じゃなんぞとぬかすが最後、うぬがどたまをこっつかまえて……」

とくいの、鷺坂伴内だが、太夫たちは、

「わしらは三曲はやらん」

と、そっけなかった。

おれたちが欲しいのは、こなたのような、とぼけた才蔵での、きこえよがしに呟いて弥太の肩をわざわざたたくものもいる。

小七の、ほとんど殺気ともいえるような烈しさ、たくましさは、太夫たちの目から見れば、使い道のない余分なものであったのだ。

一人、また一人と、太夫に見立てられた才蔵はほっとしていそいそとつき従い立ち去ってゆく。これでこの冬は越せる。銭も手に入る。

さあ、と多紋太夫は弥太をうながした。

「待ってくだされませ。あの小七というは、私の幼な友だちで」

「才蔵は二人はいらぬ」

多紋太夫のあとについて行きかけたが、弥太は振り返り、足が進まなくなった。太夫と才蔵、二人ずつの組がそこここに出来、親しげに語らいあうなかで、小七は、ひとり肩をそびやかしている。弥太と目があうと、小七は、頼みこむような表情をみせた。

荷物持ちでもいいがの。

小七のつぶやきは、おれにきかせるためのものの、と、弥太は思った。

「太夫さま、おれの取り分を小七にわけてやりますゆえ、お供させてもらえますまいか」

弥太は、多紋太夫と水いらずで回勤したかった。小七を見捨てたがっている己れがうとましくて、逆に、太夫にたのみこんだ。——なぜ、小七はこのように、才蔵家業にはげみたいのであろう。ほかに、性《しょう》にあった稼ぎようがないわけではあるまいに。不審に思わないわけではなかった。

「多紋太夫さまのもらいなさるお初穂は、ずしりと重くて、てまえ一人ではかつぎかねることがございます」

そう言いながら、太夫がことわってくれればいいと心の底では願っていた。小七のために、口をきくだけのことはした。これで小七への義理は立ったと、そんなふうに勘定する自分をあさましく思った。

多紋太夫が、うなずいたので、小七は走り寄り、

「おかたじけでございます。これでおれが面目も立ちました」

と笑顔になった。精悍な笑いであった。


江戸市中をまわるあいだは、小七は神妙であった。荷稼ぎに終始し、弥太の職分を荒らしてしゃしゃり出るようなまねはしないのだった。非力な弥太は、米袋を小七がかついでくれる分、ぐんとからだが楽になり、毎年、三人で組むのもいいなと思った。

しかし、朱引き内を出ると、小七は本性をあらわしはじめた。手はじめに、お初穂の分け前を早早とねだり取ろうとした。回勤を終え、別れるときに、太夫から配分を受けるならわしなのである。そのかわり、途中の費用《かかり》は太夫がもってくれるから、道中、才蔵はかねの必要はないはずなのであった。

弥太がはらはらしてとめようとすると、小七は凄んだ目をむけ、弥太を黙らせた。

江戸の湯屋で見た小七の裸体を、弥太は思い浮かべた。川で遊んだ子供のころ、あのような傷は背になかった……。右の貝がら骨の下から左の脇

腹にかけ、刃物の走った跡がひきつれになってい
たのである。
多紋太夫は眉をひそめたが、幾許《いくばく》かの銭を分け
与えた。少ないと文句をいうのではないかと弥太
は危ぶんだ。しかし、小七は、銭をつかんで、外
に出ていった。帰ってきたのは朝方であった。女
を買いに行ったのかとも思ったが、近くに女郎屋
などは見あたらない。やがて、見当がついてき
た。行く先々で、小七が銭をねだるのは、賭場が
開かれている土地であった。
これが目当てだったのかと、弥太はようやく気
がついた。
「申しわけござりませぬ、太夫さま」
弥太は手をついたが、あやまればすむというも
のではなかった。小七は二人に食いついていた。
あまり大きく儲けることはないようなのだが、
時々はつきがまわることもあるらしい。負けがこ
んでも、勝っても、小七の態度はかわらないの
が、弥太はいささか薄気味悪かった。
「小七、もう、よかろ。おまえは一人で郷里に帰
ってくれ」
弥太が言うと、小七は笑顔で弥太の肩をたたい
た。
小七は次第に傍若無人になり、袋のなかからお
初穂をかってに掴みとって行こうとした。このと
きは、弥太は小七にむしゃぶりついてとめた。小
七はかるく腰をひねって弥太を突き放し、まるで
邪気がないように見える笑顔を弥太にむけた。や
めてくれ、と、もう一度、弥太はとびかかった。
小七は弥太ののど輪に閂《かんぬき》のように腕をかけ、絞め
あげた。弥太が絶息する寸前に力をゆるめ、おも
しろいだろうと誘うように笑った。弥太は、子供
のころのようにいっしょに笑う余裕はなかった。
かねを掴んで、小七は出ていった。
「太夫さま、今のうちに、次の村に足をのばしま
しょう」

弥太はすすめ、二人で出立した。追ってくる小七の足音を背後にきいた。

「悪うございました。太夫さま」と、追いすがった小七は銭を太夫にかえした。

「連れていってくださいませ。一人はいやじゃ」

太夫に甘えての所業だったのだろうか、それほどの悪意はなかったのか。いや、気をゆるしてはならぬ、と弥太は用心したが、途中、小用を足したくなり、どうにもこらえられず、ひとり草むらに入った。そのあと、先をゆく二人に追いつこうと足を早めた。崖ふちで争っている小七と太夫の姿が目についた。小七が太夫を絞めあげていた。小七が手を放すと、太夫は藁人形なんぞのように地に倒れた。その懐から、小七は、太夫の檀家帳を抜いた。ようやく駆け寄った弥太は太夫のからだの上に我が身を投げかけ、太夫の呼吸がないことを知った。

「なあ、弥太、これから二人で回勤してまわろ」

小七はなだめるように言いながら、弥太をひきはがし、太夫のからだを崖の底に蹴込んだ。

「檀家の株をひきついでまわろ。おれが太夫、おまえが才蔵」

と言いかけ、

「何なら、おまえが太夫、おれが才蔵でもいい」

と譲歩した。弥太はわめきながら小七に打ちかかり、腕をねじあげられた。からだの自由を奪いながら、小七は、

「二人でいっしょに回ろ」

となだめすかす。どれほど口説いても弥太が承知しないとみると、小七は溜息をつき、弥太の首を絞めた。絶息する寸前、小七の笑顔が弥太の目にうつった。小七は、腕の力をゆるめなかった。

「遅なったな。おまえ、まだ残っておってくれたか」

そう言って近寄ってくる太夫に、伊三が抱きつかんばかりに、

「待っておりました。彦太夫さま。案じておりました。蔵前《くらまえ》の市で、ほかの才蔵を見立てられたか、それとも今年はおからだの案配が悪くて回勤はとりやめたかと、あれこれ思っておりました」

「すまなんだ」

「ほかの太夫に見立てられもいたしましたが、伊三は彦太夫さまの才蔵じゃ」

「そうか、そうか」

空はいっそう昏《くら》みを帯び、みぞれは牡丹雪にかわっていた。

日も暮れ方にようやくあらわれた太夫は、彦太夫のほかに数人いた。そそくさと相方をきめると、一刻も早く宿でからだをあたためようと、去ってゆく。

野次馬の姿もとうになく、弥太は、ひとり所在なく立っている。

その弥太の目が大きく見開かれた。薄墨色の人の姿が近づいてくる。

太夫さま、弥太は駆け寄った。

二人は肩を並べた。

小七はかわいそうだな、と弥太は思う。死んだおれたちは哀しく淋しいだけだけれど、人ふたり殺した小七は地獄背負うて生きてゆかねばならぬのだな。

牡丹雪が降りしきり、弥太と多紋太夫のまわりは、時もなく所もなく、ただ淡々《あわあわ》と薄闇になり、どこへ行くともなく、二人は雪に溶けこむように歩いている。

幻の馬

1

ゆるやかな白衣《びゃくえ》を母衣《ほろ》のように風になびかせ、漆黒の馬を駆って闇を疾《はし》走る。

だが、その騎手《のりて》には、首がなかった。

「ほんとに、見たんです」

女はそう言って、彼の腕のなかで、ちょっと身ぶるいした。

「正体見たり枯尾花《かれおばな》じゃないのかい」

彼は笑って言ったが、首のない白衣の騎手を乗せて走る馬、となると、何を見まちがえたのか見当がつきかねた。

「それならいいんですけれど、あんなものを見ちまって、わたし、早死するんじゃないかしら」


宿場女郎にしては、垢《あか》ぬけている。江戸の岡場所から流れてきたのだろうか。

「ちょいと、ごめんなさいよ」

女は床《とこ》からのり出し、笄《こうがい》で枕行灯の灯をかきたてた。たいして明るくもならない。

「おお、寒ぶ」

と、また、もぐりこむ。

「暗いなかでは、話すのも怕《こわ》くって」

「何が怕いものか。わたしがこうやって」

と、彼は女を抱く腕に力をこめてやった。

もっとも、すでに欲望は吐き出した後なので、ものうい気分だ。

「首のない幽霊をのせた馬。南北の芝居にでも出てきそうな。で、何かい。その幽霊が、清水屋の旦那の生き霊だというのかい。こいつは、ますます稀有《けぶ》だ。その生き霊は、何か悪さをするのかい」

「だれかをとり殺すつもりじゃないかと、皆、怕がっていますよ。わたしだって、あれを見ただけで、二日寝こんでしまいましたもの」

「わたしも、一目、見てみたいものだ」

「あれ、もの好きな。幽霊が好きなんですか」

「好きでもないが、絵に描いたら評判になるのではないかと思ってね」

「お客さんは、お絵師だって、そう言ってなさったねえ」

「天明のころというから、いまからざっと八十年も昔か、円山応挙というお絵師が幽霊の絵を描いて、たいそうな評判をとった」

知っています、というふうに女がうなずいたので、彼はいささか驚いた。江戸生まれかは知らないが、中山道の宿場女郎に堕ちた女が、応挙の幽霊を知っていたとは意外であった。彼は少し楽しくなり、

「応挙が、腰から下がぼんやりと薄れた幽霊を描いてこのかた、幽霊は足がないものと相場が決まったのだが、上松《あげまつ》の幽霊は——いや、生き霊か——馬をあやつるのか。足がなくて馬に乗れるものかな」

「首がないんです」

女は言った。

「そうだった。上松の幽霊は、足のかわりに首がない。これは、ますます、一見したくなってきた。歌川芳雪《うたがわよしゆき》の名をあげる、またとない画材だ」

そう言ったが、刻苦して名声を得る野心は、彼はとうに失っていた。

絵は一生の修行。江戸では、これでも名のとおった身なのですが、いっそう腕を磨くために、旅をつづけております。土地の人が江戸の事情にうといのを幸いに、そんな殊勝なふれこみで、富裕そうな家に泊まりこみ、襖絵やら軸やら、時には

あぶな絵も描いて――これが一番喜ばれる――謝礼を受け、次の土地の豪家に紹介状を書いてもらうという、風来坊の暮らしが身についてしまっていた。

　歌川を名乗るのは、詐称ではなかった。彼は、幼名を孝太郎といい、父親は無役の御家人で暮らしは苦しかった。二本差しでもうだつはあがらない。浮世絵師を志し、歌川国芳の門下に入った。腕は悪くはないのだが、画業より女買いと手なぐさみの方に精を出しすぎ、師匠に破門された。

　兄弟子の女といい仲になり、ごたごたが起きたのがきっかけであった。

　これ以上、彼の放埒を見過ごしては、他の弟子へのしめしがつかぬと、破門になったのだが、国芳の温情から、大坂の絵師仲間に紹介状をもたせてくれた。そこでしばらく修行し、何年かたったら、また詫びをいれて戻ってこい、という国芳の心づもりであった。

　しかし、藤沢の宿で、彼は路銀と紹介状を枕捜しに盗まれた。旅をつづける路銀の工面がつかない。実家は勘当同様になっている。国芳に使いを出してもう一度路銀と紹介状をとは、とても言えた義理ではなかった。

　宿の主《あるじ》にあぶな絵を描いてやると、たいそう気にいって、宿代を払っても余る画料をくれた。

　これが、彼の放浪の皮きりであった。兄弟子の女に、彼は、本気で惚れていた。それを引き裂かれたので、師匠の温情もあまり身にしみなかったのかもしれない。

　旅絵師の暮らしは、彼にはみじめとは感じられなかった。大坂で知らぬ師匠につき、古参の弟子にいびられて修行するより、あぶな絵を描いて法外な画料をせしめたり、素人相手の賭場ですって文無しになったり、といった浮き沈みの方が、気楽で性にあった。画壇で名をなすためには、絵の腕ばかりではない、人にとりいる才能や、陰でのかねの使いよう、そういう手腕がものをいう裏の汚なさを知り、いやけがさしていたせいもある。

紹介してもらった家に草鞋を脱ぐ前に、彼は、近くの旅籠などで、その家の主の評判をきくことにしていた。その方が、あとの商売がしやすい。

今度の泊まりは、上松の宿にほど近い、造り酒屋、清水屋藤兵衛方《かた》。

「清水屋さんですか、おやめなさいよ」

そう、敵娼《あいかた》の女が言ったのである。

「首がなくて、どうして、その騎馬幽霊が清水屋の旦那の生き霊と知れたのかい」

「それが、もっと怕い話なんですよ。抱いてください。それでなくちゃ怕くて喋れない」

女は、彼にしがみついた。

「清水屋さんの下働きのおうめさんというのが、見ちまったんです。旦那さんの部屋の襖を開けたら、枕の上に、旦那さんの生首だけがのっていたんですって。おうめさんは腰がぬけて、這って下働きの溜りにもどったっていいます。次の日、旦那さんは、ちゃんと元気にしていなさいましたって。夜中に、首だけ部屋において、軀《からだ》は馬を乗りまわしていたんです。ああ、気色が悪い。おやめなさいよ、そんな家に泊まるのは。いそぐ旅でなかったら、昼はその辺を見物して、夜は、もう一晩、ここに泊まるがようござんすよ」

「化けもの話は、姐さんが客をひくための方便かい」

「親切で言っているのに、ひどい当て推量だ」

女は足をからませてきた。

「わたしはこの土地の生まれではないからよく知らないけれど、何かそういうひとは昔もいたそうですよ、あのあたりに」

「首をおいて、軀ばかりが馬で遊びに出るのかい」

「朝日ののぼらないうちに、いそいで帰ってくるんですって」

「騎馬幽霊が走るのは真夜中か。姐さんはまた、そんな夜更けに、どうして外に出たんだい」

「お百度参りをしていたんです。ちょいと願掛けがあって」

「いろと添えますようにとか？　わたしには、そっちの方が気になる話だよ。だれだろう、こんなにいい女に願掛けまでさせる男は」

「お客さんのようないい男にめぐりあいたいって、願をかけたんです。願いが叶いました」

女は、かるく彼の口を吸い、

「首なしを見たのは、わたし一人じゃないんですよ」

と言い添えた。

2

上松は、江戸へ七十一里九丁、京へ六十四里十二丁、険しい山中だが、三百戸ほどの人家があり、近くの寝覚山臨泉寺から見下ろす渓谷は、奇岩のるいるいとした勝景である。

宿場には、熊の皮、鹿の皮、猪の皮、熊の爪だの百ひろ（腸）だの猪牙だの、都では珍しいものを商う店が多い。

門口に下がった杉の葉の大玉が、造り酒屋のしるしであった。

豪壮な母屋につづく蔵造りの建物の窓から男の唄声がきこえる。美声であった。

ざぐりハー　ハエざぐりと　今磨ぐ米でヨー
お酒ナー　ハエ造りて　お江戸に出すヨー
ぎい、ぎいと水車の軋む音がひびく。家の脇を流れる清流は、土提のむこうの川に注ぎいる。流れのへりの水車小屋は、米を搗くためのものだろう。

母屋の土間に足を踏み入れると、唄声はいっそうきわだった。土間の一方の戸口が開け放され、広大な仕事場につづいている。

十数人の男たちが下帯一つで、米を磨《と》いでいた。さしわたし五、六尺、丈は人の背ほどもある大桶にあふれる米を、平桶にうつし、水を流し、手で磨ぐだけではたりず、足で踏み洗う。石の床に溝がつくられ、白濁した水が溝から溢れていた。

美声の主は、三十五、六の、江戸の鳶のようないなせな男であった。この男は、職人たちを監督する立場にあるのか、一段高いところに立って、ざぐり、ざぐり、と歌い、男たちはそれにあわせて米を磨ぐ。

もう一人、五十年輩の貫禄のある男が、厳しい目を職人たちにむけ、立っていた。

母屋の奥に声をかけると、小女《こおんな》が出てきた。芳雪は、前に逗留した商家『柏屋』でもらった紹介状をわたし、主人に取り次ぎをたのんだ。

「ずいぶん大量の米を洗うんだね。あれが、皆、酒になるのかね」

小女はぶっきらぼうにうなずき、いったん奥に入ったが、じきに出てきて土間に下り、彼の足もとに濯《すす》ぎ水の入った小桶をおいた。

それから、奥まった座敷に案内され、しばらく待たされた。小女が茶をはこんできた。

「おまえさんが、おうめさんかい？」

小女は、大きく首をふった。

「おうめさんは暇を出されました」

それ以上の質問をさけるように、小女はそそくさと部屋を出ていった。

いれちがいに、この家の主人、藤兵衛らしい男が入ってきたので、芳雪は座布団をすべり下り、あいさつした。

「歌川芳雪さんといいなさる？　柏屋さんからの紹介とあっては、粗略にできないが」

藤兵衛は眉間に皺をたて、

「あいにく、酒の仕込みがはじまったところでな、大忙しだ。あまりもてなしはできないが、軸の一本でも描いてもらいましょうか」

「これから仕込みなさるので？　新酒ができるのは、そうしますと……」

「洗い米を蒸して、麹をまぜて酛《もと》をとって、まだ三月《みつき》の余はかかるな」

造り酒屋とあれば、今夜にでも、とろりとしたしぼりたての酒を馳走になれることと期待していた芳雪は、いささかがっかりした。一つ所に三月も居候はしにくい。

藤兵衛が手を叩くと、ほんのりと白い夕顔のような女が、敷居ぎわに手をついて頭をさげた。

「女房のおえいだ」

細い首に丸髷が重そうだ。顔をあげると、切れの長い目に鉄火な光があった。

「江戸のお絵師さんだ。おまえの一枚絵でも描いてもらうか」

「おかみさんじゃあ、どんなに私が腕をふるっても、本物以上に美人には描けません。絵の方が負けてしまいます」

言いなれたお世辞だが、今度の場合は実感がこもった。

藤兵衛は気をよくしたようで、口がほぐれた。

「酒造りというのも、大変なものですね。米を洗うだけでも一仕事なのですね」

「杜氏《とうじ》が腕がいいので、安心してまかせられる」

「あの、声のいい若い衆さんが、杜氏さんなのですか」

「由蔵《よしぞう》か。あれは、〝頭《かしら》〟だ。杜氏の下で、職人を指図する役柄だ。唄をうたうのはな、仕事にせいをつけるためもあるが、米磨ぎの手間を職人がごまかさないためなのだよ。辛い仕事だから、とかく手を抜きたがる。唄が、数取りのかわりになる」

「なるほどねえ。ところで」

と、彼はさりげなく、

「この土地には、奇妙な言いつたえがあるそうですね。首のない幽霊が、夜更け、馬を走らせるとか」

「それも、死人の幽霊ではない、生きている男が、首だけ家において、馬を走らせるのだそうだ。そそっかしいことだ」

と、藤兵衛は笑った。

「昔のいいつたえには、ずいぶん奇妙なものがある」

「近ごろ、また、そいつが出没しているとか聞きましたが」

「ほう、それは初耳だ。おまえ、おまえは聞いたかい」

「いいえ」

女房は首をふった。

茶を飲み終えると、おえいは彼を離れに案内した。

「あいていますから、この部屋を使ってください」

そう言ってから、おえいは声をひそめ、

「あの妙な話は、良人《やど》の耳にはいらないよう、まわりで気をつけているんです。あなたもよけいな事は言わないでください」

と、少し険のある声で言った。

「どうして旦那さんに内緒にしておくんですか」

「うちの人だって、いい気持ちはしないじゃありませんか。薄気味悪い幽霊の正体が自分だなんて取沙汰されていると知ったら」

「こちらの下働きのおうめさんとかいうのが旦那さんの首を見たという話をきいたんですがね」

「おうめと、どこで会いなさったんですか。あれは、暇を出したんですよ」

「いえ、噂でね」

「噂なんて、あてになりゃしませんよ。おうめも、何か見まちがえたんでしょう。うちの人は、あれで、御幣をかつぐ方ですからね、妙な噂が早く消えてくれないと」

下働きの女がはこんできた晩飯は油揚げと菜っ葉の煮つけに味噌汁、からい漬けもの。飯はお櫃《ひつ》ごと、食べ放題だが、造り酒屋のくせに銚子が一本だけというのはわびしかった。最初からぜいたくは言えない。あぶな絵のこってりしたのを描いてやったら、待遇がよくなるだろう。

冷えた蒲団に、早ばやと身を横たえた。

油を節約するためだろう、枕行灯はおいてあるけれど、灯はともしてない。部屋のなかは漆黒だ。所在ないままに、あれこれ考える。

——首のない人間が、馬を走らせるなんて、べらぼうな。そそっかしいやつが、何か見まちがえたのだろう。あの宿屋の女郎《おんな》にしたところが、女の身で夜更けのお百度参りだ。びくびくものだったろうさ。馬が走ってゆくのを見た。この土地には、奇妙な言いつたえがあるからな。見もしない幽霊の姿まで、視えてしまうこともあるだろう。

こういう話は、えてして尾ひれがつく。噂はひろまり、見ねえやつまで見たような気になる。噂をきいて、これもびくびくものの下働きの女が、また何か見まちがえて、主人の首だなどと騒いだのだろう。ここの藤兵衛さんは、とんだ噂のたねになったというものだ。

3

深夜、物音と人声でめざめた。何だろう、と持ち前の好奇心が頭をもたげる。

寝衣の上から綿入れの丹前を羽織り、雨戸を細く開けてみた。月が冴えかかり、樹々を黒々と浮き出させている。地平がばかに高いところにあるようにみえるのは、川の土堤が長く横にのびているせいだ。

左手に釜屋が黒い。その窓から湯気が白く流れ出している。米を蒸しているのだなと察する。

米は八ツ（午前二時）ごろから蒸しはじめ、七ツ半(午前五時)ごろまでに蒸しあげて、冷えこみのはげしい早暁、筵にひろげてさますと、手順はきいていた。

その物音にまぎれがちだが、馬の蹄の音をきいたような気がした。

さすがに、ぞっとした。あわてて雨戸を閉めようとして、待てよ、と思いなおした。

音は遠い。のぞき見たからといって、襲いかかられることもあるまい。

耳をすませ、目をこらすと、土堤の上を疾駆するのは、たしかに、馬だ。闇色の馬である。そうしてゆるやかな白衣を母衣のように風になびかせた騎手には、首がなかった。

総毛だって雨戸を閉め、蒲団にもぐりこんだ。お題目も念仏も、とっさに出てこない。ふだん、不信心にすごしている。蹄の音はたちまち聞こえなくなった。

——行っちまった……。

瞼の裏に、白衣の騎手と馬が灼きついた。

女郎の言葉は真実だった。おうめとかいう下働きの言葉も真実なら、この家の主の寝間には、主の首が一つ残されていることになるのだが……。

手狭な家なら、どこに主が寝ているか、たやすくわかるだろうが、この宏壮な家のなかを、手燭を持ってうろついても、寝所はみつけられそうもない。

蔵人《くろうど》(酒造りの職人)たちが深夜仕事中なのだ。藤兵衛も釜屋にいるのではあるまいか。

いや、酒の仕込みの指図は、杜氏と頭がおこなうときかされた。藤兵衛は、深夜の米蒸しに立ちあわずともよいらしい。

手水場に行くつもりで部屋をまちがえた、というふりをして、寝所を探してみようか。いや、生首なんて、見るもおぞましい。首がおとなしく枕もとに鎮座していればいいが、軀がもどってくるまでに退屈して、廊下をふらふらとんでいるのにぶつかったりしたら……。ばかばかしい、そんな奇妙な話があるものか。とはいえ、おれは、たしかに、幻の馬を見た……。

いや、馬は幻ではない。蹄の音をきいたのだもの。

寝つけないでいるうちに、雨戸のすき間から朝の光がさしこんだ。そのころになって、ようやく芳雪は眠った。

耳もとで騒々しい音がし、同時に瞼の裏に、眩しい陽がさしこんだ。小女が雨戸を開けていた。ゆっくり寝かせてくれよ、と文句を言おうとし、陽の高さに気づいて口をつぐんだ。

明るい光を浴びると、昨夜見たのは夢だったかという気になる。

——夢だよな。まさか……。

「旦那さんは？」

蔵で酛摺《もとず》りをしていなさる、と小女は言った。

とろりとろりとヤーエ出た声なれば

昨日もきいた美声だ。その音頭にあわせて、

声をとられたヤーエ　川風にョ

男たちが声をあわせる。

桶に水と麴、蒸米を入れて十分にかきまぜるのが酛摺りで、これも唄いながらやるのだと、下働きの女は教えた。

川の鳴る瀬に絹や機《はた》たてて

波を織らせて　瀬に着せる

「美《い》い声だな」

「頭の由蔵さんですよ、音頭とりは」

「音頭とるのは、こちゃ、うちの人」

と彼は木遣りくずしをくちずさみ、ちょっとの間、江戸をなつかしんだ。

下働きの女がはこんできた食事は、あいかわらず、菜っぱと油揚げの煮つけに味噌汁だ。昼間は酒はつかない。

あの大勢の蔵人たちにも飯を食べさせるのだから、なかなか大所帯だなと思いながら、

「酒の仕込みが終わったら、あのひとたちはどうするんだい。暇をもてあますだろう。只飯を食わせておくのかい」

「蔵人衆は、郷里《くに》に帰って百姓仕事にせいを出すんですよ」

「ここに年季奉公をしているんじゃないのか」

「杜氏の親方が、毎年、仕込みの季節になると、頭をはじめ一党をひきつれて来るんです」

飯のあと、芳雪はふらりと散歩に出た。出がけに蔵をのぞいてみた。

さしわたし五、六尺もありそうな平たい半切桶が土間にいくつも並び、向こう鉢巻、たすきがけ、裾をからげ太腿をむき出した男たちが、蒸米と麹を櫂でこね混ぜていた。督励するように、頭の唄が流れる。

七日鳴るとは撞木か鐘か
鐘と撞木が合えば鳴る
…………
泥鰌のつくのは秋頃よ
春は雪じる鮎がつく
肥えた鯉鮒みみずで釣るが
都女郎衆は金で釣る……

4

「そんな化けものが出たら、おれが退治してやらあ」

気勢をあげているのは、頭の由蔵であった。髯の剃りあとが精悍に青い。

蔵につづいた、番床《ばんとこ》と呼ばれる、蔵人衆の溜りである。杜氏と頭は階下に一部屋ずつ与えられ、他のものは二階に雑魚寝する。

酛摺りは終わり、酛卸桶に入れて発酵を待つ段階である。暖気樽《だきだる》という密閉できる小桶に熱湯をつめたものを卸桶のなかに入れて暖めながら攪拌し、発酵をうながす。

蔵にずらりと並んだ酛卸桶は、柿渋をぬられ黒光りしている。この中で、米が酒母にかわりつつあるのだなと、芳雪は心たのしい。夕食のあとなど、部屋に一人でいるのに倦きると、番床に出向く。

寝に就く前の一刻、蔵人衆も、ほっとくつろいでいる。

「よけいなことに気をまわすなよ」

杜氏が言う。

「しかし、親方、気色が悪いじゃありませんか」

「気を散らしている暇はない。頭のおまえがそんなふうでは、困るじゃないか」

「しかし……」

「化けものは、藤兵衛の旦那だっていうじゃありませんか」

蔵人の一人が怯えたように口をはさんだ。

騎馬幽霊を目撃したというものが少しずつ数を増し、おえいが夫の耳に入れぬように心をくだいている様子が、芳雪にもみてとれる。

「ああ、いやだ、いやだ。こんなところは早くひきあげたい」

ざわざわと、他の者がうなずきあう。

「親方、みんな、うすきみ悪がって浮き足だっているんですよ。気を散らすなと言われても無理ですよ」

由蔵は語気を強めた。

「おれは、まさか、清水屋の旦那が化けものとは思えません。いままでだって、毎年酒の仕込みに来ていて、こんなことは一度だってなかった。狐か狸のしわざにきまっています」

「狐が馬に乗るのか」

と、芳雪はちょっと笑ったが、先夜目にしたものが眼裏によみがえり、鳥肌立った。

由蔵はにこりともせず、

「そうですよ。狐のいたずらだ。今度出たら、おれがぶち殺してやる」

「めっそうな、祟られるぞ」

「それに、ぶち殺すといったところで、相手は馬に乗っている。追いつけまい」

「なに、石を投げてやる」

「石ぐらいで、ぶち殺せるか」

「そんなら、弓矢だ」

「その役目、ひき受けようか」

芳雪は、おせっかいな口を出した。

さっきは、ちょっとぞくっとしたが、狐だの化けものだのにうしろを見せるものか、と負けん気がおきた。江戸にも本所七不思議の妖かしがあるが、馬に乗った首無しなど、出たためしはない。江戸にも出ない化けものに、舐められてたまるか。

「お絵師だろ、弓矢の腕はたしかなのかい」

由蔵はうたがわしげに言う。

「出自は、武士だ」

無役の御家人でも、武士にはちがいないが、芳雪がはげんだのは、画業のほかは、酒と賭博といろごと。弓矢といえば、矢場の楊弓だ。

「弓矢はあるのか」

「作りますよ。そのくらいの細工はたやすい」

小器用そうな蔵人の一人がのり出した。

不細工な弓だ。矢も、鏃《やじり》はなく竹の先端を鋭くとがらせただけだが、庭の松の小枝からつるした的にむかって放つと、中心はそれたが、つっ立った。

「何をしておいでです」

おえいが見とがめて眉をよせる。

「化けもの退治です」

芳雪は笑って言い、夜を待った。

狐や狸ではない、だれか人間のいたずらではあるまいか、という疑いも、持たぬではなかった。

夜更け、土堤を走るところを遠目に見たのだ。白い衣は母衣のようにゆるやかだった。頭の上から着物をかぶっていれば、遠目には首無しにもみえよう。

しかし、だれが何のために、そんないたずらを……。

下働きのおうめが藤兵衛の首を見たという話もある。

おうめが見まちがえたのでなければ……。

芳雪は、江戸で見た芝居の切首を思い出していた。

造りものの切首を使う芝居は、数多い。

枕行灯の弱い灯りのもとで、切首は、おうめの目になまなましくうつったことだろう。まして、きみ悪い噂の流れているときだ。

だが、自分の寝所に切首をおいて、おうめを驚かす。藤兵衛は、何のためにそんなことをする必要がある。悪評をたてて、どんな得があるというのだろう。

弓矢を持った芳雪の周囲に、蔵人たちが待機している。芳雪がみごと化けものを仕留めたら、皆で寄ってたかって正体を見きわめてやろうというわけだ。

この騒ぎを藤兵衛には気づかせまいと、おえいが、藤兵衛に酒をすすめ、早ばやと寝所にひきとらせた。雨戸を閉ざし、襖の前では、おえいと、頭の由蔵がひそかに張り番をし、外出できないようにする。

それでも化けものが出れば、もしとり逃がしても、少なくとも、藤兵衛の汚名は晴れるというものだ。

化けものなら、戸締まりをしていようと抜け出すかもしれないと蔵人たちは言ったが、それをおえいに言うものはいなかった。藤兵衛を化けものと名ざすことは、気の毒で、口にできなかったのだろう。落馬させるだけでいい、と芳雪は思う。このへろへろな矢では射殺《いころ》すことはできないから、かえって気は楽だ。狐狸のしわざならともかく、人間のいたずらであったら、殺しては寝ざめが悪い。生け捕りにして、こんな人騒がせないたずらをした理由をたださねばならない。

必ずあらわれるとは限らない。化けものの出没は気まぐれなのだ。大勢で待ちかまえていると悟って、出ないかもしれない。

いや、蹄の音だ。近づいてくる。

土堤を、黒い影のような馬が、たてがみをふり乱し疾駆する。その背に、白い衣を母衣のようにゆるやかに風になびかせ、首の無い騎手が手綱をあやつる。

芳雪は矢を放《はな》った。

騎手は横倒しになって落馬し、馬は走り去った。

いっせいに駆け寄る。手燭を地に転がっている白衣の騎手につきつける。芳雪は目をそむけた。蔵人のなかには嘔吐したものもいた。首の切断口が目に入ったのである。

杜氏は、蔵人の一人に役人を呼ぶように命じた。一人ではいやだとその男は尻込みし、数人で出かけていった。

「親方、おまえさんはここでこいつを見張っていてくれないか。わたしは、旦那の寝間を見てくる」

首の無い骸《むくろ》は冷たかった。死人のみが持つ無気味な冷たさであった。

杜氏は、一人ではいやだと言った。むりもない。死んでいるくせに馬をあやつって走らせた化けものだ。起き上がって襲ってこないものでもない。

しかし、見たところ、この骸が動き出すとは、とても思えないのだった。

「ふん縛っておこう。悪さをできないように」

「縄抜けぐらいやらかすかも」

と、蔵人たちは怯えた。

これだけ頭数が揃っているのだ。びくびくするな、と叱りつけ、骸を縄で縛りあげてから、芳雪は母屋に走った。

広い家の暗い冷えた廊下を手燭を持っていそぎ、おえいと由蔵が張り番をしている藤兵衛の寝間の前に行った。

「旦那は、寝ていなさるかい」

おえいはうなずいた。

「よく眠っていなさるようだよ」

由蔵が言った。

「ちょいと襖を開けますよ」

「出たんですか」

おえいが言った。

芳雪はうなずくと、襖に手をかけた。

手燭で中を照らした。首は、敷布団の上にとり残されていた。芳雪は身ぶるいしたが、予期していたことなので、思いのほか度胸は坐り、部屋に入って首に手燭をつきつけた。造りものの切首ではなかった。

おえいと由蔵の悲鳴を背後にきいた。

5

芳雪は役人にかなり手荒いとり調べを受けた。骸に矢を射かけたのが彼であるからだ。

役人は、他の人々と同じように怪異をそのまま受け入れているようだった。

馬を走らせていた骸は、たしかに藤兵衛の軀だと、おえいや藤兵衛の身内のものが証言した。背中の灸の痕や臍《へそ》のわきのほくろなどによって見わけがついたのである。

芳雪が弓矢で軀を射殺さなければ、軀は寝間に帰り、首と一つになって、何事もなく翌朝をむかえられたのだ。

役人はそんなふうに言い、芳雪を人殺し呼ばわりしかねない口ぶりであった。

おそらく、首をおいて胴体が夜駆けに出ても、一定の時間のうちに戻れば、またつながるのだ。

軀を射殺したから、首も軀も本当に死んでしまい、つながらなくなったのだ。役人はそう言った。

冗談じゃねえや。芳雪は肚のなかで毒づき、馬から射落としたとき、軀はとうに冷たかった。射る前に死んでいたと主張した。

蔵人たちはそれを認めはしたが、しかしその死者が馬をあやつっていたのも事実だ、と証言した。

骸を馬の背にくくりつけたって、あんなふうに、疾走する馬の上にまたがってはいられないし、馬はたしかに騎手にあやつられていた。決してやみくもにつっ走っていたのではなかった。蔵人たちの言葉は、芳雪も否定はできなかった。彼自身にも、そう思えたからである。

「わたしのせいで、旦那の首と胴体がもとどおりにつながらなくなったのだとしたら、いわば、わたしは化けもの退治をしたわけだ。ごほうびがいただけるんじゃありませんか」

彼が言うと、役人は、やりこめられたのが気にくわなかったのか、いっそう扱いはきびしくなった。

清水屋藤兵衛は病いであったのだ、というのが役人の考えついた怪異の解明であった。魂が軀をはなれさまよう離魂病という病いがある。それと同様に、藤兵衛は、軀と首がはなれる病いであった。病いなら、何とか癒すように手をつくすのが人倫の道である。藤兵衛は深夜馬を走らせるだけであって、人に害を与えてはいないのではないか。それをお上にことわりもなく射殺したのは言語道断である。

つまりは、賄賂《まいない》が欲しいのだなと、芳雪は察した。とりあえず、有り金をそっと渡すと、以後気をつけるよう、叱りおく、といった程度のことで放免になった。

ひとまず清水屋に戻ると、仕込んだ酛を無駄にしたら大損だから、杜氏と頭が指図して酒造りはつづけられていた。

おえいと向かいあった母屋の炉端にも、頭の唄声はきこえた。

　竹の一本橋ノーヤ
　細くて長くてしなしなって
　滑ってころんで危いけれども
　おまえと二人で手に手をとって
　相寄りさしあいお口を吸い寄せ
　渡るなら渡る
　落ちてくたばるともノーヤ
　いとやせぬ

おえいは、聞き惚れている。

その無防備にうっとりとした表情をみたとき、芳雪は、何かつかんだという気がした。

首と軀が離れる病いなんて、冗談じゃねえや。

唄声がとぎれ、おえいは我れにかえり、

「いまも言ったとおり、かりにも良人《やど》に矢を射かけた人を、うちに泊めておくわけにはいかないのでね」

――化けもの退治は、そっちも承知でやったことじゃないか……。

「草鞋銭です」とおえいが手渡した紙包みは、ずっしり重かった。

「うちの恥になることだから、よそで口外しないでくださいね。表向きは、夫は急な病いでなくなったということにしたのですから」

草鞋銭の重さも、彼の疑いを強めた。

6

「おうめなら、川ばたで洗いものをしているが」

炉端でつくろいものをしている老婆は、いくぶんうさんくさそうに、おうめに何か用かと問いただした。

清水屋から二里ほどの道のりであった。

いえね、と芳雪は言葉をにごし、川の方へ行った。
十五、六の娘が川べりにかがみこんで、洗濯をしていた。頬が赤くひびわれている。しもやけでふくれあがった指は、水のなかでかじかんでいるのだろう、赤い小布が、おうめの手をはなれ、つぃと流れた。少し下《しも》にいた彼は、手をのばし、拾いあげてやった。
「すみません」

かけ寄ってきたおうめに、彼は、布をしぼりあげてわたしてやり、ついでにその手をとって、

「かわいそうに、しもやけがくずれて血をふいているじゃないか」

腰の手拭いで濡れた指をふいてやった。手拭いに血のしみが残った。

「油薬があるよ。つけてごらん。よく効くから」

貝にいれた練り膏をわたした。塗りこんでやることまではしない。親切も度をすぎると、かえって警戒される。女へのやさしいあしらいは、八分目が効果がある。

「すみません」

おうめは首すじまで赤くなって、もじもじしている。

「つけてみな。血どめにもなるし、風や水がしみないで、ぐあいがいい」

「すみません」

おうめは、同じ言葉をくりかえす。

——うぶだな。

まだ男を知らないと、見当をつけた。

「おうめさんだろ」

おうめはうなずいた。

「わたしは旅絵師なんだが……ここは、寒いな。風のないところへ」

とあたりを見まわすと、おうめは、少し表情を固くした。どこかへ連れこまれると思ったらしい。

「まあ、ここでもいいや」

と、彼はあきらめた。

「清水屋さんに、ずっととまっているんだよ」

奇妙な事件の話はまだ耳にとどいていないようだが、おうめの顔は少しゆがんだ。泣きべそになる寸前の顔だ。

「おまえ、暇を出されたって？」

「………」

「嘘をつくなと、おかみさんに叱られたんだろ」

「嘘なんて、つかない」

声に涙がまじった。

「そうさ。おうめちゃんは、嘘なんかつかない。わたしも、見たもの」

「見たんですか、旦那さんの首！」

「首も馬も見たよ。騎手《のりて》は、首を置き忘れていた」

「お寝間においてあるんです」

「そいつを、おうめちゃんは見たんだね」

「ええ」

「どんな按配に首は残っていたんだね。寝ころがっていたのかい」

「いいえ。枕の傍に、こう、立っていました」

「眼はあいていたかい、それともつぶって？」

「そんな……そんなところまで」

「一目見て、肝をつぶしたか」

「あの……腰がぬけて」

「夜更けだろう」

「四ツ（午後十時）ごろでした」

「そんなにおそく、旦那の部屋に、何の用事で？まさか、旦那に、しのんで来いと誘われたわけでは」

「ちがいます」

と、おうめは憤然とした。

「そんなふしだらなこと……」

「そうだ。おうめちゃんは、まじめな働きものだものな」

「薬湯をもっていったんです」

「旦那はいつも寝しなに薬湯をのむのかい」

「いいえ。その日、旦那さんは、何だか気分が悪いといって、薬湯をのんで早くやすんだんです。四ツごろにもう一度飲むことになっていたので、わたしがはこんだんです。せっかくいいおうちに奉公できたと、うちのばあちゃんも喜んでいてくれたのに、三日でお暇をだされてしまって……」

「奉公してたった三日めだったのか」

「ええ」

おうめは寒そうに首をちぢめた。

7

上松から、木曽福島、宮の越、藪原、奈良井、贄川《にえがわ》と、芳雪は、宿場をたどる。江戸にむかう方角である。上松から西は、山が深まり道が険しくなる一方だ。

松本で、彼は、目当ての見世物をみつけた。

松平丹波守六万石の城下町である松本は、町並三十丁余、家数も二千五百を越え、他の宿とくらべものにならぬ繁華な土地柄である。二すじの川にはさまれた博労町のはずれに、幟をたてた小屋が掛けられていた。

江戸にいたころ、彼は、浅草奥山や両国広小路で、このての見世物を幾度も見ている。

藤兵衛を、怪異にしたててぶじに殺し――ぶじには、おかしいか――芳雪は苦笑し、気のゆるんだおえいは、彼の前で、つい本心をのぞかせた。由蔵と二人でたくらみやがったな。見当をつけたが、証拠は何もない。

馬をあやつった者が、もう一人いるはずだ。それも、並の者ではない。

そいつは、はじめは、白衣を頭の上までかぶって、馬を駆った。昔からの言いつたえと結びつけ、化けものがあらわれたと噂が流れる。積極的に流しもしたろう。それと符節をあわせ、新参のおうめに、切首をみせた。

おうめは、襖から灯りの洩れている部屋を主の部屋と思ったが、それは、隣の部屋だったのだ。藤兵衛は眠り薬をのまされ、自分の部屋で眠りこけていた。そこの行灯はおえいによって消されていた。その前に、気分を悪くするようなものをそれとは知らず飲むか食べるかさせられている。おえいのしわざだ。

そうして、あの夜。藤兵衛は眠らされ、首を……ああ、いやだ、胸が悪くなる。刃物を用いたのは由蔵。溢れる血を桶に受け、川に流して捨てたのは、おえい。

木戸口にいる男に、木戸銭を払おうとすると、只で入んなと、男は言った。

幕間に笊をまわして銭を集めるやりかたかと思ったら、男が、

「芝居が閉《は》ねたら、裏の盆茣蓙で遊んでいってくれ」

と言った。

芝居は賭場の客寄せだとわかった。

役者たちは、あとで、お手当をやくざの親分からもらう仕組だ。

青竹で土間を仕切った手前が見物席、向こうが舞台という、お手軽なものだ。

演じられているのは、『重の井子別れ』だが、役者がみな馬上にあることが、ふつうの芝居とちがう。『馬芝居』と呼ばれる一種の見世物だ。

腰と脚で馬をあやつり、上半身は、子別れの悲しい芝居をみせている。

曲馬師の役者か、そういう連中が一枚嚙まねば、あの化物芝居はうてない。そう見当をつけ、芳雪は、街道すじを探してきたのである。江戸とちがい、このあたりに、そう幾組も馬芝居がかかるわけはない。

わからないのは、一座の者が、どうしておえいと由蔵に加担したのかということであった。入りが悪くて食いつめていたため、金を積まれて目が

くらんだのか。しかし、金で買収して仲間にひきいれるのは、ずいぶん危険なことだ。後々までゆすられるおそれがある。役者たちの方が、何か弱みを、おえいか由蔵に握られていたのか。

賭場の客寄せをつとめていることが、弱みになるだろうか。しかし、こんなことは、土地の役人は胴元であるやくざに賄賂で口をふさがれているから、お目こぼしになるはずなのだ。

「早替わりはやらないのか」

まばらな見物のあいだから、声がとんだ。

「この一座は、早替わりがとくいなんですか」

芳雪は隣の客にたずねた。

「春に来たときは、やってみせたのに、今度は出しものがちがう」

と、その男は不満そうに言った。

「三吉をやっているたっしゃな子役な、あの子が早替わりをみせたのだよ」

「馬に乗って？」

「馬に乗らなくては、馬芝居とは呼べない。あざやかな早替わりだったよ」

子役は、母と名乗れぬ立場の重の井に冷たくあしらわれ、見物の涙を誘った。

子役に同情した見物たちが、銭を放った。子役は、巧みに馬をあやつって、銭が地に落ちないうちに、受けとめた。

やがて、芝居が打ち出しになると、やくざの子分らしい連中が、客を裏の賭場に案内していた。

化粧を落とした衣裳をぼろの布子に着かえた役者たちは、宿にでも戻るのか、馬をひいて歩いてゆく。

芳雪は、少しおくれてしんがりを行く少年を呼びとめた。少年のひいている馬は、漆黒ではなかった。濃い鹿毛だが、月の光の下では、これも黒くみえよう。

「うまいものだな」

と芳雪は少年の舞台をほめ、お祝儀《はな》だよ、と、一朱銀を手渡した。

賭場をはなれ、やくざたちの目にはつかないところまできていた。

少年は眉の濃い、勝気そうな目もとをしていた。

芳雪は立ち止まり、あたりさわりのない話をして、前を行く役者たちが遠ざかるのを待った。それから、

「おまえのうでには、恐れいったよ。死人を背にくくりつけて馬を走らせるなんざ、並たいていのうでではない」

少年は、ぎくっと足をとめ、馬にとび乗ろうとした。その腕を芳雪はつかんでひきとめた。少年は手綱を放し、だァ！　と叫んで馬を走り去らせた。

「首のない骸をうしろに乗せ、両手でささえ、白衣をいっしょにかぶって、馬を走らせていたっけな。手を使わずとも馬をあやつるのは、おまえたち馬芝居の役者のとくい技《わざ》だ。骸に矢が当たった。おまえは骸を地に放り出し、自分は馬の脇腹に身をかくして、逃げた」

ほかのときは、大人の役者が首のない騎馬幽霊のまねをして馬をあやつっていたのだろうが、骸といっしょに走ったのは、柄の小さいこの子供だったにちがいない。

「おまえ、知らないのかい。骸というものは、毒気を持っているんだぜ。おまえは気づかないのだろうが、おまえの軀には死人の毒気がしみこんでしまっている。早いところ解毒剤をのまないと、いずれ軀が腐る」

子供相手に、いささか酷いなと思いながら、彼はおどかした。

馬の足音が近づいた。走ってくる。

重の井をやった女役者と、丹波の与作をやった役者の二人であった。少年のひいていた馬が馬だけ走ってきたので見て不審に思い、戻って来たの

だろう。

芳雪のおどしを女役者は耳にとめたようだ。

「何の話です」

と、馬をとび下りて、咎めた。

「清水屋の藤兵衛さん殺しの一件だよ」

丹波の与作の役者も、馬から下り、険しい表情で、彼につめ寄ってきた。

「おかしな言いがかりをつけないでくれ」

「ぐずぐずしていると、本当に、この子に死人の毒がまわるよ。私は、そういう例をこの目で見ている。どういう事情があってか知らないが、こんな子供にひどいことをさせたものだ」

役者は彼に打ちかかってきた。白状したも同然であった。彼はすばやく身をよけ、

「おれをいためつけたら、解毒の処方がわからなくなるよ」

と言った。

「おれは何も、お上の手助けをしようなんて気はないのさ。真実《ほんと》のところを知りたいだけだ。何で、清水屋のおかみとその情人《いろ》の片棒かついだ。欲か」

「仇討ちだ」

と、少年が叫んだ。


少年には、双子の弟がいた。二人でよく似た馬をあやつり、一人の子役が早替わりするようにみせかけ、それが一座の呼びものになっていた。

今年の春、やはり松本に巡業に来た。

少年と弟は、夜、川に簗《やな》をしかけて魚をとろうとしていた。弟は泳げないので岸にいた。

男と女が通りかかった。男はひどく酔っていた。足がもつれ、弟とぶつかり、かっとしたように突きとばした。落ちたところは深みであった。彼の力では救助できなかった。男は手を貸そうとはせずに、うろたえて逃げた。

彼は、女にしがみついた。女だけでも逃がすま

いとした。そこに、彼の母親――重の井をやった女役者――が二人を呼びに来た。急を知り、一座の男たちを呼び集め、弟を救いあげたが、手おくれだった。

一座の者に責めたてられ、女は、清水屋藤兵衛の女房と、素性をあかした。

子供を川に突き落とし逃げたのが、亭主の藤兵衛だ。いまのことを、お上に訴えても、酔った上のあやまちということで、たいした罪にはなるまい。実は、わたしも、夫にはいろいろ恨みがあるのだ。子供一人溺れ死にさせ、女房を捨てて逃げるとは、いよいよ、あいそがつきた。おまえさんたちに仇を討たせてあげよう。冬、酒の仕込みをするころに、こっちにおいで。おまえたちに疑いのかからぬやりかたで、仇を討たせてあげる。

女はそう言った。

芳雪が紙と矢立を出した。男の顔を描き、少年に見せた。

「おまえの弟を川につき落としたのは、この男かい」

「ちがう」

と少年は言った。

芳雪が、由蔵の似顔を描いてみせると、少年は大きくうなずいた。

はじめに描いた藤兵衛の似顔絵をたたんで懐に入れ、由蔵の似顔は、くしゃくしゃに丸め、袖に落とした。

春、新酒を絞りおえた藤兵衛は商用で大坂あたりにでも遠出し、その留守に、おえいは人目をさけ松本まで来て由蔵と逢いびきをしていたということなのだろう。思いがけない事件を、とっさに夫殺しの手段におえいはすりかえたのだ。たいした玉だ。

――さて、どうするか。おまえたちは、罪のない男に仕返ししたのだ。したたかな女の亭主殺し

「よもぎと、せんぶりと……」

彼は思いつくままに、でたらめな薬草の名を並べ、馬の鼻面に手をさしのべた。馬のにおいは、少年にも女役者にもしみついていた。


に一役買わされたのだ、と告げようか。

いや、言うまい。せっかく、仇討ちをしたと思いこんでいるのだ。

おえいと由蔵を、どうするか……。

役人に売りわたす気にはならなかった。密告は性にあわないし、一座の者たちが、しらべを受ける羽目になる。どのような理由があろうと、人殺しに手を貸したと咎めを受けるだろう。

他人の情事《いろごと》に、おれがおせっかいをすることもないやな。

芳雪は吐息をついた。

だが、あの二人、一度は死ぬほどふるえあがらせてやらなくては……。

「小父さん、お絵師かい」

少年が訊いた。

「似顔がうめえや」

「毒解《け》しの薬の調合を教えてくれますね」

少年の母親が、必死な声で言った。

がいはち

1

道という道に人が溢れている。

群衆を割って山車《だし》が練ってゆく。

山車の上には、黒皮縅《おどし》の大鎧の熊谷と、緋縅《ひおどし》の鎧の敦盛が立ち、ときどき一騎討ちのまねごとをする。敦盛に扮しているのは、女だ。土地の芸妓だろう。

芳雪《よしゆき》は、人の群れから脱け出そうともがくのだが、思うにまかせない。

ようやく横丁に入ると、ここは、老若男女、赤い長襦袢やら赤い着物やら、三月半ばというのに素裸になった者もおり、エンヤサジャ、エンヤサジャ、と踊り狂っている。見物の中から赤ん坊を横抱きにした女が踊りの群れにとび入り、エンヤサジャ、と声をはり上げる。

よく聴けば、御開帳じゃ、御開帳じゃ、と掛け声をかけている者もある。

一刻も早くこの土地を離れた方が、と、芳雪は焦る。厄介な事に巻き込まれるのは、まっぴらだ。

こんな羽目になるとは、思いもしなかった。

堺で逗留した海産物問屋の主人が、讃岐琴平の『小松』という小料理屋に、紹介状を書いてくれたので、当分、宿と食物には困らない予定だったのである。

一面識もない家を、一本の紹介状を頼りに訪れ、襖絵やら軸やら、あぶな絵やら――この最後のが一番喜ばれ、金にもなる――を描いてやり、向こうが露骨に迷惑顔を見せるようになる寸前に、うまく頃合いを見はからって、滞在を切り上げる。出立前に、知人への紹介状を書いてもらう。それを懐に次の鴨の家へ。

賽の目次第の双六のように、紹介状の宛先次第で、東へも西へも、南、北、放浪の旅をつづける。歌川芳雪は、旅絵師であった。

双六のようにといっても、彼の旅には「上がり」はなかった。「上がり」は、つまりは野垂れ死ぬ時か、と思う事もあるが、彼はこの気ままな暮らしがいやではなかったのだ。

讃岐の金毘羅大権現は、久々の御開帳で大そうな賑わいだよ。金毘羅大芝居という、大坂の筑後座をまねた、りっぱな芝居小屋があって、そこには江戸の役者が乗り込んで来るそうだ。せいぜい楽しんで来なはれ、と、逗留先の主《あるじ》はけしかけるように言ったのだった。

瀬戸内海を舟で渡るときは、まだ路銀のゆとりもあったのだが、高松に着いたとたんに、漁師相手の荒っぽい賭場で、持ち金をすってしまった。金を払ったら財布がほとんど空になった。

「さて、困った。琴平の『小松』に行けば、金の入るあてがあるのだが……」

彼がぼやいているのを、賭場の中盆が耳にとめ、『小松』に行くのか、と確かめた。

彼が紹介状の表書を見せると、無筆らしい中盆は、他の男に字を読ませ、

「加島屋の親分のお知合いでっか」

とたずねた。

加島屋の親分というのは、誰だろう。『小松』の主《あるじ》か。とりあえず、うなずくと、

「そら御無礼しました。親分によしなに」

と、草鞋銭を包んでくれた。

その夜は高松の安宿に泊まり、それで草鞋銭はあらかたなくなった。財布の中は鐚銭《びたせん》ばかりだ。

翌朝、早立ちした。高松から琴平まで、ほぼ七

里。八ツ半か遅くとも七ツには着く。

途中、昼飯をとるために立ち寄った街道すじの茶店で、〃加島屋の親分〃について、さりげなく訊ねてみた。隣で休んでいた旅の渡世人といった風態の男が、

「加島屋を知らないのか」

と、話をさらった。この男は、かなりひどい吃音なので、話に手間がかかったが、たいそう気のいい男であった。

加島屋長次郎は、讃州きっての博徒の大親分で、今年四十三。目に一丁字もない並みの博徒と違い、たいそう学がある。金毘羅さまの社領とは地続きの天領、榎井《えない》村の、地主の家に生まれた若旦那だった。十四、五ぐらいまではまじめに学問にはげんでいたが、女と博奕の味をおぼえ、両親の死後は家財も田畑も失った。そのかわり、博徒の間で頭と立てられる立派な貸元に変貌していた。

加島屋が一声かければ命を投げ出す子分衆は千人はいる。

「実は、俺は清水の大貸元次郎長の身内で——おまえさんも次郎長親分の名は知っているだろう」

「はい、それはもう……」

聞いたことはなかったが、彼がそう言うと、相手は気分をよくし、

「親分の代参で、金毘羅さまに詣る道中なのだ。加島屋のお貸元のところに草鞋を脱ぐつもりだ。おまえさんは渡世人には見えないが」

「はい、わたしは絵師でして、江戸で歌川国芳の門下でした。技倆《うで》を磨くには旅が一番と師匠に言われ、こうやって、諸国を廻っています」

言いなれた嘘を、彼はついた。国芳の弟子であった事は真実だが、何が技倆を磨くための修業なものか、放埒が過ぎて、国芳に破門されたのだ。

「此の度は、琴平の『小松』さんにご厄介になる心づもりです。あの……『小松』というのは、加

島屋の親分さんと、何か関わりがある店なんでしょうか」

次郎長の身内、石松と名乗った男は、

「さあ、俺はこっちは初めてなのでな。加島屋の親分の身性《みじょう》は、今言ったぐらいの事は聞き知っているが、『小松』というのは知らねえな」

『小松』いうたら、加島屋の親分さんがお妾《てかけ》さんにやらせとる店やきに」

と、茶店の小女が口をはさんだ。

「姉さん、くわしいね」

芳雪は言い、ついでに女の容色をほめた。

女は急に愛想よく、口が軽くなった。

往き来する人々の口から、何かと噂話が耳に入るのだろう、女は、金毘羅さんにお参りした事もめったにないと言いながら、けっこう事情通だった。

「加島屋の親分さんには、お妾さんが三人おってつの、お松っつあん、お繁はん、お沢はん。お松っつあんが、一のお気に入りなんやて」

『小松』と言う店は、そのお松さんにやらせているのかい」

「ほうよ」

「よほどの弁天《おべん》なんだろうな、お松さんてのは」

「おべん？」

「よほどの器量よしなのかい」

「うっちゃ知らんけど、色が黒うて、ごっつい、がいはちや言うよ」

「がいはち？」

「しっかり者という事らしいよ」

と、渡世人が脇から言った。

茶代を置くと、財布はいっそう心細くなった。

渡世人の石松といっしょに茶店を出、目的地は同じ琴平だからと肩を並べたが、相手の足はむやみに速く、芳雪は音《ね》をあげた。

「先に行ってください。わたしはとてもついて行けない」

芳雪は、のんびり歩くのが好きなのだ。

「そうかい」

と、相手はせっかちに遠ざかった。

琴平の町は、軒並祭り提灯を連ね、浮き立っていた。

『小松』は、小体《こてい》な造りの小料理屋で、ここも、まだ陽は落ちないのに、三味線や囃子の音が賑やかに洩れてくる。

入口の前で店の男衆らしいのが、

「ささ、上がんなはれ、上がんなはれ」

と通行人に呼びかけている。彼には目もくれない。

「ご免なさいよ。こちらの旦那さんかおかみさんに取り次いでもらいたいんだが」

彼は、少し高飛車に言った。最初《はな》から下手《したで》に出ると、舐められる。

紹介状を相手の鼻先に突き出す。

「へ、どなたはんかいな」

品さだめするように、じろじろと彼を見る。

薄汚れたかっこうで、しかも一人旅だ、呼び込んでも金は落としそうもないと見さだめた無愛想な顔つきだ。

「裏へ廻んなはれ」

男は顎で示した。

さすがに客商売だけあって、芳雪が、あまり好ましくない招かれざる客である事を、紹介状を見せたにもかかわらず、一目で見抜いたらしい。もっとも、男衆は、中を一瞥もしなかったが。

裏口にまわり、広い台所をのぞくと、襷がけの男や女が二十人近く、ほとんど殺気立って立ち働いている。

声をかけると、土間の流しで泥葱を洗っていた女が、

「何やね」

と応じた。

「こちらの旦那さんかおかみさんに、取り次いで

ほしいんだが」

同じ口上を繰り返しながら、まずい時に来ちまったな、と思う。御開帳の始まる一と月ぐらい前に来ていれば、襖絵の注文などひきもきらず、ずいぶん重宝がられたはずだ。そうすれば、今ごろは酒は飲み放題、祭りを十分にたのしんで、また旅立てるところだった。惜しい事をした。しかし、今からでも、この賑わいなら、酔客が暴れて襖を破き、新しい襖絵が必要になるところも出てくるんじゃないかな。わたしがいれば重宝なのだよ。あぶな絵だって、売りつける相手に事欠かないだろう。よい商売になるにちがいない。

「ほな、ちょっとこま、待っとってな」

女は濡れた手を前垂れで拭き、書状を受け取った。

板敷に腰を据え黒塗りの膳を空拭きしている女中頭といったふうな中年の女に書状を見せ、指図を仰いでいる。

中年の女はちょっと眉をひそめて思案し、下働きの女に、奥に取り次げと命じた。

下働きの女が板戸の向こうに去ってほどなく、

「ごめんなしてよ」

彼の背後で、ものやわらかな女の声がした。

「親分、こっちゃにおってか」

「お沢はん」

と、女中頭が空拭きの手をとめ、

「さて、どやったかいな。なんせ、人が出たり入ったりで」

そのとき、又、

「ほら、じゃまだ、じゃまだ」

生魚を盛った大笊をかついだ男が外から入って来て、入口に立った彼と女を押しのけた。

笊ごと上がり框におき、いそぎ足に外に出て行こうとする。彼はよけようとして、かえって、男の足を踏んでしまった。

「あほだま！　何しくさるんじゃ」

気の立った男は、彼の胸倉をつかんで、ひきずり寄せた。

「ごめんなしてよ」

彼は、聞きおぼえたばかりの土地の言葉であやまった。その方が、相手が気を和らげるだろうと思ったのである。芳雪は、もとをただせば、一応、武士の出である。父親は無役の御家人だった。彼は浮世絵師を志して国芳の門下となったぐらいだから、あまり硬派とはいえない。それでも、頭ごなしにどなりつけられると、くそっ、と腹は立つ。

誰も仲裁に入ろうとする気配はない。

「お松っつあん」

と、親分をたずねて来たお沢という女の声が背後できこえた。

おかみさんがあらわれたのだな、と振り向こうとするのだが、胸倉をとられているので首が廻らない。


お松は敷居をまたいで外に出てきた気配だ。戸口に積まれた酒樽のかげで、お松とお沢が顔を寄せ合うようにして話しあっているのが、辛うじて目の隅に入った。

「何やてエ」

不意にお松の声が高くなった。

「おどれくそ!」

続いて、呻き声の語尾がとぎれ、どさっと倒れる音。

さすがに、男も手を放した。

振り向いた芳雪の目に、俯《うつぶ》せに倒れた女の姿がとびこんだ。

お沢は、目を見開いて突っ立っている。その手に、血に濡れた刃物があった。倒れているお松の軀《からだ》の下に血がひろがりはじめた。

「はずみや。お松っつあんが……」

お沢の白くなった唇が辛うじて声を出す。

お沢の着物の前は返り血のしぶきを浴びてい

た。

息をのんで身じろぎもできずにいた人々が、わっと周りに集まってくる。

芳雪は、少しずつ後じさりした。

騒ぎに巻き込まれ、ひどい目にあった事が何度もある。流れ者である彼は、役人に、まずまっ先に目をつけられるのだ。土地の人たちも、彼に責任を押しつけてしまえば事は簡単だから、彼に不利な証言をしがちだ。今度は、疑いをかけられる立場にはいないけれど、とにかく、厄介事はごめんだ。

「お松っつあんが刃物持っとったんや。はずみや。いきなり突いて来よったんや。親分呼んで来てつかいよ。二階におらすよ。はずみやしてよオ」

お沢の声を聴きながら、彼は表の通りに走り出た。とたんに、山車行列の人の渦に巻き込まれたのだ。

——何も、逃げる事はなかったのに。

と思ったが、そう考えつくより先に、軀の方が反応して、逃げ出していたのだ。

逆らいきれぬ人の流れに、彼は諦めて身を任せた。エンヤサジャ、エンヤサジャ、御開帳じゃ、エンヤサジャ。

2

踊りの群れは、いつしか、一つ方向に走ってゆく人々といっしょになっていた。

「早よ、行け」

「早よ、行け」

押し合いながら高波のように寄せて行く人々は、やがて、広場に出た。皆の足がいっそう速まった。

広場の両側には、掛け小屋が並び、看板を掲げている。

「曲独楽、博多蝶之助、女太夫小蝶」だの、「御免香具芝居、浪華、力曲持、小竹弥三郎」だの、「大人形　布袋の唐子遊び　盃の内よりせり上、団扇の上にて芸仕候」だの、更に犬猿芝居、羽二重人形、足芸、軽業、さまざまな看板や幟が、押されて走る彼の目のはしをかすめる。

群衆の頭越しに、正面にそびえるのは芝居小屋の屋根だ。

金毘羅大芝居と呼ばれるこの小屋は、二十四年前、天保七年に建てられた。一階二百坪、二階七十七坪、その他の付属の建物が二十二坪、合わせて三百坪に近い堂々たる小屋である。芳雪は、そんな細かい事までは知らなかったが、間近に仰ぎ見て、江戸猿若町の三座にまさる豪勢な小屋だなと、感心した。猿若町の芝居小屋は、しじゅう火事を出して丸焼けになっては建て直すので、木組みなど粗末なものだ。この小屋の方が、立派な木材を使っている。

江戸の役者が来ると堺できかされたとおり、正面にはためく幟には、坂東彦三郎、坂東亀蔵、沢村訥升など、彼には懐しい名前が染めぬかれている。

人々は押し合いながら芝居小屋になだれ込んでゆく。冗談じゃない。わたしは木戸銭など持っていないよ。

「ちょいと、ごめんよ」

と、人の群れから抜け出そうとするが、押し返される。

「ごめんよ。わたしは木戸札を持っていないのだよ」

と、わめく芳雪に、

「何、かんまんわだ」

傍の男が大声で教えた。かんまんわだとは何の事だ。たぶん、〝かまわない〟と言っているのだろうと見当をつけ、

「木戸札、いらないのかね。この芝居は、木戸銭

無料なのかね」

「最後の幕が開いたら、只で入れるんや」

「ほう、それはいいな」

一幕、只見ができるとはありがたい。もっとも、この混雑ぶりでは、舞台が見えるかどうか。

狭い鼠木戸の前は、いっそう混み合っている。背をかがめて一人ずつ通らなくては頭がつかえる低い小さい入口である。切り落としはすでに一杯なのだろう。押し入ろうとして中から押し返され、揉み合っている。うしろからは、様子がわからないので詰めかけてくる。

――えらいところに巻きこまれちまったな。これじゃあ、人殺し騒ぎの場所にいた方がましだったかな。

女や子供が泣き声をあげている。

「あかん、あかん。帰《い》んな、帰んな」

木戸番や世話役らしい男たちが追い帰そうとするのだが、どうにもならない。


下手をしたら、人死にが出るぜ、こりゃあ。

うしろの方で喚声が上がった。

人の群れが散りはじめた。

彼のまわりに、ようやく空隙が生じた。

彼は、芝居小屋と並んだ掛け小屋の、組んだ丸太に足をかけて、よじのぼった。

「痛ッ！　あほ。何するんや」

垂れ莚《むしろ》の向こうから、どなる声がする。

のぼるはずみに、莚越しに、見物人の頭でも蹴とばしたのかもしれない。

莚が中から少しめくられ、手がのびて彼の足をつかんだ。蹴とばされた奴が腹を立て、ひきずり下ろす気になったらしい。

彼は蹴放した。

手はひっこんだが、莚がかきわけられ、男が顔をのぞかせた。

「お前《まい》かァ、わしん頭蹴りくさったんは。けったくそが悪い奴っちゃな」

又、足をつかもうとするので、彼はいそいで上ろうとし、間《ま》が悪く男の鼻柱に爪先がぶつかった。

「くそんどれ！」

両手で蓆をわけ、男は上半身をのり出した。その隙間から、小屋の中がちらりと見えた。玉乗りの軽業を演じているようだ。

「すまない。あやまる」

彼は片手拝みをし、そのとたんに片足が丸太を踏みはずし、男の胸を突いた。

「何しくさる、かさねがさね！」

蓆をひきはがさんばかりに押しのけ、男は外にのり出してきた。

その見幕に、

「すまん、すまん」

ひたすら詫びながら、芳雪は、丸太をよじ上って逃げる。男が後から追いすがって上ってきた。

――まずい事になっちまったな。

とび下りるには高過ぎる。

一番上の、横に渡した丸太にたどりつき、またがって、どこまで追って来たかと見ると、二段ほど下の丸太にしがみついて、相手はどうやら慄えているようだ。高い所が怕《こわ》くてならぬたちなのに、腹立ちまぎれに、つい、それを忘れてしまったらしい。上る事も下りる事もできず、目をつぶって、蓆壁の途中で立往生している。

芳雪は少しおかしくなり、

「どうしたえ？」

相手は声も出ない。

「ここまで来なさいよ。いい眺めだぜ」

下では、逃げまどう人々の間で、ごろつきのようなのが何十人も入り乱れ暴れまわっている。彼らは、どうやら、立ち並ぶ茶屋の一つを打ちこわしの目標にしているらしいのだが、それを阻止しようとする男たちと乱闘になっている。

「兄さん、そこで守宮《やもり》のまねをしていてもはじまらない。思い切って来なさいよ。下りる時ァ手を貸してやるよ」

あれ？　と、芳雪は目を凝らした。暴れている男たちの間に、あの石松という男らしい姿を見たような気がしたのだ。

すると、あいつらは、加島屋長次郎の身内か？博徒同士の喧嘩ならともかく、素人衆相手になぐりこむなんざ、やくざの仁義にもとるんじゃないのかね。

人の群れの間に、ちらちら見えかくれする。たしかに、茶屋で会った石松だ。

もっとも、石松は、打ちこわしにはあまり気が乗らないふうで、なぐりかかってくる奴を仕方なく払いのけている様子だ。

一宿一飯の恩義で助っ人か。渡世人もたいていじゃないいな。

蓆壁にへばりついている男が、助けてつかいよ、と情けない声を出した。彼は身をかがめ片手をのばし、男の衿がみをつかんで、ひきずり上げた。男は、騒々しい悲鳴をあげ、

「下ろしてつかい、下ろしてつかい」

と声をうわずらせながら、どうにかよじのぼってきた。

芳雪がまたがっている丸太と縦の柱が交叉しているところに両手をからめ、しがみつき、目を閉じている。壁はふわふわと浮いた蓆だから頼りにならない。

「助けてつかいよ」

「そうやってしがみついていれば、落ちやしないよ」

男は、わりあい良いみなりをしている。町家の若旦那という風態だ。この若旦那と昵懇《じっこん》になったら、しばらく食いはぐれないですむかな、と、芳雪は虫のいい事を考える。

下を見ると、石松が、小屋の近くまで退いて一息ついている。

「石松さん」

この喧騒の中では声が届かないかなと思ったが、石松は上を見上げ、きょろきょろしている。

「ここですよ。小屋の上だ」

見物席は吹き抜けだから、小屋の中も見下ろせる。粗雑な板を並べた舞台では、玉乗りが続いている。

「もう、義理働きはいいんじゃありませんか。上って来ませんか」

彼が大声で誘うと、石松はうなずいて、丸太をのぼりはじめた。

ぎしぎしと、柱が揺れるので、若旦那は又悲鳴を上げる。

石松は身軽に上って来た。

「石松さん、その人をちょいと、ここまで押し上げてくれませんか」

石松が背後から抱き上げるようにして尻を押し、上から芳雪が衿をつかみ、どうにか、一番上までひきずり上げた。

若旦那はまっ青で、額に油汗を滲ませている。

気の毒にね、と思いながら、芳雪は、弱いものいびりの快感もいささか無いわけではない。

石松が一番前に、芳雪がうしろに、真ん中に若旦那をはさんで、丸太の上に一列になった。

若旦那は石松の腰にしがみつき、顔を石松の背に伏せている。芳雪はうしろからぴったりと若旦那を抱き込み、これじゃあ、まるで、蔭間の三つ巴じゃないか、と吹き出しかける。若旦那、味な気分になるんじゃないのかね。

「石松さん、いったい、何の騒ぎなんです、これは」

若旦那の頭越しに問いかける。

「おれも、よくわからねえんだ。客人、なぐり込みだ、というから、一働きと先頭に立ったんだが、どうも、喧嘩《でいり》じゃねえ様子でよ」

「加島屋の身内衆やろ、暴れとるのは」

若旦那が、思いのほかしゃっきりした声を出した。前と後に頼もしい支えがあるので、恐怖感が薄れたのだろう。

「いずれ、やらかすやろと思とったわ」

「何で？」

石松がふり向こうとすると、

「ひゃあ、動《いご》かんといてよ、動いたらあかん」

「おまえさんこそ、おたつかねえでくれ。おれっちが股で締めつけているなァ、丸太だぜ。ぐらりと滑ったら、三人、一蓮托生、逆落としだ」

「やめてつかい」

「加島屋とあの茶屋の間に、何か悶着があったのか」

「子分衆の一人が、加島屋の名を出して只で飲み食いしようとしたのを、茶屋が追ん出したんやわ」

「いつ？」

「五、六日前の話やったかな。茶屋の若いもんも、いつ仕返しに来られるかと、怯えておったんやけど、音沙汰ないよって、安堵しよったら、今日びになってこの騒ぎや」

「ずいぶん悠長な仕返しだな」

「石松さんが草鞋を脱いだので、こいつは恰好な助っ人が来たと、一丁やらかす気になったのかもしれませんよ。ところで、加島屋の親分というのは、どれです」

「親分には、おれもまだ会っていねえんだ。仁義を受けたのは、姐《ねえ》さん――といってもお妾だそうだが」

「お沢さん？」

血に濡れた刃物を持って茫然と立ったお沢の姿が、芳雪の眼裏に顕《た》った。

「いや、お繁さんと言ったよ。茶店の女《あま》っ子が言ってたっけな。加島屋には妾が三人いる。お繁、お沢……」

「お松」

そのお松さんは殺されましたよ、お沢さんに。石松に告げようとしたが、若旦那の耳がある。また悲鳴をあげられ、じたばたされてはたまらない。地上に下りてから、ゆっくり話そうと思い直した。

「加島屋は、喧嘩場には出て来る事はあらへん。いよいよとなったら、金《かね》で始末つけるんや。あの親分は、賭場も子分に任せきりで、我から勝負はせんのや。年中、書物読んだり書き物したり、えろ、毛色の変わった親分や」

若旦那は舌が滑らかになり出した。空の高みにいる事を忘れたらしい。

喚声がひときわ高くなり、

「役人が出張《でば》って来た」

石松が言った。

「たいそうな人数だな。大捕物だ」

「石松さん、早いところ身を引いてよかったね。捕まったら厄介な事になる」

「加島屋の親分も、これじゃあ、お咎めを喰うだろうな」

「なに」

と、若旦那が口をはさんだ。

「加島屋は、こっちゃにも店やら住まいやら持っとるが、本貫は榎井やさかい、こっちゃの捕方は手え出せんのや」

「なぜ、榎井の者には手が出せないのかい」

「榎井は天領（幕府直轄地）で、代官所は、瀬戸の海一つ越えた備中倉敷にある。金毘羅さんも社領やさかい、役人はうかつに手え出せへん」

「渡世人には、住みよいところだな」

石松が言うと、若旦那は、あまりおかしくもなさそうな声で笑った。

「兇状持ちがよう逃げこんで来よる」

「おれは、楽旅《らくたび》だよ」

と、石松は言った。

「それに、大けな声では言えへんけどな、尊攘浪士もしのんで来よる言うで」

「へえ、そら、えらいこっちゃな」

芳雪は、ついつられて、西の言葉になった。

「これも大きな声では言われへんけどな、加島屋の親分な、尊攘派やて。脱藩浪士やら、よう、かくもうとるいうよ」

「あれま、こんなところでも、攘夷の佐幕のと、うるさいのかい」

「讃岐高松の殿さんは、水戸の殿さんと親戚や」

「あんた、よく知ってるね」

「わしとこの店は、高松のお城にも出入りしとるさかい、何かと耳に入る」

「へえ、やはり、お店の若旦那か。何を商っているんです」

「菓子や」

「甘い方か」

芳雪はいささかがっかりした。うまく話をつけて、若旦那のところにしばらく居候したいのだが、甘いもの攻めではうんざりだ。

「だいぶ静かになったようだ。下りましょうか」

芳雪が言うと、石松が、くすぐってえ！　と身をよじった。若旦那はきゃあきゃあ騒いだ。

「何をやっているんですよ」

「若旦那がくすぐるんだ」

「くすぐるものか。下りる言うから、しがみついただけやんか。動かんといてや。落ちる、落ちる。目え廻る」

芳雪と石松が両側から帯をつかんで支え、なだめたり励ましたりして、ようやく地面に下りると、若旦那は、へなへなと坐りこんだ。

「若旦那、よござんしたね。これで、わたしと石松さんがいなかったら、若旦那、あのてっぺんで、二進《にっち》も三進《さっち》もいかないところだった」

なぜ若旦那がてっぺんに上る羽目になったかは棚に上げ、芳雪は恩に着せた。若旦那はいとも素直に、

「そやな、あんたら、恩人や」

と、これも、前のいきさつは忘れている。

芳雪は、懐紙を出しながら、さりげなく、紙を若旦那の目の前に落とした。

若旦那は拾い上げ、目が吸いつけられた。

「いや、これは、とんだいたずら描きを見られてしまった」

芳雪は頭をかき、石松が横からのぞきこんで、

「あ、こいつァ凄げえ。あんたが描いたのかい。そういえば、おまえさん、絵師だと言っていたっけな」

「これはほんの手すさび。襖絵も描けば花鳥山水の軸も描きます。若旦那、お気に召したら、そいつはさし上げますよ」

「ほうかい」

若旦那は、照れ笑いしながら、そそくさと笑い絵を懐におさめ、

「ところで、お絵師さん、そろそろ飯どきや。何なら、おごらしてもらお」

「そいつァ、ありがたい。実は、加島屋さんが妾にやらせている『小松』という店があるでしょう。そこにしばらく逗留する心づもりだったんだが、あそこに取り込み事が起きて、泊めてもらうわけにはいかなくなっちまったんですよ」

わたしは旅絵師で、と、芳雪は言い馴れた口上をのべた。

そんなら、わしとこにおいで、と、若旦那はうまいぐあいに乗ってくれた。気のいい若旦那は、ついでに石松も誘い、

「ま、とにかく、ここらで腹ごしらえしていこうやないか」

と、近くの料理屋に上がった。

博徒の騒ぎはようやくおさまり、祭りの賑わいが戻ってきていた。

二階の座敷に上がり、酒と料理の膳をはこばせ、

『小松』はわしも行った事があるが、取り込み

事て何やね」

「大変な話でね、あそこのお松さん、知ってますか」

「加島屋の妾やろ。知っとるよ。親しいわけやないが」

「加島屋のもう一人のお妾の、お沢さんて知ってますか」

「お沢さん？」

と、石松が坐り直した。

「おや、石松さん、知っているのかい」

「加島屋に草鞋を脱いだとき、みかけたのだよ。ちょうど外に出て行くところで、あとで、あれはお沢さん、と子分衆に教えられたのだ。美《い》い女だ」

「そこの姐さんは、お繁さんだろう。お沢さんもそこに？」

「お沢さんの妾宅は別の所だが、妾同士、仲は悪くないという話だったよ」

「お松さんとも？」

「そこまでは聞かなかったが」

「お沢さんが、お松さんを刺し殺したのだよ」

芳雪は声をひそめた。若旦那がけたたましい声を上げた。

「そんな馬鹿な！」

と、石松も、

「どこで？」

「『小松』で、さ。わたしが裏口から訪ねたとき、ちょうど、お沢さんも、親分はこっちに来ていないかと、訪れてきたんだ」

芳雪はそのときの様子を思い出しながら、

「わたしの事を女中が奥に取り次いだので、お松さんが勝手口に出て来た。お松さんとお沢さんは、何やらひそひそ話し合っていたが、突然、お松さんが『何やて！』とわめいて……」

いったい、あれは、何だったのだろう。

おどれくそ！　と、お松の罵声、そうして

……。

「お沢さんが言うには、お松が刃物を持っていて、いきなり突いてきた。はずみで、逆に、お沢さんがお松さんを刺してしまった、と……」

「そら、そうやろ。お沢はんは、人殺すような女《ひと》やない」

「あれ、若旦那、お沢さんを知っているんですか」

「お沢はんなら、この辺りの者は誰かて、知っとるわい」

若旦那は少し赤くなった。

「で、お沢さんはどうなった」

石松がせきこんで訊く。この男も、一目でお沢に好感を持ったらしい。

「さあ、役人に曳かれていったんじゃありませんか。わたしは、見とどけないで、その場を逃げてしまったので」

「薄情なやっちゃな」

「薄情な男だな」

二人は口を揃えた。

「かかわりあいは、困りますもの」

「しかし、おまえさんの話のとおりなら、お沢さんは、たいしたお咎めはないだろう。先に殺そうとしたのは、お松なのだから」

「お沢さんが嘘をついているという事も……死人に口なしで」

「おまえさん、その場で、一部始終を見ていたんだろう。お松が先に突き殺そうとするところを、見たんだろう」

「それが……」

荷かつぎの男の足を踏んだため、胸倉とられ、と、そのときの状況を説明すると、

「そそっかしい男やな。せんども、わしの頭どついてからに」

「そういうわけで、わたしが見たときには、お松さんはすでにぶっ倒れて血まみれ、お沢さんが血染めの刃物を握っていた」

「お沢さんは、人を殺しに出て行く顔ではなかったぜ」

石松は、きっぱり言った。

「それに、殺《や》るつもりなら、そんな人目の多いところでやるものか。おまえさんは、たまたま見えなかったとしても、他にも人はいたのだろう」

「台所で大勢働いてはいたが、勝手口を出た物かげで二人は話しあっていたから、家の中からは、よく見えなかったと思いますよ」

「何にしても、悪いのは、お松だ。先に刃物でつっかかっていったんだからな」

「そや」

と、若旦那もうなずく。

「しかしねえ……」

「何が、しかしだ」

「何となく、腑に落ちない」

「どうして」

「お沢さんの言うとおりだとして、お松さんは、どうして刃物を持って下りて来たのだろう」

「そりゃあ、お沢を殺《や》るためよ。おれが思うに、加島屋の御寵愛が、お松からお沢にうつったんだな。よくある話じゃねえか。その恨みつらみで、お松は、お沢を憎みきっていた。たまたま、お沢がたずねてきた。かっと頭に血がのぼって、お松は、刃物をひっつかんで、お沢に対面したんだ。お松が、なじる。お沢が言い返す。お松としては堪忍ならねえ事を、お沢が口にした。お松は、くそっ！　と、刃物を。お沢は、その手をとっさにつかむ。刃物を奪おうとする。もみ合うはずみに……」

「もみ合うなんてふうではなかったんですよね。『何やて』『おどれくそ！』呻き声。どさっとお松が倒れた。こういうふうだった。お沢の方が攻撃をかけたのなら、わかるが……」

「それじゃ、ほんとに、はずみだったのだろう。もみ合う暇もなく刺してしまったというのなら。

刃物を持ち出したのは、お松だ」

「しかしねえ、今思い出したんだが、お松は、台所に出てくるまで、お沢がそこにいる事を知らなかったんですよ。女中が、わたしの紹介状を奥に取り付いだんです。お松は、わたしに会うために奥から出て来た。そうしたら、そこにお沢がいたという次第で。だから、最初から憎いお沢を殺《や》ろうと刃物をつかんで出て来たわけじゃないんです。刃物、しかも、抜き身ですよ。鞘は落ちていなかった。見ず知らずの旅絵師のわたしに会うのに、どうして抜き身を持って出て来るんです」

「どうしても、お沢が、最初《はな》っからお松を殺すつもりで刃物を持ってきたと言いたいのかい、おまえさんは」

「別に言いたいわけじゃありませんがね」

「鞘はどうなる。お沢さんは、抜き身のままの刃物を持って来たというのか」

「お沢なら、鞘は帯のあいだか懐に残っていたかも」

「お松だって同じ事だろう」

「お松は、お沢がいるのを知らなかったと言ったでしょ」

「それなら、お松は、おまえさんを殺すつもりで刃物を持ってきたんだ。そうしたら、憎いお沢がいたので……」

「なぜ、お松がわたしを？」

「殺そうとは思わないまでも、刃物で脅して追い払うつもりだったんじゃないのか。うるさい物乞いといっしょに見られたんだろう」

「刃物をわざわざ奥から持ってこなくたって、台所には、出刃だの菜切包丁だの、切れ物はいくらでもおいてあるんですよ。それに、何も女将《おかみ》が刃物を振りまわして脅さずとも、男衆に言いつけて追い払わせればすむでしょ」

――もう一つ、何だか気にかかる事があったな。何だったろう……。思い出せない。

3

若旦那は、芳雪に一夜の宿を提供しようと申し出たが、

「その前に、これから、『小松』にいっしょに行っておくれ。お沢はんがどないなったか気がかりや。もし、お松殺しの罪人にさせられるようやったら、おまえさん、お沢はんが助かるように、あんじょう、お役人に申しのべたってや」

泊めてやるから、かわりに、嘘の証言をしろというわけだ。

お沢の白いほっそりした顔を思い浮かべ、そりゃあ、嘘の一つや二つ、ついたってかまわないが……本当のところを知りたいなと、好奇心の虫が動き出した。

「石松さんは、どうします？　加島屋への義理働きはすんだんでしょ」

「この騒ぎのおかげで、肝心の代参をまだすませてねえんだよ」

「それじゃ、いそいで手を合わせておいでなさいよ」

「いや、うちの親分からあずかってきた刀を納めなくちゃならない」

「その刀、加島屋さんにおいたままなんで？」

「だから、とりあえず、あそこに戻らなくては」

「戻ったらついでに、お沢さんとお松さんの間にどんないきさつがあったのか、聞き出してきてくださいよ」

「岡っ引きだな、まるで。おれは、二足の草鞋は履いちゃいねえんだぜ」

よけいな事に巻き込まれまいと用心する一方で、何だかすっきりしない事を放っておけない困った性分も持ちあわせている。芳雪は、若旦那に従って、『小松』へ足を向けた。『小松』は門前の掛行灯も提灯も灯を消し、祭りの賑わいの中で、

そこだけが黒い穴のようだ。加島屋の身内らしいのが出入りしている。

「おや、『角屋《かどや》』の」

と、顔見知りらしいのが声をかけた。若頭といった男だ。

「今日は、ちょいと取り込んどるよってな。見てのとおり、店を閉めたあるんや」

「こちらのおかみさんが」

と若旦那が言いかけると、若頭は早口に、

「急な病《やまい》でなくならはったんや。今夜は、通夜や。それで取り込んどるんや」

「急な病で。そんならよろしねんけど……」

「何？」

若頭は目を険しくした。若旦那は少したじろぎ、

「いえ、病いう事やったら……あの、お沢はん、おんなさるか」

若頭が目で合図すると、男が数人、すっと近づき若旦那を取り囲んだ。若旦那は青ざめ、助けを求めるように芳雪を見る。

「加島屋の親分に、お目にかかりたいんですが」

芳雪は言った。

「おまえ、何や」

「先刻も一度うかがいました、絵師の歌川芳雪といいます。そのとき、こちらの親分さんへの紹介状をお渡ししてあるんですがね。そうしたら、こちらのおかみさんが、お沢」

言いかけた芳雪の口を、強い手がふさいだ。

芳雪と若旦那は、家の中にひきずりこまれ、うしろ手に縛られ、暗い一室に放りこまれた。

「何や、力になろ思て来たのに」

若旦那は泣き声だ。

「このまま、ばっさりですかね」

「親分に会わせてつかいよ」

若旦那がわめいたとき、貧弱な小男が手燭を持って入ってきた。

「加島屋の！」と若旦那はほっとしたように坐り直した。

「若旦那、どうしなさった。うちの若い者がとんだ粗相を」

と言いながら、縄をといてくれる気配はない。

「おまえさん」

と、加島屋は芳雪に目を向けた。手燭の灯に照らされた顔は薄あばたで風采は上がらないが、威圧してくる力がある。

「絵師やそうだな。さぐりに来たイヌか」

「あ、そうか！」

言いかけて、芳雪は声をのみこんだ。

「何だ」

「あのね、親分、まず、若旦那をね、このまま帰してあげてくださいよ。この人は、何も知りゃしない。わたしがあの場に居合わせたのに、そのまま逃げたときいて、見た事をちゃんと話してあげなさいと、親切にわたしをここにつれてきた。ちょっとおせっかいをしただけなんですよ。その後で、じっくり。その方が、親分のおためです」

「若旦那」

と、加島屋は、おだやかだが声に凄みをひそめた声で、

「よけいなおせっかいは、これきりになさいよ」

「わたしは、ただ、お沢さんのためによかれと……」

「お沢のために？」

「お松さんが先に刃物で突こうとしたのを、この人が見ている。だから、お沢さんが罪になるようなら、この人からそれを言ってもらおうと」

「そうですかい」

加島屋の表情がくつろいだ。

「何、役人も、お沢の申し開きを聞いて了承してくれたので、万事落着したのだ。お松が、お沢に嫉妬《せろ》うてな、つい、かっとしてな」

「ほれ、わたしの言うとおりだ」

「手荒に扱うてすまなんだな」

と、加島屋は若旦那の縄をとき、

「そういうわけよって、もう、この事は忘れてつかいよ。何もなかった事にしなはれ。そやないと、うちの若いもんが、また」

厳しい目で念を押し、若旦那を送り出した。

――おれは、殺《や》られるかな。

若旦那はこの土地で顔も名もとおっているから、下手に消す事はできないし、消す必要もないが、おれは……。

加島屋が戻ってきた。

「おまえさんの持参した紹介状は、見たよ。絵師の歌川芳雪さんだね」

「あのとき、親分も奥にいなさったんですね、お松さんといっしょに。それから、他に、おそらく、二人の人がいた」

「だれが？」

「だれだか、名前はわたしは知らない。二人とも親分がかくまっている大切なお人だった。それが、何か口論……たぶん、わたしのような者にはわからない、むずかしい話……国のありように関わるような、ね。酒でも入っていたのかな。一方が、小さい刀を抜いて突いてかかった。とめようとしたお松さんを刺してしまった。命に関わる重い傷だが、公にするわけにはいかない。そこに、下働きの女が、わたしの訪問を取り次いだ。下働きの女は部屋の中の様子は知らない。手紙だけ受け取って下働きの女を追い出し、親分とお松さん、二人の脱藩……いえ、二人の男、四人のあいだで、とっさに、相談がまとまった。小さ刀を部屋にあった刃物にとりかえ、突き刺したまま、羽織でかくしてお松さんは台所に出て来た。気丈な人だね。がいはちと言うんだそうだね。わたしを下手人に仕立てる計画をたてたんだ。ところが、台所に来てみたら、丁度お沢さんが来合わせていた。お沢さんの方が、事が不自然でなくはこぶ。

小声で、お沢さんに計画を打ち明けた。決して、罪人にはならないから、と。わたしを下手人にする場合は、牢屋にぶちこまれようと打ち首になろうとかまわないと思ったんでしょうがね、お沢さんは、親分がいるかどうか知らないでたずねて来たのに、後では、親分が二階にいるから呼んでくれと言っていた」

芳雪が気にかかっていたのはこの事だった。

「お松さんから、一部始終をきかされたんだ、お沢さんは」

加島屋は泰然と表情を動かさない。

「どっちみち助からない傷だと覚悟したお松さんは、親分が大切にしている人たちを無事に逃がすために、命を捨てた。あァ、いやだね。よくまあ、女をそこまで手なずけたものだ。四、五日前の、どうでもいいような事をわざわざ取り上げて、子分衆に騒ぎを起こさせた。役人衆をそっちにひきつけて、他の警戒を手薄にさせ、その際にお二人さんを逃がそうという寸法さ。と、こう言ったら、どうします。斬りますか」

「しばらく逗留してもらおうよ」

加島屋は言った。

「お二人が無事逃げきるまでですか」

「襖絵の二、三枚も描いてもらおうか」

「笑い絵も描きます」

「絵師にしては骨があるな」

「どういたしまして、わたしは軟弱な方が好きでね」

「逗留中に、ためになる話をきかせてやろう」

「尊攘論を吹きこもうってんですか。ごめんこうむります。四角いのは、豆腐の角でも肌に合わねえ」

画布を与えられ、芳雪は、お沢とお松の刃物を持ってもつれ合う姿を思い描いた。しかし、どのような絵も描く気にはなれず、壁にもたれ目を閉じた。石松さんは出立したかな。

十日ほど監禁に近い状態におかれ、加島屋長次郎が部屋に入ってきたとき、画布には、裸身のお沢とお松が芳雪自身と遊びたわむれている図があった。

「加島屋が浪士をかくまっていたと、言いひろめてもいっこうにかまわん」

と、加島屋は言った。

「わしが尊攘派である事は衆知だ。証拠がなければ、役人も何《な》も手は出せんのでな」

「そろそろおいとましたいんですがね」

「清水のに一筆したためたよ」

と、加島屋は書状を手渡した。

「堅気の家の方がありがたいんですがね」

と言いながら書状を懐におさめ、ここを出たら、「角屋」に寄って、お沢さんの絵を描いてやろうかな、と芳雪は思った。

生き過ぎたりや

1

神楽桟《かぐらさん》の鋼がぎりぎりと巻き上げられるにつれ、艀《はしけ》の上の巨石が宙に浮き、揺れる。

厚み三尺、広さは畳一枚分もあろうかという石である。

陸に揚げられた石は、頑丈な板橇《いたぞり》にのせられ、ころの上を引かれる。

板橇は、「修羅」と呼ばれる。

仏法でいう修羅は帝釈《たいしゃく》を動かす、その帝釈を大石にかけて洒落たのだそうだが、鋼を引く男たちは、まさに阿修羅さながらだ。

満身、朱にひたした瘤のように筋肉がもりあがり、流れ落ちる汗は朱漆のしたたりのようだ。

修羅のすべりをよくするために、ころの上には海草が敷かれ、押しつぶされてぬめぬめした汐くさい汁を吐く。

沖には伊豆から石を運んできた石船が遠い城壁のようにならび、艀の群れが行き交う。軽快に漕ぎ寄り、戻りは刑罰のような重い荷に、喘ぎたゆたい、よろよろと岸をめざす。

修羅を引く男たちのかけ声は、勇壮とも聞こえ、地獄の責め苦にあうものの呻《うめ》きとも聞こえる。

石船の帆柱の先端には、各大名の紋所を染めぬいた旗が、陽光にさらされ、萎れている。

江戸城本丸の築城と日比谷入江の埋め立ての最中であった。

秀吉から関六州の太守を任じられ徳川家康が江

戸入りしたのが、天正十八年（一五九〇）。秀吉没し、関ヶ原の合戦で西を下し、家康は征夷大将軍となり江戸に開府した。天下普請がはじまった。

現代の、虎の門から北に桜田門、二重橋、東北にむかって和田倉門、南に下がり日比谷、新橋、この線でかこまれる一帯が、当初は、海が入り込んだ日比谷入江であった。

和田倉門のあたりから新橋、日本橋をつなぐ三角の線の内側は、前島村と呼ばれる海に突き出した半島状の地であった。

江戸入りした家康はまず前島の付け根に新しい水路をつけ、水運の便をはかり、日本橋の架橋をおこない、ついで、大規模な天下普請にとりかかった。

石材の輸送を命じられたのは、鹿児島の島津、和歌山の浅野、福岡の黒田はじめ、西国の大名たちである。幕府に異心のないことをしめすため、彼らは莫大な出費に耐え、孜々《しし》としてつとめる。労働力として、近郷の男たちがかり出される。戦国の荒々しい気風はまだ濃厚にただよい、喧嘩からじきに流血の闘争となる。

東西のいくさがはじまれば、かつて太閤がそうであったように、一介の農民から天下取りに成り上がれるかもしれないという儚い夢を持つものも、ないではなかった。あらゆる勢力が入り乱れて覇をきそった時代は過ぎ、これから起こるのは、西か東か、両勢力の決戦であり、そのあとに最後の覇者が天下を掌握するのみ、無力な下積みがのし上がれる時代ではなくなっていることに、うすうす気づきながら。

2

新たな建設の最中にある場所は、無残に破壊されつつあるのと似ている。

夕映えが泥土を金紅色に変え、やがて、空も土も闇に溶け入ってゆく。

人の気配はとだえた。

町屋が建てられている最中の作業場に、小平《こへい》は、しのびいった。

十三夜だが、厚い雲が月光をさえぎっていた。すでにだれかが持ち去ったのか、木っ端はほとんど落ちていない。

手燭の弱い明かりで地を照らし、わずかな木屑、鉋屑《かんなくず》を拾い集め、叺《かます》につめこむ。

叺の底の方が少しふくらんだ。これればかりでは、一日分の焚き物にもたりない。

伊勢から江戸に出稼ぎにきた与一という男が銭《ぜに》瓶《がめ》橋のたもとに湯屋を開業したのは、家康が入府した翌年——天正十九年。この慶長十一年（一六〇六）からさかのぼって数えて、十五年ほど前のことだ。

それを皮切りに、湯屋は、江戸の町並みが開かれてゆくのと足並をそろえ、またたくうちに乱立した。

葦の生い茂る湿地を埋め立て、荒廃した江戸城を大改築し、掘割を縦横にめぐらし、橋を架け、大名旗本の居住地をととのえ……と、ここ十数年の江戸の変貌は、すさまじい。

労働にたずさわる人手は、いくらあっても足らぬ。江戸に行けば銭になると、近在ばかりか、諸国から出稼ぎが集まってくる。

汗と泥にまみれる彼らのくつろぎの場は、湯屋だ。

蒸し風呂である。はじめは、小さい小屋の中に熱く焼いた石を数多く置き、水を注いで湯気をたて、その上に簀子《すのこ》を敷いて入る〈伊勢風呂〉であったが、昨今は、簀子の下に湯を溜め、湯釜で熱して湯気をたてる方法に改良された。

湯気でふやけた肌に浮きだした垢は、湯女《ゆな》が搔き落としてくれる。髪も洗ってくれる。男たちには、極楽浄土もかくやあらんというばかりだ。

しかし、小平のような下っ端の釜焚《かまた》きには何の余得もありはしない。焚き物集めがまず何より苦労だ。

薪《まき》も使うが高直《こうじき》なので、もっぱら、普請場の鉋屑や木っ端を拾い集める。土方、大工は気がたっているから、うろうろしていたら、なぐりたおされる。それで、日が落ちて彼らがひきあげた後をあさる。早い者勝ちだ。小平は今日も出遅れた。

柱を立て棟木をあげ、床もはらず屋根もまだ葺いていない、骨組みばかりの家の隣は木材置き場で、まだ釿《ちょうな》をあてぬ角材や板が積まれている。

手斧を持ってくればよかった。新材であろうと、打ち砕いて木っ端にして持ち帰るものを。

材木を長いまま担いで夜道を歩いたら、見咎められるおそれがある。

手燭の鉤《かぎ》を柱に突き刺して固定し、それから、板を運んできた。骨組みだけの床の横桁にたてかけ、足をのせ、踏み割ろうと力をこめた。

小柄だけど、小平は、みかけよりは力がある。

板は撓《しな》ったが、ひび割れ一つ入ったようすはない。からだの重みをかけて割ろうと、板の上に飛び乗った。
二、三度跳ねてみたが、かれのからだの重みでは、板は撓うばかりだ。大石を上から落としたら割れるだろうと、思案した。
一抱えはあろうかというのをみつけたものの、板のところまで運ぶのが難儀だ。

材木の束をくくってある縄をほどき、一本では短いので、数本結びつなげたやつを石にからげ、肩にかけて曳いた。

縄はちぎれ、小平は尻餅をついた。

裾をからげむきだしの臀《しり》の褌《ふんどし》に、泥水がしみた。縄を結びなおし、ひきずる。

縄の先を手に、柱をよじのぼり、梁をわたる。縄を梁にかけ、飛び下りた。たぐりよせるにつれて、石は、宙に浮く。

手をはなすと、落下した石が、板をぶち折った。

せっかくの機会だ。あと数枚、こうやって割り砕き、荒縄でくくって持ち帰ろうと、縄でこすれた手のひらに唾をつけていると、

「おい、盗人《ぬすっと》」

声をかけられた。

とっさに逃げようとした小平の背後から、猿臂《えんぴ》がのびた。右腕を背の方にねじあげられた。空いた左手で背後の相手をさぐり、手にふれたものをつかんだ。

刀の柄らしい。引きぬこうとしたとき、相手のもう一方の腕が小平の喉に閂《かんぬき》のようにかかり、絞めあげた。刀の柄から手をはなし、喉をしめる腕をつかんだ。右腕を逆にとられているので力をいれにくいのだが、強引ににぎった。

肉が爪にくいこんでゆく感触がある。相手の力がわずかにゆるんだ。

その一瞬、喉の腕を振り切った。しかし、右腕はまだ逆にとられたままだ。

相手がふたたび喉を絞めようとする寸前、左の拳を後ろに突いた。

無理な姿勢なので、たいした打撃にはならず、相手が逆をとったままとびのいたので、かえって右腕の痛みが増した。

相手は彼の左手をも逆に取り、背にまわし、小平の動きを封じた。

後手に荒縄でくくりあげられるあいだ、小平はしぶとく、足蹴りをくりかえした。

雲が切れ、相手の顔が、月光を浴びた。

長身ですらりとした軀《からだ》つき、年頃は十五歳の彼より七つ八つ上——二十二、三か。細面《ほそおもて》、切れ長な目もと。女が一目惚れしそうな男前だが、みなりはみすぼらしい。

藁稭《わらしべ》を元結代わりに髪をたばね揉み上げをのばし、腰にぶちこんだ鞘の塗りの剝げた刀は、おそ

ろしく長い。

小平を縛り上げた縄をさらに、若い男は柱に結んだ。

「生きのいいやつだな」

「てめえは何だ。役人の手先か」

「この節、盗人が多いので、見回りを引き受けている」

「おれを役人に引き渡す気か」

「さて、どうしようか」

「おまえは、湯にはいることはないのか」

「なぜだ」

相手は問い返し、

「そうか。おまえは湯屋の木拾いか」

と、うなずいた。

「おれたちが、木っ端を工面しなくては、おまえらは、湯で汗を流すこともできないのだぞ」

小平は言いつのった。

「高直の薪を使ったら、とんでもない高い湯銭をはらうことになるのだぞ。おれなんぞがこうやって、お上の目をくぐって、ただの木っ端を手に入れるから、おまえたちは、鐚銭《びたせん》十五文で、垢まで掻き落としてもらえるのだ。ありがたく思いやがれ」

「軀も口もこまめに動く奴だ」

男は、笑いながら彼の前にしゃがみこんだ。刀の鐺《こじり》が地につかえた。

「だが、板きれ一枚盗むのに、こうも手間暇かけるのでは、あまり賢くはないな」

「やかましいやい」

「木切れを手に入れたけりゃあ、もうちっとうまい手立てがある」

話にのるか？　と、相手はにやりと笑った。

「どういう話だ」

「咎めをうける心配なしに、木っ端を手にいれるという話さ」

「だから、その手立てを聞いている」

「手を貸すか」

「次第によっちゃあ、貸さぬでもない」

「大きい口をきくな。縛り上げられて指一本動かせねえざまのくせに」

「不意をくらったから負けたのだ。もう一度まっこうから勝負してみろ。負けるものじゃねえ。縄をほどけ」

男は苦笑し、叺を逆さにして、小平がせっかく掻き集めた木っ端や鉋屑を、床柱の根もとに撒き散らした。

柱に突き刺された手燭をとった。

炎を、男は鉋屑に移そうとしている。

「何をしやあがる。火がつくじゃねえか」

小平がわめきたてるあいだに、鉋屑はちろちろと小さい炎をあげはじめた。

「あたりまえだ。水を噴くとでも思ったか」

「てめえ、火付けする気か。役人の手先が、火付けしてどうする」

「どうするかな」

く、く、と喉の奥で男は笑い声をたてた。

「縄をほどけ」

炎が燃え広がってゆく。

「おれを、焼き殺す気か。やい、たかが木っ端盗みで殺されるいわれァないぞ」

「焼き殺しはしないが、叩き殺そう」

男の手が、石くれをつかんだ。

小平は吼えた。声で対抗する他はない。

石くれが振り下ろされる瞬間、目を閉じた。

うっと、小さい呻きが聞こえた。受けるはずの衝撃は、いつまでもこない。

走ってくる足音が近づいた。

小平が薄目をあけると、彼を叩き殺すと宣言した男は、右肩に手をあててかがみこみ、その指のあいだに短刀が突っ立ち、血がにじみでていた。

走り寄ってくる影がある。

短刀を引き抜き、若い男は、その人影にむかって、投げつけた。同時に、身をひるがえし、逃げ去った。

短刀ははずれた。

走ってきたのも、若い男だ。

たくましい体軀。鼻梁がひしゃげ、頰がもりあがり、唇はぶ厚い。

いそいで火を踏み消すかと思ったら、懐手でひろがる炎を眺めている。

「助けてくれ」

悲鳴をあげる小平に、男は短刀を拾い上げ、縄目を断ち切った。その腰にも、長い刀がぶちこまれてあった。

3

あたふたと火を消そうとして、小平は思い止まった。火の手に気づいたものたちが駆けつけてくる。


逃げろ、と身振りで指図して、男は走り出した。駿足だった。小平は後に続いた。

闇にまぎれこみ、追っ手はかからぬとみて男は足をゆるめた。

「かっちけねえ」

息をきらせながら、とりあえず礼を言うと、相手はまた苦笑じみた笑いをみせた。

「あいつを知っていなさるのか」

「あいつとは？」

「おれを縛り上げた役人の手先さ」

「あれが役人なものか。ただの無法さ」

「なぜ、あいつは、おれを殺そうとしたのだろう」

「まず、火付けをするのに、邪魔だ。それから、おまえを叩き殺してから縄を解き、火事場に放り出しておけば、〝こいつが火をつけているので、見咎めたら、襲いかかってきた。争いとなり、身をまもるため、石を投げつけてしまった〟などと、言い逃れ、火付けの罪をなすりつけられるばかりか、自分の手柄にもできる」

そう、男は言った。

「おまえさんは、何故、おれを助けてくれた？」

「助けられたのが、不服か？」

「いや、そうではないが……」

この男は、一部始終のどのあたりから目撃したのだろう。

縛られたおれを、あいつが石で殴ろうとした。その場面を目にしただけでは、あいつが火付けしたことや、おれを身代わりにしたてようという思惑など、察しがつくはずはない。

しかし、あいつが火を放つところから見ていたのなら、なぜ、すぐに止めなかったのだ。

理路整然とした言葉にならず、とぎれとぎれにその疑問を小平が口にすると、

「あいつとは因縁があってな」

男は言った。そして、

「おれは、大鳥組の六文字不動丸《ろくもんじふどうまる》」

と、名乗った。

六文字は、南無阿弥陀仏の六字だろう。たいそうな名乗りだ。近頃、無頼の集団が、おそろしげな名をかってに名乗り、ゆすりやら切り取り強盗やらはたらいているということは、小平も薄々聞かぬではないが、詳しいことは知らない。

大鳥組と言われても、何のことかわからず、きょとんとしていると、

「大鳥組だ」

相手は言葉をかさねた。

「知らないのか。おまえ、江戸に来て間がないな」

「つい先月、下総から出てきた」

「木っ端を集めていたところをみると、湯屋奉公か」

「そうだ。ところで、おれは、気がせく。木っ端を集めて店に帰らねばならない。あいつを知っているなら、早いところ、教えてくれ。なぜ、あいつは、火付けをしたのだろう。何も得にはなるま

いが」

「焼け焦げた木は、普請には使えねえ。後で堂々と貰い受けることができるじゃあねえか」

板きれ一枚盗むのに、手間暇かけるのは、ばからしい。木切れを手に入れたければ、もっとうまい手立てがある。咎めをうける心配なしに、木っ端を手にいれる。そういう意味のことを、あの男は言っていた……と、小平は思い返した。うまい手立てとは、火付けのことか。

「あの男も、湯屋の釜焚きか」

「いや、湯屋に売りつけようというのだ。元手いらずの商いだな。湯屋でこきつかわれているおまえより、〈舎利《しゃり》〉のほうがよほど賢い」

「舎利？」

「あいつの名だ。舎利之助《しゃりのすけ》というのだ。白骨《しらほね》舎利之助」

六文字と同じく、虚仮《こけ》威しの勝手な名乗りだろう。


火は消し止められたようで、空に散る火の粉がしずまった。

小平は気がせいていた。木切れを集めて湯屋に帰らねばならない。

あいつが火付けした理由も、おれを殺そうとしたわけも納得がいった。この六文字何とかいう男と、白骨舎利之助とやらの因縁はまだ聞いていないが、それより、木拾いのほうが先だ。

「おれは火事場に」

戻る、と言いかけたとき、六文字のほうが、走り出した。火事場にむかっている。

小平も走った。

4

根元の焼け焦げた柱が折り重なり、まだそこで火がくすぶっている。

殺気だって木切れを奪い合う人々の中に、放火男の白骨舎利之助が平然と混じっていた。舎利之助は、千切った片袖で肩口を縛り、六文字の短刀でうけた傷の血止めをしている。

「あいつ!」

駆け寄ろうとする小平を、六文字はとめた。様子を見ていろ、と目顔で言う。

木拾いの一人がかがみこんで拾おうとのばした手を、白骨舎利之助の足が踏みつけたところだ。

「やい。何をしやがる」

踏まれたほうが仁王立ちになってどなる。

「邪魔だ」

「何ィ」

焼け木杭をつかんで、男はなぐりかかった。舎利之助はかるくよけたので、たたらを踏む、その背を、舎利之助は突き飛ばした。

まだ熱い灰の中に顔をつっこみ、男はうめきながらじたばたする。

立ち直り、棒をかまえた。灰まみれの顔が、怒り狂っている。

真っ向から舎利之助に突っかかってゆく。その先をつかんでたぐりよせ、ぐいとねじったので、前のめりになった相手は、足がもつれてころがった。

そのはずみに、舎利之助は傷口が開いたらしい。縛った片袖に、新たな血が滲んだ。

う、とかがみこみ、痛みをこらえる。えたりと襲いかかる相手に、舎利之助は、土と灰をさらい、投げつけた。

目潰しをくらい、相手は、片手で顔をおおい、やみくもに木切れをふりまわす。それが、他のものにあたり、怒ったその男が相手になぐりかかり、よろけた相手は、別のやつにぶつかり、乱闘になった。

その隙に、舎利之助は、走り去った。

「待て、この場は大鳥組があずかる」

殴り組み打つ男たちのあいだに、六文字不動丸が割ってはいるのを目の隅に、小平は、白骨舎利之助の後を追った。

なぜ、追うのか、と、自問する余裕もない。

舎利之助は、彼を殺しかけたやつだ。それも六文字の言葉によれば、火付けの身代わりにするためだ。

卑怯。悪辣。没義道《もぎどう》。無法。残忍。

どんな言葉で罵ってもいい相手だ。

相手は、手傷を負っている。その弱みに乗じて仕返しをしようと復讐心に燃えたっているわけではなかった。

追わずにはいられぬ自分の気持ちがわからない。

ひたすら、追った。

雲がとぎれ、月光は、あたりを水の底のように青くよどませ、舎利之助の走る後に残る血の雫は油滴のように鈍く光った。

ようやく追いついたのは、蘆の茂みが残る湿地のはたであった。

彼が追ってくるのに気づいていたらしい。

「執念深いやつだな」

舎利之助は立ち止まり、ふりむいた。

小平の手に何の武器もないのを見さだめ、左手で刀を鞘ごととり、口にくわえた。右手は、痛みのために動きが不自由なのだろう。

左手で柄をにぎり、抜きはなち、鞘を捨てた。

その一連の動作は、かなり素早かったが、もし、小平に刃物があれば、斬りつける隙は充分にあった。

しかし、舎利之助が傷ついていなければ、たやすく、小平を屠ったかもしれない。

白骨は進み寄った。小平は一足さがった。

相手が進む分、小平はさがり、斜めにさげた刀の切っ先を、かろうじてはずす距離が、常に、二人のあいだにあった。

いきなり大きく踏み込まれ、小平はうしろに跳ね飛んだ。素手の小平は、相手の襲撃をかわすのみだ。

相手に、必殺の迫力を、小平は感じなかった。刃をかわすごとに、小平は、こころが躍った。初めて知る、危険な遊びであった。

虎にじゃれる猫のように、小平は、恐怖と戦慄を楽しんだ。

そのとき、小平は、はじめて、自分の中に巣くう底無しの孤独を意識した。

白骨の刃が月光をはねかえし紫金《しきん》にきらめいて迫るたびに、小平は、それを己への親しみをこめた呼びかけと、感じた。

手傷のために、攻撃力がにぶっているという悪条件が相手になかったら、とても、できる遊びではない。

年上の兄貴分にかまってもらって嬉しがる少年の気分であった。

もっとも、自分の感情を、小平はそうと分析したわけではない。

そんな分析力は、彼は持たなかった。

左手の刀の柄を、相手は、ふいに持ちかえた。投げるつもりだと悟った瞬間反射的に、小平は地に身を伏せた。

相手は、すかさず刃を垂直に立て、背をさしつらぬくかまえをみせたが、小平が伏せると同時に相手の足元に転がり寄ったので、目算が狂った。

転がりながら、相手の後ろに、小平はまわり、飛び立って、刀を持った左手をかかえこみ、顔があたったところに嚙みついた。

相手の手から刃が落ちた。

髪をつかまれた。肩を傷めながらも、相手の右手は攻撃力を失ってはいなかった。

嚙みしめた歯のあいだに、血の味がひろがった。

髪の根が抜ける痛みをおぼえながら、小平は食いしばった歯をゆるめない。

相手の手が、彼の顔をさぐり、腕におしつけた鼻先をねじりあげた。

息がつまり、口をあける。突き放された。

仰向いて倒れた胸の上に、相手の片足がのった。

全身の重みをかけられたら、胸の骨が折れる。

地に投げ出されている相手の刀に、必死に腕をのばした。

指先がとどきかけたとき、胸の上がかるくなった。相手が、刀を蹴りはなすために、足をおろしたのだ。

そのわずかな隙に、小平は立ち直った。

刀はどちらからも遠い。

小平の髪を摑んだりした激しい動きが、肩の傷をいっそう悪くしたらしい。左は小平が嚙みついて、新たな傷をあたえた。そのためだろう、白骨は、両腕ともだらりと下げたままだ。

にらみあいながら、二人とも、足をにじらせ刀に近づく。

同時に、刀に走り寄った。手をのばす小平の胸を、白骨が跳躍して蹴った。

尻をつき、起きなおる暇に、白骨は刀を拾ったが、握力が十分でないとみえ、かかってはこず、走って遠ざかった。

からだに昂りが、口の中には血の味が、残っていた。

白骨に置き去りにされたようで、むしょうに淋しい。木拾いにせいをだす気になれず、そうかといって、手ぶらで店に帰るわけにもいかず、小平は行き場のない身をもてあました。

鞘が落ちている。白骨は、鞘を拾う余裕がなく、抜身のままで走り去ったのだ。

黒塗りのおそろしく長い鞘の表に、文字が刻み込んであった。小平は、文字が読めない。彼に読み取れるのは、二十一という文字だけであった。

鞘をかついで、火事場に足をむけた。

5

すでに、材木はあらかた運び去られていた。どさくさにまぎれ、新しい板を盗んでいったやつもいるらしい。

空の鞘をかかえ、地べたに、腰を落とした。からだの中ががらっぽになったような淋しさだ。

髪の根を縛った藁稭《わらしべ》が切れ、ざんばらになっているのに気がついた。

さわると、髪の毛はねっとりと泥まみれだ。幼いころ、六つ年上の姉が、髪を梳いたりほころびをつくろってくれたりした感触を、小平は思い出していた。

子沢山で田畑の仕事もせねばならない母親は、彼の世話どころではなく、姉が母親がわりだった。姉も兄も弟妹も、それぞれ何人と指折って数えなくてはならないほどいたが、その姉は、彼の面倒をよくみてくれた。

口減らしのため、家を追い出されるようにして、江戸に出てきた。

頸すじにまつわる髪を手で束ねていると、すいと後ろに立ったものの手が、髪をつかんだ。振り向こうとすると肩をおさえ、髪がくいとひっぱられるのは、どうやら、根を結んでくれているらしい。

「舎利を追っていったようだが」

六文字であった。

「仕返しをしたのか。度胸のあるやつだな」

小平が手にした鞘に目をむけ、

「奪い取ったか」

と褒めた。

「舎利は、どうした。まさか、討ち果たしはしまい。おまえのような餓鬼の手におえる相手ではあるまいが。もっとも、おれが手傷をおわせたから……」

「あの男は、何者？」

「白骨か？　おれたちと似たようなものさ。あぶれ者とも無頼とも無法者とも、人は言うわな」

「どこに住んでいるのだろう」

「さだまった家などあるものか」

「おまえは、なんで、火事場にもどってきたのだ」

「おまえを案じたからじゃあねえか。白骨を追って行くのが目に入ったが、こっちは喧嘩の仲裁の最中だ、すぐには後を追えず、気をもんだものだ」

「それァまあ、ご親切なこったの」

「なに、おまえが、ちっこいくせに向こう意気の強いのが気にいったのだ。白骨相手じゃあ、ここもとない。こっちのいざこざがおさまったところで、助太刀してやろうと探したのだが、見当たらない。探しまわったあげく、ここにもどってきたら、いやがった。気をもませやがって。この野郎」

ひどくなれなれしく、六文字は、小平の頭を小突いた。

「おまえは、木っ端を持って帰らなくてはならないのだったな」

待っていろ、と、六文字は、縄でくくった木切れの束を指した。

「わけてやろうじゃねえか」

束には、墨で文字をしるした板が突き刺してあった。

「おまえ、読めねえのか」

「あたりまえだ」

「読めねえでもな、〈大鳥組〉の三文字は、形でおぼえておけ。厄除けの呪《まじな》いにならあ」

束ねられた木っ端は、焼け焦げている。

「喧嘩は、大鳥組があずかったと言っただろう。あずかったからには、相応の挨拶があろうじゃねえか」

要するに、皆から巻き上げたのだ。

「おめえ、頭《かしら》にひきあわせてやろうじゃねえか」

六文字は誘った。

「明日の夜、また、ここに来い」

「それじゃあ」

と、小平は言った。

「この鞘をあずかってくんねえ。店に持って帰ったら、焚き付けにされちまう」

「ちげえねえ」

六文字は笑った。

「だが、おめえ、中身のない鞘ばかり持っていても、何の役にも立つまいが」

することが餓鬼だな、と、六文字の目は笑っていた。

「この刻んだ文字は何とある?」

「読めねえのか」

〈生き過ぎたりや　二十一〉六文字は口にした。

鞘の文字は、小平の心にも刻みこまれた。虚無という言葉を彼は知らなかったが。

「おめえ、頭にひきあわせてやろうじゃねえか」

六文字は言った。

6

翌日の夜、湯屋が閉まってから、木拾いを口実に小平は外に出た。前夜、たっぷり木っ端をはこんできたので、主人は機嫌がよかった。

しかし小平は店に戻る気はないので、下帯の替えを懐にしていた。持ち物といったらそのくらいしかない。

昨夜の火事場の跡で、六文字は先に待っていた。

「鞘は?」

顔を合わせるなり、小平は訊いた。

頭のところにおいてある、と六文字は言った。

連れていかれたのは、江戸開府の以前からあったものらしい古い寺で、無住をさいわい、巣としたのだろう。十七、八から二十五、六の若い男たちが群れていた。

四一半の最中だ。中世以来たいそう流行した賽子《さいころ》賭博である。丁半で賭けるようになるのは、江戸も中期以降である。

本堂の縁に腰をおろした男が、白骨の鞘をかたわらに置いている。

頭だと、一目でわかった。大鳥一兵衛、そう、六文字から名を聞いている。

年も、他のものとかわらぬ二十二、三、みなりはみすぼらしいし、いかにも粗野な顔立ちだが、どこか、人の上に立つ力を感じさせる。

「六文字としたことが、乳臭い餓鬼を拾ってきたものだ」

「足手まといになるばかりだろうに」

軽い嘲りの笑いが、男たちの声に含まれている。

「なに、これで、けっこう、使える」

「契りを結んだのか」

からかう男に、

「いや、まだだが」

六文字は、まともに答えた。

「今のうちだぞ。じきにひねこびる」

小平は鞘が気になっている。

「頭。これが、昨夜白骨と五分にわたりあった小《こ》童《わっぱ》で」

「おれの鞘を返してくんねえ」

「おめえのじゃあるめえ。白骨のだろう」

一人が応じる。

「あいつは、捨てていったのだから、拾ったおれのものだ」

「中身のないただの鞘が、どうしてそう大事なのだ」

六文字と同じことを、この男も言った。

「餓鬼だからよ」

他のものが言う。

「大鳥組がいったんあずかったものァ、ただじゃ返せねえ。腕ずくで取り返しな」

小平は六文字を見たが、六文字は知らぬ顔だ。

「それァ無法だ。返せよ」

縁に腰を下ろした頭に、小平は近づいた。鞘に手をかけようとすると、後ろから引き戻された。

大鳥一兵衛は、配下を留める気配はなく、長い煙管《きせる》で煙草を燻らせながら眺めている。

「来い」

庭の真ん中にひきすえられ、一人が立ちはだかった。

周囲を男たちが円陣をつくってとりまく。

「来い、来い」

相手は小馬鹿にしたようにひらひらと手を振った。

闘争は、いわば、力試しを兼ねた入団の儀式といったものだ。


小平は相手の腹に頭突きをくらわせた。

7

「飲め」

と、どぶろくを満たした木椀がつきだされた。

息をきらせながら、小平は一気にあおった。空にすると、

「来い」

別の男が小平を招いた。

酒が血の脈を暴れ、小平は荒い息をしながら、立ち向かった。

今度の男は最初から用心しているから、頭突きの奇襲は効かない。

あっさり押さえ込まれた。

「おう、六文字、おまえの拾ってきた餓鬼をどうしような。ひねりつぶしてもかまわねえか」

そう言った後、卑猥な言葉をつけくわえた。小

平を女あつかいした口調であった。

「ひねらせてなるかよ」

六文字は二人のあいだに割って入り、相手を突いた。

そのあとは、周囲の男たちを巻き込んだ乱闘になった。

小平はいち早く抜け出して、頭の側に走り寄り、鞘に手をのばした。

闘争にくわわらず、一兵衛の脇にひかえていた男が、鞘をひったくり、小平の頭を打った。すばやく退いたので、鞘は空を泳いだ。

一兵衛が、鞘を取ったので、小平は身構えた。

「もう、よかろう」

男たちに大鳥一兵衛は声をかけ、鞘を小平に投げた。

そうして、手にした煙管に新しく煙草の粉を詰め、一服すってから、おまえものめ、というふうに、小平に渡した。


まわりに、男たちが集まってきた。

ひとりが小平の手から煙管を取り、すった。

手から手へ、煙管は渡り、和やかな気配がただよいはじめた。

「名乗りがいるな」

頭の脇にひかえた男が言った。

「おめえ、名は何という」

「小平」

「押しがきかねえ名だ」

「竜巻《たつまき》」

と、一兵衛が、このとき、はじめて口をきいた。

「竜巻小平太《こへいた》」

きっぱりと、言う。

「あ、こりゃあいい名だ」

六文字が、声をあげた。

「おい、ありがたく思いな。おめえの名乗りは、竜巻小平太だ。いい名じゃあねえか」

「ちっぽけな竜巻だが、威勢はいいやつだ」

嵐夜叉之介だの、天魔闇太郎だのと、恐ろしげな名を、男たちは名乗った。天魔は、小頭格で大鳥一兵衛のわきに控えている男だ。どれも、名乗りにあわぬ、土くさい顔つきのものばかりだった。

小平は少しわくわくしたが、何となく淋しくもあった。淋しさの原因が彼にはわからなかった。

より集まって一本の煙管をまわしのみ、力を誇示する彼らがひとりひとり抱えこんでいる淋しさを、小平は、言葉でそうとわからぬながら、直感していたのだろう。

手にもどってきた鞘に、小平は目を投げた。

〈生き過ぎたりや　二十一〉

鞘に彫られた文字は、白骨の、声にならぬ叫びのように感じられた。

「昨夜の白骨何とやらいう男……」

と小平は六文字に話しかけた。

「舎利か？」

六文字は、目をかけてつれてきた若いのが仲間に承認されたので、機嫌がいい。

「因縁があると言ってだったが、どういう？」

六文字が答える前に、

「何の話だ」

横から割り込んだのは、名乗りを嵐夜叉之介という男だ。つぶれた鼻梁、分厚いくちびるがめくれた、ひょっとこ顔。

六文字が、

「舎利とおれたちとが、どういう因縁かとさ」

「昨夜、舎利と渡りあったとな。たいした度胸だ」

小平をおだてる嵐に、

「何、おれが、先に傷を負わせてやったからな。まともにやりあったら、こんな餓鬼の手におえる舎利じゃねえわ」

「仲間だったのだがな」

嵐は、小平に教えた。

「あいつは、仲間を平気で裏切るやつだ。制裁にかけようとしたら、逃げた」

「おれたちは、敵と味方をわきまえている」

六文字が言った。

「あいつは、己のことしか念頭にない」

「あいつの父親は」

と、嵐は言った。

「京であばれた大盗人だったそうだ」

「まだ、太閤が達者だったころ、父親は、つかまって、四条の河原とやらで釜茹での刑になったという」

と、六文字。

「あいつが、自分でそう広言しているだけだ」

他のものが割り込んだ。

いっせいに、がやがやと、白骨を罵りはじめる。

「あいつのせいで、おれは、役人にとっつかまるところだった」

「白骨は、京の生まれなのか」

小平は六文字に訊ねた。


「そう言っている」

〈京〉という言葉は、小平のこころを、甘やかにした。話にしか知らぬ、雅やかな地だ。

「おれは、あいつをみつけたら、仕返しをと狙っていた」

六文字はつづけた。

「昨夜、たまたま見かけたが、あいつは腕が立つ。むやみに仕掛けても、一人では仕留めるのはおぼつかない。しかし、見逃すのは業腹だ。後をつけた。すると、おまえを縛りつけ火付けだ。おまえを助けるほうが先で、あいつを取り逃がした」

「おれが、白骨に酷い目にあっているのを、手をつかねて見ていたのか」

「おまえの手並みをまず見届けてからと思ってな」

のめ、と、他のものが小平に木椀を渡し、どぶろくを注いだ。

そこに、男が走り込んできた。

8

「うちの、和尚が、さらわれる」

男はわめいた。

「助勢を頼む。大鳥組。頼む」

皆まで言わせず、おう、と、いっせいに、立ち上がる。長刀を腰にぶちこみ、走り出した。

小平も――いや、あたえられた名乗りにしたがえば、竜巻小平太も――男たちに混じって、わけもわからず、走った。

〝小平〟に〝竜巻〟と〝太〟が加わったからといって、本人に何の変化もありはしないのだけれど、刀を一振り六文字が持たせてくれたので、怖いような晴れがましいような気分だ。白骨の鞘も、腰紐がわりの荒縄のあいだにはさんである。

「相手は？」

走りながら、大鳥一兵衛が訊く。

「鬼車組だ。和尚に執心の旗本が、ゆずれとうるさく言ってきていたが、こっちが承知しないので、鬼車の面々にさらわせようというのだ」

奇妙な話だ、と小平は、合点がいかぬ。

旗本が和尚に執心で、ゆずれ、とは。中世以来の衆道の話は、きかぬではない。よほど美貌の坊主なのか。

どこをどう走ったのか、小平には道筋はさっぱりわからないが、走りついた場所は、町屋の一つだった。

乱闘は道にまで溢れ出ていた。

だれを敵とし、だれを助けるのか、小平には事情がさっぱりのみこめない。

さらわれそうな和尚はどこにいるのだ。

青ずんだ月光を浴び水底で躍る魚群のように、
男たちは入り乱れ、闘っていた。

男ばかりではない。女たちの姿も見える。衣が乱れ、半ば肌をさらした女たちは、小平の目にまぶしく映った。

血しぶきが、しばしば、小平の視野をさえぎった。

昨夜の木屑拾い同士の喧嘩など、物の数にもはいらぬ。白刃をふりまわしての闘争は、小平がはじめて体験するものだ。

きらめく刃のあいだに飛び込むことができない。

小平は、抜き身を片手に、少し離れて茫然と眺めている。

目の前を、青白い花のような女がかすめた。

月の光の下では、すべてのものが、色彩を失う。

猿臂がのび、女の襟がみをつかみ、引き寄せる。

その腕の主が、敵か味方かわからぬながら、小平は、女を助けないではいられず、目の前の腕に、斬りつけた。

刀がはねかえされるような手応えを感じたが、相手にかなりな傷は負わせたらしい。

かがみこんで傷口をおさえる。指のあいだから流れる血は、月光のために黒い。

女は小平の背後に逃げ込んだ。

後手に女をかばったが、小平自身、足がすくんでいる。

女の手が彼の手にからみつき、どちらからともなく、手をとりあったまま、走り出していた。

9

足が痛いと、女は泣いた。裸足だった。

小平が背をむけてかがむと、泣きじゃくりながらおぶさった。

後ろにまわした手のひらに、女のからだは軽かった。

血なまぐさい場所から遠ざかり、小平はようやく女を下ろした。

女は泣き止んでいた。顔を見ると、彼とあまり年のちがわない少女であった。

「おれは、あそこに戻らないと」

少女はしがみついた。

「でも、仲間がいる」

「わたしを助けにきてくれたのであろ？」

「いや、和尚だ」

「わたしが、和尚だもの」

恐怖のために錯乱したのか、と、小平は少女を、いささか恐れながら見た。

少女は、少し笑った。

「おまえは、女かぶきの和尚を知らないのかえ」

「おまえは、女かぶきの一座の？」

「わたしが、葛城《かつらぎ》太夫え」

目の前がまばゆいような思いがした。

しかし、彼の前にいるのは、寝間着であろう古びた薄汚い衣を、よれた細い紐で締め、衿元ははだけた、ほんの小娘だ。

「嘘をつけ」

入り乱れて走ってくる足音に、小平は娘をかばって身がまえた。

走り寄ってきた数人の中に、六文字はじめ見知った大鳥組のものがいるので、小平はほっとした。だれもが、髪はざんばら、返り血か、手傷か、血まみれだ。

「於千《おせん》！」

と、ひとりが呼んだ。助勢をたのみにきた男だ。

「手分けしてさがしていたのだ。こいつは、だれだ」

と、小平を指す。

「大鳥組の仲間だ」

六文字が言った。

「今夜新入りの、初手柄だ。和尚を無事に連れ出していた」

「そうか。大鳥衆か。よかった、よかった。於千、鬼車は追い払った。安心しろ」

「大八は、討ち取ったかえ」

「いや、傷は負わせたが、逃げた」

「明日は舞台にたてるか」

「於千、どうや。怪我はせなんだか」

六文字と男が口々に訊く。

「わたしは大事ないけれど、囃子方の衆はどうやったろ」

「なに」

と六文字が、

「囃子方が傷を負っていたら、笛、鼓、おれたちが、かわりにつとめてやろう」

「おまえさまがた、音曲のたしなみもあってかえ」

「あるとも。そのかわり、明日の舞台に大鳥一同、招いてくれるだろうな」

「それは、もう」

と、男が揉み手した。

「まず、飲み直しだ」


六文字は気合いをいれるように、拳を振った。

そのとき、小平は、白骨の鞘を失っていることに気がついた。腰に残っているのは、六文字から借りた一振りだけだった。

10

戻る道すがら、小平は地に目を這わせたが、鞘は見あたらなかった。

乱闘のあった町屋にもどり、家のなかに招き入れられた。

表の土を鋤《す》きかえし、均《なら》して、血痕をかくしているものもいる。

土のあいだにのぞいているのは、白骨の鞘らしい。

かがみこんで掘り出していると、

「早く来い」

六文字がせきたて、家の中に入ってゆく。

泥まみれの鞘は、落ちているところを踏みにじられたとみえ、縦に割れていた。

「早う、おまえもお入り」

於千と呼ばれ、和尚と自称する娘も声をかけた。

土間には足濯ぎのための水をみたした桶が、いくつも用意され、この家の下働きらしい男たちが於千や六文字の足を洗う。

その水で、小平はまず鞘を洗った。〈生き過ぎたりや　二十一〉の文字は、半分に割れていた。

「初の分捕り品というわけか。益体《やくたい》もないものを大事にする」

六文字は笑った。


座敷にとおると、大鳥一兵衛を上座に、すでに酒盛りがはじまっていた。

あちこちに、於千を探しに散っていた男たちもおいおい戻ってきて、座がにぎわう。

「おかげさまで」

と挨拶にきたのはこの家の主で、林屋十兵衛と名を知るころは、小平も、ここが傾城屋《けいせいや》であると、承知するようになっていた。といっても、傾城屋にあがるなど小平にとっては初めてのことだ。

数人の女が酒を酌してまわり、小平のかたわらにも来た。たきしめた香のにおいに、小平は頭がくらくらした。

やがて、辻が花染のあでやかな小袖、髪は立兵庫に結い上げて女が入ってきた。

大鳥一兵衛の前に膝をつき、

「危ういところを、おおきに」

頭をさげた。

「葛城《かつらぎ》、ここに来い」

一兵衛に招かれ、隣に坐った女は、小平の方に目を投げて、笑顔を送った。

それが、あの於千という小娘だとわかるまでに、ずいぶん時間がかかった。

小平は、唖然として、女かぶきの葛城太夫の別名を持つ少女をみつめた。

11

幔幕をはりめぐらし、木戸の上には櫓を組み、その中に方五間の舞台が立てられている。舞台も見物席も露天である。

地面に毛氈《もうせん》を敷き、周囲に一段高く桟敷を組んである。大鳥組の面々は、桟敷に招かれた。

木戸をめぐり、次々に見物がはいってきて、じきに押し合うほどに詰まった。毛氈からはみだし、地べたにじかにあぐらをかくものも多い。

桟敷は、ゆったり見物できる。林屋のほうから酒肴がはこばれる。

前髪の若衆をまじえた囃子方が右手奥に並び、賑やかに音曲が始まる。

舞台の中央には、黒漆に螺鈿《らでん》をちりばめた曲彔《きょくろく》がすえられている。曲彔は、法会の際に僧が用いる、背もたれをもった椅子の一種で、脚は床几《しょうぎ》のように交叉したものである。

曲彔の背は南蛮渡来の豪華な孔雀の羽で飾られ、虎の皮を敷いてある。

囃子がいっそう高まり、小平は、目の前に五彩の雲がたなびいて渦まくように感じた。

色あざやかな揃いの小袖の女たちが、なだれるように、舞台にあらわれたのである。

若衆髷に結い、刀を落とし差しにしたよそおいだが、みめかたちはたしかに女なので、いっそう、小平は眩暈《めまい》をさそわれた。

これが、噂に聞く女かぶきというものか。

京の都で、出雲の巫女の阿国と名乗るやや子踊りの女が、工夫をこらした男姿で踊り、その珍しさきらびやかさに、都中がわきたったのが、関ヶ原のいくさからほどないころだそうだ。

当時都大路を闊歩していた華やかな若者たちの

風俗を、うつしたよそおいであった。

若者たちが〈かぶき者〉と呼ばれるところから、阿国の踊りは〈かぶき踊り〉と呼ばれ、たちまち、真似をするものが続出した。

阿国かぶきと名乗って興行するものが、都ばかりか、各地にあらわれた。

その人気に目をつけたのが傾城屋で、抱えの女たちに、かぶき者の衣裳をつけさせ、資本力にものいわせて、華麗な舞台をつくり、人々をひきつけた。女たちは、踊りで男たちをとろかし、店に誘って色を売るのである。阿国の登場は世間の目をひいたけれど、大資本のつくる舞台の華美にはかなわず、いつとはなく姿を消した。しかし、傾城屋によるかぶきは、ますます流行をきわめ、そのうえ、三味線という、阿国一座にはない新しい楽器が、傾城屋の遊女かぶきに加わって見物を魅了した。

琉球わたりの蛇皮線は、日本にとりいれられて三味線となり、そのころは、よほど財力のあるものでなければ購うことのできない高価な楽器であった。

新興の町江戸にも下り、出店をつくる傾城屋がふえた。

林屋も、その一つだ。

輪になって踊る男装の遊女らが、舞台の袖にむかって、いっせいに手招いた。

それに応じて、思わせぶりに扇で顔を隠した女が登場し、一さし舞って、曲彔に腰をすえる。

葛城太夫こと、於千であった。

——なるほど、和尚とは、これからきた呼び名か。

と、小平は納得する。

囃子方のひとりが、小平がみたことのない楽器を葛城太夫に手渡した。

「あれは……琵琶にしては華奢すぎるし……」

つぶやく小平に、

「あれが、三味線というものだ」

六文字が、まるで自分のもののように、自慢げに教えた。

於千の弾く三味線は、小平を浮き立たせた。小平ばかりではなく、見物のほとんどが手拍子をあわせる。

「この世の極楽だろう」

六文字がささやいた。

そのとき、小平は見物のひとりに目を奪われた。いつ木戸をはいってきたのか、群衆の後ろの方に、白骨が腕組みして立っていた。

着替えを持たないのか、片袖をちぎって肩口を縛ったかっこうのままだ。縛った袖には、乾いた血がこびりついていた。小平が嚙みついた左腕は、たいしたことはなかったとみえ、その左手で鞘を失った抜身を肩にかついでいる。ぶっそうなので、白骨のまわりは、人がよりつかず、空いていた。

小平の視線の先に目をやった六文字が、

「あいつ！」

腰を浮かせた。

「舎利だ」

「あの野郎」

と立ち上がる男たちを、

「騒ぐな」

大鳥一兵衛は制した。

「花の太夫のかぶき踊りを、妨げるな」


昨夜の喧嘩、そうして今日のかぶき見物と、小平にはめまぐるしいなりゆきであった。大渦にまきこまれたような気分だ。

小平は、舞台と白骨を半々に見ていたのだが、そのうち、ついあでやかな踊りに目を奪われ、気がついたとき、白骨は立ち去ったらしく姿が消えていた。

葛城太夫こと於千は、京から下ってきたという。

白骨もまた京の生まれらしい。

ふたりは、江戸にくる以前から知り合っていたのだろうか。

そう思うと、小平は胸の底に重い石が沈んでいるような感じがした。

白骨と強い絆で結ばれた。

そう思っていたのに、自分だけがはねのけられたような気がした。

このときから、小平は、大鳥組の屯《たむろ》する古寺に棲み、六文字に連れられて町中を徘徊するようになったのだけれど、心の隅に居すわった空洞は、埋められることはなかった。

於千に訊けば、白骨の動静がわかるかと思うのだが、大鳥組に加わったおかげで、かえって身の自由がなくなった。始終、仲間の目があり、勝手な行動はとれないのだ。

結束が固いことが、大鳥組の誇りだ。仲間のためなら命は惜しまぬ、を信条にしている。

しかし、世間では、大鳥組は、揉め事を仲裁したときだけは重宝がられるけれど、平穏ならば用のない存在なのだった。

それゆえ、揉め事を探し歩かねばならぬ。なければ、つくる。

林屋にしたところで、ふだん、小平のようなものが揚がれる店ではない。傾城買いには、大金が要る。

かぶき興行は、連日ではなかった。興行のあるときは、日本橋のたもとに、〈かぶき踊りつかまつり候〉と、高札が立つ。林屋のほかにも上方より下った女かぶきは幾つもあり、みな、傾城屋をかねていた。正確に言えば、傾城屋が客寄せのために、かぶきを興行していた。

恋という感情は、融通がきかない。

常識的に考えれば、小平の恋慕の対象は、於千であってしかるべきなのだけれど、白骨にかたむいてしまった心は、小平自身にもどう動かすこともできない。もっとも、小平はそれを恋とは自覚しなかったけれど。

12

慶長七年と同十三年の江戸図を見くらべると、工事がいかに大規模なものであったかが一目でわかる。

神田山は切りくずされ、その土で日比谷入江がすっぽり埋め立てられ、水路は変えられた。

労働力にかり集められた男も数知れぬ。

女かぶきは、その、わずかな彩りであった。大鳥組は『徳川実紀』にも記録を残している。

〃その党類の悪少年を集め、血誓をなし、もしその党類災難のあらむことには、身命を捨てて、君父といえども恐れず、力をあわせ、その志をとげんと約しければ、悪少年遊俠の類幾百人が党をわかち、市中を横行し、人を害し……〃

また、『慶長見聞集』には、次のように記されている。

〃見しは今、大鳥一兵衛という若き者あり。士農工商の家にもたずさわらず。当世異称を好む若党と伴い、男のけなげ立て、頼もし事のみ語り、常に危き事を好んで……〃

女が原因での喧嘩沙汰もしばしば起きる。喧嘩をあおり、仲裁し、それを飯の種にしている無頼集団は、大鳥組ばかりではない。鬼車組だの、関東組だの数々あって、流血の闘争を起こしている。ふだんは敵対関係にある彼らが団結するのは、武家を相手にしたときだった。中間、若党は彼らの仲間である。主人から不当な扱いを受けたと訴えを受けると、押しかけて強談判《こわだんぱん》し、金子をせしめる。同じく『慶長見聞集』に、

〃若き者を召し使い、折檻に及ぶ時に至りては、ただ竜のひげを撫でて魂を消し、虎の尾を踏みて胸冷やす心地ありて安からず〃

と、ある。

小平は、その暮らしに馴れた。

しかし、心の虚《うろ》は埋まらぬままだ。

白骨を探す手づるは、於千のみだ。無頼の仲間になじみ、いくらか気ままな行動もとれるようになった或る日、林屋の裏口を小平は訪れた。

ゆすりに来たか、という顔を、下働きの男はみせた。

「葛城太夫に、ちょっと用があって」

「太夫に会うには、金子がいるよ。ただで会おうとは、ふとい了見だ」

「おれは、太夫の、いわば命の親だ。それを会わせねえという法はねえだろう」

小平は、すごんでみせた。だが、何といっても貫禄が足りない。

「あのときは、世話になった。旦那さまも太夫も、礼を言っていた。だが、十分な礼はあのときしただろうが、あのことについては、貸し借りなしになったはずだ」

「そんな勘定ずくの話じゃあねえ」

「おまえが勘定ずくの話を持ちこんだのではないか」

「頼むから、一目、会わせてくれよ」

「太夫に惚れたのか。餓鬼のくせに」

「そうじゃあねえよ。聞きたいことがあるだけだ」

「因縁をつける気か」

「会わせてくれるまでは帰らねえ」

土間に坐りこむと、

「手古ずらせるなら、おまえの頭に話をつけてもらおうじゃないか」

相手は言った。

このことに関しては、仲間の助力を頼むわけにはいかない。六文字たちは白骨を目の敵にしている。

頭に話を持ちこまれては困る。

小平は、かぶき興行の高札が立つのを待った。

かぶきが行われるとなれば、葛城も店から出てくる。

なぜこうも執念深く白骨の動静を知りたがるのか。

それはもう、並の恋情を越えていた。

小平には、他にやりたいことが何もない。精力の捌《は》け口が、ただこの一つに集中していた。

白骨に会いたい気持ちより、行方を探すという、そのことばかりが生き甲斐になった。淋しさをまぎらす薬湯のようなものでもあった。

六文字をはじめ、大鳥組の無頼たちは、彼を仲間に受け入れはしたけれど、どこか、大人が子供を見下ろす目で彼を見ていた。

対等に闘ってくれたのは白骨一人だ。

葛城太夫かぶき興行の日、小平は前夜から、舞台の床下にひそんだ。夜が明けると林屋の男たちが集まってきて、幔幕をはりかえ、舞台や楽屋をととのえた。

男衆に前後を守られて、葛城をはじめ遊女たちが楽屋に到着した。

幕で囲った蓆敷の一画が楽屋である。小平は幕の裾をめくり、頭をつっこんだ。

白粉のにおいが鼻をうった。

鏡の前で白粉の刷毛を動かしている葛城に、

「於千ちゃん」

小声で呼びかけた。

「久しぶりやねえ」

小平をみとめた葛城は、さして驚いたふうはなく、笑顔をむけた。

「店の衆が会わせてくれないのだよ」

「かんにんえ。わたしは商いものだから……。それにしても、ひどいねえ。おまえはわたしの恩人なのに」

「恩に着せるつもりはねえが、教えてほしいことがある」

「何え？」

「だれだえ、この子」

他の遊女が小平に目をむけた。

葛城は口の前に指を立て、

「店の衆には、内証え。大鳥組の、それ、わたしを助けてくれた……。わたしに逢いとうてしのんできたそうな。いとしいね」

「白骨舎利之助という、京から下ってきている男を、於千ちゃんは知らないか。父親は盗人だったとかいう」

「ああ」

と、葛城はうなずいた。

「わたしがまだ京にいたころ、あの人は林屋で働いていたことがあったよ。林屋は、もともと京の傾城屋。江戸の店は出棚だよ。でも、京では親の身状《みじょう》が知れているからね」

「親が盗人だったというのは、本当《ほん》のことか」

「お仕置を受けたとかきいたけれど、わたしが生まれるよりずっと前の話だから、よくは知らない。お店で、何だったか物がなくなったとき、親が親だから疑われて、あとで品物は出てきたから身の証しはたったのだけれど、自分から店を出てしまった。わたしが江戸に下ってかぶき踊りをするようになったら、高札を立てるから、わかるのだろう、その度に見物に来るようになった。あの人は、わたしに惚れているのだもの」

そう言って、葛城はたいそう無邪気な笑顔をみせた。

「でも、わたしは、あんな恐ろしげな人は嫌いだから、旦那にお願いして、木戸を通らせないようにしてもらったのだけれど」

「いつぞや、来ていただろう。鬼車のいざこざがあった次の日」

「木戸番が目をはなした隙に入りこんだのだね。ひどいなりだった」

冷淡な口調であった。

「いま、どこに棲んでいるのか、知っていたら教えておくれ」

「なぜ？」

ちょっと警戒する様子を、葛城はみせた。

「大鳥組はあの人に遺恨を持っているそうではないかえ。見つけ出して、なぶり殺しにでもする気かえ」

「いや、そうじゃねえ」

「どこにいるのか、知らないのだよ、わたしは」

幕の外に突き出した臀を蹴とばされ、そのはずみで、小平は楽屋の中にころがりこんだ。

彼を蹴った男がすぐに楽屋に入ってきて、

「出て失せろ、餓鬼め」

どなりつけた。

「市助、このお人は、葛城が招いたお客人え。何で無体なまねをする」

葛城は、凜とした声で咎めた。

「かってに楽屋に出入されては、しめしがつきません」

「おまえがわたしに下知するのかえ。林屋の葛城太夫は、それほど力のないものなのかえ。旦那をお呼び。旦那にたずねてみよう。太夫が下働きの下知にしたがわねばならぬものかどうか」

「太夫が招いたお客とあっては。しかし、ずいぶん薄汚ない」

捨てぜりふで去ろうとする男に、

「これからは、このお人は、いつでも木戸御免だよ」

葛城は声を投げた。

「金勘定抜きの、友だちなのだから。いえ、座敷に上げようというのではないから、旦那に迷惑はかけない」

おまえ、と小平に顔を向けた。

「店にたずねてくるときは、裏からおいで。わたしがからだが空いてさえいれば、いつでも逢える」

13

徳川が幕府を開いたといっても、大坂にまだ秀吉の遺児が残っている。これを徹底的に叩きつぶすために、もう一度、いくさを起こさねばならぬ。その間に江戸の治安が乱れることを案じた幕府の、無頼への取り締まりは急に厳しさを増した。

みせしめのために槍玉にあがったのが、大鳥組であった。

主が足軽を処罰すれば無頼集団に襲われるという状態を野放しにしておいては、封建制が成り立たない。

もっとも、この時代、主の気風も荒かった。戦国、関ヶ原の血のにおいは、濃密に残っている。

小河権兵衛という旗本が中間を成敗したのが、大鳥組壊滅のきっかけとなった。

小河が中間を斬殺するや、中間の朋輩石井なにがしが、刀を抜き放ち、主・小河の脇腹に突き返した。

石井はかねてより大鳥組と盃をかわしていたから、ただちに助けを求めた。石井を引き渡せという奉行所の命に、大鳥組は応ぜず、乱闘の末、一味は捕縛された。

このとき、小平は、林屋にいて、異変を知らなかった。

言われれば気軽に走り使いもするので、林屋では彼を給金いらずの重宝な下働きのようにみなし、出入りを黙認するようになっていた。

客づとめを強いられる葛城は、年ごろの似かよった小平を相手にするときは、年相応の少女の顔になり、くつろいだ。

小平にとっても、居心地のよい場所なので、つい、入り浸りになる。

日暮れ近くになって、ようやく、店の者が噂をつたえた。

小平は根城の古寺に駆け戻ったが、すでに誰もいなかった。激闘の痕を物語る血溜りが、そこここに、夕陽を照り返していた。

日本橋の袂に高札が立った。大鳥組の捕縛と処刑を伝えるものである。小平は、鬼車組の根城に走った。

処刑の当日、引きまわしの最中に斬り込んで、奪い返したい。江戸市中の荒くれ無頼に手を貸してほしい。

「大鳥組が潰れたら、次にお上が目をつけるのは、そっちだ。一つ一つ潰されてゆくのを手を束ねて待つのは情けない」

そう訴える小平に、

「おまえは、そのとき、どこにいたのだ」

鬼車の男たちの声は冷たかった。

そう詰《なじ》られると、小平は返答につまった。

傾城屋の裏で、薪割りの手伝いなどしながら、時折顔をのぞかせる葛城と他愛ない話をかわしていたのだった。

「今度のお上の手入れは、これまでになく厳しいというぞ。斬り込みなどは無謀なことだ。おれたちが結束して騒ぎを起こしたら、向こうの思う壺だ。一網打尽にと手ぐすねをひいている。みすみす皆殺しにあうのはつまらない」

関東組も、他の組も、同様の言葉を返した。

日本橋から京橋にむかう道を、引きまわしの行列が行く。罪人たちは後手にくくり上げられ、裸馬に乗せられ、その背には、罪状と名を記した札が立てられている。罪人はおよそ五、六十人。その周囲をかためるのは、おびただしい役人士卒である。

小平は、白骨の割れた鞘をそいではりつけて藁で縛り、それに自分の刀をおさめ、さしていた。白骨の鞘は長いので、小平の刀身は中でことことと動いた。

行列が近づいてきたので、人垣の間で、小平は柄に手をかけ、身がまえた。その肩に、手がおかれた。役人の手がまわったかと、ぎくっとしてふりかえると、白骨が、苦笑したような顔で立っていた。

その腰に、長刀があった。古い鞘を工面したのか、抜き身ではなかった。

「おれが先に道を開く。後から、すぐ、続いてこい」

小平は顔をくしゃくしゃにして笑った。

道の両側を埋めた見物の間に、小平は、鬼車組やら関東組やらの面々をみかけた。

馬上の大鳥らは、よほど酷い拷問を受けたとみえ、顔は青黒く腫れ上がり、はだけた衿からのぞいた胸にも、手足にも、無数の傷が走っていた。

白骨は、手にした石を、護送の役人に投げた。馬が棒立ちになった。

抜き身をかざし行列に走りこむ白骨に、小平はつづいた。

同時に、人群れの間に白刃がきらめき、鬼車組やら関東組やら、いっせいに斬り込んだ。

勝ち目はないと、誰もが承知していた。

小平も、仲間を救い出して逃げのびることは、初めから考えてもいなかった。

凄い遊びだ。頭から返り血を浴びながら、小平は思った。

切り伏せ、切り下げる白骨の動きが、ときどき、彼の目の隅にあった。

馬は荒れ狂い、罪人をのせたまま見物をひづめにかけて走った。はね落ちて、馬に踏みにじられたのは大鳥だろうか。たしかめる余裕は小平にはなかった。

於千は見物しているだろうか。

いつも華麗な踊りを見せる於千に、こっちが血に飾られた武闘を見せる番だ。

幾度か、重い棒でなぐられるような衝撃を腕に肩に頭に感じた。その度に肉が裂け血が噴き出しているのだけれど、昴りは痛みを感じさせない。白骨、と小平はわめいた。今、恋が成就している、と思った。

腹に灼熱した棒が突き刺さった。白刃で地に仰向けに縫い止められたような恰好になった。身動きすると刃が肉を裂くので、小平はみじろぎできなくなった。

眼の上に、空がひろがっていた。

倖せに似た気分を小平は味わい、それから、空の色がまぶしくなったので、瞼を閉じた。

「化蝶記」あとがき

時代物では二冊目の短編集です。

ミステリーとして書いたものが、三編あります。

「化蝶記」「幻の馬」「がいはち」です。

「化蝶記」は、鶴屋南北、あとの二編は、放浪の旅絵師が探偵役をあいつとめます。

「化蝶記」の田之助は、以前「花闇」で書いた幕末の名女形三代目田之助といろいろな点でよく似ていて紛らわしいのですが、別人で、こちらは二代目です。

幻想風味は「月琴抄」「橋姫」「水の女」「日本橋夕景」。「日本橋夕景」は江戸物ですが、他の三編は、大正のころを舞台にしています。

「生き過ぎたりや」にちょい役で登場する大鳥一兵衛は、好きなキャラクターなので、いずれ長編で活躍させたいと思っています。

今度も、担当編集者の大野周子さんと装幀の中島かほるさんのお世話になりました。御礼申しあげます。

一九九二年八月

皆川博子

エッセイコレクション

PART 3

幻の故郷

なつかしい映画を見た。木村功《いさお》主演の『足摺岬《あしずりみさき》』である。これまでにもテレビなどで放映されたのかもしれないが、気がつかなかった。

亡き木村功の追悼のためにもよおされた、こじんまりした映画会であった。

かつて、封切館、二番館、三番館と追いかけて、十一回見た映画なのである。映画のなかの、木村功扮する貧しい学生に、恋してしまったような状態だった。いささか気恥ずかしいと言わなくてはいけないところだが、恥ずかしさよりはなつかしさが先に立つ。

日本が戦争に傾斜してゆく暗鬱な時代、貧しい学生は、貧しいというだけでアカの疑いをかけられ、特高の目がしじゅうまつわりついている時代を背景にした、抒情的な、やや感傷的ですらある物語が、こちらも若かったから、歯車がかみあうように、ぴったりと心にくいこんだのだろう。今、はじめてこの映画を見たのなら、あれほどのめりこみはしない。

何度も見るうちには、登場する人びとのひとりひとりと、すっかり親しくなってしまう。まるで、じぶんがそのなかで、いっしょに生きているような気持になる。

下宿の小母さん（赤木蘭子）だの、小父さん（森川信）だの、進歩的な学者（信欣三《しんきんぞう》）、脊椎《せきつい》カリエスで寝たきりの少年（河原崎建三）、盗みの疑いをかけられ自殺する中学生（少年時代の砂川啓介だ）などの人びとが、赤木蘭子、信欣三といった役者ではなく、本当に生きているような錯覚をもたせられる。

ことに、御橋公《みはしこう》の遍路の老人と、殿山泰司のおイチニの薬屋がよかったなあ。

……と、溺れこんでいたので、小説でも映画でも、時を経て読みなおし、見なおすと、なぜあんなに感動したのかと索漠とすることが多いから、よほど、見ないでおこうかと思った。

しかし、これが最後の機会かもしれないと思い、会場である恵比寿の木村功演劇スタジオの地下にでかけた。追悼会は、木村功主宰の演劇研究所の若い研究生たちによっておこなわれたのである。

パンフレットに、研究生たちの、思い出を語る座談会がのっていた。彼らにとっては、木村功は、ダンディな中年男性なのであった。地方から上京してきている若い研究生には、やさしい父親というイメージをあたえていたらしい。

幻滅しないかと思ったのは杞憂《きゆう》で、十六ミリの画面がうつし出されたら、すぐに、あのなつかしい世界に入りこんでしまった。

本郷菊坂界隈。一つの部屋をベニヤ板で二つに仕切ったわびしい住まい。

時の流れにかかわりなく、あの世界は今もどこかにあって、通路さえみつけたらいつでも入って行けるような——あそこは、わたしの幻の故郷なのだ。

（「小説ＣＬＵＢ」82年２月号）

母の膝

男性にとって母親は、常に、ゆたかな暖かい美しい存在であるらしい。

母と娘は、同性であるゆえに、お互いを見る目がきびしくなる。おのれの中にある弱点を、相手のなかにも見てしまう。

男の人が母について書いた文章は、読むものもほのぼのと心和むものが多い。男は母親の欠点を見ても、いたわりの心でゆるせるのだろう。母親に甘えるとともに、母を弱い女として、護りとおす気がまえも持つのだろう。

母と娘のあいだには、葛藤が……私の個人的な事情によるものだろうか。

長女の私は、母の膝に甘えた記憶がない。年子で生まれた弟が、赤ん坊のころは病気がちで、母はそちらに手をとられ、私は、祖母の家にしじゅう泊まりに行かされていた。祖母と、若い叔母——父の妹——が、めいっぱい甘えさせてくれたので、母に甘えられなくても淋しくはなかったが、私にとって、だれよりも、学校の教師などよりも、怕《こわ》い存在は、父と母であった。

私自身が娘を育てるとき、のびのびと育てよう、自衛のために嘘ばかりついているような悲しい思いはさせまいと思ったのだが、やはり、かなり理不尽な叱り方をしてしまっている。言葉尻をとらえて、しつっこく怒り、言いわけの抜け道を封じるような叱り方である。

娘が、いまは二人の女の子を育てている。上の子が二歳のとき、下ができた。上の子は、舌もまわらぬうちから、お姉ちゃんだから、とおだてられ、いい子としてふるまわざるを得ない状態で、それを見ていると、私もこんなふうにされて、いい子にならざるを得なかったのだなと思う。

母に甘えたことが少ないだけに、いくつかの場面は、大切な思い出となって鮮明に心に残っている。母の背中に、やわらかい疣《いぼ》がある。湯上がりの火照りをしずめるために、ゆかたを肌ぬぎになって、濡れたタオルを肩にかけ涼んでいる母の背の疣を、おもしろがっていじった。母は叱るのだが、その叱り方は、私が不注意でものを失くしたときのような怖ろしい声ではないので、安心していじった。

小学校にあがる前、日本舞踊の稽古にいかされた。世田谷から大井町まで行くので、母がつきそった。大井町に住む従姉たちと同じ師匠につくため、そんな遠いところに通ったのであった。小道具に使う姉さま人形を持参したのだが、包みを開けたら、人形の首がとれていた。私は大泣きに泣いた。いつまでも泣きやまないので、もてあました母が膝に抱きあげた。母の膝に抱かれた唯一の記憶である。

いい年の大人になってから、それまで絶対服従だった私が、はじめて母に反抗した。たぶん、母に対する私の最大の甘えで、それは、あったのだ。

（「文藝春秋」87年2月号）

目を閉じて

「お姉さん、居眠りしたら、みっともないわよ」

妹に尖《とが》った声をかけられ、目を開いた。

どこだかのホテルで、父親の卒寿かなにかの祝いをやったときだ。めだたない隅っこの椅子に腰掛けていた。親類縁者のほかに父の知人も集まっていたから、礼儀作法を重んじる妹としては、不《ぶ》精《しょう》に椅子にすわりこみ、こまめな挨拶を怠って眠っている姉が目障《めざわ》りだったのだろう。

眠っていたわけではない。手もとに活字がないから、所在なくて瞼《まぶた》を下ろしていただけだ。

というようなことを一々説明するのも面倒だから、「眠いものはしかたがない」ぶすっと答えた。

活字中毒におかされて六十年あまりだから、もはや癒しようがない。目の前に活字がないと、どうにも手持ち無沙汰なのだ。手は関係ないから、目持ち無沙汰というのだろうか。

活字中毒者は、まず、本の虫になる。

物語の面白さにひきずりこまれ、片時も本を手放せなくなる。

子供のころ、大人に本を読んでもらったという記憶がない。だれも教えてくれなければ、文字を知るはずもないのだから、猫可愛がりしてくれた叔母や祖母が、わたしが物心つく前に、たぶん添い寝して読んでくれたのだろう。

記憶の始まるころは、すでに、完全な本の虫で、おやつを食べるときも、お手洗いに行くときも、道を歩くときも、本から目をはなせなくなっていた。

これらは、すべて、親に禁止されていた。食べながらは胃に悪い、お手洗いは不潔、歩きながらは目に悪い。——たしかに、わたしは早くから胃弱、乱視になった——。

物語のなかに没頭する以外のことは、めんどくさくて嫌いというたちは、生まれつきのものらしい。同じ環境に育っても、四人のきょうだいのうち、本にこうまでとりつかれたのは、下の弟とわたしのふたりだけで、妹と上の弟は、ごく健全にまともに育っている。

本を読みながらだと、嫌いなことをしているのを忘れることができるという利点がある。

歩くのは嫌いだから、いつも読みながら歩く。歩いていることが、意識から抜け落ちる。子供のころはまだ交通事情がいまほどひどくはなかったから、ぶつかる相手もせいぜい自転車ぐらいなものだった。

で、いつのまにか、活字中毒にかかっていた。中毒を自覚したのは、戦争中疎開したときだ。

身のまわりに、本が一冊もないッ。

こうなると、物語を読みたい、小説を読みたいなどと贅沢を言ってはいられない。古新聞の切れっぱしから牛乳瓶の紙蓋の字まで、活字でさえあれば、読みあさった。読むなんてものじゃない。目に活字がうつっていれば、なんとか凌《しの》げるのだ。

まわりに人がいて本がないという状況のとき、目を閉じるようになったのも、そのころからだ。

疎開先のなじみのない生徒たちのあいだで、関心のない話題にくわわるのが面倒なときは目を閉じていた。後年、そのころの同級生から電話があり、遊びにこないかと誘われた。そのとき、「あんた、よく寝ていたね」と言われた。眠ってはいない、周囲の話し声は聞こえていた。

『小説すばる』にとびとびに連載され、七月に単行本にまとめられ出版される『骨笛』の主人公たち、『沼猫』のマユだの、『月ノ光』のミオだの、前衛映画ばかりみている泉の母親だのには、そんなふうだったわたしが少し投影されているみたいだ。

〈日常〉にどうしてもなじめず、そうかといって、非日常に殉ずる勇気もない、と苦しんでいる若い女の人から手紙をもらったことがある。

自分を特別な人間だと思いたがる傲慢《ごうまん》さのために、苦しいんでしょうね、と、その人は書いてきていた。

わたしは驚いた。同じ言葉を、『幻夏祭《げんかさい》』という物語の登場人物に、わたしは語らせていたからだ。――わたしは、何も、特別な印を額に烙印されて生まれてきたわけではないのだ。そう認めてしまえば、いいのだろう。何か特別なものであろうと望むから苦しくなる。他人とは違う。わたしは特別な存在なのだ。そう、たぶん、だれもが自分を思っているのだろう。居場所がない、居場所がちがう、と違和感をおぼえながら、しかたなく、腰をおろしている。百人、人がいれば、九十何人かは、そう感じているのだろう。わたしは、違う、と、思うたびに、外に向けたはずの針の先が、自分の肉の奥に突き刺さる。差は、痛みの感じ方の程度か。わたしは違うのだということを他人にも認めさせたくて、じたばたするのか。傲慢の罰か。

登場人物は、そう、自問自答しているのだった。

手紙をくれた人も、同じような問いを自分に投げ、傲慢なのか、と自分を責めていたのだろう。わたしには、何も応えられはしなかった。水の中でなくては生きていけない魚が、陸上にあるような辛さを共感できるだけだ。

ようやく、このごろ、わたしは物語のなかに生きるのをゆるされるようになり、ずいぶん楽になったけれど、その人に、こうすれば、と助言することはできない。

日常を拒否して過ごすのは、日常に押しつぶされるのを耐えるのと同じくらい、いや、場合によっては、より以上に強靭な力が要《い》るからだ。

わたしにできるのは、目を閉じつづけることぐらいだ。「みっともないわよ」と日常の人に怒られながら。

（「青春と読書」93年8月号）

わしじゃよ

そのお爺《じい》さんが、どうして離れに居候していたのか、知らない。

光沢のある禿げた頭に、白髪がぽよぽよとのび、顎鬚《あごひげ》も白く、その先は少し縮れて黄ばんでいた。白い麻の着物を着ていた。

そのころは、渋谷に住んでいた。宮益坂《みやますざか》の裏手である。父が医者で、住まいの一部を診療室にして医院を開いていた。

お爺さんのいた離れは、六畳くらいの和室で、ふつうなら押入のある場所に、白木の大きい神棚が、三尺幅いっぱいにはめこまれてあった。その神棚の前で、お爺さんがにこにこしていた。

私は四つか五つ、やっと物心がついたころだから、おぼえているのは、それだけだ。

どのくらいの期間、離れに滞在していたのか、それも知らない。記憶にあるのが、ただ一場面なので、そう長い間ではなかったのだろうと思う。居候と、だれから教えられたのかも、わからないのだが、両親からではなかったようだ。看護婦さんやねえやたちが話すのを、横にいて耳にはさんだのではないかと思う。

父は若いころから神道に熱心だった。シャーマニズムを本気で信じていたようだ。大本教からわかれたらしい『生長の家』という新宗教の団体に、戦前の一時期、所属していたこともある。メスメリズムの影響を受けたのだろう、そのころ千里眼と呼ばれた透視能力や心霊現象などにも、強い関心を持っていた。

うちの本棚には、正式な名称はおぼえていないが、たぶん、心霊研究会とかいう団体が発行していた『心霊研究』という雑誌がたくさんあった。大人の本を盗み読むと、悪徳のように叱られたが、この雑誌は、読むことを父に奨励された。

それによって子供が感化され、信じ込んだかといえば、逆で、物語を読むのと同じに、嘘話を読む感覚で読んでいた。妖精の写真というのも載っていたが、子供の目にも、下手な人形とわかるものであった。子供は、ときに、大人よりはるかにリアリストだ。

父の心霊実験への関心は、敗戦後もつづいた。大陸からの引揚者で、霊媒を自称する人物が、うちに出入りするようになった。

他の家でもよおされた交霊会で知り合い、父はよろこんで招き、自宅で交霊会をひらくようになった。渋谷の医院は空襲で焼け、世田谷で開業していたころだ。

停電が多く、蠟燭《ろうそく》の灯で本を読んでいると、霊媒に降りた霊の声というのが、少し離れた部屋から聞こえ、実に不気味でいやだった。

そのころ、交霊会は、流行だったらしい。坂口安吾や高木彬光《あきみつ》のミステリーにも、交霊会を素材にしたものがある。室内を暗黒にするから、殺人現場にふさわしいのだろう。

〈心に残る人〉というのは、懐かしかったり、こころよい思い出があったりと、肯定的なイメージの人をさすのだろうが、あまりに嫌いでどうにも忘れ去れないのが、この霊媒氏である。外観は、いかにも好人物で、小柄で小肥りで、酒好きだった。当時、四十代だったろうか。ビリケン頭は、毛髪がほとんどなく、丸い鼻の頭が酒焼けで赤く、毛細血管が浮いていた。

私をはじめ、子供たちは、交霊会への出席はいやがっていたが、父の厳命で列席させられるようになった。もちろん、殺人など起きはしなかったが、いんちきが堂々と行われた。

霊は、霊媒のからだから、エクトプラズマというものをだし、これで、物をあやつる、と説明される。エクトプラズマは、光にきわめて弱い。だから室内は、毛筋ほどの光もあってはならない、と、雨戸をしめた上に、戦争中、空襲用につかわれた暗幕をはりめぐらし、真の闇にした。蛍光塗料をぬった人形やメガホンがおかれ、霊があやつるさまは、この光の動きでわかるという仕組みである。エクトプラズマに触れると霊媒は死ぬからと、人形やメガホンの前後をさわってたしかめることも禁止されている。

登場する霊は、役行者《えんの》の弟子で大峰山で修行したと称し、野太い声で「わしじゃよ」とメガホンを使ってのたまうのである。米国とロシアが開戦し、第三次世界大戦がおきるなどと予言していた。五十年近くたっても、同じようなことを言うものだと、昨今の事件に、思う。


交霊実験に興味をもった人々が集まるようになったが、幸い過激なことには、まったくならず、そのうち父もいんちきに気がついたのか、集まりは消滅した。しかし、私はひところ、霊媒になれと父に命じられ悲惨な少女時代を送った。このスペースでは書ききれないから、後の経緯は省略する。今の夫と結婚したおかげで、普通に生きられた。

小さい丸っこい目をしばたたきトランスから覚めた状態を演じていた霊媒のしらばっくれた顔に、幼い記憶にあるお爺さんが重なる。あれも霊能者を自称する人だったのだろうか。

（「ノーサイド」95年8月号）

消えた街

渋谷の街を歩くとき、わたしは、リップ・ヴァン・ウインクルの心境になる。

森で小人たちに出会い、遊んでいて、家に帰ったら、あたりは様変わりし、知人はひとりもいない。もう何百年だかたっていて、リップ・ヴァン・ウインクルは消えた伝説の人になっていた、という話だ。

浦島太郎と同じ構造だ。と書いていて、浦島もリップ・ヴァン・ウインクルも、男性だと、いま、ふと気がついた。

乙姫さまの御馳走に、鯛《たい》やヒラメの舞踊り、ただ珍しく面白く、月日のたつのも夢のうちというのは、男性の願望だろう。女をはべらせ、美酒美食。西洋版の方は、何をして遊んでいたのだか、話を正確に思い出せないのだが、クリケットのようなものだったと思う。生活の憂さを忘れ、遊び呆けたいというのも、男性の潜在願望か。

女浦島の話がないのは、どうしてだろう、女は男を楽しませるために存在するという、既成概念によるものか。

話がそれた。渋谷の変貌に、故郷喪失をおぼえることとしきり、と書こうとしていたのだった。

生後三ヵ月から小学校二年生の一学期まで、渋谷で育った。昭和五年から十二年まで。遠い話だ。

戦争をはさんで六十年も経てば、変わるのが当たり前。

しかし、さきごろ、取材の必要があって、ミュンヘンをおとずれた。戦争中、七十数回の空爆を受け、いったん廃墟となった街である。MEMENTO 1945という写真集に、当時の惨状が残っている。ところどころに、穴だらけの壁と鉄骨が骸骨のように立つほかは、瓦礫ばかりだ。その瓦礫を集めた小高い丘が、整備され、ミュンヘン・オリンピックの競技場に用いられた。

　復興したミュンヘンの街は、戦前の俤《おもかげ》をほぼそのまま、伝えている。市の条例で、極力、古い町並みを再現したのだそうだ。

　東京とミュンヘンでは、事情がちがう。変貌は当然で、かくべつ、不服を言うわけではない。たまたま、昭和十六年の東京三十五区区分詳細図の復刻版を書店で入手したのをきっかけに、追憶にひたっているまでのことだ。

　宮益坂《みやますざか》の下、いま、東映プラザの建つ角を左に折れ、二つ目の角を右に曲がって二、三軒目のあたりに、生家はあった。今の地番では、渋谷一丁目十四番地か。当時の地名は美竹町。美竹の名は、辛うじて、公園に残っている。

　宮益坂を、馬が荷車をひいて上り下りしていた、と書いて、本当に、そんなにひなびていたっけ……と、記憶があやしくなるのだが、本を読みながら歩いて、電柱につながれた馬にぶつかったことが何度もあったのだから、まちがいない。父親にしじゅう怒られていたが、読みながら歩く癖はなおらず、馬にぶつかり、どぶに落ち、それでもめげずに、歩くときも食べるときも、本を読んでいた。いまにいたるまで、その癖は変わらない。

　物語に没頭しているあいだこそ、至福の時間だった。親が買い与えてくれる本は、幼稚すぎる。東横百貨店の書籍売場にかよい、店員の目をかすめて、立ち読みした。一度にたくさんは読めない。店員がにらんでいる。毎日かよって数ページずつ読み進んだ。

いま、東急本店が建つあたりに、通学した小学校があった。いい学校ということになっていて、越境でそこに通わされた。途中、蛇屋《へびや》があって、ウィンドウの中にうじゃうじゃとかたまっているのを見ながら通った。

　というような追憶は、大半の読者にはどうでもいいことで、ページふさぎにすぎないと、もうしわけない気がするのだが、渋谷の変貌はいまも進行中で、先日、ひさしぶりに歩いたら、井の頭線への階段のある建物が、消えていた。蜘蛛《くも》の巣のような陸橋の上で、しばし、茫然としていた。

（「小説ＣＬＵＢ」96年９月号）

戦争と宣伝

目下《もっか》書いている小説の、資料としての必要があって、このところ、『Wochenschau』（ドイツ週間ニュース）というヴィデオをたてつづけに見た。第二次大戦中のドイツのニュース映画を、十数巻にまとめたものである。ナチスが宣伝活動を重視したことは、よく知られている。宣伝省という部門まで、特別にもうけている。『宣伝大臣』だの『宣伝省』だのと和訳すると、なんだか間が抜けたニュアンスを帯びるが、当時、ドイツ国内でその持つ影響力は甚大だった。宣伝相ゲッベルスは、マスメディアによる大衆操作を熱をこめておこなった。**Propaganda Kompanie**（宣伝中隊。略してＰＫ）はゲッベルスが創設したもので、兵士と同様の訓練を受けた報道員の部隊である。ドイツ週間ニュースは、ＰＫが戦場におもむき、取材したフィルムを、軍と宣伝省が取捨選択し編集した。

日本人によって書かれた、このヴィデオの解説書『ナチスドイツの映像戦略』も出版されており、細部にわたり解説をくわえながら、〈やらせ〉の部分をもチェックしている。

ニュースでは、戦争のきっかけはポーランド軍が越境しドイツ国内にあるラジオ放送局を襲撃したことにあると主張する。戦後、これは、ナチ特務機関の謀略によるものと明らかにされた。特務機関の暗躍は、ドイツばかりではない、日本も米国もおこなっているが、庶民には、その時点ではわかりようもない。

ヴィデオを見て、既視感をおぼえたのも道理だった。他の枢軸国でも上映されたのだという。子供のころ見たニュース映画のなかには、これらの映像もふくまれていたわけだ。

一九三九年、開戦と同時に電撃戦でポーランドを落とし、翌年はフランスを占拠と、緒戦では勝利をおさめたドイツ軍が、一転して敗北に追い込まれていく状況は、ニュースの画面には、なかなかあらわれない。取り上げられるのは、景気のいい場面ばかりだ。四四年になっても、ニュースを見るかぎりでは、ドイツ軍は連戦連勝の印象をあたえる。実際は、都市の多くは絨毯《じゅうたん》爆撃をうけ、すでに敗色歴然となっていた。

いまだから、冷静にそういえる。戦争の渦中にある庶民は、ニュースの真実と嘘を見分けるのは困難だったことだろう。

『シュミット夫人たちの戦争』という本がある。シュミットは、日本における田中とか山田などと同様、ドイツではもっともありふれた苗字だ。ごくふつうの女性たちがつづった戦争体験の記録集である。空襲をうけ、あるいは、赤軍の襲撃をのがれて難民となって西にのがれ、飢え、凍え、犯されもする。

悲惨なのは、敗戦国ばかりではない。戦勝国イギリスと、敗戦国ドイツ、双方の、学童疎開について記した『切りとられた時』という書物が、子供たちの悲惨は、結果としての国家の勝敗にかかわらないことを伝える。

女たちの苦難、子供たちの悲惨、兵士たちの心情、すべて、日本の私たちが体験したことと、細部はことなっても、本質においてはかわらない。

昭和五年生まれの私は、真実は知らないまま、戦時下を生き、敗戦にあい、そして戦後、戦争中の嘘を知らされた。ドイツ週間ニュースを見ながら、生まれてから敗戦までの十五年と、戦後の五十一年を、思い重ねずにはいられなかった。そして、戦争というものにたいしての、世論の変化をも。八月十五日を境に、価値観は正反対になった。暴力は絶対的な悪とされ、敗戦直後の一時期は、たとえ身を護るためであっても、暴力は不可と、ガンジーの無抵抗主義が尊重された。次第に変化して、いまはＧＨＱ主導で作られた憲法の見直し論が起きている。

マスコミは世論を一つの方向に強引にひっぱるのではなく、真実を伝えてほしい、などと言うのは、無理な理想論だと、あきらめる年齢になってしまった。作られた報道にひっぱられない賢さを、こちらが持つほかはないのだろうか。

（「放送文化」97年2月号）

歌舞伎を読みながら…

その部屋は、少し西にまわった陽が黄ばんだカーテン越しに射し込み、積み重ねられた本のにおいがこもっていた。大学生だった叔父の部屋なのだが、叔父がそこにいるのを見たおぼえがない。私は小学校の二年から三年のころで、祖父母と叔父、叔母が住んでいる渋谷のその家に、世田谷の自宅から、しじゅう遊びにいっていた。いまは青山通りの名で呼ばれる宮益坂《みやますざか》の裏にあったその家は、一部を開業医である父が医院として使っていた。

私がせっせと遊びにいくのは、待合室にある小豆色の表紙の〈世界大衆文学全集〉と叔父の部屋にある青緑色の柔らかい表紙の分厚い〈現代大衆文学全集〉が目当てだったのである。叔父の部屋の、鴨居に板を打ちつけて吊った棚に、〈現代大衆文学全集〉は並んでいた。江戸川乱歩、国枝史郎、三上於菟吉《おときち》などの大衆小説が、まがまがしい挿絵といっしょに、私を異界に誘った。

そのなかの一冊で、私は、三代目澤村田之助《さわむらたのすけ》と出会った。出会ったなどというのは、気障《きざ》な幼い表現だが、十にみたない子供にとって、活字からたちあらわれた異形の役者の姿は、日常出会う人々より、はるかに現実感をもっていたのだった。

私の父は、これはエッセイにもたびたび書き、インタビューなどでしじゅう口にしてもいることなのだけれど、芝居や映画は不良の見るものと決めていた。それでも映画と宝塚は、親類や友人の家にいったとき、関連の雑誌のグラビアを見て想像して楽しむことができたが、歌舞伎は外題《げだい》も役者の名も知らない状態だった。余談だが、女学校に入ったとき、歌舞伎好きの同級生が、やはり歌舞伎にくわしい友人と、「ヤナバチタ！」と叫んで目配せをかわすのを、私は不思議がっていた。いま思い返せば、絶世の美男といわれた十五代目市村羽左衛門、橘屋、すてきね！ という意味だったのだとわかる。

そんなふうに現代歌舞伎には無知なのに、小学生の私は、矢田挿雲《そううん》『澤村田之助』で、一足飛びに江戸歌舞伎の毒に浸ってしまったのである。

後年読み返したら、講談まがいの通俗な実録物で、けっしてすぐれた作品ではないのだが、国貞とビアズレーを融合させたような（これは江戸川乱歩の言葉――正確な引用ではないが）橘小夢《さゆめ》の挿絵とあいまって、男も女も、高位の僧侶まで溺れさせ破滅に追いやる美貌の女形、花の盛りに肉の腐爛する病におかされ、両手両足を切断し、それでもなお舞台に立って客を魅了したという三代目田之助は、子供の心に刻印をおした。

その後、戦争が激化し、渋谷の家は空襲で全焼し、物語の宝庫もすべて焼失した。ふたたび田之助にめぐりあうのは、私が物語を書きはじめて十年あまり経ってからである。

歌舞伎はまったく知らない世界であるだけに、興味だけはあって、遊里吉原に関する資料とともに、目につくたびに少しずつ集めたり読んだりしてはいた。

あるきっかけから、旅芝居を素材にミステリーを書くことになり、関連して歌舞伎の資料も集中的に集め始めた。

芝居関係の資料は、神保町の古書店街の、豊田書房によく揃っている。これも余談になるが、店主は、細身だがまるで歌舞伎役者のような風格のある老紳士で、若い男性ふたりが店を助けている。顧客のだれか（私じゃないよ）が、「お宅は高いよ」と文句を言ったら、「うちは大学出をふたりおいているんだから」と、店主はのたもうたそうな。このところ、しばらく訪れていないが、みなさんお元気だろうか。

豊田書房で、岡本起泉の『澤村田之助曙草紙』という本をみつけた。口絵に橘小夢描く田之助の襟元をはだけた立ち姿があり、私が昔読んだ矢田挿雲のものは、この本を種本にしたのだとわかった。

さらに、五代目菊五郎の芸談だの、九代目團十郎に関する本だの、大道具師長谷川勘兵衛の逸話だの、読みふける資料のそこここに田之助があらわれる。実録物には描かれていない田之助の実像は、容姿は艶に美しく、気性は俠《きゃん》で我が儘で、男っぽくて、意地っぱりで、まことに魅力があるのだ。

没落絶滅していく戦後の旅役者を素材にした『壁—旅芝居殺人事件』は、それまで意に染まないタイプのミステリーを書かなくてはならない時期がつづき、書くのを止めようかと嘆いていた時、思いがけず好きなように書くことをゆるされたミステリーだった。

その後、新潮社の編集の方から書き下ろしの話をいただき、幕末から明治初期にかけての旅役者と遊女屋の娘を素材に『恋紅《こいべに》』という長編を書き、集めた資料が大いに役に立った。

メインは旅役者であっても、本歌舞伎の知識も必要になる。江戸歌舞伎の知識は、服部幸雄先生のご労作に負うところが大きい。『大いなる小屋』をはじめ、先生の数多いご著作は、該博《がいはく》な知識の上にたって素人にも読みやすく書かれている。楽しく読んでから、『日本庶民文化史料集成』の歌舞伎の巻に目を通すと、江戸時代に書かれた資料も理解しやすくなる。

そのほか、細かく探せば、江戸歌舞伎の「暫《しばらく》」の口上やら、小屋の前で「なかよ、なかよ、なっかなかなか」という合いの手入りで配役を読み上げる木戸芸者の様子やらの記されたものもみつかり、江戸の歌舞伎小屋のありさまが目の前に顕《た》つここちで、たいそう楽しい。

『壁―旅芝居殺人事件』を書いているとき資料で知ったのだが、江戸のころ、東と西では、小屋の構造も幕の引き方もちがった。

江戸の小屋は、現代の劇場をみればわかるように、花道が下手寄りにあり、七三のところにスッポンとよばれるセリがある。

西のほうは、今は見られないが、花道が本舞台につながる角に、空井戸《から》と呼ばれる切り穴がある。空井戸は、『壁―旅芝居殺人事件』で大いに活躍した。

四国の琴平に、金比羅大歌舞伎で有名になった金丸座がある。天保時代に建てられたもので、老朽化のあまり放棄されていたのを、吉右衛門丈はじめ何人かの方々の肝入りで、当時の役場の責任者の方も力を入れ、昔のままに修築、復旧したものである。

この小屋に、空井戸が残っている。

初めて訪れたのは『壁―旅芝居殺人事件』を上梓した後だった。空井戸の実物を見て、あ、ほんとにあるんだわ、と私は感激したのだった。

現代の劇場の回り舞台は電動だが、かつては奈落にそびえる心棒に突き出た把手を、男たちが押して回した。その息づかいが、古い小屋の奈落を見ると、感じられる。

シナリオの初稿を私が書かせていただいた篠田正浩監督の映画「写楽」で、この小屋はロケに使われた。セットを組むと莫大な費用がかかるので、金丸座を江戸の中村座に見立てたのである。舞台美術家の朝倉摂先生が考証を受持たれ、小劇場「花組芝居」の役者さんたちが木戸芸者をつとめ、江戸の芝居小屋が再現された。ロケを私も二日ほど見学したのだが、ちょっと気恥ずかしいことを打ち明けると、着ていた白いTシャツの背中に、役者さんからスタッフの方たちまで、皆さんにサインしてもらい、プロデューサーの原正人氏に、ミーハーだねえと笑われたのだった。

話を前にもどす。『恋紅』の編集者は頽廃的《たいはいてき》なものを好まない方で、とかく田之助に筆を割きたがる私は、しばしばブレーキをかけられた。結果として、その方がよかったのだと思う。『恋紅』では田之助は背景の点描なのだから。

『恋紅』の後、私は、田之助に焦点を絞った『花闇』(中央公論社)にとりかかった。

明治になると、政府は演劇改良をめざす。江戸の歌舞伎は猥雑で品位に欠けるとし、西欧の演劇をみならい、高尚なものにせよというのである。役者の地位の低さを嘆く團十郎が同調し、芝居の嘘を排し史実にのっとった〈高尚な〉演劇を志した。

田之助が脱疽《だっそ》にかかり、腐爛していく手足を次々に断ち切らねばならなかった時期は、ちょうど、江戸がほろび明治の文明開化にかわっていく世相と重なっている。

ヘボンの執刀でまず片足を切ったその年は、徳川幕府が瓦解した年であったのだ。田之助は両足についで手首から先も切り、ついに舞台を断念したあげく狂気におちいり座敷牢にいれられる。

そうして明治十一年六月七日、新富座が華々しく開場し、役者たちが燕尾服で舞台にならび、上手に陸軍軍楽隊、下手に海軍軍楽隊がひかえ洋楽を吹奏し、客席には太政大臣三条実美を筆頭に高官がいならび、花ガスの光まばゆい舞台で、團十郎は祝辞を朗読する。「……かえりみるに、近時の劇風たる、世俗の濁を汲み、鄙陋《ひろう》の臭を好む。……團十郎深くこれを憂い、相ともに謀りて奮然この流弊を一洗せんことを……」

その一月後の七夕に、江戸歌舞伎最後の腐爛の花三代目澤村田之助は座敷牢の中で自死する。享年三十四。
彼の一代を、虚と実をまじえつづるために、歌舞伎年代記や歌舞伎年表を読み込んだ。配役を読んでいると、三すじという下っぱ役者の名が気にかかってくる。田之助の弟子として最期をみとったことや、田圃《たんぼ》の太夫と呼ばれた澤村源之助に田之助の芸風を伝えたことは資料に残っている。しかし、この役者は、はじめ團十郎と同じ舞台に立ち、ある時期から田之助といっしょに立つようになる。物語の嘘は、ここからはじまる。三すじに私は大部屋役者が抱く田之助への愛憎を語らせた。『死の泉』『妖櫻記《ようおうき》』とならんで、『花闇』は、作者がこよなくたのしみながら書くことができた一編であった。

（「青春と読書」99年3月号）

憑《つ》く

　昭和二十年八月十五日で戦争は終わったのだが、私の家は、天皇制国家の雛型のような状態がなお続いていた。天皇の名においてなされることに民は一切反対できなかったごとく、「お父様がこうおっしゃるから」という母の言葉は子の反論を封じた。

　医者である父がいつから心霊研究に関心を持つようになったのか、いんちきな心霊現象をなぜ無批判に受け入れたのか、あらためて訊ねたことはないのだが、戦前、私が学齢期のころからすでに我が家には『心霊研究』という雑誌が山積みになっていた。神道系の新宗教団体と関わりも持ち、私は幼いころその団体が主催する子供向けの集まりに連れていかれたこともある。

　父は職業柄、人の死を多く見ている。何のために人は生き、死後はどうなるのか。それを考えざるを得なかったのかもしれない。ヨーロッパでメスメリズム（ドイツの医師メスマーによる動物磁気説、催眠療法）だの交霊会だのが大流行し、日本も影響を受け、透視、念写の能力を持つと自称する女性に帝大教授が肩入れした時代を父は生きていた。同時代にあっても、馬鹿馬鹿しいと笑い捨てる人が大半であったろう。父は――娘としては吐息をついてしまうが――無邪気に信じた。「王政復古」は、幕末の革命家がとなえた言葉だが、父の信条は戦前から一貫して「神政復古」であった。神々の意を人間が受けて政治を行う、つまり、父が理想とするのは、シャーマニズム、卑弥呼であったのだ。これは子供にとって——ことに長女である私にとって、まったく迷惑なことになった。

戦前は、たいしたことはなかった。毎朝、神棚の前に正座して、父といっしょに神道の祝詞《のりと》をあげるのは、歯を磨くのや顔を洗うのと同じ、日常の行事であった。祭日にあげる特別長い祝詞には、いろいろの罪をならべたててあった。「ははとことおかせるつみ、ことははとおかせるつみ、まじものせるつみ、いきはだたち、しにはだたち、くそへここたくのつみ、いでむ」という一節をいまだにおぼえている。近親相姦も呪《まじな》いも、生身の膚を裁つのも死骸の膚を裁つのも、糞をするのも屁をするのも同等の罪というのが奇妙で印象に残ったのだろう。これを朗々と唱えさせられていた。すべて、穢《けが》れということで括られるのだと、後に理解した。〃へ〃は〃戸〃であって放屁でないとも、後に知ったが。弟たちは、くそへというところで、嬉々として声を張り上げていた。

そのころ父が属していた精神修養の傾向の強い宗教団体主催の子供の集まりは、祈りだの儀式だのの強制はいっさいなく、楽しい遊びだった。小学校一年の夏休み、その団体主催の海の家に一人で参加させられ、千葉の海岸で一週間ほど過ごした。年上の人たちに可愛がられ、家では禁じられている大人の本を読みふけっても叱られず、居心地はよかった。戦前は、その程度ですんでいた。

その会のありように物足りなくなって、父は脱会した。戦争が激しいあいだは、心霊実験どころではなかった。「神様事《かみさまごと》」に父が熱中し、家族を巻き込んだのは、敗戦からまもない時期である。父は霊媒と知り合い、家によんで交霊会をもつようになった。空襲も灯火管制もなくなったけれど、電力事情が悪く、しじゅう停電していた。夜、茶の間で、蠟燭《ろうそく》の明かりを頼りに本を読んでいると、中廊下から二階へ父と母と霊媒があがっていく。まもなく、不気味な声が陰々と二階から響いてくるのだった。

何度目のときだったか、父は、突然、子供たちにも列席するよう命じた。私は十六だったと思う。父と母に絶対服従するよう強いられて育ってきていた。父は、迷いも逡巡も持たない。父の言動は自分が正しいという信念に基づいている。田舎の中学の四年から二高、東京帝大医学部と少しのつまずきもなく進んだ、学業の点では秀才で、しかも精励刻苦に見合う成果を人生であげてきた挫折を知らないオプティミストだから、他人に容赦ない。

いやいやながら列席した。床の間いっぱい神棚をおさめた二階の座敷が、交霊会の場であった。霊媒はずんぐりした中年男で、髪が薄く、酒焼けした丸っこい鼻の頭に毛細血管が浮いていた。疑い深い子供たちを納得させるため、椅子に座った霊媒の手足を父は不本意ながら縛った。その前の机に夜光塗料を塗ったメガホンや人形、がらがらをおく。雨戸を閉め、空襲警報のときに使った黒い暗幕をひく。室内は暗黒になる。蓄音機で「トロイメライ」のレコードを鳴らすのは、霊媒がトランス状態になるのを助けるためということになっている。——おかげで、今でも私はこのヴァイオリン曲が嫌いだ。やがて、霊が出現し、エクトプラズマという霊気をひきだし、それを使って物体を動かす——ということになっている。エクトプラズマに触れると霊媒の肉体は非常な損傷をこうむる。命にかかわることもある。だから、決して、メガホンや人形の後ろをさぐってはいけないと、父は前もってきびしく戒めた。縄抜けによって〈霊媒〉が手足を自由にできるということを、父は考えもしないのだった。

人形は机上におさまり、メガホンから野太い声がひびく。霊媒の守護霊で、昔、役小角《えんのおづぬ》の弟子であった、大峰山で修業した大峰さんと呼ばれている、というのだが、その登場は「儂《わし》じゃよ」の一言で始まるものである。役小角は白鳳時代に実在した呪術師で修験道の開祖といわれ、さまざまな説話を残しているが、信憑性は疑わしい。白鳳時代の人間が、死んだからといって、講談に登場する仙人のような喋り方をするわけがないのだが。しかし、わたしはあるきっかけから、いっとき、この不合理を信じてしまった。暗黒のなかで、髪の毛をひっぱられた。その瞬間、胸のなかがほうっと暖かくなったのだ。

霊媒は、交霊会のほかに、扶拈《フーチ》と自動書記をした。扶拈というのは一メートルほどの棒の中央に筆を十文字にくくりつけ、両端を霊媒と他の者が持つ。棒が動き筆先が文字を書く。心霊が憑依して書かせるというわけだ。自動書記は、霊媒がひとりで鉛筆をもって書く。いわゆるお筆先である。

私に霊能があると、交霊会で〈大峰さん〉が告げ、父は大喜びした。で、私は扶拈と自動書記をやらされることになったのだが、このことを詳述するには紙数が足りない。自動書記は、精神統一して、紙にぐるぐる輪を描いていると、次第に文字になり、つづいて言葉が頭に流れだし、それを書いていく。意識をおさえているものが取れて、深層にあるものがあふれる状態だと思う。霊媒と父に言わせれば、霊が書かせているということになる。交霊会に人が集まり、小さい宗教団体めいた組織になった。私はじきに、自分に霊能などないことを自覚した。私の知識にないラテン語だのギリシャ語だのが書けるわけではないのだ。やめさせてくれと泣いて頼んだ。母にも言ったが、「お父様がおっしゃるのだから」と拒まれた。そのうち、霊媒のいんちきがあらわになり、集まりは消滅した。

遠い記憶となった。小説を書くとき、少し、似た状態になることがある。思いもよらない文章が浮かんだりするのだが、他者に憑《つ》かれるわけではない。私の内部に存在するものが顕れるだけのことだ。

(「図書」01年2月号)

映画通い前史

映画館は、禁断の悪所であった。幼時、渋谷に住んでいた。道玄坂の途中に、その悪所があった。入口の両側に奥行きの浅い飾り窓があり、スチールが何枚も貼られていた。学齢前の私は、飾り窓の前に立ち止まり、どんな物語だろうと想像をひろげていた。

文部省推薦、あるいは、子供向きの良い映画と親が判断したときだけ、ねえやと一緒に入るのを許された。数は少ない。ほんの数本だから、タイトルを全部あげられる。

高峰秀子の『馬』。主題歌を今でも憶えている。シャーリー・テンプルの『ハイディ』。一度しか見ていないのに、叔母さんに連れられてハイディが山を登る場面や、ロ、ロ、ロ、ロ、ロッシッシと歌うところ、フロイライン・ロッテンマイアの細く尖った顔、白パンを隠す場面だの、雪の降るガラスの玉だの、もちろん、クララが立つ場面も、昨日観たみたいに。『風の又三郎』も、主題歌と一緒に。甘い林檎も吹き飛ばせ。酸っぱいカリンも吹き飛ばせ。後年、唐十郎の舞台で、アレンジしたこの歌が使われていた。新宿の酒場『ナジャ』で、バーテンしていたアンポちゃんが、作曲者だった。ああ、『ナジャ』も、もう、ないのね。あとは戦意昂揚映画の『燃ゆる大空』『海軍』。

娯楽映画だけれど子供向けだからいいだろうとお許しが出たのが、吉川英治原作の『天兵童子』と高垣眸《たかがきひとみ》原作の『まぼろし城』。戦前版だから、木暮月之介は原健作。

母方の従姉の家には、映画雑誌がどっさりあった。伯父が上海の銀行につとめたこともある関係で、我が家よりよほど自由な家風だった。映画もレビューもタブーではなかった。雑誌にもスチール写真、舞台写真は豊富で、それを見るのが目的で遊びに行った。伯父の家がいくら自由でも、小学校三年生が同伴者無しで映画館に入ったら、れっきとした不良である。それを、同い年の従姉と二人で、敢行した。ばれて、厳しく叱られた。私、罪悪感皆無。なぜ観てはいけないのか、納得できなかった。

このあたりまでが、前史である。

戦争中、外国映画は輸入禁止だった。敗戦後、解禁になった。以後、映画館入り浸り時代になる。早朝割引で入り、入れ替え制ではないから、気に入ればそのまま二度も三度も観る。あるいは映画館の梯子をする。名画座で、封切り時には観られなかった古いフランス映画を観まくり、七〇年前後は、アートシアターに通った。ブニュエル、タルコフスキー、ベルイマン。映画に関しては、豊かな時代であったなあ。

余談になるが、私の父親、映画は不良が観るものだと厳禁していたくせに、戦後、『ベン・ハー』を観て、戦車競争のスペクタクルに夢中になり、これは面白いぞ、博子、観なさい。一八〇度転換。

昨今はCGが全盛になり、見た目派手で内容の浅い映画が氾濫《はんらん》し、興味が薄れたし、足腰の弱りから映画館に行かれなくなったけれど、去年の『白いリボン』と今年の『ブラック・ブレッド』は、DVDで映画の魅力を堪能した。

（「ミステリーズ！」vol.52／12年4月）

仄かな気配

芒《すすき》の露を　袖にかきわけ
調べ競いて　鳴く虫の音を
追いにし友よ　うなゐのころの
その俤《おもかげ》も　今はむなしく
闇路をはるか　去りにし友よ
零《こぼ》るる露に　そそぐは涙

女学校の音楽の時間に教わった歌です。七十年も昔のことですが、歌詞も旋律も記憶に刻まれています。表記は不正確ですが。

後年、謡曲の『松虫』をもとにしているのだと気づきました。私の母が、五十代から六十代のころ観世のお家元の弟さんにお仕舞いとお謡《うた》いを習っていました。ほんのお稽古ごとです。お師匠様のほうでも有閑マダムのお相手というふうで、指導は厳しくはなかったようです。それでも自宅での練習は欠かさず、茶の間で朗々と謡う傍らで、私の幼い娘は「おばあちゃま、オーコレコレ」と面白がっていました。幼児の耳にはそう聞こえたのでしょう。私は和綴じの本を手に、詞藻《しそう》の流麗さに心惹かれていました。

『松虫』は、仄かに、衆道の気配を滲ませます。それとあらわな言葉はほとんどないにもかかわらず。

昔此阿倍野の松原を　ある人二人連れて通りしに　をりふし松虫の声おもしろく聞こえしかば　一人の友人　彼の虫の音を慕ひ行きしに　今一人

の友人　やや久しく待てども帰らざりし程に
心もとなく思ひ尋ね行き見れば　かのもの草露に
臥して空しくなる　死なば一所とこそ思ひしに
こはそも何といひたる事ぞとて　泣き悲しめどか
ひぞなき

虫の音に惹かれて草むらにわけいった友が、なぜ死んだのか、何も書かれていないがゆえに、残された一人の悲哀がいやまして詞を読む私の心にしみ入ったのでしょう。

二人の関わりを暗示するのは、〈死なば一所とこそ思ひしに〉の一句のみ。

あまりにも簡潔な言葉の奥にひろがる執着のいかばかり激しく美しいことか。

それにしても……当時の我ら女学生は十三、四で、衆道の気配漂う歌を音楽室で歌っていたのでありました。教師、わかっていたのかしら。

（「幽」19号／13年8月）

後記

何十年前になりますか——と、書き出してから調べなおしました。一九八六年ですから、二十八年前ですね——拙作『恋紅《こいべに》』が直木賞の候補になった選考当日、結果の連絡を待つのに、私は自室で、一人で幕末の芝居絵師〈絵金〉の画集を眺めていました。絵金の絵は、選考のことを忘れて没入させる力を持っていました。

幸い、よい結果の連絡をいただき、その後、グラビア用の写真を撮ることになりました。おりよく土佐赤岡で絵金の絵を飾るお祭りの日が近づいていたので、忙しい編集の方とカメラの方に無理を言い、同行して頂きました。絵にも芝居にも興味のない編集の方は、迷惑なのを顔に出さないようにつとめておられました。すみませんでした、と今更ながら、小声で。

夜、お宮さんの参道に屋台を幾つも高々と組み、絵金の芝居絵の数々が掲げられ、切腹する判官をまわりの役人たちが指さして嗤《わら》う図やら、目玉の飛び出した醜貌の累《かさね》が姫に食らいつこうとする図やらが、灯りを浴びて薄闇に浮かぶ下を、見物人はくぐり歩くのでした。

絵金の芝居絵は、残虐美を描きながら、悲惨を笑い飛ばすシニカルさ――山田風太郎大人《うし》の作風に通じるところがあります――と、一枚の絵の中に幾つもの場面を同時に見せる構図のおもしろさが、特徴になっていると思います。

無惨絵といえば、同じ幕末の絵師月岡芳年がいます。絵金の血はあくまでも血糊であり、芳年のそれは本物の血を思わせます。芳年は大乱歩、絵金は横溝正史、という印象です。あるいは、絵金はボッシュになぞらえられるかもしれません。

それよりかなり以前、絵金を素材にした映画が作られています。『闇の中の魑魅《ちみ》魍《もう》魎《りょう》』という、まことに身も蓋もない、センスのかけらもないタイトルですが、絵師金蔵を状況劇場の怪優・麿赤児が演じるというのに興味があって、観ました。

いささか物足りない作品だったように記憶しています。今、見直したらまた違う感想を持つかもしれませんが。絵金の魅力を描き切れていないと感じました。粒が小さくて、マザーコンプレックスぎみで、それをあの麿赤児がやるのですから、役者が役柄より大きすぎ、手足がはみだしてしまっていました。母親を演じたのは文学座の稲野和子で演技力も十分なのですが、息子の麿赤児の方が年上に見えました。

役と役者の不一致を、名作として名の高い『天井桟敷の人々』に感じた覚えがあります。パントマイム役者を演じるジャン＝ルイ・バローが、その役柄におさまるには存在が大きすぎた。若いときの生意気な感想ですから、あてにはなりません。

祭りの翌日、絵金の白描の蒐集をしておられる赤岡の郷土史家の方にお目にかかることができました。

鮮やかな色彩の芝居絵もいいのですが、墨一色の濃淡で和紙に描かれた白描の筆勢は、迫力に満ちていました。

役者の大首や芝居の場面など、凄みのある絵がほとんどでしたが、なかに一枚、猫の素描がありました。

まったく毒っ気のない、愛らしい猫です。絵金がこのような絵も描くのかと印象に強く残り、短編「秘め絵燈籠」は、この猫の絵から生まれました。

その後、東京で絵金の屏風絵展が催されました。絵金の絵は、夜祭りで見る方が魅力が十分に伝わると思いました。

幕末から維新を経て新政府ができるあたりを舞台にした『恋紅』で直木賞をいただき、それ以後、時代物を求められ、戸惑いながら手探りで書いた短編群をまとめたのが、このコレクション7に収めて頂いた『秘め絵燈籠』と『化蝶記』です。自作について語るのは気恥ずかしいのですが、『秘め絵燈籠』の中の「鬼灯」という短編が、ちょっと気に入っているのです。姐《あね》はんに目をとめてくださる方がおられたら嬉しいです。

収録作の一つ「小平次」は、鈴木泉三郎の戯曲「生きてゐる小平次」が発想の元になっています。

泉三郎の戯曲の元は、江戸の戯作者山東京伝があらわした『復讐奇談安積沼』と勝俵蔵（後の鶴屋南北）による『彩入御伽艸《えいりおとぎぞうし》』であり、この二作の元は、実在した役者にまつわる怨念話にありますーーなかなか由緒ある幽霊譚ですーー。

大正十三年、「演劇新潮」（文藝春秋社）に発表された「生きてゐる小平次」は、鈴木泉三郎の作品の中では最高傑作と言われています。私が読んだのは、戦後です。古本屋でこの作が収録された戯曲集をみつけました。昭和三年刊の、薄手の粗末な本ですが、中身は濃厚でした。

「生きてゐる小平次」は、TVドラマにもなっていますーーずいぶん昔ですーー。殺しても殺しても、生きているのか幽霊なのかわからない状態でついてくる弱々しくて執念深い小平次を、関西歌舞伎の二代目坂東吉弥が演じていました。適役でした。

皆川博子

編者解説

日下三蔵

〈皆川博子コレクション〉第七巻の本書には、二冊の時代小説集『秘め絵燈籠』（89年12月／読売新聞社）と『化蝶記』（92年10月／読売新聞社）を合本にして収めた。現代もののミステリ・幻想小説としては、『トマト・ゲーム』（74年3月／講談社）、『水底の祭り』（76年6月／文藝春秋）、『薔薇の血を流して』（77年12月／講談社）、『愛と髑髏と』（85年1月／光風社出版）の短篇集四冊と、本コレクション第三巻に合本で収めた『変相能楽集』（88年4月／中央公論社）、『顔師・連太郎と五つの謎』（89年11月／中央公論社）の連作集二冊が刊行されていたが、時代ものの短篇集は『秘め絵燈籠』が初めてで、『化蝶記』が二冊目となる。

『秘め絵燈籠』は、二〇〇一年十一月に埼玉福祉会から図書館向けの大活字本として上下二分冊で刊行されているが、分売不可の二十冊セットのうちの二冊であり、一般書店には流通していない。『化蝶記』が再刊されるのは、本書が初めてである。

時代が大正期くらいまでの過去を舞台にしているというだけで、内容はミステリあり、幻想小説ありで、現代ものの作品集と読み味は変わらない。流麗な文章と巧みなストーリー展開によって、たちまち作品世界に引き込まれてしまう。

役者、絵師、女郎、芸妓などが主役を務めることが多く、本コレクション第六巻に収めた『鶴屋南北冥府巡』（91年2月／新潮社）などの長篇作品とのつながりが見て取れるのも楽しいところだ。

各篇の初出は、以下のとおり。

秘め絵燈籠　89年12月　読売新聞社
秘め絵燈籠　「別冊文藝春秋」86年秋号
蟹　「オール讀物」86年10月号
忘れ螢　「小説新潮」87年9月号
鬼灯　「小説新潮」88年1月増刊号
小平次　「小説新潮」88年6月号
折鶴忌　「小説新潮」87年6月号
夜の舟　「オール讀物」87年2月号
風供養　「問題小説」87年5月号
美童　「オール讀物」87年5月号
舞衣　「オール讀物」87年8月号
山路　「小説現代」88年3月号

化蝶記　92年10月　読売新聞社

化蝶記　「オール読物」91年1月号
月琴抄　「オール読物」91年11月号
橋姫　「オール読物」92年2月号
水の女　「小説宝石」92年4月号
日本橋夕景　「オール読物」86年1月号
幻の馬　「別冊小説宝石」87年5月号
がいはち　「別冊小説宝石」87年12月号
生き過ぎたりや　「別冊歴史読本」91年12月号

文藝春秋の「オール読物」、新潮社の「小説新潮」、徳間書店の「問題小説」、講談社の「小説現代」、光文社の「小説宝石」と、主要な中間小説誌に発表された作品群だが、そのどの版元でもなく、文芸出版社とは言えない読売新聞社から本になっているのは不思議である。

九四年に〈ふしぎ文学館〉の一冊として『悦楽園』を出させていただいた際に、作成した単行本未収録作品リストを皆川さんにお見せしたところ、「短篇は書いてもどうせ本にならないと思って、ほとんど残していないのよ」といわれて驚いたことがあるが、文芸出版社から短篇集が出ないのでは、著者がそう思ってしまうのも無理はない。

それでも『化蝶記』のあとがきで謝辞が述べられている大野周子さんのような理解ある担

当編集者がいてくれたおかげで、作品が散逸することなく単行本化されたのはファンにとっては僥倖《ぎょうこう》であった。

収録作品のうち「蟹」は、日本文芸家協会編の年度別アンソロジー『代表作時代小説　昭和62年度』（87年5月／東京文芸社）にも採られている。その際に付された「作者のことば」は以下のとおり。


江戸川乱歩氏と親交のあった岩田準一氏の著作に、『志摩のはしりがね』という労作がある。志摩の、船乗り相手の女郎についての研究をまとめられたもので、読んだときから、素材として興味を惹かれていた。

直木賞受賞第一作を、かぎられた短い日数のうちに書かねばならなくなったとき、この素材が、鮮やかな絵を眼前に見せてくれた。


江戸川乱歩はいうまでもなく国産探偵小説の草創期から活躍した巨人だが、また、美少年愛、男色文献の蒐集家としても知られている。乱歩の『パノラマ島奇談』などの挿絵を描いた画家の岩田準一は、男色研究における乱歩の盟友でもあった。「美童」の冒頭と末尾にこの二人の句が置かれているのは心憎い趣向だ。

元版のあとがきで言及されている大鳥一兵衛は実在したかぶき者の頭領で、本コレクション第六巻に収めた『二人阿国』（88年8月／新潮社）にもその名前は登場していた。「生き過ぎたりや」のタイトルは、彼の刀に刻まれていたという銘の文句から採られたものである。

本書の第三部に収録したエッセイの初出は、以下のとおり。

幻の故郷　「小説ＣＬＵＢ」82年２月号
母の膝　「文藝春秋」87年２月号
目を閉じて　「青春と読書」93年８月号
わしじゃよ　「ノーサイド」95年８月号
消えた街　「小説ＣＬＵＢ」96年９月号
戦争と宣伝　「放送文化」97年２月号
歌舞伎を読みながら…　「青春と読書」99年３月号
憑く　「図書」01年２月号
映画館通い前史　「ミステリーズ！」vol. 52（12年４月）
仄かな気配　「幽」19号（13年８月）

今回は「履歴・回想」のカテゴリに属するエッセイを集めてみた。エッセイは、さらに「自作について」「書評・解説」「身辺雑記・その他」に分類する予定である。『骨笛』（93年7月／集英社）の刊行にあわせて書かれた「目を閉じて」や、歌舞伎特集号に書かれた「歌舞伎を読みながら…」などは「自作について」に収めるべきだったかもしれないが、回想の要素も含むので本書に回した次第。

「映画館通い前史」は『双頭のバビロン』（12年4月／東京創元社）刊行記念特集のための特別エッセイ、「仄かな気配」は「私の愛した一曲」というテーマで書かれたものである。

［著者紹介］
皆川博子
（みながわ・ひろこ）

1930年、京城生まれ。東京女子大学英文科中退。72年、児童向け長篇『海と十字架』でデビュー。73年6月「アルカディアの夏」により第20回小説現代新人賞を受賞後は、ミステリー、幻想、時代小説など幅広いジャンルで活躍中。『壁――旅芝居殺人事件』で第38回日本推理作家協会協会賞（85年）、「恋紅」で第95回直木賞（86年）、「薔薇忌」で第3回柴田錬三郎賞（90年）、「死の泉」で第32回吉川英治文学賞（98年）、「開かせていただき光栄です」で第12回本格ミステリ大賞（2012年）、第16回日本ミステリー文学大賞を受賞（2013年）。異色の恐怖犯罪小説を集めた傑作集「悦楽園」（出版芸術社）や70年代の単行本未収録作を収録した「ペガサスの挽歌」（烏有書林）、文庫本未収録作のみを集めた「皆川博子コレクション」（出版芸術社）などの作品集も刊行されている。

［編者紹介］
日下三蔵
（くさか・さんぞう）

1968年、神奈川県生まれ。出版芸術社勤務を経て、SF・ミステリ評論家、フリー編集者として活動。架空の全集を作るというコンセプトのブックガイド『日本SF全集・総解説』（早川書房）の姉妹企画として、アンソロジー『日本SF全集』（出版芸術社）を編纂する。編著『天城一の密室犯罪学教程』（日本評論社）は第5回本格ミステリ大賞（評論・研究部門）を受賞。その他の著書に『ミステリ交差点』（本の雑誌社）、編著に《中村雅楽探偵全集》（創元推理文庫）など多数。

Minagawa Hiroko Collection

皆川博子コレクション
7 秘め絵燈籠

2014年10月5日　初版発行

著　者　皆川博子
編　者　日下三蔵
発行者　原田　裕
発行所　株式会社 出版芸術社
〒112-0013 東京都文京区音羽1-17-14 YKビル
電　話　03-3947-6077
FAX　03-3947-6078
振　替　00170-4-546917
http://www.spng.jp

印刷所　近代美術株式会社
製本所　株式会社若林製本工場

落丁本・乱丁本は、送料小社負担にてお取替えいたします。

ISBN 978-4-88293-464-6 C0093

Minagawa Hiroko COLLECTION

皆川博子コレクション

【第1期】

日下三蔵編

四六判・上製［全5巻］

1 ライダーは闇に消えた

定価：本体2800円＋税

モトクロスに熱狂する若者たちの群像劇を描いた青春ミステリーの表題作ほか
13篇収録。全作品文庫未収録作という比類なき豪華傑作選、ファン待望の第1巻刊行！

2 夏至祭の果て

定価：本体2800円＋税

キリシタン青年を主人公に、長崎とマカオをつなぐ壮大な物語を硬質な文体で構築。
刊行後多くの賞賛を受け、第76回直木賞の候補にも選出された表題作ほか9篇。

3 冬の雅歌

定価：本体2800円＋税

精神病院で雑役夫として働く主人公。ある日、傷害事件を起し入院させられた従妹と
再会し……表題作ほか、未刊行作「巫の館」を含め重厚かつ妖艶なる6篇を収録。

4 変相能楽集

定価：本体2800円＋税

〈老と若〉、〈女と男〉、〈光と闇〉、そして〈夢と現実〉……相対するものたちの交錯と
混沌を幻想的に描き出した表題作ほか、連作「顔師・連太郎」を含む変幻自在の13篇。

5 海と十字架

定価：本体2800円＋税

伊太と弥吉、2人の少年を通して隠れキリシタンの受けた迫害、教えを守り通そうとする
意志など殉教者の姿を描き尽くした表題作ほか、「炎のように鳥のように」の長篇2篇。